U0513006

先秦文学与文化

第五辑

赵逵夫　主编

甘肃省先秦文学与文化研究中心主办

上海古籍出版社

图书在版编目(CIP)数据

先秦文学与文化. 第5辑/赵逵夫主编.—上海：
上海古籍出版社，2016.12
ISBN 978-7-5325-8316-4

Ⅰ.①先… Ⅱ.①赵… Ⅲ.①中国文学—古典文学研
究—先秦时代—文集②文化史—中国—先秦时代—文集
Ⅳ.①I206.2-53②K220.3-53

中国版本图书馆 CIP 数据核字(2016)第304343号

先秦文学与文化(第五辑)
赵逵夫　主编
上海世纪出版股份有限公司
上海古籍出版社　出版
(上海瑞金二路272号　邮政编码200020)
(1)网址:www.guji.com.cn
(2)E-mail:guji1@guji.com.cn
(3)易文网网址:www.ewen.co
上海世纪出版股份有限公司发行中心发行经销
惠敦印务有限公司印刷
开本890×1240　1/32　印张10.375　插页2　字数300,000
2016年12月第1版　2016年12月第1次印刷
ISBN 978-7-5325-8316-4
Ⅰ·3133　定价:40.00元
如有质量问题,请与承印公司联系

顾　　问　饶宗颐　李学勤　裘锡圭　夏传才
　　　　　谭家健　崔富章　宋兆麟

编　　委　（以姓氏笔画为序）
　　　　　王长华　王　辉　王　锷　王震中
　　　　　方　勇　方　铭　过常宝　伏俊琏
　　　　　刘跃进　刘毓庆　池万兴　李炳海
　　　　　汪受宽　张文轩　张崇琛　张新科
　　　　　林庆彰　罗家湘　周玉秀　周建忠
　　　　　郑杰文　赵生群　赵逵夫　赵　辉
　　　　　祝中熹　贾海生　晁福林　钱宗武
　　　　　徐正英　徐志啸　郭建勋　黄怀信
　　　　　彭　林　韩高年　傅道彬

主　　编　赵逵夫
执行编辑　董芬芬

目　　录

论马克思主义同中国传统文化的融合

赵逵夫

（西北师范大学文学院　甘肃兰州　730070）

内容提要　马克思主义在 19 世纪末传入中国，即引起一些政治家、思想家与革命先驱者的重视，并被越来越多的人所接受，说明中国传统文化有同马克思主义相通、相合的因素。儒家思想从汉代以来是中国意识形态的主导思想。过去所有的哲学史著作都认为孔子、孟子的哲学思想属唯心主义，但实事求是地分析，其中也有唯物的成分。战国时儒学中与思孟学派对立的荀况一派上承子弓（冉雍）之学，治国理念上注重礼又注重义、法，其哲学上主张天人相分，"制天命而用之"，其理论更接近现代科学思想，有利于科学发展。对古代文化遗产要在马克思主义思想指导下，作深入细致地分析、研究，联系今天的社会现实加以阐释。

关键词　马克思主义　传统文化　儒学　儒家　孔子　孟子　荀子

习近平总书记《在哲学社会科学工作座谈会上的讲话》在谈到"加快构建中国特色哲学社会科学"的问题时，提出要把握住三个主要方面：第一，体现继承性、民族性。第二，体现原创性、时代性。第三，体现系统性、专业性。如何体现继承性、民族性，他指示我们，要善于融通古今中外各种资源，特别是要把握好三方面资源，一是马克思主义资源，二是中华优秀传统文化资源，三是国外哲学社会科学的资源。

今天，马克思主义既是重要的思想资源，也已成为中国哲学社会科学的一个传统，是指导思想。马克思主义是从 19 世纪末开始传入中国的。就目前所知，1898 年英国人李提摩太与中国人胡贻谷合作，将英国学者克卡朴的《社会主义史》译为中文以《泰西民法志》为名由上海广学会出版。书中有专章对马克思、恩格斯的生平作了介绍,1899 年由广学会主办的《万国公报》(月刊)刊登了英国进化论者颉德的《社会进化论》一书前三章的译文,其中提到马克思和他的《资本论》。1902 年梁启超在《新民丛报》上提到马克思,说他是"社会主义之泰斗也"。朱执信(1882—1920)1905 年在《民报》第 2 号上发表《德意志社会革命家列传》,其中较具体地介绍了马克思、恩格斯的生平及《共产党宣言》《资本论》的要点。并节译《共产党宣言》六段文字引述其中。如译《宣言》开头数句:"自草昧混沌而降,至于吾今有生,所谓史者,何一非阶级争夺之陈迹乎。"其译末尾一段:"凡共产主义学者知隐其目的与意思之事,为不衷而可耻,公言其去社会上一切不平组织而更新之行为,则其目的自不久达。于是压制吾辈、轻侮吾辈之众,将于吾侪之勇进焉奢伏。于是世界为平民的。而乐恺之声,乃将达于源泉。嘻!来,各地之平民,其安可以不奋也!"在详细介绍了《共产党宣言》的内容之后说:"《共产主义宣言》(按即《共产党宣言》)之大要如是。既颁布,家户诵之,而其所惠于法国者尤深。"由此也可以看出其对马克思主义是认同的,从而给以肯定与赞扬。可见在 19 世纪末 20 世纪初,一些眼界开阔的知识分子和旧民主主义革命家已经关注到马克思主义,试图从马克思主义中吸取有益的东西。1912 年孙中山先生在《社会主义派别及其批评》中称赞马克思"阐发真理,不遗余力"。在他的一些论著中,也多次提到社会主义,并且认为自己的某些思想即是社会主义的。孙中山、朱执信等革命先行者对马克思主义的理解虽然还不到位,不确切,但可以看出马克思主义很早就对近代中国一些思想家产生了影响。毛泽东在《论人民民主专政》一文中说:"十月革命一声炮响,给中国送来了马克思列宁主义。"这是说列宁领导下的苏联十月革命的成功使中国一些清醒的知识分子看清了只有马克思主义才能使中国革命取得成功,不是说马克思主义从十月革命以后才传入中国。所以我们说,马克思主义在中国根是扎得很深的。一百多年来,它在中国的根扎得越来越深,对中国人民的影响越来越大。中国人民革命的最终胜利,就是在马克思主义引导下取得的。马克思主义已成为当代中国思想传统的一个重要部分。

关于中华优秀传统文化，习总书记明确地说："这是中国特色哲学社会科学发展十分宝贵、不可多得的资源。"这个思想同毛泽东1938年10月在《论新阶段》一文中提出的"以民族精神教育后代"[①]，1940年在《新民主主义论》中提出的"民族的科学的大众的文化"是一脉相承的，而更为明确，并将把握好中华优秀传统文化作为建设中国特色科学社会主义中体现继承性、民族性的重要方面。习总书记说：

> 要加强对中华优秀传统文化的挖掘和阐发，使中华民族最基本的文化基因与当代文化相适应，与现代社会相协调，把跨越时空、超越国界、富有永恒魅力、具有当代价值的文化精神弘扬起来。

这些，为我们从事古代文化研究的人提出了重大的任务。

确实在中华民族的发展史上，每一个历史时期都有一些杰出的文学家、史学家、哲学家、思想家、政治家等，他们深刻的思想及身体力行所体现的精神，是中华民族最宝贵的财富。即如从20世纪50年代初开始的三十来年中一直被批判的王阳明的心学，其实也有很多可贵的东西，如"知行合一"、"致良知"等。事实上，马克思主义既坚持唯物主义、反对唯心主义，同时又重视人在一切社会活动中的主观能动性，而反对唯条件论和机械唯物论。王阳明的思想不仅影响了明清及近代以来一大批思想家，并且深入于一般士人与普通百姓心中，对日本、朝鲜的思想界也有很大影响，不是没有原因的。如此之类，传统文化中有很多问题值得我们深入思考。可以说，在中国历史上社会科学各个领域作出了卓越贡献的人物，真可谓灿若满天星斗。

自汉武帝独尊儒术之后，两千多年来儒家思想一直是意识形态领域的主导思想，也是两千多年中意识形态的主流，尽管在每一个时代有些不同的侧重、不同的解读、不同的发挥，但以孔孟为圣人与亚圣，很多

---

① 《建党以来重要文献选编》第15册，中央文献出版社，2011年版，第619页。

说教是从他们的学说、言论中引申出来，则是一致的。20世纪前半以前的文人，没有不读儒家经典的。

所以我们这里先谈谈儒家学说中可以与马克思主义相合、相通的因素。如《礼记·礼运》篇的开头说，孔子以贵宾的身份参加了年终聚会百神的蜡祭活动后，喟然而叹。他的学生问他为什么而感叹，他说：

> 大道之行也，与三代之英，丘未之逮也，而有志焉。大道之行也，天下为公，选贤与能，讲信修睦。故人不独亲其亲，不独子其子，使老有所终，壮有所用，幼有所长，矜寡孤独废疾者皆有所养；男有分（fèn，职务），女有归。货恶其弃于地也，不必藏于己；力恶其不出于身也，不必为己。是故谋闭而不兴，盗窃乱贼而不作，故外户而不闭。是谓大同。

孔子认为"大道"行于世的时代即"大同"时代。联系"三代之英"（夏禹、商汤、周文王、武王）来看，他所说的"大同"时代是指尧舜时期。当时是早期国家文明形成的时期。这从《尚书·尧典》中可以看到当时以"帝"为中心的领导机构及权力行使的状况。又《管子·任法》中说："昔者尧之治天下也……其民引之而来，推之而往，使之而成，禁之而止。故尧之治也，善明法禁之会而已矣。"则当时已有一定的法规，以统一中心聚落与周围部族之行为，从先秦其他文献所述看，当时也形成了一些礼仪制度，体现出一种社会的和谐。但作为初期国家的首领，在生活上并无多大的特权。如《韩非子·五蠹》中说："尧之王天下也，茅茨不翦，采椽不斫，粝粢之食，藜藿之羹，冬日麑裘，夏日葛衣。"同书《十过》篇中说："尧有天下，饭于土簋，饮于土铏。"孔子为什么在参加了蜡祭之后想到了尧舜的"大同"时代呢？我们读《礼记·杂记》中的一段文字即可以知道：

> 子贡观于蜡。孔子曰："赐也，乐乎？"对曰："一国之人皆若狂，赐未知其为乐也。"孔子曰："百日之劳，一日之泽，非尔所知也。"

郑玄注："言民皆勤稼穑有百日之劳，喻久也。今一日使之饮酒燕，是君之恩泽。"蜡祭中君臣上下、黎民百姓，所有的人都十分高兴，也形成君臣同庆，上下同乐的场面，似乎其间的尊卑界线也不存在了。所以孔子认为这是圣王贤君治国中不能少的。他在参加了蜡祭之后想到尧舜的大同时代，正由于此。

《礼运》篇中在上引关于"大同"社会的文字之后，孔子把比大同社会低一个等次的禹、汤、文、武、成王、周公的时代称为"小康"。过去国内思想界或以为孔子的这些论述全是空想，或以为是开历史的倒车要社会回到原始社会，没有人把它从社会文明方面去考虑，更没有同马克思主义理论与中国传统文化结合的问题联系起来。小平同志在这方面为我们作出了卓越的示范。小平同志把我国的社会主义初级阶段称之为"小康"，二十多年以来全国在"奔小康"。因为我们这个"小康"是在中国共产党领导下，以马克思主义为指导，在我国新民主主义革命取得胜利，在社会主义建设的道路上探索了几十年确定的近期建设目标，是属于科学社会主义范围，那么，它的后面必然是经济高度发展，现代化程度很高、社会高度文明的社会主义高级阶段。戊戌变法失败之后康有为写的《大同书》属于空想社会主义，但作为一个改良主义政治家和启蒙主义思想家的著作，能广泛揭露封建社会的种种苦难、罪恶、黑暗，而设想出孤立来看与马克思主义所说社会主义相近的理想社会，也必然是受了当时介绍社会主义的文章、书籍的影响。只是他不可能找到达到这种理想社会的路径。这也可以看出马克思主义、社会主义思想与中国传统文化并不是完全绝缘的。

我们对儒家经典中讲的仁、义、礼、智、信等联系今天的社会现实加以新的阐释，对当前的社会主义精神文明建设肯定是有益的，而这个阐释的过程，便是马克思主义同中国传统文化结合的过程，是马克思主义在一些细节上中国化的进程，是马克思主义思想延伸至我们生活、思想、行为各方面的过程。

汉代以后提到儒家、儒学，一般是指思孟学派，孟轲作为这一派的代表，被后世称之为"亚圣"。近代以来学者普遍以为思孟学派是比较保守，侧重于维护旧的礼仪制度的。但《孟子》中也有一些令历代最高封建统治者丧胆的言论。如他说：

> 民为贵，社稷次之，君为轻。是故得乎丘民为天子，得乎天子
> 为诸侯，得乎诸侯为大夫。（《尽心下》）

又说：

> 贼仁者谓之贼，贼义者谓之残，残贼之人谓之一夫。吾闻诛一
> 夫纣矣，未闻弑君也。（《梁惠王下》）

这种思想放在当时世界范围之内来看，也是十分了不起的。可以说，马克思主义也正是继承了这些人类文化的优秀遗产而形成的。至于孟子说的"域民不以封疆之界，固国不以山溪之险，威天下不以兵革之利。得道者多助，失道者寡助。寡助之至，亲戚畔之；多助之至，天下顺之"（《公孙丑下》）。这和马克思主义的精神也是一致的。虽然世界上各个国家历史的发展都是极其复杂、曲折的，但历史最后所证明的，还是这个道理。他说的"恻隐之心，仁之端也；羞恶之心，义之端也；辞让之心，礼之端也；是非之心，智之端也"（《告子上》）。这也是我们今天社会主义精神文明建设的重要内容，只是不在"仁、义、礼、智"的思想框架下论述之。

上面举了儒家学派的创始人孔丘与儒家思孟学派的代表人物孟轲的例子来说明两千多年中作为中国统治思想的儒家的经典中，也有很多与马克思主义某些方面相通、相合的因素。近代以来学者们普遍认为儒家是比较保守的，与马克思主义，与当今社会相冲突的地方最多。但即便这样，其中也有不少值得我们珍视的东西。

列宁说："马克思的学说是人类在 19 世纪所创造的优秀成果——德国的哲学、英国的政治经济学和法国的社会主义的当然继承者。"[1]

---

[1] 见列宁：《马克思主义的三个来源与三个组成部分》，《列宁选集》，人民出版社 1995 年 6 月第 2 版，第 2 卷，第 309—310 页。

而德国古典哲学的主要代表人物中，除费尔巴哈之外，都是唯心主义者。马克思主义哲学就是直接地批判继承了黑格尔的辩证法"合理的内核"，而抛弃了他的机械论和历史唯心主义。所以说，对古代的思想文化遗产主要是继承什么、抛弃什么的问题，不能要求古人的整个思想与其体系与马克思主义完全一致。

习近平同志在讲话中还引用了恩格斯的一段话："马克思的整个世界观不是教义，而是方法。它提供的不是现成的教条，而是进一步研究的出发点和供这种研究使用的方法。"①以前，我们对这些重要的文化遗产进行研究、总结的过程中，由于种种原因，有时出现简单化的倾向，不侧重用马克思主义指导作细致的分析，而是着重套框框、戴帽子，分"敌我"，一定程度上违背了马克思主义的基本精神。如习总书记所说，"马克思主义被边缘化、空泛化、标签化"。所以说，即使在先秦诸子与一些先秦重要典籍的定性、评价、阐释方面，也要用马克思主义为指导，重新加以审视。

仍以儒家为例，过去多认为先秦儒家除荀况之外都是唯心主义的，而其中最彻底的唯心主义思想家是孟轲。但他所说"天命"是否就是指"上帝"的旨意也很难说。如《孟子·尽心上》说："知命者不立乎岩墙之下。"如果这"命"即"天命"，是指老天爷的旨意，那么不该死的，即使立在什么地方也不会死，该死的立在什么地方也要死。可见他所说的"命"是指自身所肩负的使命，如上有父母要供养照料，下有子女要哺育等，以及在社会、国家方面所承担的责任。像这些，应该具体地、细致地加以分析，不能只看字面，简单地贴标签。

由此说到孔子，差不多所有的哲学史著作都认为孔子是信天命的，其论证这一点最常引的例证是《论语·子罕》中说的"天之未丧斯文也，匡人其如予何？"和《季氏》篇说的"君子有三畏：畏天命，畏大人、畏圣人之言。"但孔子并无系统论天命的言论。联系孔子的其他言论，似乎

---

① 恩格斯：《致韦尔纳·桑巴特》，《马克思恩格斯选集》，人民出版社2012年9月第3版，第4卷，第663—664页。

他的"天"也含有客观条件、自然规律的意思在里面。如《先进》篇载："颜渊死,子曰:'噫!天丧予!天丧予!'"他强调人事有为,强调在人事范围内的积极努力。所以有人讽刺他"知其不可为而为之"(《宪问》)。如果他是彻底的唯心主义,只相信天命,他就不会想通过个人的努力去改变现状。《先进》篇的一句话最能体现他的这种思想。子贡不安于贫困,想办法发财致富,孔子称赞说:

> 赐(子贡之名)不受命,而货殖焉,亿则屡中。

三国魏何晏注其义为"虽非天命而人偶富",是也。皇侃引或说为"不能信天任命",更为明了。朱熹《四书章句集解》曰:"命,谓天命。""贫富在天。而子贡以货殖为心,则是不能安受天命矣。其言而多中者,亿而已。"生意怎样做才能赢,不是靠老天而是靠个人分析推断,肯定这种行为人的,难道是相信天命的吗?学者或以为孔子弟子而不受天命为不可能,故曲解,或解作不受天子之命,或解作不受孔子之命,或解为不作官,皆非是。

同篇中还有表现孔子不信鬼神的文字:

> 季路问事鬼神,子曰:"未能事人,焉能事鬼?"曰:"敢问死。"曰:"未知生,焉知死?"

同篇又载:

> 子不语怪、力、乱、神。

可见《子罕》《季氏》篇所记孔子所谓"天",同今天我们口头常说"老天爷"差不多,未必认为真有一个"天帝"。孔子还有一段话,也是学者们一直比较关注的:

> 樊迟问知(按:通"智")。子曰:"务民之义,敬鬼神而远之,可谓知矣。"

从第一句强调把心力放在为老百姓的合理事务上这一点看,樊迟大概是从从政的角度发问的。如果从这方面说,即使孔子是彻底的无神论者,他在当时也不会提倡在老百姓中破除迷信。完全没有信仰的社会不是文明社会,何况孔子一直强调人要"慎终追远"(《论语·学而》)。不孝顺父母,不念祖先德业的人,也是可怕的。看来孔子的思想比较复杂,不是靠引《论语》中谈到"命""天""天命"的几句话就可以定性的。

我们要批判孟轲的主观唯心主义,批判他把一部分人统治另一部分人的制度合理化的封建思想。但同时应该看到,他也强调了人在修养、行为、事业上的主观能动性。他主张人要有"浩然之气"。历来很多仁人志士和思想家、政治家都很推崇他的这一点。他所说"浩然之气"并非源于人身体的精气,而是由人的主观意志培养出来的正气。他说:"其为气也,至大而刚,以直养而无害,则塞于天地之间。"(《公孙丑上》)每一个公民,都努力使自己精神完美,这正是建设一个富强和谐的社会所追求的。孟子又说:"天将降大任于斯人也,必先苦其心志,劳其筋骨,饿其体肤,空乏其身,行拂乱其所为。所以动心忍性,曾(增)益其所不能。"他把这种行为归之于"天",自然是唯心的。但他利用"天"反映了一种客观规律:能承担大任的人,必是经过艰苦锻炼与严重考验的。所以,这里所说的"天",还不完全等同于"上帝",而包含有"自然规律"的意思在内,与屈原《离骚》中"皇天无私阿兮,览民德焉错(措)辅。夫唯圣哲与茂行兮,苟得用此下土"的"皇天"内涵相近。当然,这种思想的产生要追溯至西周初年的周公旦等思想家。《泰誓》中说:"民之所欲,天必从之。"(《左传·襄公三十一年》引)"天视自我民视,天听自我民听。"(《孟子·万章》引)虽然讲的是"天命",却将它同老百姓的意思联系起来。这实际上是以"天命"为外衣而以"民心"为实质。这是我们在评价古代一些思想家时应特别予以注意的。所以,我们对古代优秀文化遗产的吸收、继承、弘扬,要作细致的研究、分析,不能简单化。这不是摘西瓜,只取西瓜,不取石头。其实,吃西瓜也是既不能连瓜皮和瓜子都吞下去,也不能因它有瓜皮和瓜子而完全丢掉。

几十年以来,孟轲思想中最受诟病、被认为最反动的观点是"劳心者治人,劳力者治于人"的思想。在社会主义时代,对这种思想是要进行彻底批判的。但放到今天世界经济的大背景下来看,不是就一个体的人而言,而从国家间竞争来看,也反映了一定的事实。由于科技不发达,无论是一代一代的手机等通信工具,还是汽车、飞机等交通工具,还是种种电子软件产品和其他一些高科技产品,我们都得受美国等发达国家的沉重剥削,而且还处处跟在他们后面。近些年中央持续地抓教育、抓科研,大力支持科技创新、理论创新,情形才有所好转。所以提高整个国民的文化水平和培养一大批在国际上走在前面的科学家,仍然是我国提升综合国力的基础。从这个角度来看,他讲的也有值得思考的地方。

看来孔子、孟子并非彻底的唯心主义,他们似乎是出于教化方面的原因才不明确否定敬鬼神,所以后来自命为儒学真正继承者的荀况明确地提出一些唯物主义的观点,才有所依据,不是断裂式的发展。荀况在《非十二子》中对思孟学派的激烈批判是攻击其唯心的倾向,而大力张扬"天行有常,不为尧存,不为桀亡"及"明于天人之分"等,这是凸显、发展、张扬了儒家学说中唯物主义的因素。他以法制充实礼治,合理调整儒家的义利观,肯定二者的合法共存而不是只肯定"义"或将二者对立起来等等,在社会政治思想方面对儒家思想有很大推进。

对荀况的唯物主义的自然观、唯物主义的认识论、唯物主义的逻辑思想等,近代以来都是被充分肯定的。但是否对荀况思想的评价已经到位?恐亦未必。至今,一些有关中国文化史的著作,都笼统地将"天人合一"作为中华民族的民族精神的一部分。中国哲学史上的"天人合一"说起于孟轲,《孟子·尽心上》说:"尽其心者,知其性也;知其性,则知天矣。"又说:"夫君子所过者化,所存者神;上下与天地同流,岂曰小补之哉。万物皆备于我矣,反身而诚,乐莫大焉。"孟子以人与天地万物为一个整体,人之善端受于天,为天之所赋。老子与庄周也主张"天人合一",但《老子》中说:"人法地,地法天,天法道,道法自然"(第二十五章),认为人与天地皆统一于"道",合于自然。庄子则言"无为为之谓天"。言顺应天道为之,即是合于"天"。孟轲与老、庄在内涵上有所不同。比较起来,老庄的"天人合一"更接近于唯物主义。但这当中有一个问题:人如何才能合于"天"?人要合于"道",合于"自然",有一个对

"天"(道、自然)的认识问题。根据人类社会发展的总的经验,首先应是充分认识客观世界各种事物的性质及其各方面特征,认识其相互关系与发展的规律,在此基础上,做到高一层次上的"天人合一"。人类这样不断地认识世界,按照客观规律改造世界,人的行为合于自然,又掌握自然规律,为我所用,体现着社会的发展与进步。没有对大自然、对客观世界的不断认识,没有人类的科学探求,而只讲"天人合一",那就如原始人一样与大自然混同为一。我国历史上这种在人与"天""主客二分"基础达到"天人合一"的道理是到了荀况才认识到的。孟轲、老庄所谓"天人合一"所省略的那个环节,正包含着人类科学实验、观察研究客观世界的内容。《荀子》中所说的"天",很明确指自然之天。他提出人要"明天人之分"(荀子·天论)。然后再"制天命而用之"。他说:

> 大天而思之,孰与物畜而制之? 从天而颂之,孰与制天命而用之? 望时而待之,孰与应时而使之? 因物而多之,孰与骋能而化之……故错人(按:指放置人本身而不管。"错"通"措")而思天,则失万物之情。

荀况将"天命"、"物"、"时"并列言之,则"天"指大自然与自然规律可知,他以人应该"制天命"(掌握自然的规律),并加以利用。这种思想与近代科学思想是相一致的。我国之所以自然科学不发达,与中国长期以农业经济为主,对土地和四季变化的依赖性有关,也与占统治地位的儒家思孟学派、道家都讲的"天人合一"的思想有关。《中庸》中的"博学之、审问之、慎思之、明辨之、笃行之"的思想,体现了一种不断学习、认真讨论、细致思考、分析研究、用于实践这种科学精神,本是有益于科学发展的,但长期被局限于经典的研读和"修身、齐家、平天下"的樊篱之中,使它的作用未能很好地发挥。从这一点来说,儒家思孟学派比起荀况这一派来,确实要保守一些。

从《荀子》一书可以看出荀况是继承了子弓一派的学术思想,以子弓为孔学正宗的。子弓即孔门"德行"科大弟子仲弓,名冉雍。其事见《论语》、《史记·仲尼弟子列传》等。《荀子·非十二子》中说:"是圣人

11

之不得势者也，仲尼、子弓是也。"又说："上则法舜、禹之制，下则法仲尼、子弓之义。"《儒教》篇又说："非大儒莫能立，仲尼、子弓是也。"《非相》中又说："仲尼长，子弓短（矮）。"四处都将子弓与孔子并列。其称作"子弓"而不作"仲弓"者，因与仲尼并称，为避免与仲尼之"仲"相重①。荀子四处把他同孔子并提，犹之汉以后提"孔孟"，显然是以子弓为儒家正统的。事实上孔子当时对子弓也十分看重。《论语·雍也》篇说："雍也可使南面。"朱熹注："南面者，人君听治之位。言仲弓宽洪简重，有人君之度也。"同篇还记有仲弓向孔子求教之后说的一段话："居敬而行简，以临其民，不亦可乎？居简而行简，无乃太简乎？"孔子评价说："雍之言然。"《论语·颜渊》还写到仲弓向孔子请教如何才算"仁"。由孔子回答和仲弓表示的"雍虽不敏，请事斯语矣"可知，仲弓具有治理国家的才略与胸襟，对礼、仁这些儒家的重要思想有深刻的体会。因为孔子回答学生的问题总是体现着"因材施教"的原则，有一定的针对性。所以孔子回答仲雍之问说的"出门如见大宾；使民如承大祭；己所不欲，勿施于人；在邦无怨，在家无怨"，是同仲弓的思想与愿望相关的。这段话也可以看作是表现了仲弓的思想。

马积高先生以为《礼记·缁衣》与公孙尼子的《乐记》反映了仲弓与荀况之间的思想过渡②。只是到汉代以后仲弓荀卿之学衰微，而被儒家思孟学派的思想及道家思想所淹没。

虽然如此，荀况"主客二分"的思想在后代也有些继承者。汉代的贾谊、司马迁、刘向、班固、王充及汉末荀悦、徐幹、仲长统等，都不同程度地有所继承，只是都赶不上荀况的明了而系统。唐代的李筌、柳宗元、刘禹锡、吕温、牛僧儒、杨谅继承荀况之说，并有所发挥。至清代则有一大批学问大家张扬荀学。我以为我们更应尽量从传统文化中挖掘和弘扬这类利于现代科学精神的思想资源。

但是我不同意有的同志将儒学与马克思主义相融合的提法。因

---

① 参马积高：《荀学源流》第八章之《荀子的学术师承》，上海古籍出版社2000年第1版，第142—146页。
② 马积高：《荀学源流》，第148页。

为：第一，我们只是儒学中与马克思主义相通、相合的因素，并不能保持儒学的体系；第二，今天我们继承和弘扬优秀文化遗产，除了从历代儒学中吸取、弘扬与马克思主义、与当今社会生活相适应的理论之外，也还要向其他一些学派吸收有益的东西，加以弘扬。

马克思主义从19世纪末传入中国之后被越来越多的中国社会精英所关注、认同，并看作指导思想，终于取得中国革命的最后成功。这就说明，中国传统文化中有很多与马克思主义相一致的思想因素，只是不成体系。但作为文化土壤，是接受马克思主义的，为马克思主义的"根"向中国各个阶层、各个方面的延伸，为马克思主义在中国的发展、壮大，终至成为指导思想，也最终成为中国文化传统的一部分形成了有利的条件。

所以，我们对传统文化，对古代思想家与他们的论著要用马克思主义来研究，而不只是简单地划阵线、分敌我，也不是不作阐发地生搬硬套。我们应挖掘和弘扬一切有益的成分，吸收其民主性精华。这才是建设有中国特色哲学社会科学体系的正确道路。

■ 作者简介

赵逵夫（1942— ），西北师范大学文学院教授、博士生导师，甘肃省先秦文学与文化研究中心主任。主要从事先秦两汉文学与文化、古典文献学、西北地方文献及民俗文化等方面的研究。

先秦骈偶之孕育与萌生之探讨

谭家健

（中国社会科学院文学研究所　北京　100732）

内容提要　古今有关骈文的论著中，经常将骈偶、骈俪、俪辞、俪语、排偶、排语等词，互相混用。所指范围，有时指文章体裁，有时指句子形式，有时也指修辞手法。首先需辨别区分骈文孕育的基本概念：对偶句与排比句，骈偶排比手法与铺陈排比手法，骈丝俪片，骈偶段落及准骈文；说明那些主张"骈文自古有之"、"骈散自来并存"的论断都是不确切、不科学的。其次考察骈文的起源，主要从先秦两汉散文范围之内去寻找，不必在《诗经》、楚辞和汉赋中花费精力。先秦骈偶的孕育与萌生分为两个时期：《尚书》、《左传》、《国语》、《周礼》等书反映出春秋以前有骈句而无骈文；而在人们对言辞的技巧越来越讲究的战国时期，以《商君书》、《管子》、《墨子》、《孟子》等为代表的诸子说理文，在对偶与排比运用自如之后，便两相结合，掺杂使用，乃至多句连续使用，形成骈丝俪片，出现在整篇的散文之中，它们是后世正式骈文的胚胎。

关键词　先秦　骈文　骈偶　孕育　萌生　起源

一、关于骈文孕育之若干基本概念

区分对偶句和排比句

在古今有关骈文的论著中，经常可以看到：骈偶、骈俪、俪辞、俪语、排偶、排语……（俪，有时亦写作"丽"），互相混用。所指范围，有时是文章体裁，有时指句子形式，有时指修辞手法。对于古人不能强求其准确；今人如果研究对象界限不清，内涵把握不准，势必影响对骈文文体特征及其发展过程的正确理解，故不可不辩。

骈文的语言基因是对偶句。对偶句是组成骈文最主要的语言方式，这已成为学界的共识。但是，究竟什么是对偶句？什么是骈文的对偶句？在具体分析判断时还存在分歧。

按一般理解，对偶句是两个相对独立的单句组成的一个复句。两句之间，字数相等，相同位置的词性相对（名词对名词、动词对动词、形容词对形容词、连词对连词……）尤其重要的是句子结构相同（主谓对主谓、动宾对动宾、动补对动补、偏正对偏正、并列对并列……）。凡称为对偶句者，一定是两两相对，语意双行，相合成文。对偶在唐以后的格律诗中，第三、四句叫做颔联，第五、六句叫颈联，以五言和七言两种句型为主。在五代以后发展成为独立使用的对联，俗称对子，上句叫上联或出句，下句叫下联或对句，字数长短不拘。在骈文中，可以有三言对、四言对、五言对、六言对、七言对、八言对、九言对，十言以上少见。最常见的是四言加六言的隔句对，齐梁以后成为骈文的基本句型，所以骈文在宋以后又称"四六"。其他句型如四五、五六、四七、六八等大体上是四六句的变化，至于三句一对、四句一对，宋以前少见。

如果是三个以上相同句型平行的偶句合成一组，形成一个大的复合句，那叫排比句，而不能称为对偶句。从字源上讲，两马并行谓之骈，三马并驾谓之骖，四马并行谓之驷，夫妻成双谓之俪，三人合称谓之仨（sā）。总之，三句以上相同句型排列在一起，既不能叫对子，也不能叫骈句，因为它们已经不是成对成双了。

有些排比句，如果把其中两句抽取出来，可视为对偶句。但是大多数排比句，往往在意义上不能分割。例如在战国游说之辞和汉大赋中，常常用一连串排比句描述"其东"、"其西"、"其南"、"其北"……如何如何。整整齐齐，是典型的排比句。有的骈文论著把"其东……""其西……"视为对偶句，用分号分开。"其南……""其北……"又是一对偶句，以句号结束。原文是四个排比句，紧密相连一气呵成的。分成两对，割断了文脉，破坏了气势，是不符合作者意图的。

对偶句、排比句在骈文、散文和辞赋中都可以使用，但主次有别。

15

骈文以对偶句为主体,辞赋以排比句为主体,散文以散句为主体。这种语言形式上的差别,应该是比较容易辨别的。有些论著把主要使用排比句的文章当成骈文或骈文的"初始"未必合适。

在古代散文中,有许多意对而词不对的句子,辞赋中往往出现。齐梁以前的骈文偶尔也有,唐以后比较少见,否则被讥为对仗不工。在骈文的孕育期,可以适当放宽尺度,特别是在词性相对这一点上不必要求字字皆精当无误,但也不能过于宽泛。有的书把《孙子兵法》中的"是故百战百胜,非善之善者也;不战而屈人之兵,善之善者也"说成是对偶句中的隔句对。"百战百胜"与"不战而屈人之兵",两句字数不等,词性不对,句子结构不同,怎么看都对不上。"非善之善者也"与"善之善者也"两句字数不等。若在"善之善者也"之前加"乃"字"则"字或其他的表示肯定的字,这两句就可以对称了,但这四句合在一起仍然不是对偶句。有一种戴帽穿靴的对偶句,主语较长,三四五字,下面带两个谓语句,第二谓语句之后有"者""也"之类缀字,这样的句子虽然字数不等,亦无妨碍其为对偶句。

有的论著把排比句当成对偶句中的流水对。如《韩非子·解老》:"天得之以高,地得之以藏;维斗得之以成其威,日月得之以恒其光,五常得之以常其位,列星得之以端其行……"一连十个排比句。把《庄子·秋水》:"五帝之所连,三王之所争,仁人之所忧,任士之所劳",列入流水对。什么是流水对?有关诗词格律常识的书皆认为,是指对偶句中的两句之间意义贯通,不可割断,有如江河之流水。如唐骆宾王《讨武氏檄》:"坐昧先几之兆,必贻后至之诛","请看今日之域中,竟是谁家之天下"。或前因后果,或先问后答,单句皆无法独立。而上述《韩非子》《庄子》中的各句,明显是并列关系,并不依赖上下句而意义自足。

区别骈偶对比手法与铺陈排比手法

在一些古书中,骈偶、骈俪、俪辞,往往指修辞手法,以对偶句为主,从而造成文句对称,节奏整齐,顿挫有序,低昂相间的艺术效果。先秦时期,尤其是春秋以前,骈偶乃自然形成,未必有自觉的修辞意识。如果大量地普遍地使用对偶句,追求某种艺术氛围或韵味,应该是战国和秦汉时期才有的风气。

对比并不等于对偶，更不等于骈偶、骈俪。对比手法可以采用不太整齐的散句。如韩愈的《师说》："古之圣人，其出人也远矣，犹且从师而问焉；今之众人，其下圣人也亦远矣，而耻学于师。"这是对比句，而不是对偶句。对比的内容可以是古与今，正与反，善与恶、贤与愚……多种对立差异现象。而对偶句除了相异现象之外也可以有相同相似现象的罗列。对比可以用单句或多句，甚至用一段与另一段对比。如韩愈《送李愿归盘谷序》把不遇于时的安闲生活与奔走官场的狼狈状况对比。在散文中，对偶句可比，非对偶句亦可比，短句可比，长句亦可比，大段与小段皆可用于比较。骈文中的对比手法则更严格。

所谓铺陈手法，就是对事物或现象的方方面面作周详的描写陈述，乃至夸张形容。尤其在辞赋之中，往往是：东、南、西、北，春、夏、秋、冬，草、木、虫、鱼、鸟、兽，山、河、湖、海，政治、军事、社会、经济……一一罗列。常常使用一大串排比句。有时甚至用一大堆同一偏旁的字，一连十几个，如同字典。但是，排比手法也可以插入一定数量的不对称的散句。可以适当变换排比句的字数，意排而词不排。还可以短句排与长句排交替使用（《战国策》即多此类现象），所以，如果我们把排比视作一种修辞方法，它比排比句作为一种句法的含义应该更广泛更自由些。

排比、铺陈与对比、骈偶作为修辞手法，在古代散文、骈文、辞赋中都可以使用。辞赋以铺陈、排比为主，骈文以对比、骈偶为主。散文以句式自由随意为主，同时可以杂用对比与铺陈手法。从修辞手法来讲，散文更灵活多变，兼收并蓄，不拘一格。

骈丝俪片、骈偶段落和准骈文

所谓骈丝俪片指的是在整篇的散文当中，有一定数量的对偶句集中出现，如同织锦中的一片一段。它们与前后的散句有密切关联，在内容上和形式上都没有独立。而当这些片段再增大、扩充，构成相对独立的或大或小的段落时，我们称之为骈偶段落。

所谓"准骈文"的概念是山西大学李蹊教授首次提出来的。他认为，衡量一篇文章是不是骈体文，起码要考虑三条标准：一是看偶句的数量，二是看偶句的质量。偶句的质量最主要指偶句的结构形式。三是看偶句是否讲究藻饰，即偶句是否具有文学语言艺术的审美特征。"从数量上看，假如一篇文章的偶句，没能达到全文句子的一半，就不能算是骈体文；如果偶句的数量超过一半，但句子的形式多半不是四字句和六字句，不讲句子结构的对应，并且还杂有一些古文句法，也不能算骈体文。如果一篇文章具备了上述两项要求，但是不讲究藻饰，仍然不能算是骈体文。三条完全具备，但对偶句不符合西晋以后正式骈文的其他规矩，我以为也只能算是骈文的雏形，或称之为向骈文过渡的'准骈文'。"①

窃以为，具备第一条可以视为骈文的雏形，具备第二条可视为准骈文，三条皆备而有其他欠缺者，可称为"白描骈文"。

本文提出骈丝俪片、骈偶段落、准骈文等概念，目的是说明骈文的形成乃渐进过程，有其阶段性。上述各种形态是互相交错而非截然分隔的。

骈丝俪片在战国时期已经出现，汉代越来越多，常常是骈句散句相杂，而且散段与骈段相杂。西汉已出现不少骈偶段落，东汉逐渐增大，从而形成所谓"准骈文"。建安时期出现白描骈文，西晋出现正式的标准的骈文，但此后仍然有白描骈文，甚至"准骈文"也继续存在。骈文的形成经历了较长时间的尝试和实验的过程，并没有统一的写作规范，没人硬性规定大家必须遵守，如同唐代的格律诗、宋代的词、明清的八股文那样。骈文的写作规范，始终是约定俗成的，而非强制性的。

关于"骈文自古有之"、"骈散自来并存"论

从唐代柳宗元起，不断有人指出骈文形成于六朝。宋黄伯思已提出"六朝骈偶体"的文体概念。元人祝尧认为陆机"已用俳体"。明王志坚《四六法海》、吴讷《文章辨体》，皆主张骈文文体起于魏晋。一直到清代初年，大多数学者尚无异议。到了清中期，以阮元为代表的一些文章

---

① 李蹊：《骈文的发生学研究》，河北大学出版社，2005年版，第225—226页。

家,为了与桐城派争夺文坛正宗地位,提出骈文自古有之甚至认为唯骈文才是"文",而"古文"(即散体文)只是"语"。有的人为了调和骈散之争,而主张骈散自古并存,有散必有骈,无所谓先后主次之分。代表人物是编有《骈体文钞》的李兆洛。今天,阮元的意见已经少有附和者,而李兆洛的影响似乎依然存在。在讨论骈文的起源之时,不能不加以澄清。

从语言学讲,人类学会说话,总是先学会单个的字词,然后组成单句,再把单句组合成复句。复句中有因果句、条件句、主谓句、动宾句、并列句等多种形式,而对偶句只是其中之一种。小孩子学说话的过程即大致是先单后复,哪里有小孩子刚会说话就出口成对的呢? 所以,主张自有文章就有对偶句的说法是不科学的。

说骈散自古相杂并用也不确切。人类的语言及记录语言的文字,是先单后复,参差不齐的散句先于整齐对称的骈句。人们平时讲话、发言、作报告,总是散句为主,偶尔杂以对句。倘若有那么一位人士,与人谈话、讲课,满嘴对子,听众必定觉得可笑,认为他是在念讲稿,背书,装腔作势。

先秦两汉文章,从总体上讲,正是先有散句(甲骨文、金文),后有骈句,而且总是散句为主,骈句为次。而在社会生活用语中,始终是散句为主。即使在骈文鼎盛的齐梁时代,文章中对偶大量出现,可是散文仍然是交流的主要手段,人们说话决不会满口对子。齐梁史书中有大量对话和通俗文,即可为证。

考察骈文的起源,主要从先秦两汉散文范围之内去寻找,不必在《诗经》、楚辞和汉赋中花费精力。因为骈文是"文",骈文是在古代散文母体之内发育成熟的,骈文从对偶句发展而成为骈丝俪片,再到骈偶段落、准骈文、正式骈文,在先秦两汉散文的文体范围之内可以找到一脉相承的发展脉络。骈文是散文文类大圆圈中的小文类小圆圈,而诗歌、辞赋是散文之外的相邻的两大文类。骈文应该从自己血缘相近的直系亲属中去寻找祖先。诗歌、辞赋对骈文的影响是客观存在不能否定的,但只是间接的影响,而非主流与正源。考察骈文的起源,如同考察大江大河的源头,应正本清源。不能把先秦两汉凡是对偶句都当成骈文的源头,如同不能把每条流入大江大河的小溪都看成它的源头一样。

二、春秋以前有骈句而无骈文

目前出版的几部骈文史讲到骈文起源时,皆从先秦古籍中举出大量对偶句,证明骈偶在春秋以前已有萌芽。这样是可以理解的。但举例似乎太泛、太滥,其中有些并不是对偶句,这就无助于弄清骈文的真正源头,反而造成概念上的混淆。

先看《尚书》中的对偶句。张仁青《中国骈文发展史》列举最多。其中有些属于骈句,有些则未必。张氏引出《禹贡》九段,今举其中三段,如下:

> 厥土黑坟,厥草惟繇,厥木惟条,厥田惟中下,厥赋贞,作十有三载,乃同,厥贡漆丝,厥篚织文。(兖州)
> 厥土白坟,海滨广斥,厥田惟上下,厥赋中上,厥贡盐绨,海物惟错,岱畎丝枲,铅松怪石,莱夷作牧,厥篚檿丝。(青州)
> 厥草惟夭,厥木惟乔,厥土惟涂泥,厥田惟下下,厥赋下上上错,厥贡惟金三品,瑶琨筱荡,齿革羽毛惟木,岛夷卉服,厥篚织贝,厥包橘柚,锡贡。(扬州)

张氏说:"倘骈文家而选经也,固不可遗此篇。倘古文家而选经也,亦不可遗此篇矣。"[①]

《禹贡》是运用铺陈排比手法的典型。将九州之"厥田"、"厥赋"、"厥贡"如何如何一一罗列,句式以四言为主,而每州所用句数、字数则参差不齐,显然不是骈句。《禹贡》作者对各州自然物产和社会状况逐项介绍,完全没有两两对照之意。其句法和行文方式属于古文,与骈文

---

① 张仁青:《中国骈文发展史》,浙江大学出版社,2009年版,第62页。

大相径庭。

姜书阁《骈文史论》十分欣赏《尚书》中的《太甲下》之末段：

> 若升高必自下，若陟遐必自迩。无轻民事，惟难。无安厥位，惟危。慎终于始。有言逆于汝心，必求诸道；有言逊于汝志，必求诸非道。呜呼！弗虑胡获？弗为胡成？一人元良，万邦以贞。君罔以辩言乱旧政，臣罔以宠利居成功，邦其永孚于休。

还有《仲虺之诰》的一段：

> 佑贤辅德，显忠遂良，兼弱攻昧，取乱侮亡。推亡固存，邦乃其昌。德日新，万邦惟怀；志自满，九族乃离……能自得师者王，谓人莫己若者亡。好问则裕，自用则小。

这两段文字，绝大部分是整齐的对偶句，可以视为骈丝俪片。可是它们都属于伪古文《尚书》，清代以来，学界认定为魏晋人伪托，上述两段文字符合魏晋文章习惯，当代学者很少当作先秦材料引用。姜先生一方面说，骈文"兴起于东汉之初，始成于建安之际"①，另一方面又说"汉代以后的骈文，实早奠基于殷商故籍"。又说："在探讨这个问题时，完全不必涉及今古文《尚书》的真伪问题。"②这种见解自相矛盾，不敢苟同，引文怎么能不分真伪呢。南宋杨囷道《云庄四六余话》说："帝王之则，备载于《书》。典谟训诰誓命之文，多以四字为句，唯鲜对偶。"杨氏显然是把伪古文《尚书》排除在外的。

李躔的《骈文发生学研究》，列举《尚书》少量对偶句，然后指出："今文《尚书》二十八篇，共有近四千个句子，严格的偶句并不多。""在今文《尚书》一百多个对应句中，这样工整的句子还是少数。大部分是意对

---

① 姜书阁：《骈文史论》，人民文学出版社，1986 年版，第 14 页。

② 姜书阁：《骈文史论》，第 22 页。

而上下句的文字不对应,姑且称之为‘对举句’,这类句子后世称之为‘意对’。”①如《盘庚》上篇中的“若网在纲,有条而不紊;若农服田,力穑乃亦有秋”等是。

《左传》属于记叙文,绝大多数是散句,少数偶句往往出现在劝谏之言和行人辞令等说理文中。其中有些名篇是历代散文选本必选之作,近年也被一些人当成骈文的初始。李蹊对此作了具体的分辨,确认它们不是骈文而是散文。例如,桓公二年,臧僖伯谏纳郜鼎,整篇共四十九句,前二十句多用铺陈排比手法,不能算是对偶句。如“大路越席,大羹不致,粢食不凿,昭其俭也”,三个排比句,归于一个结论。下面连续铺陈,次第归结于“昭其度也”,“昭其数也”,“昭其文也”,“昭其物也”,“昭其声也”,一共七个“昭其”作结的句子。这二十五句中,只有一个对偶句,说明发言者并非有意讲求对偶,只是按客观情况一件又一件地数说而已。后面的二十四句中偶句较多,除了“文物以纪之,声明以发之”两句外,其余对得并不整齐,只能算意对。此文并不像刘麟生《中国骈文史》所说的“几乎通篇皆偶语”②。

成公十三年的吕相绝秦,共一百三十一句,偶句只有四对八句。而排比群却有四组二十句。把秦国历代国君对晋国如何背信弃义一件一件地铺陈开来,尽管有些不符事实,强词夺理,由于其语言大量排比铺张,形成极强烈的趋向力,竟使秦人无言以对。几个对偶句也很有流动特点:“申之以盟誓,重之以昏姻”,“跋履山川,逾越险阻”,“穆襄即世,康灵即位”……李蹊说“这样一组偶句因为意义相近就形成了一边倒的倾斜的趋势,形成了向一个方向运动的心理的趋动力,这就与整篇单线直进的思维方式和进攻性的语言气势达成一致”③。此文的作风直接影响战国策士和汉初贾谊之文。

宣公十二年,晋士会答荀林父的一段话共七十句,对偶句几乎占全部答语的三分之一。李蹊说:“从内容到形式,堪称偶句运用的典范之

---

① 李蹊:《骈文的发生学研究》,河北大学出版社,2005年版,第54—55页。
② 李蹊:《骈文的发生学研究》,第63页。
③ 李蹊:《骈文的发生学研究》,第71页。

作。尽管如此,我们还不能说这就是骈文,更不能说是'骈文的模楷'。因为这些句子不管对应得多么整齐,句子形式仍然是'古文'的句子,还不能与后世正式的骈文的句法相提并论。且不说还没有达到正式骈文四六文的整齐程度,也不说对声律、用典等修辞手法的运用,单是每一对偶句中的韵味就是古文的,而不是骈文的。原因就在于句子中间用了大量的语气词,发语词和连接词。""单是句尾的'也'字和'矣'字就多达十二处。""遂使整篇文章散发着先秦古朴、从容、典雅、厚重之气。""而语气(特别是节奏)的不同则是古文中的偶句与骈文中的偶句的重要区别之一。"①

《国语》成书略早于《左传》,记言为主,记事为辅。其中多排比句,而少对偶句,有些是意对而词不对。姜书阁举出《齐语》"今夫士群萃而州处"等四段,认为是"后世骈体之先驱"②。其实与后世骈文相差很远。这四段分论士、工、商、农情况,先论"士",用十三句;次论"工",用十九句;再论"商",用二十三句,再次论"农",用三十三句。这是很清楚的四段排比,而非四段对偶。各段之中,有对偶句、排比句和散句。称此文为"对偶文",不如称之为"古文"更合适。姜书又举《郑语》"今王弃高明昭显"一段,说"这里的许多骈偶句都是对仗工整,足为后世法的"。这段文字的前半段,即从"今王……"到"以成百物",散句多于偶句,偶句也欠工整。后半段共十三句:"是以和五味以调口,刚四肢以卫体,和六律以聪耳,正七体以役心,平八索以成人,建九纪以立纯德,合十数以训百体。出千品,具万方,计亿事,材兆物。收经入,行姟极。……"有的书把这段文字当成骈偶。以实际而论,这一段是典型排比句。前一小段七句,每句用六言,由五味而四肢、六律、七体、八索、九记、十数,一气呵成,不可以把其中任何两句切开视为一对,那样就割断文气。后一小段三言六句,前四句依次排列千品、万方、亿事、兆物(十亿为兆)。最后两句似为对偶,但意思不太好懂。

① 李躜:《骈文的发生学研究》,第 69、70、73 页。

② 姜书阁:《骈文史论》,第 32 页。

  《周礼》，又称《周官》、《周官经》，古文经学家认为周公所作，今文经学家以为出自战国，当代学者或主张出于西周后期，或东周中期，或战国中期。它既非记事文，也不是议论文，而是说明文，带有公文案例性质。清末民初的刘师培认为，《周官》"言词简质，不杂偶语韵文"（见《刘申叔先生遗书》之《文章原始》）。张仁青认为："《周礼》之文，骈词偶句，随手纷披、擢发难罄矣。"他特别引出《职方氏》关于九州的一大段，分别说明扬州、荆州、豫州、青州、兖州、雍州、幽州、冀州、并州各州之山镇、泽薮、浸川以及"其利"、"其民"、"其畜"、"其谷"如何如何。张氏指出："此篇上规《禹贡》，故句法悉同。《禹贡》用'厥'字为排句，此则专用'其'字为排句。《禹贡》每州长短错落，此则整齐划一。世之选文家苟欲选经典之文也，则《禹贡》骈散均可入选，而此篇则唯宜入于骈文矣。"①此文从修辞上讲，是典型的铺陈手法，从句法上讲，是典型的排比句法。张氏既说它们是"专用其字为排句"，又说是"骈词偶句"，可见在他心目中，对偶句与排比句混为一谈了。

  《孙子兵法》，春秋末年吴国军事家孙武著，今存十三篇，属于格言体。金钜香《骈文概论》认为此书是骈文。有人认为，在各种常用的对偶方法上，孙子之文都比其他人用得精严，与后世地道的骈文的距离更小，有些对偶句式，与后世一些骈文家之作，并不逊色。并举《谋攻》篇："凡用兵之法，全国为上，破国次之；全军为上，破军次之；全旅为上，破旅次之；全卒为上，破卒次之；全伍为上，破伍次之。"说："这种层递对偶之工整，不仅春秋战国之文中极为少见，就是后世地道骈文中也不多见。"

  其实，这不是层递对偶句，而是五层递降排比句。五句为一整体，不可以分割为两两相对的对偶句。在春秋战国散文中并不少见。《左传》中的"太上有立德，其次有立功，其次有立言"就是三层递降排比句。《荀子·大略》中的"口能言之，身能行之，国宝也；口不能言，身能行之，国器也；口能言之，身不能行，国用也；口言善，身行恶，国妖也。"是四层

---

  ① 张仁青：《中国骈文发展史》，第68、69页。

递降排比句。类似例很多。某书又举《孙子·计篇》中的"一曰道,二曰天,三曰地,四曰将,五曰法"和《火攻》中的:"一曰火人,二曰火积,三曰火辎,四曰火库,五曰火队。行火必有因,烟火必素具。发火有时,起火有日。"说这是流水对。其实前面两组"一曰"至"五曰",是排比句,只有最末四句是两个对偶句。有人还举出《谋攻》篇的"知彼知己,百战不殆;不知彼而知己,一胜一负;不知彼不知己,每战必败",认为是隔句对。其实,孙子列举三种情况三种结果,意义上是排列关系,而句子形式既不是对偶句(三个句子互相不对称),也不是排比句(三个句子排比不整齐),而是用参差不齐的散句,把三种情况进行比较,这种方法在古文中常见。

考论春秋以前的骈句,许多骈文史皆举《诗经》为例。似乎没有太大必要。《诗经》是中国古代第一部诗歌总集,是历代诗歌之源,它直接哺育了几千年中国诗歌的发展。从艺术性讲,主要是赋比兴手法,其句式以四言为主,以重章叠句反复咏唱为特色。《诗经》确实有不少对偶句,或两句一对,或四言一对,或六句一对。但并不像刘麟生《中国骈文史》所说占十之六七。《诗经》的对偶句和其他句式,都是能配乐歌唱的,音乐性是刚性要求,重章叠句是常见组合。后世诗歌由于与音乐关系的变化,句式也随之变化。并不完全承袭《诗经》。

《诗经》的对偶句,既不同于后世诗词中的对偶句,也不同于散文中的对偶句,更不同于标准骈文的对偶句。例如《邶风·谷风》:"就其深矣,方之舟之;就其浅矣,泳之游之。"《邶风·柏舟》:"我心匪石,不可转也;我心匪席,不可卷也。"《魏风·十亩之间》"十亩之间兮,桑者闲闲兮,行与子还兮。十亩之外兮,桑者泄泄兮,行与子游兮。"此外,《周南·芣苢》三章、《秦风·无衣》三章、《齐风·东方未明》首二章,都是常见重章叠句的范例。所谓"叠句",就是两个或三个句子仅改变三两个字,其余字句相同。有的骈文论著把这类句式归于骈偶句中的隔句对。其实,这种句式在后世骈体文中是少见的,倒是在散体文中不乏其例。

《诗经》对散文、骈文、辞赋各体文学都有程度不同的影响,但是,并不是从《诗经》中孕育出骈文,倒是六朝骈文和齐梁诗歌共同催生了唐代格律诗。唐代格律诗中的第三、四句和第五、六句要求两个工整的对偶句,其平仄和韵脚比骈文更严密,正是吸收六朝骈文的成果。所以没有必要从源头上把骈文与《诗经》捆绑在一起以光大骈文的身世。讲骈文的来龙去脉,从大散文范围之内就可以说清楚。有人说,骈文滥觞于《诗经》。还有人说,骈文属对之法,全为三百篇所涵盖。实际情况实并不见得如此,骈文最基本的句式是四六对句,在《诗经》中是很少见到的。

三、战国时期的骈丝俪片

先秦是中国散文史上的第一高潮,而战国又是其中的最高峰。由于社会、政治、经济、文化,尤其是人与人之间关系的巨大变化,作为人们表达思想沟通讯息的主要工具的语言和文字,随之发生飞跃性变化。春秋时恭敬有礼、细心陈述的臣下劝谏,变为游说献策、骋辞竞说;春秋时朋友间的交流探索,平等讨论,变为诸子争鸣,互相指责;春秋时委婉谦卑,有理有节的行人辞令,变为谋士们的剧谈雄辩,纵横排阖。这时言辞的作用空前重要。对于国家来讲,“一人之辨,重于九鼎之宝;三寸之舌,强于百万之师”(《文心雕龙·论说》)。对于个人来讲,只要口中之舌不烂,就不愁功名利禄。所以,人们对言辞的技巧越来越讲究了。

从文章体裁看,春秋散文成就最高的是《左传》为代表的记叙文,战国散文成就最高的是诸子著作所代表的说理文。从句子形式看,春秋散文多用短句、单句、陈述句。战国散文长句倍增,感叹句、问答句、反诘句……经常出现。而以排比句最频繁。李蹊指出:在纵横家那里,“他们喜欢用的语言形式是排比句甚至是排比段落,而不是对偶句”①。而在儒道墨法各家那里,坐而论道,不事而议论,讲究逻辑性、稳定性、科学性,他们比较爱对偶句,以进行正反对照,古今对比,优劣成败相较。在当时学界,对偶与排比运用自如之后,便两相结合,掺杂使用,乃

---

① 李蹊:《骈文的发生学研究》,第112页。

至多句连续使用,形成一段一段的骈丝俪片,出现在整篇的散文之中,它们是后世正式骈文的胚胎。

下面看一些例子:

《商君书》,一部分可能是秦相商鞅自著,另一部分则是门客或追慕者的记述。此书语言峭拔、简洁,行文有如斩钉截铁。如《更法》篇记商鞅在秦孝公面前与保守派辩论变法时的一段话:

> 三代不同礼而王,五霸不同法而霸。故知者作法,而愚者制焉;贤者更礼,而不肖者拘焉。拘礼之人,不足与言事;制法之人,不足与论变。
>
> 前世不同教,何古之法?帝王不相复,何礼之循?伏牺神农教而不诛,黄帝尧舜诛而不怒。及至文武,各当时而立法,因事而制礼。礼法以时而定,制令各顺其宜。兵甲器备,各便其用。臣故曰:治世不一道,便国不必法古。

全段 26 个自然句,只有最后五句不成对,其余都是两两对称,工整严密,而且,没有语气词、连接词。按李蹊的标准,这是骈文的对偶句,而不是古文的对偶句。因此,可称之为骈丝俪片。这段话又见《战国策·赵策》武灵王为胡服骑射与反对派的辩论中。学者认为,赵武灵王晚于商鞅,可能是沿用了《商君书》的文句。

《管子》是战国时期齐国稷下学派所编辑和创作的一部书,内容驳杂,文体多样,大部分是议论文和说明文,少部分以记事为主或记言记事相结合,全书的语言风格文字水平很不一致。试看《牧民·四顺》中的一段:

> 政之所兴,在顺民心;政之所废,在逆民心。民恶忧劳,我佚乐之;民恶贫贱,我富贵之;民恶危坠,我存安之;民恶灭绝,我生育之。能佚乐之,则民为之忧劳;能富贵之,则民为之贫贱;能存安之,则民为之危坠;能生育之,则民为之灭绝。故刑罚不足以畏其意,杀戮不足以服其心。故刑罚繁而意不恐,则令不行矣;杀戮众

而心不服,则上位危矣。故从其四欲,则远者自亲;行其四恶,则近者叛之。故知予之为取也,为政之宝也。

全段除最后两句,全都是对偶句。而"民恶忧劳,我佚乐之"以下八句四对与"能佚乐之,则民为之忧劳"以下八句四对,组成递进式两层排比。主旨是强调顺民心,重民意,正反对照,步步推进,论证有力。读起来节奏鲜明,给人以毋庸置疑的坚定感。

《墨子》是墨家学派的著作集,文体不一。最核心的"十论"二十四篇,是由墨子讲稿拼集而成的议论文。全书语言质直,不事雕琢,讲究逻辑性,熟练运用"三表法",议论不避重复,往往反复申说,书中也有少量骈丝俪片,如:

> 孔某盛容修饰以蛊世,弦歌鼓舞以聚徒。繁登降之礼以示仪,务趋翔之节以观众。儒学不可使议世,劳思不可以补民。累寿不能尽其学,当年不能尽其礼,积财不能赡其乐。繁饰邪术以营世君;盛为声乐以淫遇民。其道不可以期世,其学不可以导众。(《非儒》下)

全段十五个自然句,除"累寿不能尽其学"以下三句是排比句,其余都是两句一对的骈偶句,词性对称切当。《非儒》篇对儒家的指责有一些夸张不实之辞,学者认为可能是墨家后学所作,不难看出此文受战国中后期文风的影响。

《孟子》有些句子似骈而非骈。如《滕文公下》:"居天下之广居,立天下之正位,行天下之大道。得志与民由之,不得志独行其道。贫贱不能移,富贵不能淫,威武不能屈,此之谓大丈夫。"一、二、三句试排比句,四、五句意对而词不对。六、七、八句又是排比句。整段皆非骈偶句。《中庸》有些段落,骈散排比相间杂,自由随意,够不上骈丝俪片。古文中常见,骈文中很少此类句法。

《尹文子》是战国中期名家学派代表人物尹文的著作,今存《大道》上、下两篇,其中有云:

名者，名形者也；形者，应名者也。然形非正名也，名非正形也。则形之与名，居然别矣，不可相乱，亦不可相无。无名，故大道无称；有名，故名以正形。今万物俱存，不以名正之则乱；万名俱列，不以形应之则乖。故形名者，不可不正也。善名命善，恶名命恶。故善有善名，恶有恶名。圣贤仁智，命善者也；顽嚚凶愚，命恶者也。今即圣贤仁智之名，以求圣贤仁智之实，未之或尽也；即顽嚚凶愚之名，以求顽嚚凶愚之实，亦未之或尽也。使善恶尽然有分，虽未能尽物之实，犹不患其差也。故曰：名不可不辨也。

这段文字，说明正名实的必要性，逻辑严密，句句紧扣，清峻简约。39 句中有 28 句对偶，可以算是骈丝俪片。当然，还不是骈文的对偶句，而是古文的对偶句。对于魏晋时期王弼、何晏之文，有明显的影响。

《荀子》是大儒荀卿的个人著作，今本 32 篇，有 23 篇专题论文，每篇有明确的中心，并以二字为题，如《礼论》、《乐论》、《劝学》、《议兵》、《富国》等等。《荀子》的文章多长篇大论，结构宏伟，视野开阔，既讲论证的逻辑性，又讲文辞的艺术性。他很重视"类"的概念，有意从多角度多层次进行分类和比较，自觉运用排比句和对偶句，形成富赡绵密的风格。如：

积土成山，风雨兴焉；积水成渊，蛟龙生焉；积善成德，而神明自得，圣心备焉。故不积跬步，无以致千里；不积小流，无以成江海。骐骥一跃，不能十步；驽马十驾，功在不舍。锲而舍之，朽木不折；锲而不舍，金石可镂。蚓无爪牙之利，筋骨之强，上食埃土，下饮黄泉，用心一也；蟹六跪而二螯，非蛇蟮之穴无可寄托者，用心躁也。是故无冥冥之志者，无昭昭之明；无惛惛之事者，无赫赫之功。行衢道者不至，事两君者不容。目不能两视而明，耳不能两听而聪，螣蛇无足而飞，鼫鼠五技而穷。（《劝学》）

前七句意在排列比较，但前四句是两个对偶句，第五、六、七句与前两对不对称，意比而词不比。从"积土成山"至"功在不舍"一小段共同论证一个"积"字。"锲而舍之"以下四句两对，论证学习必须专一。以下用蚓之"用心一"与蟹之"用心躁"相比，意对而词不对。以下"无冥冥之志"至"无赫赫之功"两个对偶句，强调学习和做事要沉下心来，不可急躁。"行衢道者不至"到最后三个对句，证明不能一心二用，分散注意力。通篇以大量实例代替单纯理论说教，具有强大的说服力和生动的形象感。这样的段落在《荀子》书中还可以找到一些，它们对汉赋、汉文和以后的骈文都有影响，不过就《劝学》整篇而言，还没有太多的对偶句和排比句。它们或意对而词不对，或意比而词不比，或散骈相杂，"差差然而齐"。是先秦不可多得的好文章，但尚不可视为骈体文。

《韩非子》，是法家韩非的个人著作，文章体裁有长篇政论、短篇杂文、驳难体史论，纲目式经说、问答体、提纲体、书信体等等。大部分是散文，也有少量散韵相间的韵文，还有依内容分类的寓言故事专辑。全书的对偶句和排比句不及《荀子》多，但也有些段落属于骈丝俪片，如《喻老》：

> 有形之物，大必起于小；行久之物，族必起于少。故曰：天下之难事必作于易，天下之大事必作于细。是以欲制物者，于其细也。故曰：图难于其易也，为大于其细也。千丈之堤，以蝼蚁之穴溃；百尺之室，以突隙之烟焚。故曰：白圭之行堤也，塞其穴；丈人之慎火也，涂其隙。是以白圭无水难，丈人无火患。此皆慎易以避难，敬细以远大故也。

全段 26 句，只有两句不对，其余或四句组成两对，或两句组成一对。环环相扣，相当工整。再如《观行》篇有：

> 古之人目短于自见，故以镜观面；智短于自知，故以道正己。故镜无见疵之罪，道无明过之怨。目失镜则无以正须眉，身失道则无以知迷惑。西门豹之性急，故佩韦以缓己；董安于之心缓，故佩弦以自急。故以有余补不足，以长续短，谓之明主。

　　除了最后两句意对而词不对，其余都是工整的隔句对，而且六字句多于四字句，自始至终语意双行。

　　《战国策》旧列史部，其实全书重要内容是说理论政，较少记叙史实。先秦纵横家之文，主要反映在《战国策》中。其写作技巧，历来评价很高。金钜香《骈文概论》认为它已是骈文。姜书阁《骈文史论》认为其中苏秦张仪游说之辞，"具有了骈文的最早雏形"。李蹊指出："《战国策》所载策士们的说辞短句多，长句少，遍举敷陈多，骈俪偶句少。"①"纵横家和策士们抵掌而谈……其对偶句并不太多。"②

　　《战国策》文章最大特色是铺陈与夸饰，策士们游说国君，总是首先铺陈天下大势。述其地理，东西南北，山河湖海；追溯历史，三王五霸，贯古及今；论政治，君臣内外，法术权势；讲军事，固险扼塞，攻守进退……而且把各种情况夸张形容到了极致。例如，《秦策一》苏秦初见秦王时说：

　　　　大王之国，西有巴蜀汉中之利，北有胡貉代马之用，南有巫山黔中之限，东有殽函之固。田肥美，民殷富，战车万乘，奋击百万，沃野千里，蓄积饶多，地势形便。此所谓天府，天下之雄国也。以大王之贤，士民之众，车骑之用，兵法之教，可以并诸侯，吞天下，称帝而治。

　　遭到秦王拒绝之后，苏秦又大量罗列古代以战争取胜者，然后说："今欲并天下，凌万乘，黜敌国，制海内，子元元，臣诸侯，非兵不可。"再进而暗讽秦王："今之嗣主，忽于至道，皆惛于教，乱于治，迷于言，惑于语，沉于辩，溺于辞，以此言之，王固不能行也。"

　　苏秦第二次出山，游说各国成功，佩六国相印。作者又极力描述其威势："当此之时，天下之大，万民之众，王侯之威，谋臣之权，皆欲决于苏秦之策。不费斗粮，未烦一兵，未战一士，未绝一弦，未折一矢，诸侯

---

① 李蹊：《骈文的发生学研究》，第83页。
② 李蹊：《骈文的发生学研究》，第112页。

相亲,贤于兄弟。"

几乎通篇皆用排比句,有如长江大河滚滚而下,这种铺陈手法对于汉大赋和汉初散文有直接影响,而与魏晋正式骈文相距甚大。不宜把苏秦张仪之言说成是"骈文的雏形"。

有些书还把《战国策·燕策》中的《乐毅报燕王书》当成骈文。细读此文,从"臣不佞"算起共 140 自然句,只有 12 个对偶句,大多数是不对称的散句,不能算是骈文。

《周易》中的《文言》和《系辞》,清代骈文家评价极高。阮元说:"孔之《文言》,实为万世文章之祖。"(《书梁昭明太子〈文选序〉后》)刘麟生说:"不妨以最早之骈文视之。"①张仁青说:"《文言》《系辞》之作,孔子实经营之,则谥孔子为骈文之初祖,亦庶几乎有当夫。"②

首先应该指出,《周易》十传并非孔子所作,而是出于战国中后期儒生手笔,这已成为今人共识。阮元因孔子为万世师表,故孔子之文章也是万世之祖。这种推论,今天已没有说服力。其次,细读《文言》原文,不难看出,它虽有不少对偶句和押韵之句,但全文还是以散句为主,偶句为辅。《乾文言》全文 170 个自然句,对偶句加排比句共计 40 多句,约占全文四分之一。此文采用条分缕析手法,开头八句分为两排各四句,以解释乾卦卦辞元、亨、利、贞四字。接着用六段文字,分别解释六爻爻辞:初九潜龙勿用,九二见龙在田,九三君子终日乾乾,九四或跃在渊,九五飞龙在天,上九亢龙有悔。下面再把六爻连续起来分析,并与元亨利贞以及几个"利见大人"糅合一起,阐发其意蕴。其中有少量句子,如"同声相应,同气相求。水流湿,火就燥。云从龙,风从虎",对仗精工。刘勰《文心雕龙·丽辞》篇倍加赞扬,但刘氏并未将《文言》当成骈文,按照《文心雕龙》的理论体系,《丽辞》讲的是修辞论,而不是文体论。

《文言》是优美的哲理散文,但尚不是骈文。《系辞上》有一些是骈丝俪片。如:

---

① 刘麟生:《中国骈文史》,东方出版社,1996 年版,第 10 页。
② 张仁青:《中国骈文发展史》,第 60 页。

天尊地卑，乾坤定矣；卑高以陈，贵贱位矣；动静有常，刚柔断矣。方以类聚，物以群分，吉凶生矣；在天成象，在地成形，变化见矣。是故刚柔相摩，八卦相荡。鼓之以雷霆，润之以风雨。日月运行，一寒一暑。乾道成男，坤道成女。乾知大始，坤作成物。乾以易知，坤以简能。易则易知，简则易从。易知则有亲，易从则有功。有亲则可久，有功则可大。可久则贤人之德，可大则贤人之业。易简而天下之理得矣。天下之理得，而成位乎其中矣。

全段共 35 句，除"日月运行，一寒一暑"和最后三句外，其余都是对偶句，从"乾以易知"到最后，采用层层递进的论析法，类似后世所谓"续麻"、"顶针"格，显得剔抉入微，诵读起来，朗朗上口，自然押韵，铿锵有致。这一大段可视为骈偶段落，但不能把所有《系辞》都说成骈文。

从清代李兆洛起，一些人把李斯《谏逐客书》当成骈文。此文以铺张扬厉和强烈对比为行文谋篇的重要特色，以排比句为主要句型，对偶句较少，而不对称的句子甚多。全文第一大段列举穆公、孝公、惠王、昭王，得外来之士而强大，四段纯用散体，意排而词句不排。第二大段罗列秦王政的生活享受皆取资外国，而用人却排外，可见所重在珠玉而所轻在人民。这一段有七句一排、四句一排、三句一排，然而两句一对的句子极少见。最后一大段对偶句排比句兼用，有名句"太山不让土壤，故能成其大；河海不择细流，故能就其深；王者不却众庶，故能明共德"，这是三个排比句。此文从气势看，明显继承战国纵横家风格；从句法看，接近汉赋，而不像骈文。

有人把楚辞看成骈文，不妥。楚辞是诗，汉赋是赋，骈文是文，分属不同文体，各有其不同特征。虽然互有影响，但不宜混为一谈。李蹊指出："一般韵文文学史都以为楚辞中的对偶句较多，这其实是一个没有仔细观察过的模糊的印象。仔细统计起来，楚辞中真正的偶句并不太多，但是'意对'的偶句和排比句确实较多。"①

---

① 李蹊：《骈文的发生学研究》，第 162 页。

楚辞中的对偶句,是诗歌的对偶句,不是骈文的对偶句。其最大特点是可以吟唱,多用"兮"字,这是出于音乐的要求。本来是上六下六的对句,中间加"兮"字之后,变成上七下六,字数就不对称了。由于吟唱的需要,楚辞总是两句一顿,很少单句。但两句一顿,并不等于两句一对。如:"帝高阳之苗裔兮,朕皇考曰伯庸。"姜书阁说:"《离骚》的开头两句,便是骈偶,但因其行文自然,故读者不易察觉。"①这两句前一句是偏正结构,后一句是主谓结构。意谓:我是帝高阳的后代,我的父亲名字叫博庸。这怎么能说是"骈偶句"呢?有人举出《哀郢》"皇天之不纯命兮,何百姓之震愆!民离散而相失兮,方仲春而东迁"以下二十句,说它们"绝大多数为音义对仗"。其实它们绝大多数字数不等,句子结构不同,并不能构成对仗。至于《天问》篇,姜书阁指出:"对偶几乎绝迹,而骈排则是很多的。"姜氏所谓骈排,即排比句。《招魂》主要用排比法,连呼"魂兮归来,东方不可以托些⋯⋯"然后南方如何,西方如何,北方如何,上天又如何,下地又如何⋯⋯姜先生说:"句虽整齐,偶对殊少。"②这个判断是正确的。

《卜居》是文而不是诗,也不是赋,后世古文选本多有录取。《卜居》的句子以排比为主,开头是散句叙事,中间有一连八对排比句,每对都是"宁⋯⋯乎"和"将⋯⋯乎"。其下半段对偶排比兼用,全文风格接近汉赋,而不像骈文。姜书阁还指出,宋玉的《九辩》颇多排比句,但真正算得上对偶句的却不是很多"③。张仁青说:"宋玉亦骈文之祖师矣。"④张说碍难苟同。

■ 作者简介

谭家健(1936—　　),中国社会科学院文学研究所研究员,主要从事中国古代文学与文化研究。

①　姜书阁:《骈文史论》,第 77 页。
②　姜书阁:《骈文史论》,第 84 页。
③　姜书阁:《骈文史论》,第 89 页。
④　张仁青:《中国骈文发展史》,第 115 页。

礼仪文献的世俗化之路

过常宝

（北京师范大学文学院　北京　100875）

内容提要　上古文献生成于宗教礼仪活动中，目的是见证宗教活动。春秋礼崩乐坏，文献开始挣脱其宗教仪式背景，显示其独立的价值。"赋诗言志"产生于宴饮仪式的无算乐阶段，但"断章取义"的方法却与仪式无关，同样，"征引"开启了文献自身的文本意义，并使得文献经典化。春秋史官利用告命、岁典等仪式，将载录由"见证"发展为"指证"，并通过"书法"赋予文献以现实裁判权，从而突出了文献的自主性。载录"传闻行言"的"简牍"，已完全脱离仪式，直接表达了史官的社会理想和价值观。礼教过程中的乐教和诗教，通过对经典阐释而形成新的教化文本，这对中国文献传统有着深远的影响。以上显示了文献的功能从宗教向世俗过渡的最初历程。

关键词　礼乐文献　赋诗言志　征引　春秋书法　世俗性

　　文献是在制礼作乐过程中产生的，礼乐文化的生成方式、形态和功能，也就决定了文献生成方式、形态和功能。我们可以将礼乐文化基本区分为仪式形态和精神内核两个部分，随着时代的发展，礼乐文化的仪式部分逐渐淡化、变异乃至消失，而其中的精神内涵，就主要由文献来承担和传承了。所以，我们又可以说，文献是礼乐文化的一部分，而且是越来越重要的部分，它起着见证、传承、发扬礼乐精神的作用。

一

文献在西周时期与宗教或礼乐仪式结合在一起,它的功能主要在于见证和传播,起着辅助性的作用,真正产生意义的是宗教或礼乐仪式,文献自身并不具有独立的价值。春秋时期,礼崩乐坏的文化现状迫使文献现身,从而成就了文献自身的意义和价值,也就奠定了文献独一无二的文化地位。

有两个现象可以说明文献独立于仪式的新倾向:一是赋诗言志,一是征引。

所谓"赋诗言志",是指在特定场合下借助诗表达自己或窥视他人的意志。第一种类型主要指的就是所谓"外交应对"。如晋文公重耳在逃亡途中,得到秦穆公的帮助,在秦穆公正式宴请重耳时,就有赋诗的场面:

> 他日,公享之。子犯曰:"吾不如衰之文也,请使衰从。"公子赋《河水》。公赋《六月》。赵衰曰:"重耳拜赐!"公子降,拜,稽首,公降一级而辞焉。衰曰:"君称所以佐天子者命重耳,重耳敢不拜?"(《左传·僖公二十三年》)

赋诗,本来是宴饮礼仪活动的一部分,但在这个载录中,赋诗已经从宴饮仪式中独立出来,成为政治交往的一部分,它的意义并不能从宴饮仪式中获得,而是要从外交目的和手段中判断。重耳通过赋诵《河水》,表达了对秦的仰慕和归顺之意;秦穆公答以《六月》,表达了对重耳回国的支持。于是,一场重大的外交活动就此完成,在这场外交活动中,诗的功能非常突出,并且完全不依赖宴饮仪式。

"赋诗言志"的另一种形态就是通过诵诗而窥探他人的心志并判断其命运,如《左传·襄公二十七年》:

> 郑伯享赵孟于垂陇,子展、伯有、子西、子产、子大叔、二子石

从。赵孟曰:"七子从君,以宠武也。请皆赋,以卒君贶,武亦以观七子之志。"子展赋《草虫》。赵孟曰:"善哉,民之主也!抑武也,不足以当之。"伯有赋《鹑之贲贲》。赵孟曰:"床第之言不踰阈,况在野乎? 非使人之所得闻也。"子西赋《黍苗》之四章。赵孟曰:"寡君在,武何能焉?"子产赋《隰桑》。赵孟曰:"武请受其卒章。"子大叔赋《野有蔓草》。赵孟曰:"吾子之惠也。"印段赋《蟋蟀》。赵孟曰:"善哉,保家之主也! 吾有望矣。"公孙段赋《桑扈》。赵孟曰:"'匪交匪敖',福将焉往? 若保是言也,欲辞福禄,得乎?"卒享,文子告叔向曰:"伯有将为戮矣。诗以言志,志诬其上而公怨之,以为宾荣,其能久乎? 幸而后亡。"叔向曰:"然,已侈。所谓不及五稔者,夫子之谓矣。"文子曰:"其余皆数世之主也。子展其后亡者也,在上不忘降。印氏其次也,乐而不荒。乐以安民,不淫以使之,后亡,不亦可乎!"

赵孟是晋国的重臣,在郑伯的宴席上,他提议赋诗"以卒君贶"。这个提议仍然是宴饮仪式的一部分,即仪式进入无算乐阶段,参加仪式的人可以乘着醉意随意诵诗(指定乐工演唱某诗),目的是尽欢①。这仍然在仪式过程中。但赵孟提议赋诗的另一个目的是"观七子之志",这就在仪式之外了。在郑国七个大臣赋诗后,赵孟预言了这七个人的命运。如伯有所赋《鹑之贲贲》,按《诗序》的解释,是刺卫宣姜淫乱的诗,在郑伯的宴席上诵唱这样的诗是不合时宜的,因此,赵孟认为伯有"志诬其上",所以将有杀身之祸。显然,这个解释与仪式一点关系也没有,完全来自诗的内容。

诗在西周时期基本都是用之于仪式的,即使是讽刺诗,也必须借助仪式才能将意义呈现出来。"赋诗言志"虽然还在仪式之中,但它起作

---

① 顾颉刚在《论〈诗经〉所录全为乐歌》中指出:"无算乐则多量的演奏,期于尽欢。"(《顾颉刚集》,中国社会科学出版社,2001 年版,第 166 页。)其后朱自清也有类似的看法,参见朱自清:《中国歌谣·歌谣的历史》,《朱自清全集》第六卷,江苏教育出版社,1992 年版,第 387 页。

用的方式主要依赖诗自身的内容,不再依赖仪式,独立的诗文献的意义由是产生。

征引是春秋时期另一个值得重视的文化现象。《左传·昭公八年》记载叔向评论师旷说:

> 子野之言君子哉! 君子之言,信而有征,故怨远于其身。小人之言,僭而无征,故怨咎及之。

所谓"信而有征",就是说有征引的言论可以使人信服。从《左传》可知,春秋君子们立言于世,一般都会有征引。如宣公十六年,晋羊舌职称赞士会胜任中军之将,曰:

> 吾闻之,"禹称善人,不善人远",此之谓也夫。《诗》曰"战战兢兢,如临深渊,如履薄冰",善人在上也。善人在上,则国无幸民。谚曰"民之多幸,国之不幸也",是无善人之谓也。

这段话同时征引了三种不同的文献:"闻之"、诗、谚,应该是"君子之言"。根据《左传》载录,君子们在立言时称引最多的是《诗》。据统计《左传》中引《诗》共约 80 处①,平均不到两处立言就有一条征引《诗》,所以孔子云"不学诗,无以言"。《诗经》之外,则以《书》和《易》为多,此外还有"史佚有言"、"故志"等史官职业典籍。除了这些有名字的典籍外,立言者还常说"吾闻之"。如《左传·庄公三十二年》载史嚚在论虢公求神赐土田时说:"吾闻之:国将兴,听于民;将亡,听于神。"《左传·昭公十五年》载叔向话云:"言以考典,典以志经。"又云:"礼,王之大经也。"典即典籍,经即传统礼仪。这段话是说,意义的出发点是礼乐仪式,也就是"经";而"经"载录于典籍文献之上,所以,立言就必须依据典

---

① 张伟保:《〈诗三百〉的形成与流传研究》之《〈左传〉引诗表》,北京师范大学 2004 年博士学位论文。

籍。这一说法虽然尊崇礼乐文化仪式,但它用典籍将礼仪和言说隔开,认为"言"可以只依赖于典籍,而不必上探礼乐仪式。从征引的实际来看,征引者所关心的完全是文献的意义,而非其背后的仪式。也就是说,对于"立言"来说,典籍可以独自发挥作用,帮助"立言"形成意义。

"赋诗言志"和"征引"是两件标志性的文献事件。它说明,春秋时期,文献虽然还不能完全脱离宗教或礼乐仪式,但仪式只是为了保证文献自身的神圣性,它将意义和价值渡让给文献,对于赋诗或征引的人来说,意义完全存在于文献之中,所以,他只关心文本中的意义。所谓"断章取义",说的就是割裂了文献的完整性,这一完整性不是指文本结构,而是指文本和仪式背景的关系,"断章取义"还说明了文本的价值在于其可解读的"义",而不是它背后的仪式。"赋诗言志"和征引,开启了文献自身的功能和价值。

二

春秋时期,文献的独立价值,还在于它开始代替神灵,裁决社会。

《逸周书·尝麦解》载"王命大正正刑书","太史乃藏之于盟府,以为岁典"。所谓"岁典",潘振解释云:"太史藏之于盟书之府,以为每岁之祀典也。"①那么,这是什么样的仪式呢?"典"用于仪式之中,一般是指与该仪式相关的文献,如于省吾所云:"其言贡典,是就祭祀时献其典册,以致其祝告之词也。"②但这个显然不是"岁典","岁典"应该是以盟府中的文献为核心的祭祀仪式。盟府中所收藏的文献都可以看作是契约。《周礼·大史》曰:"凡邦国、都鄙及万民之有约剂者藏焉,以贰六官。六官之所登。若约剂乱,则辟法,不信者刑之。"郑玄注:"辟法者,考案其然不。"又《周礼·内史》云:"执国法及国令之贰,以考政事,以逆

---

① 黄怀信:《逸周书汇校集注(修订本)》,上海古籍出版社,2007年版,第750页。

② 于省吾:《甲骨文字释林》之《释工》,中华书局,2009年版,第93页。

会计。"那么,"岁典"可能是一年一度的展示或核查约剂的仪式,是一种呈请鬼神年终算账的行为,其现实目的则是对契约行为的敦促和监督。在这一过程中,史官载录盟约,"藏于盟府",承担了神灵代理人的角色,因此也就具有了见证、督促盟约的责任。如果我们关于"岁典"的推测可以成立的话,"岁典"可以说是在周公感慨"有册有典"之后,西周时期文献意识凸显的表现。

"岁典"看起来是以文献执法,但仍然依赖一个特定的仪式,依赖文献和仪式背后的神灵。而到了春秋时期,文献执法的意识进一步加强,它背后的宗教含义也就逐渐暗淡了。如告命,从理论上来说,来王庙告命者应该是诸侯,史官只是个执行者,所以《左传》云"凡诸侯有命,告则书,不然则否",称为"诸侯之命"。但我们从《春秋》中可以看出,来告也有并非出自"君命"的,如宣公十四年:"卫人以说于晋而免。遂告于诸侯曰:'寡君有不令之臣达,构我敝邑于大国,既伏其罪矣,敢告。'"有些则是在告命之辞中加入自己的意思,如隐公五年,鲁史官书曰"公矢鱼于棠"。此"棠"为鲁宋两国交界之地,"陈鱼而观之"可能是某种民间仪式。《左传》云:"书曰'公矢鱼于棠',非礼也,且言远地也。"鲁隐公外出而归,理应告庙,但是特别报告这个非礼事件应该是史官的自作主张。这说明,春秋史官已经不甘于完全充当一个被动的角色,史官"辟法"意识的自觉,是文献独立的前提。

在现实中,史官并没有能力直接干预王侯,他的职事只限于人神交往,真正赋予约剂以合法性并监督执行或给予奖罚的是神灵,史官的"辟法"只是将约剂的执行情况载之典策,呈告给神灵,并相信神灵有能力降罪于"不信者"。《左传·襄公二十年》记载,卫国宁殖曾与人一起驱逐了自己的国君,他在临死前对儿子说:"吾得罪于君,悔而无及也。名藏在诸侯之策,曰'孙林父、宁殖出其君'。君入,则掩之。若掩之,则吾子也。若不能,犹有鬼神,吾有馁而已,不来食矣。"使宁殖恐惧的并不是逐君这件事,而是"名藏在诸侯之策",将面对着明神的裁决,也就是说,史官的权威仍然来自神灵。这一载录显然也不是出于君命,而是史官独立的行为。春秋时人对史官载录的敬畏,会鼓舞史官更加主动、积极地"告命"和"辟法"。《左传·襄公二十五年》载,齐大臣崔杼杀了齐君作乱，"大史书曰：'崔杼弑其君。'崔子杀之。其弟嗣书，而死者二人。其弟又书，乃舍之。南史氏闻大史尽死，执简以往。闻既书矣，乃还。"史官不畏牺牲，前仆后继以文献"辟法"，鉴于史官在这载录行为中所表现出来的主动性，我们也可以说，此时史官将"见证"发展为"指证"。

史官不能代替神灵做出评判，所以，载录不能有对事实的解释性叙述，也不能有主观评价。但史官的指证行为中必然又包含有特定的价值倾向，如何在不违背"告命"规则的前提下，将这种倾向表达出来，就形成了所谓"春秋书法"。正是在这一过程中，文献以自身的裁判权逐渐取代了神灵的裁判权。

史官特意选择不正常或不正当之事进行告命，实际上就是指证，也被称为"常事不书"。如《春秋·桓公十八年》载："冬，十有二月，己丑，葬我君桓公。"《穀梁传》曰：

> 君弑，贼不讨，不书葬。此其言葬，何也？不责逾国而讨于是也。

在史官看来，明知弑君之贼，却不加以惩罚，在这种情况下为国君行葬礼是非礼的，所以，他特别指证了这个葬礼，从而使得其"非礼性"暴露出来。

与"常事不书"相对的"隐而不书"，也是一种指证的方式。这实际上是以拒绝告庙的方式，否认"盟约"的合法性。如鲁国史官在隐公元年没有载录隐公即位之事，《左传》解释说"摄也"。也就是说，鲁隐公即位实际上是篡位，属非礼行为，所以史官通过缺失不载来暗示自己的态度。再如《春秋·僖公二十八年》关于"天王狩于河阳"的载录，则同时体现了"常事不书"和"隐而不书"的书法原则。《左传》曰：

> 是会也，晋侯召王，以诸侯见，且使王狩。仲尼曰："以臣召君，不可以训。"故书曰"天王狩于河阳"，言非其地也，且明德也。

就这则载录而言，"狩"为"常事"，史官载录以指证天王狩非其地；而史官不载晋侯与周天子及其他诸侯的盟约，意在不承认这一盟约方式的

41

合理性。

  史官在漫长的载录实践中,发明了多种书法形式,除了"常事不书"和"隐而不书"外,还有部分缺失、变异爵号名氏、一字褒贬等,其总的原则是以不正常的载录方法来指证事实的非礼性。这一过程,虽然不能离开文献背后的神灵,但史官和文献行为的主动性大大凸显出来,而且文献自身的规则也起着决定性的作用。可以说,文献开始部分取代神灵,独立地了展示自己的裁决功能。

  正是在这一历史背景下,史官的文献活动正在悄悄地展开了一场革命,那就是在告命之辞的载录之外,建立起另一套载录形态。杜预在注释《左传·隐公十一年》"凡诸侯有命,告则书,不然则否"时说:

>   命者,国之大事政令也。承其告辞,史乃书之于策。若所传闻行言,非将君命,则记在简牍而已,不得记于典策。此盖周礼之旧制。

也就是说,典策文献是告庙所用,而由于它不能完全地表达史官自己的观点,所以,他们开始创造一套与典策文献平行的简牍文献,主要记载关于同一件事的"传闻行言"。所谓"传闻行言"强调的世俗的兴趣和理性,而非神灵的法则,所以,它梳理事件的可理解性,也就是原因、契机、过程等,表达有识之士对事件的评判,并说出评判的根据。这类文献形成了《左传》等记事作品。简牍文献是一个革命性的跨越,它不再是神灵的工具,而具有独立建构意义的功能。简牍文献是西周神圣文献、春秋典策文献之后的必然走向,但它和西周文献具有阶段性的差异,我们不再详细讨论。

三

  文献逐渐脱离宗教和礼仪,并且继续发展,其原因是史官的职事意识发生变化,他们开始关注现实,从而获得更大的载录和表达的空间。

但这只是文献发展的路径之一,而且,这一发展路径仍然依赖史官职事的神圣性。但是,非史职人员进行文献制作,会有什么样的依据呢?事实是,在经过西周数百年的文献活动之后,已经形成了一定数量的经典文献,形成了文献自身的传统,这个传统将在神圣性、职业性之外,提供一重保证和规则,使得文献得以继续发展。

文献传统的延续,除了史职行为外,还有赖于教育。《尚书·尧典》:"帝曰:夔! 命女典乐,教胄子。直而温,宽而栗,刚而无虐,简而无傲。诗言志,歌永言,声依永,律和声,八音克谐,无相夺伦,神人以和。"这里所反映的应该是西周的观念,说明西周时期已经有较为正式的教育制度了。最早的教学内容是乐和诗,被称为乐教和诗教,目的是使贵胄子弟能够顺利地完成礼仪活动。但在制礼作乐以及教化政治的背景下,礼乐背后的新兴的思想会被特别地重视。《周礼·春官·大司乐》云:"以乐德教国子,中、和、祗、庸、孝、友;以乐语教国子,兴、道、讽、诵、言、语;以乐舞教国子,舞《云门》、《大卷》、《大咸》、《大磬》、《大夏》、《大濩》、《大武》。"所谓乐教,实际上要阐发的礼乐文化的精神,并用这种精神来造就国士。

在这种情况下,从事乐教和诗教的太师们必须要对诗、乐进行阐释,以求得大义所在。我推测,《周礼》所谓"中、和、祗、庸、孝、友",是乐教阐释的方向和内容;而"兴、道、讽、诵、言、语",则是某种阐释策略或展示意义的方法。郑玄注"乐语"曰:"兴者,以善物喻善事。道,读曰导。导者,言古以剀今也。"[①]所说即解读方式。又《礼记·文王世子》载:"凡祭与养老乞言、合语之礼,皆小乐正诏之于东序。大乐正学舞干戚,语说命乞言,皆大乐正授数。大司成论说在东序。"所谓"合语",就是指在礼乐仪式中讨论解释诗乐的政治意义。有学者论云:"由于乞言、合语行礼对仪容有严格的要求,故小乐正于东序专门诏告世子、学士乞言合语之威仪,语说乞言的深刻义理则由大乐正授教(大乐正即《周礼·春官》之大司乐),至于'言语'诗教的学业考核由大司成掌管,

---

① 郑玄注,贾公彦疏:《周礼注疏》,北京大学出版社,1999年版,第575页。

通过'言语'形式考查学子对《诗》之义理的阐释,按义理阐释的深浅辨明才能优劣。'言语'诗教是以'言语'形式演绎、阐释诗义的教化手段,是建构在专业化艺术化的典乐演诗基础上的最具鲜明政治目的的诗义解读,构成了周代温柔敦厚诗教体系中最为直切的部分。"①显然,"合语"就是一种制度化了的阐释行为。《礼记·文王世子》载:"天子视学……退,修之以孝养也。反,登歌《清庙》,既歌而语,以成之也,言父子、君臣、长幼之道,合德音之致……"这里所述,即是一个"合语"的过程。所谓"既歌而语,以成之也",表明一个完整的仪式中就包括对诗乐的阐释,而阐释的目的,是要揭示诗乐中的"父子、君臣、长幼之道"。

这一阐释传统到春秋时期有了很大的发展,如《国语·周语下》所载:

> 晋羊舌肸聘于周,发币于大夫及单靖公。靖公享之,俭而敬;宾礼赠饯,视其上而从之;燕无私,送不过郊;语说《昊天有成命》。
>
> 单之老送叔向,叔向告之曰:"……且其语说《昊天有成命》,《颂》之盛德也。其诗曰:'昊天有成命,二后受之,成王不敢康。夙夜基命宥密,於,缉熙!亶厥心肆其靖之。'是道成王之德也。成王能明文昭,能定武烈者也。夫道成命者而称昊天,翼其上也。二后受之,让于德也。成王不敢康,敬百姓也。夙夜,恭也。基,始也。命,信也。宥,宽也。密,宁也。缉,明也。熙,广也。亶,厚也。肆,固也。靖,和也。其始也,翼上德让,而敬百姓;其中也,恭俭信宽,帅归于宁;其终也,广厚其心,以固和之。始于德让,中于信宽,终于固和,故曰成。单子俭敬让咨,以应成德。单若不兴,子孙必蕃,后世不忘。"

这是一个典型的诗教或乐教文本,也是一个典型的经传体文本。它将诗乐当作是经典,并通过阐释、发挥,而生成新的意义,新的文本。

---

① 杨隽:《周代乐官与典乐诗教体系》,《文学评论》2008 年第 6 期。

　　上引《周礼·文王世子》提到"养老乞言"，它和"献言"制度一起，推动了"语"文献的兴盛，同样也是经传体文发展的一条门径。西周"语"文献的合法性主要来自"耆老"这个特定的人群①，其内容主要是政治或伦理训诫，可以说，西周"语"文献的宗教和仪式含义非常淡薄。到春秋时期，"君子"取代了"耆老"成为"语"的主要创作者，但这也是有条件的，如前所论，它必须以"征引"为前提，才能获得认可和尊重。"征引"就是对早期文献的攀附，它从此前的"语"或诗、书、民谚等早期文献中获得合法性，也就是说，在文献传统中，合法性是可以传递的。在"征引"以立言的过程中，前代某些文献也就逐渐被经典化，一旦经典确立，它就摆脱了原先的文化背景，成为意义和价值的源头。文献制作活动从依赖于宗教仪式，就开始转而依赖经典。这时，一种新的文献方法开始产生，这就是通过经典阐释，也就是传疏，来表达自己的观点。

　　在早期"语"文献中，已经有了经传体的萌芽。如《逸周书·周祝解》就是一个阐释的结构，如下一段：

　　　　故狐有牙而不敢以噬，獭有蚤而不敢以撅。势居小者不能为大。特欲正中，不贪其害。凡势道者，不可以不大。

"蚤"，注家皆以为当作"爪"。这段话的意思是说，狐、獭这样的动物虽然有爪牙之利，但难有大用。所以说，"其势居农工商贾之小者，不能为大人之事，但欲其不邪而正，不偏而中，不取祸害，足矣。凡势居乎道学者，士也。士备大人之事，不可以不大也。既经理之，小与大皆宜慎害也"②。显然，这是一个从特殊现象到一般观念的引申解读，也是意义增殖的过程。在这个文本中，关于狐和獭的谚语是一个先在的文本，相当于"经"，而其他部分则是对"经"的阐释，整体形成一个经传体文本。

---

　　①　虽然早期如史佚、周任、仲虺，以及后来的大祝等，都还有宗教背景，但他们的"语"文献都已经不依赖任何宗教仪式了，而是以某种贤者身份来制作的。

　　②　潘振注，转引自黄怀信等《逸周书汇校集注（修订本）》，上海古籍出版社，2007 年版，第 1057—1058 页。

这就是"以说出故",它作为新的意义生成方式,依赖的是旧有文本,而非仪式。

这一文体有着强大的生命力,它在后世得到迅速发展,如产生于春秋末期的《老子》、《易传》等,尤其是到战国时期,各家各派为了显示自己的学术渊源有自,往往采取经传的方式立论,如《礼记》中多篇以"义"为名的文章①、墨家之《墨辩》六篇、《管子》之《管子解》四篇、韩非之《储说》和《解老》、《喻老》等,都是经传体文章。这一文体在汉代以后,成为义理阐发的最主要的文献方式,对中国话语形态影响极大。

在中国传统文化中,经典文献有着特别重要的意义。经典文献生成于宗教礼仪之中,但在春秋之际,当宗教、礼仪都逐渐暗淡下去的时候,文献最终将独自承担起意义构建的功能,成为社会意识形态建设的源泉。本文所讨论的,正是仪式文献的世俗化、经典化的最初过程。我认为,正是礼乐文化的创造性、丰富性,以及其内在的革新精神,赋予文献广博的内涵和独特的魅力,并促成了文献的世俗化、经典化。这是一个了不起的文化奇迹。

■ 作者简介

过常宝(1964—),安徽含山人,北京师范大学文学院教授,出版过《先秦散文研究——早期文体及话语方式的生成》等著作。

---

① 沈文倬云:"说《礼记》是《礼经》的传记,突出的表现于下列诸篇,如《冠义》之于《士冠礼》,《昏义》之于《士昏礼》,《乡饮酒义》之于《乡饮酒礼》,《射义》之于《乡射礼》、《大射仪》,《燕义》之于《燕礼》,《聘义》之于《聘礼》,《丧大记》、《奔丧》之于《士丧礼》、《既夕》、《丧服小记》、《杂记》、《间传》、《大传》、《三年问》以及《檀弓》、《丧服四制》等篇之于《丧服经》。这些篇章所题的记、传、义是一个意思,即十七篇经义,它是为解经所未明,补经所未备而撰作的。"(《宗周礼乐文明考论》,杭州大学出版社,1999年版,第164页。)

《尚书注疏汇校》四记

杜泽逊

（山东大学儒学高等研究所　山东济南　250100）

内容提要　《尚书注疏》有诸多版本，本文为校勘《尚书注疏》各本所作的后续札记，包括宋刊单疏本、宋刊八行本、蒙古平水本与元十行本、明刊永乐本、李元阳本、万历北监本、清刊殿本、阮元本等，其内容共分为四十题，主要讨论各本讹误、缺字等特点外，还涉及几个本子相较的优缺点及流变关系。并对清儒卢文弨、阮元、张钧衡等校书得失亦有讨论。

关键词　尚书注疏　版本　校勘　讹字

前记：2012年3月，泽逊率门生着手《十三经注疏汇校》，以《尚书注疏》为起首，历二载初毕，又一载审订成稿，交中华书局付排，问世有日矣。所校之本十九种：一、唐石经本；二、宋刻单疏本；三、宋刻八行本；四、李盛铎旧藏宋刻经注本；五、宋王朋甫刻经注释文本；六、宋刻纂图互注本；七、宋福建魏县尉宅刻本；八、蒙古平水刻本；九、宋魏了翁《尚书要义》；十、清乾隆武英殿仿刻元相台岳氏刻本；十一、元刻明修十行本；十二、明永乐刻本；十三、明嘉靖李元阳福建刻本；十四、明万历北京国子监刻本；十五、明崇祯毛晋汲古阁刻本；十六、清乾隆武英殿刻本；十七、清乾隆内府钞《文渊阁四库全书》本；十八、清乾隆内府钞《摛藻堂四库全书荟要》本；十九、清嘉庆阮元南昌刻本。工作底本则取版面清整、文字规范、内容全备之北监本。又汇集前贤校勘记十五种：一、清顾炎武《九经误字》；二、日本山井鼎、物观《七经孟子考文补遗》；三、清乾隆武英殿刻《尚书注疏》附《考证》；四、清浦镗《十三经注疏正字》；五、清乾隆王太岳等《四库全书考证》；六、清乾隆《四库全书荟要》附案语；七、清卢文弨《群书拾补·尚书注疏考正》；八、清阮元《十三经注疏校勘记》（《校记甲》）；九、清嘉庆阮元南昌刻《十三经注疏》附《校勘记》（《校记乙》）；十、清汪文台《十三经注疏校勘记识语》；十一、清乾隆武英殿仿刻元相台岳氏刻《相台五经》附《考证》；十二、清孙诒让《十三经注疏校记》；十三、民国刘承幹《尚书单疏校勘记》；十四、民国张钧衡《尚书注疏校勘记》；十五、日本仓石武四郎、吉川幸次郎等《尚书正义定本》附《校勘记》。校勘之余，每有商榷，别纸记之，积久盈帙。前撰札记数篇刊于杂志，今赓续前文，撰为《〈尚书注疏汇校〉四记》。前辈赵逵夫先生主编学刊，高足王锷教授代为约稿。迩来俗务缠身，愧无新得，聊以是记就教于先生。丙申清明后二日滕人杜泽逊识于山东大学校经处。

目次：（一）宋刊单疏本之可贵；（二）宋刊单疏本、宋刊八行本文字相近；（三）足利宋刊八行本之讹字；（四）蒙古平水本与十行本之关联；（五）蒙古平水本与宋刊单疏本、宋刊八行本异而平水本较胜者；（六）《要义》存宋刊八行本旧貌；（七）《要义》与宋刊八行本脱同；（八）《要义》与宋刊八行本误同；（九）岳本之可贵；（十）十行本明修版之误；（十一）阮元所见十行本与刘盼遂旧藏十行本、永乐本、李元阳本均不同例；（十二）永乐本之校勘；（十三）永乐本之讹；（十四）李元阳本之校正；（十五）李元阳本讹字；（十六）李元阳本误删字；（十七）监本校勘之佳者；（十八）监本误改；（十九）殿本之校勘；（二十）殿本脱文；（二十一）殿本讹字；（二十二）库本之校勘；（二十三）库本讹误；（二十四）《释文》传刻之讹字；（二十五）《经典释文》缺字；（二十六）经注释文本、经注疏本之"释文"可正《经典释文》之讹；（二十七）注疏本释文反切随语音变化而改；（二十八）卢文弨所称"石经"乃汉石经；（二十九）卢文弨《拾补》称"古本"有误；（三十）卢文弨《拾补》用山井鼎、物观校记而误者；（三十一）卢文弨袭浦镗《正字》；

（三十二）卢文弨《拾补》引浦镗而误者；（三十三）卢说不可从；（三十四）卢文弨《群书拾补·尚书考正》之误刻；（三十五）阮元《校记》用山井鼎《考文》而不能变通；（三十六）南昌府学本阮元《校勘记》何以"毛本"孤立；（三十七）阮元《校记》之非；（三十八）阮校之强辩；（三十九）阮元《校勘记》之案语出段玉裁之证据；（四十）张钧衡校记之误

（一）宋刊单疏本之可贵

《顾命》监本卷十八第二十页十五行至二十一页一行疏文："顾命至御事，正义曰：……故于此解也。"共一百七十一字。浦镗《正字》以为当在"顾命"传下，"至御事"三字误衍。卢文弨、阮元皆沿浦说。日本仓石武四郎等《定本校记》云："足利八行本'命'下挤入'至御事'三字，非。从单疏。"泽逊按：宋刊单疏本"顾命至御事"五字作"顾命"二字。此一百七十一字疏文单疏本原为二节，第一节疏本篇标题"顾命"，第二节疏"顾命"下孔传"实命群臣，叙以要言"二句。其位置自应在孔传"实命要言"下。宋刊八行本既误置此两节疏于下文"师氏虎臣百尹御事"孔传"及诸御治事者"下，又于疏文提示语"顾命"下挤刻入"至御事"三字，殊误。北图宋刊八行本与足利宋刊八行本同误。殆刊板既成，又挖改挤刻者。其后蒙古平水本、元刊明修十行本均从宋刊八行本之误。然则蒙古平水本、十行本之疏文当源自宋刊八行本也。至武英殿本始纠正之。浦镗《正字》实从殿本，而讳言之。殿本与宋刊单疏本合，足证殿本之卓见。

（二）宋刊单疏本、宋刊八行本文字相近

《康王之诰》监本卷十九第六页六行疏："文武以得臣力之故，乃施政令，封立贤臣为诸侯者，树之以为藩屏。""政令"，宋刊单疏本、宋刊八行本作"政命"，蒙古平水本、十行本以下作"政令"。泽逊按：此释经文"乃命建侯树屏"，政命即命，政令自亦通。孔传云："言文武乃施政令，立诸侯，树以为藩屏。"亦作"政令"。卢文弨云"当作令"。而蒙古平水本、十行本作"政令"，自有渊源，亦可知也。愚意疏文仍宜从旧作"政

命"。宋刊单疏本、宋刊八行本二本相近，此亦一证。

又同上监本卷十九第六页十四行疏："言哀矜下民，不用刑罚之。""之"字，宋刊单疏本、宋刊八行本无。蒙古平水本、十行本以下各本有。卢文弨谓"之"字衍。亦可见宋刊单疏本、宋刊八行本相近，而蒙古平水本、十行本相关也。

(三) 足利宋刊八行本之讹字

《顾命》宋刊八行本卷十八第十六页十一行疏："两厢各一人，故二人。""二"，足利宋刊八行本作"三"，误。北图宋刊八行本作"二"，不误。

又同页十一行疏："《考工记》：'夏后氏世室九阶。'郑玄云：'南面三，三面各二。'""南面三"，足利宋刊八行本作"南面二"，误。北图宋刊八行本作"南面三"，不误。宋刊单疏本、蒙古平水本、《要义》、十行本、永乐本、毛本、殿本、库本、阮本皆作"南面三"，不误。闽本、监本则误为"南面二"。

(四) 蒙古平水本与十行本之关联

蒙古平水本与元十行本文字异同每相近，前已论及，此更举三例：

1. 疏文衍同。《顾命》监本卷十八第二十二页二行疏："盖大夫士皆被召也。""士"字，宋刊单疏本、宋刊八行本、《要义》无。卢文弨云衍"士"字。泽逊按：蒙古平水本、十行本皆有"士"字，其后各本亦有。"士"字之衍，疑始于宋魏县尉宅本，惜此卷佚不能取证也。

2. 注文误同。《顾命》监本卷十八第二十二页十一行注："故能通殷为周，成其大命。""通"字，宋刊八行本、纂图互注本、明万历北监本、毛本均同。蒙古平水本、十行本作"適"。阮元云"適"字误。此蒙古平水本、十行本误同者。宋王朋甫本作"適"，与蒙古平水本、十行本近。

3. 疏文脱同。《吕刑》监本卷十九第三十一页八行疏："但禹治水，万事改新。""治"下，宋刊单疏本、宋刊八行本有"洪"字，蒙古平水本、十行本脱，以下各本均脱。知宋刊单疏本、宋刊八行本近缘，而蒙古平水本、十行本近缘也。

（五）蒙古平水本与宋刊单疏本、宋刊八行本异而平水本较胜者

《吕刑》监本卷十九第二十三页十三行疏："今穆王改易之者。""今"，宋刊单疏本、宋刊八行本、十行本、永乐本、阮本作"令"。蒙古平水本、闽本、监本、毛本、殿本作"今"。阮本出校而不置可否。黄怀信先生改"令"为"今"。泽逊按："今"字于义为长。

（六）《要义》存宋刊八行本旧貌

《顾命》监本卷十八第二十一页六行疏："则成王遇病已多日矣。""病"，宋刊单疏本、宋刊八行本作"疾"，是。蒙古平水本、十行本误"病"，以下各本皆误"病"。《要义》作"疾"，是存宋刊八行本旧貌。

（七）《要义》与宋刊八行本脱同

1.《顾命》监本卷十八第二十七页十二行注："此旦夕听事之坐。""夕"字，各本有，宋刊八行本脱，《要义》亦脱。知《要义》与宋刊八行本为近。

2.《顾命》监本卷十八第二十八页十六行注："凡所陈列。""所"字，宋刊八行本无，他本有，山井鼎已校出，《定本校记》云八行本脱"所"字。《要义》与宋刊八行本脱同。

3.《顾命》监本卷十八第三十二页一行疏："嫌其非宝。""非"字，宋刊八行本脱，他本有，《要义》脱与宋刊八行本同。

（八）《要义》与宋刊八行本误同

1.《顾命》监本卷十八第三十九页四行注："拜，白成王以事毕。""成王"，宋刊八行本误作"戒王"。各本作"成王"。《要义》作"戒王"独与宋刊八行本同。

2.《毕命》监本卷十九第七页八行注："命为册书以命毕公。""以命"，宋刊八行本作"以为"。《定本校记》云："命，［足利］八行本误作为。"按：《要义》亦误作"以为"。即上各例可知《要义》从宋刊八行本出。

（九）岳本之可贵

《顾命》监本卷十八第二十页四行注："王大发大命，临群臣……凭玉几，以出命。"第二十二页七行疏文起讫语："⑰王大发至出命。"按：宋刊单疏本、宋刊八行本、蒙古平水本三本疏文起讫语均作"传王将至出命"，证明宋刊单疏本所据孔传作"王将发大命"，不作"王大发大命"。今疏文仍作"王将发大命"亦可证。浦镗已据疏指出孔传"大发"之误。阮元更指出疏文标目"大发"之误。盖孔传本作"王将发大命"，宋刊单疏本同，宋刊八行本、蒙古平水本之疏文亦沿之不改。唯宋刊八行本合经、注、疏于一体，其经、注用南宋初通行本，孔传已误为"王大发大命"，合刻者沿之，疏文起讫语则仍宋刊单疏本作"王将"，不作"王大发"。蒙古平水本孔传作"王大发大命"，疏文标目作"王将"，与宋刊八行本同，亦蒙古平水本源出宋刊八行本之一证。十行本殆见孔传与疏文标目不合，遂改疏文标目"王将"为"王大发"，以疏文迁就孔传，致使疏与孔传均误。以下各本误同。此例颇可见合刻过程中之误改轨迹，清人已屡指之矣。其孔传不误者，唯岳本，仍作"王将发大命"，诚可贵也。

（十）十行本明修版之误

1.《多士》监本卷十六第三页二行经文："惟帝不畀。""帝"，十行本正德修版作"我"。永乐本、阮元本均作"帝"，则作"我"当是修版所致。

2.《君牙》十行本卷十九第十二页，版心上刻"闽何校"，下有刻工"袁连"。第二行至四行疏：正义曰："继大业以危惧之故，今命汝为大司徒。汝当作我肱股心膂。言将任之如己身也。继汝先世父祖之行，亦如父祖忠勤，无为不忠，辱累汝祖考。当须大布五常之教，用和天下非民，令有法则。凡欲率下，常先王身。汝身能正，则下无敢不正。民心无能中正，惟取汝之中正。汝当正身心以率之。"泽逊按："继大业"，各本作"王言我"。"大司徒"，宋刊单疏本、宋刊八行本、蒙古平水本、永乐本作"我辅翼"。"父祖之"，各本作"旧所服"。"常先王身"，宋刊单疏本、宋刊八行本、蒙古平水本作"当先正身"（永乐本作"常先正身"）。"正身心"，宋刊单疏本、宋刊八行本、蒙古平水本、永乐本作"为中正"。

此皆明代抽换重刻第十二版之谬误。其中"大司徒"、"正身心"二误为闽本、监本、毛本、殿本、阮本各本沿用。永乐本均不误,可推知元十行本亦不误也。

(十一) 阮元所见十行本与刘盼遂旧藏十行本、永乐本、李元阳本均不同例

《顾命》监本卷十八第二十一页二行疏文起讫语:"传成王至悦怿。"怿,阮元《校记甲》云"十行本误作谓"。南昌本即刻作"谓"。《校记乙》云:"谓当作怿,形近之讹。"泽逊按:从十行本重刻者前有永乐本,后有李元阳闽本,今检二本皆作"怿"。又刘盼遂旧藏十行本,此板板心上刻"闽何校",乃正德改刻板,此字作"怿",不作"谓"。是阮元所见十行本误刻为"谓"字者,乃又一次修板之误。十行本屡经修板,今日校之,实难一一符合也。李元阳本与刘盼遂旧藏本合者居多。

(十二) 永乐本之校勘

《吕刑》监本卷十九第二十四页十五行疏:"此至命吕侯之年,未必已有百年。""此",宋刊单疏本、宋刊八行本、蒙古平水本作"比",是。元十行本误"北",永乐本则仍作"比",虽从十行本出,而亦有校勘也。李元阳本误"此",监本、毛本、殿本、阮本沿李元阳本之误。阮元《校记甲》云:"此,宋板作比,是也,十行本误作北。"阮元《校记乙》云:"宋板北作比,是也。毛本作此,亦非。"而阮刻本作"此",不从十行本作"北",亦不从宋板作"比",殊不可解。

(十三) 永乐本之讹

《多士》监本卷十六第六页七行疏:"立文之法。""法"字,十行本(元刊页)作"法",永乐本作"去",他本皆作"法"。知系永乐本误刻。

(十四) 李元阳本之校正

1.《顾命》监本卷十八第三十七页十二行疏:"王此时正立宾阶上少东。""正",宋刊单疏本、宋刊八行本、蒙古平水本、《要义》、十行本、永

乐本作"王",误。李元阳本改"正",监本、毛本、殿本、阮本从李元阳本。阮本从十行本出,而径改"王"为"正",不出校。黄怀信先生点校本从八行本出,径改"王"为"正",不出校。余以为皆当出校记。

2.《康王之诰》监本卷十九第三页四行疏:"圭是致马之物。""致马",宋刊单疏本、宋刊八行本、蒙古平水本、十行本、阮本作"文马"。齐召南云:"'致马'旧本作'文马',非也。据觐礼贾疏'皆以璧帛致之',监本作'致'字是。"阮元亦引齐说。泽逊按:改"文"为"致",从李元阳始,监本、毛本、殿本沿李元阳耳。是李元阳本之校勘有足道者。下二行"圭奉以致命"同。

(十五) 李元阳本讹字

《康王之诰》监本卷十九第六页十六行疏:"独云伯父,與同姓大国言之也。""與",宋刊单疏本、宋刊八行本、蒙古平水本、《要义》、十行本、永乐本作"舉"。闽本、监本、毛本、殿本作"與"。卢文弨、阮元皆以"舉"字为是,"與"字为非。泽逊按:误"舉"为"與"自李元阳闽本始。

(十六) 李元阳本误删字

《吕刑》监本卷十九第二十四页九行释文:"耄,今亦作薹,毛报反。《切韵》莫报反。"十行本"今"作"本"。李元阳本作:"耄,今亦作薹,毛报切韵莫报反。"改"本"作"今","毛报"下删"反"字,盖误"切韵"之"切"属上读,为"毛报切",因以"反"为衍文而删之也。

(十七) 监本校勘之佳者

1.《顾命》监本卷十八第三十一页四行疏:"遣弟兴,诣孙策。策引白削斫席。""诣",宋刊单疏本、宋刊八行本、蒙古平水本、十行本、永乐本、闽本作"治"。"席",宋刊单疏本、宋刊八行本、蒙古平水本、十行本、永乐本、闽本作"虎"。阮元云:"诣,宋板、十行、闽本俱误治。"又云:"席,宋板、十行、闽本俱作虎,是也。"汪文台云:"严虎遣弟诣孙策,身不亲往,策无由得斫之。毛本'虎'作'席',是也。《三国志》注引同。"泽逊按:宋刊单疏本、宋刊八行本、蒙古平水本、十行本、永乐本、闽本均误

"治"，误"虎"，至北监本始改正之，毛本、殿本皆沿监本。

2.《吕刑》监本卷十九第三十五页十六行疏："欲令其谦而勿自恃也。""恃"，宋刊单疏本、宋刊八行本、蒙古平水本、十行本、永乐本、闽本均作"取"。监本改"恃"，毛本、殿本从监本。阮元出校而未置可否。泽逊按：此经文"虽畏勿畏，虽休勿休"之疏文："汝所行事，虽见畏，勿自谓可敬畏。虽见美，勿自谓有德美。欲令其谦而勿自取也。"下文疏孔传则云："凡人被人畏，必当自谓己有可畏敬。被人誉，必自谓己实有美德。故戒之，汝等所行事，虽见畏，勿自谓可敬畏。虽见美，勿自谓有德美。教之令谦而不自恃也。"各本作"自恃"。监本改经文之疏"自取"为"自恃"，当依传文之疏。揆以文意，所改是也。

3.《吕刑》监本卷十九第三十八页十七行疏："既得囚辞，简核诚信，有合众心，或皆可刑，或皆可放。""或皆可刑"，宋刊单疏本、宋刊八行本、十行本、永乐本、闽本作"或记可刑"。"记"字不通。卢文弨云："或皆可刑，宋、元本'皆'并作'记'，疑是'说'误。"阮元《校记》亦引卢文弨云"作'记'非"。泽逊按：蒙古平水本作"或皆可刑"。监本据闽本重刊，改为"或皆可刑"，与蒙古平水本合，毛本、殿本沿监本。作"皆"字是也。此系经文"其审克之，简孚有众"之疏。下文孔传之疏云："简核诚信，或皆以为可刑，或以为可赦。"语义全同，"或皆可刑"即"或皆以为可刑"，正作"皆"。则蒙古平水本、监本作"皆"是。监本之校勘者是否见蒙古平水本或他古本，已无可考，唯改"记"为"皆"，与下孔传之疏文合，与蒙古平水本亦合，足订宋刊单疏本、宋刊八行本、十行本、永乐本、李元阳本之误，可见监本校勘之细致，亦可知蒙古平水本自有可取也。夫蒙古平水本较之宋刊八行本，讹误殊甚，而间有碎玉零金，往往可宝，未可以坊本粗疏而忽之也。

4.《吕刑》监本卷十九第四十页十三行疏："简核诚信，有合众心，或皆以为可刑，或以为可赦。""或以为可赦"，宋刊单疏本、宋刊八行本、蒙古平水本、十行本、永乐本、闽本作"或可以为赦"，监本改"或以为可赦"，毛本、殿本从监本。阮元云："十行、闽本俱作'或可以为赦'。"又云："毛本作'或以为可赦'。案：所改是也。"实则监本改之，毛本沿监本耳，非毛本之功。

5.《吕刑》监本卷十九第四十一页十八行疏："五刑之疑,各自入罚,不降相因。不令死疑入宫,宫疑入荆者,是古之制也。""令",宋刊单疏本、宋刊八行本、蒙古平水本、十行本、永乐本、闽本作"合"。泽逊按:"合"字不通,监本改"令"是也,二字形近而讹。毛本、殿本从监本。

(十八) 监本误改

1.《顾命》监本卷十八第二十一页一行疏:"以上欲指明三公中分天下之事。""三公",宋刊单疏本、宋刊八行本、蒙古平水本、十行本、永乐本、闽本俱作"二公",是。监本误改为"三公",毛本、殿本沿其误。阮本从十行本出,故作"二公",不误。卢文弨、阮元校记均指为毛本误,未确。实监本误,毛沿误耳。

2.《顾命》监本卷十八第二十五页七行疏:"所言出缀衣于庭。""所"字,宋刊单疏本、宋刊八行本、蒙古平水本、《要义》、十行本、永乐本、闽本俱作"此"。浦镗云:"此误所。"卢文弨云:毛本"所"当作"此"。阮元云:作"此"不误。泽逊按:"此"字误"所",从监本始。毛本、殿本沿监本误。

3.《顾命》监本卷十八第三十九页八行疏:"王又以瑁受宗人。""受",宋刊单疏本、宋刊八行本、蒙古平水本、《要义》、十行本、永乐本、闽本、殿本、库本、阮本作"授"。卢文弨云:当作授。泽逊按:"授"误"受"自监本始,毛本沿误。殿本改为"授",是。

4.《康王之诰》监本卷十九第四页十五行疏:"文王所忧,非忧西土而已。""文王",宋刊单疏本、宋刊八行本、蒙古平水本、《要义》、十行本、永乐本、闽本作"文武"。按此释经文"惟周文武,诞受羑若,克恤西土"孔传:"言文武大受天道而顺之,能忧我西土之民,本其所起。"作"文武"是。监本误为"文王",毛本、殿本沿监本。

5.《吕刑》监本卷十九第二十六页四行经:"皇帝哀矜庶戮之不辜。"孔传:"君帝,帝尧也。"释文:"皇帝,皇宜作君字,帝尧也。"疏:"君帝帝尧哀矜众被杀戮者。"泽逊按:经文"皇帝"各本同,唯《经典释文》云:"君帝,君宜作皇字,帝尧也。"此与孔传"皇帝,帝尧也"释义同,知《释文》"君帝"一条乃释经文者,盖陆德明所见经文作"君帝"也。孔传

"君帝",宋刊八行本、李盛铎藏宋本、宋王朋甫本、纂图互注本、蒙古平水本、岳本、十行本、永乐本、闽本均作"皇帝",监本改"君帝",毛本、殿本沿监本,殆以疏文"君帝帝尧"而改传也,殊误。释文"皇帝,皇宜作君字",宋王朋甫本、纂图互注本、蒙古平水本、十行本、永乐本、闽本作"君帝,君宜作皇字",与《经典释文》同,监本改"君"为"皇",改"皇"为"君",殆以经文作"皇帝",与《释文》作"君帝"抵牾,改释文以从经文也,不知陆氏所见经文乃唐前旧写本,与宋板容有不同也。殊谬。疏文"君帝",宋刊单疏本如此,而宋刊八行本作"皇帝",殆以经、传皆作"皇帝",改疏以就经、传也,亦谬。他本皆作"君帝"。此节孔传、释文监本误改,毛本、殿本沿之,清人所见者即此改本也。

(十九) 殿本之校勘

《顾命》监本卷十八第三十五页四行疏:"知在堂上之远地,当于序外东厢西厢。""远地"下,宋刊单疏本、宋刊八行本、蒙古平水本有"堂之远地"四字,十行本脱,永乐本、闽本、监本、毛本沿十行本,殿本始补之,是殿本校勘颇精之一证也。

(二十) 殿本脱文

《多士》监本卷十六第二页十八行释文:"弋,徐音翼。"殿本无"徐"字,各本及《释文》原书均有,是殿本脱文。库本从之。

(二十一) 殿本讹字

《顾命》监本卷十八第三十三页九行疏:"皆象成王生时。""生"字,殿本讹作"坐",他本不误。库本沿殿本。

(二十二) 库本之校勘

《顾命》监本卷十八第三十四页九行疏:"阮谌二礼图云。""二",宋刊单疏本、宋刊八行本、蒙古平水本作"三"。浦镗、卢文弨、阮元皆云当作"三"。自十行本误"三"为"二",以下各本沿误,至库本、荟要本改为"三",是。

(二十三) 库本讹误

《顾命》监本卷十八第二十八页十八行疏:"间者,窗东户西。""户西"二字,库本误倒为"西户"。他本不误。

(二十四)《释文》传刻之讹字

《吕刑》监本卷十九第二十四页九行释文:"耄,今亦作薹。毛报反。"按:宋本《经典释文》"薹"作"薹"。平水本《尚书注疏》附《经典释文》作"耄,本亦作蒿,耄报反"。"薹"字讹作"蒿"、"老"二字,"老"字又与下"毛"字误合为"耄"字。纂图互注本《尚书》"薹"则作"薹",相去益远,十行本作"薹",以下各本同十行本,皆误也。卢文弨云:《说文》只有"薹"字,从老从蒿省。

(二十五)《经典释文》缺字

《顾命》:"夹两阶阤。"宋本《经典释文》:"阤,音■■音■。"墨丁缺字。通志堂本《释文》:"阤,音俟。"蒙古平水本《尚书注疏》附《释文》:"阤,音俟。徐音士。"宋王朋甫本、纂图互注本二本同,十行本以下各本亦同。是《经典释文》缺文可由注疏本、经注音义本校补也。阮元《校记甲》云:"十行本、毛本俱有'徐音士'三字,乃衍文。"阮说非也。蒙古平水本所附乃《经典释文》原貌,知"徐音士"三字非衍文,乃缺文。

(二十六) 经注释文本、经注疏本之"释文"可正《经典释文》之讹

《囧命》监本卷十九第二十二页三行释文:"愍,息廉反,徐音七渐反。利口也,本亦作思。"阮元《校记甲》:"思,卢文弨校本改作愢,是也。"泽逊按:"思",纂图互注本作"愢",当为卢文弨所本。又蒙古平水本作"愢"。与"愢"同。则附入经书之释文可订单行本《释文》之讹字也。

(二十七) 注疏本释文反切随语音变化而改

《吕刑》监本卷十九第二十五页十三行释文:"椓,竹角反。""竹",宋王朋甫本、纂图互注本、蒙古平水本、岳本、十行本、永乐本作"丁"。余

因悟北方方言鸡吃食曰"鸡啄（dao）食"。啄、椓当同音，丁角切，音刀。中古之后改"竹角切"，即今啄（zhuo）音。北方方言啄读刀音乃古音之遗存。椓，丁角反。李元阳本始改"竹角反"，是元以后音变之证。

（二十八）卢文弨所称"石经"乃汉石经

《多士》监本卷十六第九页十一行经："王曰多士。"卢文弨云："王曰"下石经有"告尔"二字。泽逊按：唐石经"王曰"下无"告尔"二字。汉石经残石有"告尔"二字。见马衡《汉石经集存》。洪适《隶释》卷四十三云："二行'告尔'，孔无。"疑卢据《隶释》也。

（二十九）卢文弨《拾补》称"古本"有误

《吕刑》监本卷十九第二十六页四行经文："皇帝哀矜庶戮之不辜。"卢文弨云："皇，古本君。"泽逊按：浦镗云："皇，释文作君，云君宜作皇字。"卢沿浦说，当作"释文作君"。卢凡云"古本"皆来自山井鼎、物观，故知此误也。

（三十）卢文弨《拾补》用山井鼎、物观校记而误者

1. 《顾命》宋刊八行本卷十八第五页五行疏："恐一旦暴死，不得结誓，出言语以继续我志。""得"、"结"二字间宋刊八行本空二格，物观《补遗》已指出。卢文弨《拾补》则指出"不得结"下宋本空二字，或当有"信"字。泽逊按：卢文弨转述空白位置误。

2. 《君牙》监本卷十九第十八页五行经文："率乃祖考之攸行。"攸，卢文弨云："古本'逎'。薛本同。"按：卢所谓古本，均沿山井鼎、物观。考《七经孟子考文》物观《补遗》云："古本攸作道。"阮元《校记甲》亦云："攸，古本作道。"亦用物观校语。则卢氏《拾补》"逎"当系"道"之讹。

（三十一）卢文弨袭浦镗《正字》

《洪范》经文："无偏无陂。"浦镗《正字》："案顾炎武云：本作颇，唐明皇改颇为陂。盖不知古人之读义为我，而颇之未尝误也。王氏应麟云：'宣和六年诏《洪范》复旧文为颇。然监本犹存其故。'"此浦镗引顾

炎武《答李子德书》(见《亭林文集》卷四),隐括其文,如"本作颇,唐明皇改颇为陂",皆浦镗转述,非顾炎武原文。卢文弨《拾补》全袭浦镗,仅改易一二字而已。卢氏袭浦氏《正字》而不注所出,如此者多,非其宜也。王应麟说见《困学纪闻》卷二。

(三十二) 卢文弨《拾补》引浦镗而误者

《吕刑》监本卷十九第三十六页五行疏:"故使我为之,使我为天子。"浦镗《正字》:"'使我为之'四字疑衍文。"卢文弨《拾补》则于监本卷十九第三十五页十三行疏"上天欲整齐于下民,使我为之,今我为天子整齐下民也"一节出校记云:"上天欲整齐于下民,使我为天子。浦云'为'下'之今我为'四字衍。"是卢氏误引浦说,非浦原意也。

(三十三) 卢说不可从

《吕刑》监本卷十九第四十六页四行疏:"我敬于刑,当刑命有德者。""刑命",宋刊单疏本、宋刊八行本、蒙古平水本作"敬命"。十行本作"刑命",以下各本同。殿本改"敬命"。十行本"敬"误"刑",承上"刑"字而讹。殿本改"敬",是也。卢文弨云"刑命"之"刑"衍。不可从。

(三十四) 卢文弨《群书拾补·尚书考正》之误刻

《顾命》卢校:"太保宗既拜而祭。"按:卢氏行文例,以是者大书,注讹字于其下。此"太保宗"为大字,是则卢以"太保宗"为是。实则非也。此孔传语,宋刊八行本、蒙古平水本、宋王朋甫本、纂图互注本均作"太保既拜而祭。"十行本、闽本、监本、毛本、殿本、阮本则作"大宗既拜而祭"。浦镗云:"太保误太宗。"卢从浦说,当刻为:"太保宗既拜而祭。"以太保为是,以毛本太宗为误。刊刻时误"宗"为大字耳。

(三十五) 阮元《校记》用山井鼎《考文》而不能变通

山井鼎所谓正德本,乃元刊十行本之正德修版,山井鼎所谓嘉靖本即阮元所谓闽本,李元阳刊本也。《吕刑》监本卷十九第四十二页二行疏"此经历言一百三百五百者"条,阮元《校记甲》云:"十行、闽本俱与正、嘉同。"夫十行即正,闽本即嘉,能不同乎? 阮元《校记乙》云:"山井鼎曰正、嘉二本同。闽本同。"嘉、闽亦为一本,重复表述。是皆失于归并者也。

(三十六) 南昌府学本阮元《校勘记》何以"毛本"孤立

南昌府学本《校勘记》罗列诸本同异,"毛本"往往孤立无朋,盖校勘记例以校异文为成法,又称"考异"者亦缘于此。阮氏校记南昌本,实因文选楼本转写而成。如:《多士》监本卷十六第四页十行疏:"去恶与善。"阮元《校记甲》:"去恶与善。去,十行、闽本俱误作法。"阮元《校记乙》:"法恶与善。闽本同。毛本法作去。"阮《校记甲》摘句为毛本,所记异文为十行本、闽本之不同于毛本者。至《校记乙》底本改为十行本,则毛本变为校记中之异文。闽本与十行本同,因而校记中出现"闽本同"三字。此三字乃从《校记甲》转写而成,非阮元有意记同也。检《校记甲》均记异文,符合常规,至《校记乙》则兼记同文,非常规,乃转写不得不然也。大抵阮元《校记甲》与十行本并列之本共与毛本异者,至阮元《校记乙》皆转变为"某本同"。如是,则阮元《校记乙》往往列"某本同",十行本不乏同道。而毛本则孤家寡人,并无同者。实则与毛本同者(如监本)在阮元《校记甲》中例不出校,故由阮元《校记甲》转写为《校记乙》,与毛本同者一无体现。毛本既为孤家寡人,十行本自有以多胜少之势,而毛本之形象由此变弱,无可挽救矣。

阮元《校记甲》转写为《校记乙》另一例:《多士》监本卷十六第五页十一行经文:"显民祇。"《校记甲》:"显民祇。祇,唐石经、岳、葛、十行、闽、监俱作祗。"《校记乙》:"显民祇。唐石经、岳本、葛本、闽本、明监本同。毛本祇作祗。"阮元《校记甲》分二派:一、毛本作祗;二、唐石经本、岳本、葛本、十行本、闽本、监本作祗。《校记乙》亦分二派:一、十行本派作祗,唐石经本、岳本、葛本、闽本、监本同;二、毛本作祗。转写之迹甚明。凡与十行本同派者,在《校记甲》为异文,在《校记乙》则为同文。毛本之同派在《校记甲》既不出校,则在《校记乙》仍不出校,毛本永无同派矣。然则凡与毛本同者,功皆集于毛本,过亦集于毛本。实则功不尽在毛本,或先于毛本之闽本、监本已有其功;过亦不尽在毛本,或先于毛本之闽本、监本已先有其过。如是,则毛本之功过终不得其真实答案矣。

(三十七) 阮元《校记》之非

《吕刑》监本卷十九第二十七页五行疏:"蚩尤是炎帝之末诸侯名也。""名",宋刊单疏本、宋刊八行本、蒙古平水本、十行本、永乐本、闽本俱作"君",知监本始改为"名",毛本、殿本沿监本。阮元《校记》云:"按:君字误。"泽逊按:"名"字当系误改。此疏上文云蚩尤为"九黎国君",又云"有三苗之国君",则诸侯之主自可称君,蚩尤为诸侯君,语义甚明,即诸侯国之君。监本改"君"为"名",义虽可通,而非宋元明本之旧。故阮元断"君字误",实不可从也。北大出版社点校本据阮元《校记》改"君"为"名",非。

(三十八) 阮校之强辩

《吕刑》监本卷十九第二十六页四行经文:"皇帝哀矜庶戮之不幸。"陆氏曰:"'皇',宜作'君'字。"阮元《校记甲》云:"按:陆氏因传有'君帝'之语,遂谓经之'皇'字宜作'君'。传以'君帝'释经'皇帝',以别于秦之所谓皇帝也。'皇'之为'君',自是常训,故传不特释之。下经'官伯'传作'官长',亦将谓经之'伯'字当作'长'乎?考单本释文,乃大书'君帝'二字,注云'君宜作皇字',尤为舛误。注疏本所载不误也。"《校记乙》同。泽逊按:阮元就监本改本立说,谓"传以'君帝'释经'皇帝'",不知监本以前宋元明各本经、传皆作"皇帝"也。其言虽辩,而立说之基先谬,所攻《释文》亦监本所改,竟以陆氏原文为非,毛本注疏所载北监改本为是,本末颠倒。故终不能服人也。或云阮校案语出段玉裁,今观其风气,良然。

(三十九) 阮元《校勘记》之案语出段玉裁之证据

阮元《校记甲》释文校记:"君帝,君宜作皇字。毛本作'皇帝,皇宜作君字'。……段玉裁以毛本为是。"泽逊按:段玉裁以毛本为是,乃指阮元《校勘记》经文"皇帝哀矜庶戮之不幸。陆氏曰:皇宜作君字"条之按语,其按语谓陆氏"单本释文乃大书君帝二字,注云君宜作皇字,尤为舛误。注疏本所载不误也"。注疏本指毛本"皇帝,皇宜作君"而言。然则阮元《校勘记》以○标识之"按"出段玉裁殆无可疑也。

(四十) 张钧衡校记之误

《君牙》监本卷十九第十八页八行疏:"惟当奉用先世正官之法。"张钧衡《校记》:"先世正道之法,阮元本'道'作'官'。"泽逊按:依张校,则永乐本"正官"作"正道"。检永乐本"正"下实为空白,原来漫灭,"道"字当为张钧衡影刻时臆补,更据以校阮本,益谬。检各本均作"正官"。

■ 作者简介

杜泽逊(1963—   ),男,现任山东大学儒学高等研究院教授,博士生导师,主要从事中国古典文献学研究,长于古典目录版本之学、四库学、清代文献研究。

《礼记》版本述略

王 锷

（南京师范大学　江苏南京　210097）

　　内容提要　《礼记》版本有白文本、经注本和注疏本之别。唐开成石经是《礼记》白文本之源头，抚州本、余仁仲本、绍熙本、岳本《礼记注》是经注本之代表，八行本、刘叔刚本、元十行本、阮刻本是注疏本之代表。八行本《礼记正义》以单疏本为主，将经注分散在单疏本中，合刻而成。南宋刘叔刚本《附释音礼记注疏》的经、注、释文源于余仁仲本，配上疏文，即将经、注、释文与疏文合缀一书，较之以前的白文本、经注本、单疏本或八行本注疏，更加方便阅读。元十行本、闽本、监本、毛本、殿本注疏、《四库》本、阮刻本《礼记注疏》皆源于刘叔刚本。抚州本、余仁仲本《礼记注》与和珅翻刻宋刘叔刚本、阮刻本《礼记注疏》是目前所知最好的《礼记》版本。

　　关键词　礼记　礼记注　礼记注疏　版本

　　《礼记》是儒家的重要经典，无论是《十三经》、《五经》或《四书》中，都有它的身影。清代学者焦循说："以余论之，《周官》、《仪礼》，一代之书也。《礼记》，万世之书也。必先明乎《礼记》，而后可学《周官》、《仪礼》。《记》之言曰：'礼以时为大。'此一言也，以蔽千万世制礼之法可矣。"①可见，《礼记》在中华文化史中的地位十分重要。

---

　　①　焦循：《礼记补疏序》，《清经解　清经解续编》第 7 册。凤凰出版社 2005 年版，第 8778 页。

自唐宋以来,随着雕版印刷技术的发展,《礼记》被多次刊刻刷印,为人们阅读和学习《礼记》,提供了极大便利。根据相关文献记载,《礼记》的版本大致可分为白文本、经注本和注疏合刻本。

《礼记》白文本只有经文,唐开成石经《礼记》、国家图书馆藏《八经》之一《礼记》2卷属于此类。

《礼记》经注本是将《礼记》经文、注文一起合刻者,有附陆德明《经典释文·礼记音义》(下简称"释文")和不附释文之别。不附释文者有收藏于国家图书馆的宋蜀刻大字本《礼记注》20卷(残存卷1—5)①、宋婺州义乌蒋宅崇知斋刻本《礼记注》20卷(下简称"婺州本")、明嘉靖徐氏刻《礼记注》20卷(下简称"嘉靖本")等。

《礼记》经注本附释文者大致可分为四类:

第一类是将陆德明《礼记释文》4卷整体附录在《礼记注》后者,如宋淳熙四年(1177)抚州公使库刻《礼记注》20卷附《礼记释文》4卷(下简称"抚州本")。

第二类是将释文打散,整段附录于经注之后者,如兴国于氏本《礼记注》20卷(今佚),即《九经三传沿革例》所谓"于本音义不列于本文下,率隔数页,始一聚见,不便寻索"者②,这种独特的附释文体例,反映了经注本向经注附释文本演变的形态,与后来通行之经注附释文本截然不同。

第三类是将释文逐条分散在相对应的经文和注文之下者,如宋绍熙建安余氏万卷堂刻本《礼记注》20卷(下简称"余仁仲本"),南宋绍熙福建刻《纂图互注礼记》20卷(下简称"绍熙本"),属于此类。

第四类是仿照余仁仲本,将释文逐条附录在经注之后的同时,又经大幅度删削甚至改写者,如元岳浚刻《九经三传》之《礼记注》20卷(下简称"岳本"),今传有清乾隆四十八年(1783)武英殿翻刻本(下简称"殿本注")及江南书局本等。

---

① 张丽娟:《宋代经书注疏刊刻研究》,北京大学出版社,2013年版,第425页。

② 《九经三传沿革例》,影印文渊阁《四库全书》本,第183册第561页下栏。

　　《礼记》注疏合刻本大致分为不附释文和附释文两类。不附释文者有宋绍熙三年(1192)两浙东路茶盐司刻宋元递修本《礼记正义》(下简称"八行本")70 卷。附释文者有南宋刘叔刚刻《附释音礼记注疏》63 卷(下简称"刘叔刚本"),清和珅有翻刻本(下简称"和本");元刻明修《十三经注疏》本《礼记注疏》63 卷(下简称"十行本"),附录释文的方式与余仁仲本相同。明嘉靖李元阳刻《十三经注疏》本《礼记注疏》63 卷(下简称"闽本")、明北京国子监刻《十三经注疏》本《礼记注疏》63 卷(下简称"监本")、明毛晋汲古阁刻《十三经注疏》本《礼记注疏》63 卷(下简称"毛本")、清乾隆四年(1739)武英殿刻《十三经注疏》本《礼记注疏》63 卷(下简称"殿本注疏")、文渊阁《四库全书》本《礼记注疏》63 卷(下简称《四库》本)、清阮元校刻《十三经注疏》本《礼记注疏》63 卷(下简称"阮刻本")等版本附释文的方式,皆与十行本相同。

　　《礼记》白文本、经注本和注疏合刻本,从阅读角度而言,附释文的《礼记注》和《礼记注疏》最为方便,因此,在南宋出现刘叔刚刻十行本《附释音礼记注疏》以后,元代就翻刻,元刻十行本在明代多次修补印刷。明代嘉靖、万历和崇祯时期,曾三次翻刻《礼记注疏》,即闽本、监本和毛本。进入清代,武英殿和四库馆又先后翻刻、抄录《礼记注疏》,可见学术界对儒家经典文献的重视。就《礼记》而言,在不断的翻刻过程中,《礼记》经文、注文、释文、疏文出现大量残缺,有些页面缺文达千字以上,有些段落残缺严重到无法阅读。清嘉庆年间,阮元组织学者翻刻校勘《十三经注疏》,《礼记注疏》中大量的缺文和错误,得以补充和纠正。《礼记》在不断翻刻过程中,对经文、注文、释文和疏文,都进行过校勘,但撰写"考证"或"校勘记"的,只有殿本注、殿本注疏、《四库》本和阮刻本,阮元《礼记注疏校勘记》最为详尽。然因时代的局限,一些重要的《礼记》版本如余仁仲本、婺州本、绍熙本和八行本等,阮元都没有看到,仅借用惠栋等人校勘成果撰写校勘记,留下很多遗憾。

　　20 世纪八九十年代,如果要研读《礼记》,最方便看到的版本就是阮刻本《礼记注疏》63 卷和《四部丛刊》影印的绍熙本《礼记注》20 卷。近十多年来,随着古籍整理事业的发展,北京大学出版社、台湾新文丰出版公司、上海古籍出版社相继出版了《礼记注疏》的整理本①,《礼记》善本如抚州本、婺州本、余仁仲本、绍熙本《礼记注》,八行本、十行本《礼记注疏》,皆收入《中华再造善本》;同时,美国、日本等藏书机构陆续将收藏的闽本、监本、毛本《十三经注疏》扫描电子化,上传网络②。这些《礼记》版本的公布,为学术界研究《礼记》、比勘版本异同,提供了便利。

我们目前看到的《礼记》版本,要比清乾嘉时期的阮元、顾广圻等学者优越很多。但是,这些《礼记》版本之间关系如何? 它们之间有何文字差异? 哪些版本最好? 哪些版本最差? 明清以来学者在《礼记》文献的传承刊刻过程中做了哪些工作? 国内图书馆所藏《礼记》版本,与美国、日本所藏有何差异? 如果要整理《礼记注》或《礼记注疏》,应该如何选择底本和对校本? 这些问题,我们都很难准确回答。乔秀岩《〈礼记〉版本杂识》专门讨论《礼记》版本问题③,给我们启发较多。但是,就《礼记》版本关系而言,尚可进一步讨论。

基于以上原因,我们历时十年,从事《礼记郑注汇校》工作,目的就是想搞清楚《礼记》版本优劣、文字差异及其相互关系,为进一步整理研究《礼记》奠定坚实基础。《礼记郑注汇校》主要分四步进行:

第一,选择底本。《礼记郑注汇校》以绍熙本为底本,对《礼记》经文、注文、释文及重言、重意、互注等内容进行标点分段。为何要选择绍熙本作底本呢? 有必要说明。绍熙本完整保留了《礼记》的经文、注文和释文,尤其是增加了纂图、互注、重言、重意等内容。纂图是在书前编辑插入插图和解说文字,类似后来的连环画,直观解说礼制;互注是用其他经书文字印证《礼记》经文;重言是将相同的经文句子进行统计,标出在《礼记》全书中出现过几次;重意是将《礼记》中意思一致或相近的

---

① 王锷:《三种〈礼记正义〉整理本平议》,《中华文史论丛》2009 年 4 期,第 363—391 页。

② 日本东京大学东洋文化研究所藏李元阳刻《十三经注疏》、日本东京图书馆藏明国子监刻《十三经注疏》、美国哈佛大学汉和图书馆藏李元阳刻《十三经注疏》、汲古阁毛氏刻《十三经注疏》皆已上传网络,可下载阅览。

③ 乔秀岩:《〈礼记〉版本杂识》,《北京大学学报(哲学社会科学版)》2006 年第 5 期,第 103—110 页。

句子逐一标出。这些内容在当今的网络时代,简直不堪一提,但作为历史的存在,对于研读《礼记》的学人而言,仍然具有十分重要的辅助作用。此外,张元济先生曾将绍熙本纳入《四部丛刊》影印,近百年来,是学术界认为的善本,影响大,普及性高。所以,我们选择了绍熙《礼记注》作为汇校的底本。

第二,确定对校本、参校本。《礼记注》版本有抚州本、余仁仲本、婺州本、绍熙本、殿本注,《礼记注疏》版本有八行本、和本、十行本、闽本、监本、毛本、殿本注疏、《四库》本、阮刻本,另有余仁仲本、绍熙本、八行本的影印本或整理本,如来青阁本、《四部丛刊》本、潘宗周影宋本和上古整理本等。我们将抚州本、余仁仲本、婺州本、殿本注、八行本、和本、十行本、阮刻本以及抚州本所附释文等列为对校本;足利本缺八卷①,即第 33 卷至 40 卷,闽本、监本、毛本、殿本注疏、《四库》本皆源于十行本且略有修订,故将足利本、闽本、监本、毛本、殿本注疏以及黄焯《经典释文汇校》②、日本藏《礼记释文》4 卷列为参校本。另外,晚清民国时期的影印本,如《四部丛刊》影印的绍熙本、民国二十六年(1937)来青阁影印的余仁仲本、潘宗周影印的八行本以及吕友仁据潘宗周影印本为底本的整理本等,皆与原本有一定差异,我们一律视为不同版本,并将它们也列入参校本行列。即使是同一种版本,因印次不同,文字也有差异,所以,对于所使用的版本,一律标明其收藏单位,以便讨论和覆查。

第三,吸收前人校勘成果。殿本注、殿本注疏所附考证、浦镗《十三经注疏正字》、王太岳等《四库全书考证》、阮元《十三经注疏校勘记·礼记注疏校勘记》、张敦仁《抚本礼记郑注考异》、绍熙本吴宪澂批校、杨寿祺《礼记郑注余本岳本对校札记》、孙诒让《十三经注疏校记·礼记正义校记》、黄焯《经典释文汇校》、吕友仁整理本《礼记正义》之校勘记和日本山井鼎、物观《七经孟子考文补遗》等,都是《礼记》校勘方面的重要学术成果,我们逐条覆查,充分吸收。

---

① 影印南宋越刊八行本《礼记正义》,北京大学出版社,上、中、下三册,2014年版。

② 黄焯:《经典释文汇校》,北京,中华书局,2006 年版。

第四，撰写校勘记六千七百多条，详尽呈现了《礼记》不同版本间经文、注文和释文之差异和因袭演变，部分校记，判断是非，为我们考察版本之间的关系、文字正误提供了确凿的证据。阮刻本《礼记注疏校勘记》有7381条，尚包括疏文的校记，而我们所校仅仅是经文、注文和释文，就字数而言，还不到《礼记注疏》字数的四分之一，但就校勘记条目而言，几乎相当。应该说，就《礼记注》校勘来看，我们的汇校工作，在使用版本、校勘成果和校勘的精细程度上，都有了很大推进。

《礼记郑注汇校》校勘记主要内容有三：

1. 订补乙正底本或他本的讹脱衍倒，如：《曲礼》上底本"冬温而夏清"，唐石经、抚州本、余仁仲本、婺州本、岳本、嘉靖本、八行本、和本、十行本、闽本、监本、毛本、殿本注疏、阮刻本"清"作"凊"，是。

底本"安定其床衽也"，抚州本、余仁仲本、八行本、和本、十行本、闽本、监本、毛本、殿本注疏、阮刻本同；婺州本、岳本、嘉靖本、足利本"安定"作"定安"，是；十行本"衽"作"在"，非。关于此条，张敦仁《抚本礼记郑注考异》曰："读'定'字逗，'安'字下属。"①阮元《校勘记》曰："安定其床衽也。闽、监、毛本作'衽'，此本'衽'误'在'。岳本'安定'作'定安'，嘉靖本同，《考文》引宋板同，《通典》六十八同。案：以'安其床衽'训'定'字，与'以问其安否何如'训'省'字，文法同。岳本为是。正义亦云'定安'也。"②

再如，《儒行》"哀公命席"一节有注文："席犹铺陈也铺陈往古尧舜之善道以待见问也大问曰聘举见举用也取进取位也"，抚州本、余仁仲本、岳本、嘉靖本、八行本、和本、阮刻本同；十行本、闽本、监本、毛本、殿本注疏脱"犹铺"二字，"陈也"下衍"珍善也"三字，"见问也大问曰聘举"作"聘召怀忠信之德以待"，皆非。

2. 罗列各本之文字异同，不加判断，此类罗列岳本即殿本注"释

① 张敦仁：《抚本礼记郑注考异》2卷，《清经解 清经解续编》第6册第8204页。
② 阮元校刻：《十三经注疏》上册第1236页下栏，北京，中华书局，1980年版。

文"与他本之差异最多。岳本对释文进行过大量删削，殿本注全部继承，即将某些释文全部删去，或将同一字的多个反切注音，保留一个，删除其它；或将释文中"下及注皆同""下皆同""下某某同"精简为"下同"，如底本"帷位悲反帷幔也薄平搏反帘也"，《经典释文汇校》卷第十一、抚释一、余仁仲本、和本、十行本、闽本、监本、毛本、殿本注疏、阮刻本同，岳本无此十三字。《曲礼》上经文"帷薄之外不趋"下，《经典释文汇校》、余仁仲本、绍熙本等皆有"帷位悲反帷幔也薄平搏反帘也"十三字，而岳本全部删去。

或将"徐某某反""皇某某反"之"徐""皇"等字，径改为"又"，如《曲礼》上"俨若思"下有释文"思如字徐息嗣反"，岳本将"徐"改作"又"。

另外，岳本及他本有改动释文反切上下字的情况。我们目前看到的《经典释文》是宋代刊刻的版本，应该在很大程度上保留了陆德明的原貌，但也不排除有改动的地方。那么，岳本之改动反切上下字，或将反切直接改为"平声""去声"等，这是为了适合当时的读音，便于人们阅读理解，但与陆德明之反切就不一致。如《曲礼》上，底本"谋于长者"下，释文曰"长丁丈反"，《经典释文汇校》卷第十一、抚释一、余仁仲本、和本、十行本、闽本、监本、毛本、殿本注疏、阮刻本同，岳本改作"长展丈反"；《曲礼》下，底本"执玉其有藉者则裼"下，释文曰"裼星历反"，《经典释文汇校》卷第十一、抚释一作"裼星历反"，余仁仲本、和本、十行本、闽本、监本、毛本、殿本注疏、阮刻本作"裼星历反"，岳本作"裼先击反"。对于此类情况，我们在校勘记中罗列异文，不加判断，以便从事音韵学研究者参稽。

更有甚者，岳本加入朱熹等人之音切，显然是不合理的。如《大学》篇有注文"是轻慢于举人也"，下有释文曰"命依注音慢武谏反"，《经典释文汇校》卷第十四、抚释一、余仁仲本、和本、十行本、闽本、监本、毛本、殿本注疏、阮刻本同，岳本改作"命音慢文公云程子云当作息未详孰是"，如此改动，虽然是承袭廖莹中本，渊源有自，但从《经典释文》角度而言，是不应该的。

3. 指出十行本等版本文字残缺的情况。元十行本有很多墨钉和文字残缺的情况，这些缺文从闽本开始，就陆续补充，经过监本、毛本、殿本注疏、《四库》本等不断的校补，一直到阮刻本时，才全部补齐缺文，惟各本所补情况不同。这些情况，我们在校勘记中，凡是涉及经文、注文和释文者，均逐一说明。如《中庸》篇经文"故至诚无息"下，底本有注文"如天地山川之云也"八字，抚州本、余仁仲本、岳本、嘉靖本、八行本、和本、毛本、殿本注疏、阮刻本同，其中"地山川之云也"六字，十行本、闽本作墨钉，监本缺。

至于《礼记郑注汇校》在校勘记中无法讨论的问题，我们单独撰写文章讨论，可参考拙文《宋本〈纂图互注礼记〉二十卷的流传和文献学价值》①、《再论宋本〈纂图互注礼记〉的特征及其影印本》②、《南宋抚州本〈礼记注〉研究》③、《南宋余仁仲本〈礼记注〉研究》④、《南宋婺州本〈礼记注〉研究》⑤、《国图藏八行本〈礼记正义〉研究》⑥、《北大藏八行本〈礼记正义〉跋》⑦、《阮刻本〈礼记注疏校勘记〉质疑》⑧、《元十行本〈附释音礼记注疏〉的缺陷》、《李元阳本〈十三经注疏〉考略》、《殿本〈礼记注〉平议》（后三篇是未刊稿）等。

通过《礼记郑注汇校》工作，可以得出如下结论：

---

① 王锷：《宋本〈纂图互注礼记〉二十卷的流传和文献学价值》，《传统中国研究》第 7 辑第 278—296 页，上海人民出版社，2010 年 3 月。

② 王锷：《再论宋本〈纂图互注礼记〉的特征及其影印本》，《古文献研究集刊》第 178—230 页，南京，凤凰出版社，2012 年 8 月。

③ 王锷：《南宋抚州本〈礼记注〉研究》，《中国经学》第 11 辑第 153—178 页，南宁，广西师范大学出版社，2013 年。

④ 王锷：《南宋余仁仲本〈礼记注〉研究》，《国学季刊》第 1 期第 31—65 页，济南，山东人民出版社，2016 年 3 月。

⑤ 王锷：《南宋婺州本〈礼记注〉研究》，《齐鲁文化研究》第 10 期第 140—148 页，济南，泰山出版社，2011 年 12 月。

⑥ 王锷：《国家图书馆藏八行本〈礼记正义〉研究》，《古文献整理与研究》第 1 辑第 28—103 页，北京，中华书局，2015 年 7 月。

⑦ 王锷：《北大藏八行本〈礼记正义〉跋》，《儒家文明论坛》第 1 期第 266—271 页，济南，山东人民出版社，2015 年 6 月。

⑧ 王锷：《阮刻本〈礼记注疏校勘记〉质疑》，《杭州师范大学学报（社科版）》2016 年第 1 期第 123—129 页。

一是摸清了《礼记》版本的优劣。《礼记注》版本中，抚州本最好，余仁仲本次之，绍熙本最差；《礼记注疏》版本中，和本最好，阮刻本次之，十行本最差。

二是厘清了目前所能看到的《礼记》重要版本的刊刻源流。八行本经注来源于抚州本，绍熙本、岳本、嘉靖本、和本及十行本经注和释文来源于余仁仲本，刘叔刚刻宋十行本是元十行本、闽本、监本、毛本、殿本注疏、《四库》本和阮刻本《礼记注疏》的源头。

三是《礼记》同一版本的不同印次之间、宋元本与清末民国影印本之间是有文字差异的。在从事古籍整理的时候，对宋元本与清末民国时期影印本，当作为两种版本来对待，其它经典文献也有类似情况，这一点，应该引起学术界同行的注意。如国家图书馆所藏八行本，与日本足利学校所藏八行本即"足利本"、潘宗周影雕之八行本即"潘宗周本"之间，是有差异的，应该作为三种版本对待，如此处理，才符合文献学规范。

四是就《礼记》经文、注文和释文的校勘而言，正式以校勘记形式反映校勘成果的是在清乾隆时期的武英殿，即殿本注、殿本注疏"考证"，但嘉庆时期阮元所撰《礼记注疏校勘记》最为详尽、规范，署名张敦仁实际是顾广圻所撰的《抚本礼记郑注考异》最为精当。

我们认为，如果要整理《礼记注》的定本，最好是以抚州本或余仁仲本为底本，利用《礼记郑注汇校》已经取得的成果，直接改正底本之讹误，并说明依据，《礼记注》定本的整理，我们已基本完成。如果要整理《礼记注疏》的定本，最好是用和本的初刻初印本做底本，对校其他经注本和注疏本，补正缺误，乙正衍倒。至于八行本或足利本，不仅有缺卷缺页，也无释文，元十行本、闽本、监本、毛本、殿本注疏、《四库》本墨钉和缺字十分严重，根本无法做底本，但和本、阮刻本无以上缺陷，《礼记注疏》定本的整理，我们正在进行中。

通过《礼记郑注汇校》工作，我们大致摸清了《礼记》版本之间的关系。结合《三礼研究论著提要》之成果，《礼记》版本之间的关系，可以用图表示如下：

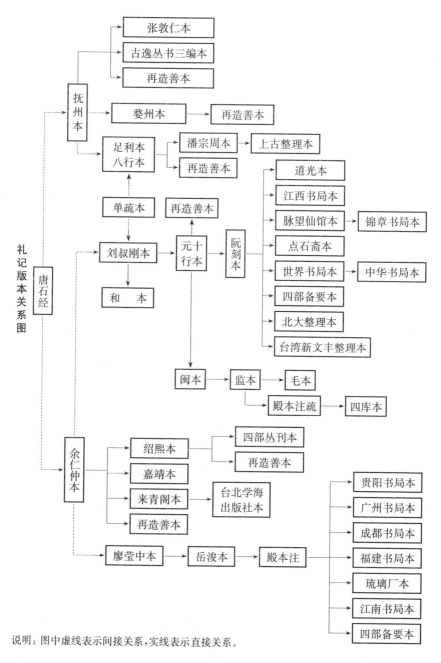

说明：图中虚线表示间接关系，实线表示直接关系。

■ 作者简介

王锷(1965——),男,甘肃甘谷人,现为南京师范大学教授,古典文献学博士生导师。主要从事于古文献的整理、研究和教学工作,主攻方向是古典文献学、《三礼》。

《尔雅》非《鲁诗》之学辨

赵茂林

（西北师范大学文学院　甘肃兰州　730070）

内容提要　陈乔枞、王先谦等以为《尔雅》为《鲁诗》之学，其实并不正确。陈氏因为叔孙通为鲁人，就定叔孙通所用《诗》为《鲁诗》。又由于叔孙通援《尔雅》入《礼记》，就认为《尔雅》为《鲁诗》之学。并且认为注《尔雅》者都会恪守《尔雅》师法，故把犍为舍人、刘歆、樊光、李巡所引的《诗》句以及与《毛诗》不同的注解，甚至郭璞与《毛诗》不同的注解，都定为《鲁诗》。其实，叔孙通援《尔雅》入《礼记》在《鲁诗》学成型之前，而申公之学被命名为《鲁诗》有尊崇的意味，不能仅仅从地域学术的角度来看待。樊光所引《诗》确实出于《鲁诗》，其它注《尔雅》各家所引《诗》却未必出于《鲁诗》。各家之注都有兼用《毛诗》的情况。

关键词　尔雅　鲁诗　关系

　　在清代之前，《鲁诗》与《尔雅》关系如何，鲜有论述。到清代，三家《诗》研究的学者始认为《尔雅》为《鲁诗》之学。陈乔枞在《鲁诗遗说考·序》中说："《尔雅》亦《鲁诗》之学，汉儒谓《尔雅》为叔孙通所传，叔孙通，鲁人也。臧镛堂《拜经日记》以《尔雅》所释《诗》字训义皆为《鲁诗》，允而有征。郭璞不见《鲁诗》，其注《尔雅》多袭汉人旧义，若犍为舍人、刘歆、樊光、李巡诸家注解，征引《诗经》皆鲁家今文，往往与毛氏殊。郭璞沿用其语，如《释诂》'阳，予也'，注引《鲁诗》'阳如之何'；《释草》'蓝，茎'，注引诗'山有蓝'，文与《石经·鲁诗》同，尤其确证。"①所以,陈乔枞把《尔雅》所引《诗》、所载与《诗》有关的训释,犍为舍人、刘歆、樊光、李巡所引的《诗》句以及与《毛诗》不同注解,甚至郭璞与《毛诗》不同的注解,都定为《鲁诗》。王先谦《诗三家义集疏》全采陈氏之说。现当代学者也多把其作为《鲁诗》佚文遗说,用来解决有关的问题。

一、叔孙通援《尔雅》入《礼记》
在《鲁诗》学成型之前

陈氏说"汉儒谓《尔雅》为叔孙通所传",依据的应该是张揖《进〈广雅〉表》"鲁人叔孙通撰置《礼记》,文不违古"之语。但张揖为魏人,非汉人。颜师古《汉书叙例》:"张揖字稚让,清河人,一云河间人。魏太和中为博士。"《北史·江式传》式进表论书曰:"魏初,博士清河张揖著《埤仓》、《广雅》、《古今字诂》。究诸《埤》、《广》,缀拾遗漏,增长事类,抑亦于文为益者。"陈氏误记。

《汉书·艺文志》著录有《礼经》之《记》百三十一篇,云"七十子后学所记"。这些《记》大部分是孔子的弟子、门人和儒家后学传习《仪礼》的"记"的汇集,包括孔子弟子所记孔子有关礼的言论和孔门相关的论文。这些论文原来多附于《仪礼》之后或单独流传,在流传过程中也经过汉儒的一定整理。张揖所言,是说叔孙通依据《尔雅》而对《礼记》有所增益。张揖之言,王念孙作了证明,《广雅疏证》:"臧氏在东曰:张稚让言叔孙通撰置《礼记》,不违《尔雅》,然则《大戴礼记》当中有《尔雅》数篇为叔孙氏所取入。故《白虎通义》引《礼·亲属记》:'男子先生为兄,后生为弟;女子先生为姊,后生为妹。'文出《释亲》。《风俗通义》引《礼·乐记》:'大者谓之产,其中谓之仲,小者谓之箹。'文出《释乐》。《公羊·宣

---

① 陈乔枞:《三家诗遗说考》,《续修四库全书》第76册,上海古籍出版社,2003年版,第43页。

十二年》注引《礼》'天子造舟,诸侯维舟,卿大夫方舟,士特舟',文出《释水》。《孟子》'帝馆甥于贰室',赵注引《礼记》'妻父曰外舅';'谓我舅者,吾谓之甥',文出《释亲》。则《礼记》中之有《尔雅》信矣。"[1]但由叔孙通援《尔雅》之文入《礼记》,只能说明叔孙通可能对《尔雅》比较熟悉,并不一定能说明叔孙通为传《尔雅》者。

张揖《进〈广雅〉表》又曰:"今俗传三篇《尔雅》,或言仲尼所增,或言子夏所益,或言叔孙通所补,或言沛郡梁文所著,皆解说家所说。"陈氏说叔孙通传《尔雅》,也可能据此而言。但叔孙通增补《尔雅》只是诸种说法中的一种,张揖也表示了怀疑。即使叔孙通为传《尔雅》者,甚至对《尔雅》作了增补,叔孙通对《尔雅》增补时,也不可能依据自己所用《诗》对《尔雅》之文尽数进行改易。所以,由叔孙通用何《诗》也不能说明《尔雅》为何《诗》之学。

而由叔孙通为鲁人,也不能断定叔孙通用的就是《鲁诗》。汉代四家《诗》,都是专门之学,《鲁诗》、《齐诗》以本学派宗师的故国命名,《韩诗》、《毛诗》以本学派宗师的姓氏定名。由于鲁地、齐地儒风盛行,颇为人们所推崇,《鲁诗》、《齐诗》之命名,有尊崇的意味[2],不能仅仅从地域学术的角度看待。申公的老师浮丘伯为齐人,而申公之学名之为《鲁诗》。申公弟子,可考知者十三人,其中赵绾为代人,瑕丘江公为齐人,鲁赐为楚人;辕固弟子,可考者夏侯始昌,但夏侯始昌为鲁人。因而,仅仅以其国别断定其所用《诗》学的派别,也是行不通的。

据胡奇光、方环海考证,叔孙通援《尔雅》入《礼记》,在汉惠帝元年(前194年)定宗庙仪法之后不久[3],此时《鲁诗》尚未形成。《汉书·儒林传》:"吕太后时,浮丘伯在长安,楚元王遣子郢客与申公俱卒学。"刘

①　王念孙:《广雅疏证》,中华书局,1983年版,第416页。

②　赵茂林:《汉代四家〈诗〉命名考辨》,《学术论坛》2010年第9期,第103—108页。

③　胡奇光、方环海:《〈尔雅〉成书时代新论》,《辞书研究》2001年第6期,第106—116页。

汝霖以为在吕后元年(前 187 年)①。则此时尚不能说《鲁诗》之学已经形成。又《史记·儒林列传》:"及王郢卒,戊立为楚王,胥靡申公。申公耻之,归鲁,退居家教,终身不出门,复谢绝宾客,独王命召之乃往。弟子自远方至受业者百馀人。申公独以《诗经》为训以教,无传疑,疑者则阙不传。"刘汝霖定申公归鲁在景帝前元二年(前 155 年)②。则《鲁诗》之形成当在前 155 年之后。由于申公老师为浮丘伯,浮丘伯又为荀子弟子,故陈乔枞、王先谦等一些学者就以为《鲁诗》早出,从而把汉初关于《诗》的解说都定为《鲁诗》,显然是不科学的。既然叔孙通入《尔雅》之文于《礼记》时,《鲁诗》学尚未形成,那么说叔孙通用《鲁诗》就不正确,也就不能以此断定《尔雅》为《鲁诗》之学。

二、《尔雅》汉注并非皆为《鲁诗》之学

陈氏说:"臧镛堂《拜经日记》以《尔雅》所释《诗》字训义皆为《鲁诗》。"但查阅臧庸《拜经日记》,臧庸也仅说樊光引《诗》多本《鲁诗》,并未说"《尔雅》所释《诗》字训义皆为《鲁诗》"。《拜经日记》卷四:"唐人义疏引某氏注《尔雅》,即樊光也,其引《诗》多与毛、韩不同,盖本《鲁诗》,今汇而录之。"下举数例来说明其引《诗》与《鲁诗》合③。显然,陈氏不惜歪曲他人之说,来迎合一己之见。

陈氏认为犍为舍人、刘歆、樊光、李巡诸家注解所征引《诗》皆为《鲁诗》,也未必;进而认为各家注解都用《鲁诗》之义,更不正确。《释文·序录》著录有《尔雅》"犍为文学注二卷",陆氏自注曰:"一云:犍为郡文学卒史臣舍人,汉武帝时待诏。"余嘉锡认为《释文》说犍为文学为武帝时人不可信。若其为武帝时人,其有《尔雅注》,刘歆必著录于《七略》,

① 刘汝霖:《汉晋学术编年》,华东师范大学出版社,2010 年版,第 27 页。
② 刘汝霖:《汉晋学术编年》,第 48 页。
③ 臧庸:《拜经日记》,《续修四库全书》第 1158 册,上海古籍出版社,2003 年版,第 87 页。

而《七略》没有著录。而考之"陆氏《释文》及唐人《五经正义》与宋《御览》、邢昺《尔雅疏》所引舍人注,已杂有类似《白虎通》之训诂",所以余氏以为其为后汉人①。其说不能说没有道理。特别舍人注中"杂有类似《白虎通》之训诂",是可以作为判断其晚出的证据的。《释训》:"委委佗佗,美也。"《释文》:"诸儒本并作'袆',于宜反。舍人云:'袆袆者,心之美。'引《诗》亦作'袆袆'。"《毛诗》作"委委佗佗",又《毛诗释文》:"《韩诗》云:'德之美貌。'"不言《韩诗》字与《毛诗》异,则《韩诗》亦作"委委佗佗"。舍人所引与毛、韩不同,或为《鲁诗》,但也不能排除《齐诗》的可能。但除此例之外,很难看出其引《诗》的学派归属。而就释义看,也间用《毛诗》说,如《小雅·伐木》"坎坎鼓我,蹲蹲舞我",《毛传》:"蹲蹲,舞貌。"《释训》:"坎坎、蹲蹲,喜也。"《尔雅释文》引舍人曰:"蹲蹲,舞貌。"与毛同。《小雅·白华》"卬烘于煁",《毛传》:"煁,烓灶也。"《释言》:"煁,烓也。"《毛诗正义》引舍人曰:"煁,烓灶也。"也与毛同。《周颂·执竞》"降福穰穰",《毛传》:"穰穰,众也。"《释训》:"穰穰,福也。"《毛诗正义》引舍人曰:"穰穰,众多之福也。"似合《尔雅》、《毛传》而言。

《释文·序录》著录有《尔雅》"刘歆注三卷",注曰:"与李巡注正同"。又著录有《尔雅》"李巡注三卷",注曰:"汝南人,后汉中黄门。"刘歆《尔雅注》,诸书征引的并不多,十几条而已。不过,《释文》云刘歆《尔雅注》"与李巡注正同",由李巡注是可以推知刘歆注情况的。李巡见于《后汉书·宦者列传》,"时,宦者济阴丁肃、下邳徐衍、南阳郭耽、汝阳李巡、北海赵佑等五人称为清忠,皆在里巷,不争威权。巡以为诸博士试甲乙科,争弟高下,更相告言,至有行赂定兰台漆书经字以合其私文者,乃白帝,与诸儒共刻《五经》文于石,于是诏蔡邕等正其文字"。其注征引《诗》何家,很难考知。就释义而言,黄侃《尔雅略说》云:"其注文亦多同古文,故释俘之义,同于贾逵;释殂落之义,同于《说文》。"②再如,《陈

---

① 余嘉锡:《四库提要辨证》,中华书局,1980年版,第91页。
② 黄侃:《黄侃国学文集》,中华书局,2006年版,第266页。

风·宛丘》"宛丘之上兮",《毛传》:"四方高,中央下,曰宛丘。"《释丘》云:"宛中,宛丘。"郭注:"宛丘,谓中央隆峻,状如负一丘矣。"《毛诗正义》:"案《尔雅》上文备说丘形有左高、右高、前高、后高,若此宛丘中央隆峻,言中央高矣,何以变言宛中? 明毛传是也,故李巡、孙炎皆云'中央下',取此传为说。"《唐风·蟋蟀》"良士瞿瞿",《毛传》:"瞿瞿然顾礼义也。"《释诂》:"瞿瞿、休休,俭也。"《毛诗正义》引李巡曰:"皆良士顾礼节之俭也。"应该是用《毛传》解《尔雅》。

《释文·序录》著录有《尔雅》"樊光注六卷",注曰:"京兆人。后汉中散大夫。"又按照臧庸说,唐人义疏引《尔雅》某氏注,即为樊光《尔雅注》。臧庸认为樊光所征引之《诗》为《鲁诗》,证之《石经》残石,其言不误。如,《小雅·吉日》"其祁孔有",《毛传》:"祁,大也。"郑《笺》:"'祁'当作'麎'。麎,麋牝也。中原之野甚有之。"《释兽》:"麋,牡麔,牝麎。"《毛诗正义》:"注《尔雅》者,某氏亦引《诗》云'瞻彼中原,其麎孔有',与郑同。"《汉石经集存》五七有"其麎孔"之文,则《鲁诗》正作"麎"①。《大雅·假乐》"民之攸塈",《毛传》:"塈,息也。"《释诂》:"呬,息也。"《毛诗正义》引某氏曰:"《诗》云:'民之攸呬。'"《石经·鲁诗》正作"呬"②。《大雅·桑柔》"其下侯旬",《毛传》:"旬,言阴均也。"《释言》:"洵,均也。"《毛诗正义》:"某氏引此诗,李巡曰:'洵,遍之均也。'"《石经·鲁诗》正作"洵"③。樊光引《诗》虽确出于《鲁诗》,但释义并不纯用《鲁诗》,黄侃《尔雅略说》:"樊氏之学,兼通今古,故常引《周礼》、《左氏传》为说。"④《周颂·良耜》"杀时犉牡",《毛传》:"黄牛黑唇曰犉。"《释畜》:"黑唇,犉。"《毛诗正义》:"《释畜》直云'黑唇犉',以言黑唇,明不与身同色。牛之黄者众,故知黄牛也。某氏亦云'黄牛黑唇曰犉',取此传为说

① 马衡:《汉石经集存》,科学出版社,1957 年版,第八左之上。
② 范邦瑾:《两块未见著录的〈熹平石经·诗〉残石的校释及缀接》,洛阳市文物局、洛阳白马寺汉魏故城文物保管所编《汉魏洛阳故城研究》,科学出版社,2000 年版,第 711—717 页。
③ 范邦瑾:《两块未见著录的〈熹平石经·诗〉残石的校释及缀接》。
④ 黄侃:《黄侃国学文集》,第 266 页。

也。”《秦风·小戎》“驾我骐馵”，《毛传》：“左足白曰馵。”《释畜》：“马后右足白骧，左白馵。”《毛诗正义》引樊光云：“后右足白曰骧，左足白曰馵。”与《毛传》完全同。

所以，就陈氏所说郭璞之前的《尔雅》注家来看，樊光引《诗》确实出于《鲁诗》，但释义并不纯用《鲁诗》；犍为文学、刘歆、李巡引《诗》是否用《鲁诗》，尚不能确定，而释义也不纯用《鲁诗》。这样，陈氏说犍为舍人、刘歆、樊光、李巡诸家注解所征引《诗》皆为《鲁诗》，就显得过于武断；说各家注解都用《鲁诗》之义，则不正确。

三、郭璞《尔雅注》与《毛诗》不同的注解，未必出于《鲁诗》

至于郭璞，其注《尔雅》，并不是简单地因袭他之前的各家《尔雅注》，其在《尔雅注·序》中说：“少而习焉，沉研钻极，二九载矣”，“缀集异闻，荟萃旧说，考方国之语，采谣俗之志，错综樊、孙，博关群言”。显然对《尔雅》进行了深入的研究。就其取资来说，虽采樊光、孙炎较多，但于其它各家亦有所采，更有采自他书以及异闻方俗者。所以，陈氏说郭璞《尔雅注》“多袭汉人旧义”，并不准确。实际，郭璞对他之前的各家《尔雅注》是不满意的，《尔雅注·序》曰：“虽注者十余，然犹未详备，并多纷谬，有所漏略。”至于郭注引《诗》“阳如之何”与“山有蓲”①，是否来自犍为文学、刘歆、李巡、樊光也不得而知，因为《毛诗正义》、《释文》、《尔雅注疏》皆没有引及诸家之注。

而由郭璞注引《鲁诗》之文，也不能得出《尔雅》为《鲁诗》之学的结论。实际，郭注中明引《鲁诗》只有一例，即陈氏所举《释诂》“阳，予”之注。但郭注也有明引《韩诗》之文的例子。《释训》：“愮愮，惕惕，爱也。”

---

① 今《尔雅·释木》“櫙，茎”下郭注曰：“今之刺榆。”陈乔枞以为今本有脱文，据《太平御览》引，“今之刺榆”之后应有“《诗》曰：‘山有蓲。’”陈乔枞：《三家诗遗说考》，第135页。

郭注:"《诗》云'心焉惕惕'。《韩诗》以为悦人,故言爱也。"不过,郭注明引《韩诗》也仅此一例。而郭注却多次明引《毛传》,如《释训》:"凡曲者为罶。"《释器》:"嫠妇之笱谓之罶。"郭注皆曰:"《毛诗传》:'罶,曲梁也。'"《释水》:"归异出同流,肥。"郭注:"《毛诗传》曰:'所出同,所归异为肥。'"《释草》:"蕦,牛唇。"郭注:"《毛诗传》曰:'水蕦也。'"既然郭注既有引用《鲁诗》之例,也有引用《韩诗》、《毛诗》之例,就不能仅就引《鲁诗》之例立论,说《尔雅》为《鲁诗》之学,而忽视引用《韩诗》、《毛诗》的例子,何况郭注引用《毛诗》之例还远远多于引《鲁诗》之例。郭注中未明言属于何《诗》,仅说"见《诗》"或"见《诗传》"者,也未必指的就是《鲁诗》或《鲁诗传》。邢《疏》说:"凡注言见《诗》,今《毛诗》无者,盖在齐、鲁、韩《诗》也。"应该是公允之论。

《鲁诗》在西晋时就已经亡佚,可以确定为其遗说的并不多,而关于字词训释的更少,唯《说文》所载一例可与《尔雅》比较。《周颂·丝衣》"鼐鼎及鼒",《毛传》:"大鼎谓之鼐,小鼎谓之鼒。"《释器》:"鼎,绝大谓之鼐,圜弇上谓之鼒。"《说文》:"鼐,鼎之绝大者。《鲁诗》说:鼐,小鼎。""鼐"之释义,《毛传》与《尔雅》同,《鲁诗》与之正相反。陈奂分析《鲁诗》之释云:"《鲁诗》家盖以上句先羊后牛,本句又先鼐后鼒,则鼐鼎谓载羊之鼎,遂有此说。但上句堂基、羊牛以内外、小大作俪耦,至本句变文,自当以《尔雅》、《毛传》为正解。"[①]

即使把《尔雅》与陈乔枞、王先谦所辑佚的《鲁诗》之说比较,也往往不合。《魏风·葛屦》"好人提提",《毛传》:"提提,安谛也。"《释训》:"媞媞,安也。""提"、"媞"相通,东方朔《七谏·怨世》"西施媞媞而不得见兮",王逸注:"媞媞,好貌也。《诗》曰'好人媞媞'也。"[②]《毛传》、《尔雅》比较接近,也比王逸的解释更为准确些。而陈乔枞、王先谦都认为王逸用《鲁诗》。《邶风·凯风》"凯风自南",《毛传》:"南风谓之凯风。"《释天》:"南风谓之凯风。"《毛传》与《尔雅》词句相同。而

---

①　陈奂:《诗毛氏传疏》,中国书店,1984年版,卷28。
②　洪兴祖:《楚辞补注》,中华书局,1983年版,第244页。

《吕览·有始篇》高诱注："离气所生曰凯风。《诗》曰：'凯风自南。'"①释义与《毛传》、《尔雅》大相径庭。陈乔枞、王先谦都认为高诱用《鲁诗》。

再把《尔雅》与《石经·鲁诗》比较，其用字也是有同有异。《释丘》："隩，隈也。"《诗·卫风》有《淇奥》篇。《汉石经集存》二十"卫淇隩"，正作"隩"②。《尔雅》、《鲁诗》用字同，而与《毛诗》不同。《释木》"栲，山樗"。《邢疏》："《诗·秦风》云：'终南何有，有条有梅。'"《毛传》："条，栲。"《汉石经集存》四一"栲有"③，正为此诗之文。则《尔雅》、《鲁诗》用字同，而与《毛诗》异。《释训》："瘐瘐，病也。"邢《疏》引《小雅·正月》"忧心愈愈"，《石经·鲁诗》作"忧心瘐瘐"④。《尔雅》用字亦与《鲁诗》同，而与《毛诗》不同。但这仅为一个方面，《尔雅》释《诗》用字也有与《鲁诗》不合者。《释水》："河水清且澜漪。大波为澜。小波为沦。直波为径。""河水清且澜漪"为《魏风·伐檀》中的诗句，《毛诗》作"河水清且涟猗"，而《毛诗》"猗"，《隶释》所载《石经·鲁诗》残碑作"兮"⑤。《释草》："蕮，山韭。"邢《疏》："韭生山中者名蕮。《韩诗》云：'六月食郁及蕮。'"所引《诗》为《豳风·七月》之文，《毛诗》作"六月食郁及薁"，《毛传》："薁，蘡薁也。"《汉石经集存》五三："郁及薁七"⑥，正为此诗之文，作"薁"，与《毛诗》同，而与《尔雅》不同。《释诂》："峙，具也。"邢《疏》引《周颂·臣工》"庤乃钱镈"。《汉石经集存》一四八："偫而钱镈□言"⑦，为此诗之文。则《鲁诗》作"偫"，与《尔雅》、《毛诗》用字都不同。

① 高诱：《吕氏春秋注》，《诸子集成》，上海书店出版社，1986年版，第6册，第125页。

② 马衡：《汉石经集存》，第五右之上。

③ 马衡：《汉石经集存》，第七右之上。

④ 范邦瑾：《两块未见著录的〈熹平石经·诗〉残石的校释及缀接》。

⑤ 洪迈：《隶释·隶续》，中华书局，1986年版，第152页。

⑥ 马衡：《汉石经集存》，第八右之上。

⑦ 马衡：《汉石经集存》，第十七右之下。

四、陈乔枞、王先谦以《尔雅》为《鲁诗》之学
出于对师法、家法的错误理解

　　陈乔枞以《尔雅》为《鲁诗》之学，是出于师法、家法观念的一种错误判断。陈氏由叔孙通援《尔雅》入《礼记》，错误地认定《尔雅》释《诗》皆为《鲁诗》说，进而以为注《尔雅》者都要遵守《尔雅》的师法，用《鲁诗》注《尔雅》。其引用臧庸之说、举郭璞用《鲁诗》之证，不过是为其已认定的看法寻找证据罢了。因而对臧庸之说不加分析，更扩充到所有《尔雅》汉注，甚至郭璞注。

　　两汉经学之所以有师法，是因为汉初儒学大师授弟子经书，主要是口授，在口耳相传的过程中，要力求不"失真"，这样就逐渐形成一种风气：说经必须遵守大师之传授。一种师法在传授过程中，有弟子自名其学，称之为家法。两汉重师法、家法，但也是相对的，在博士统绪中有时重视，有时不重视。其重视时，也多半是作为排除异己的武器来使用。而博士统绪之外的儒者，一般不重视[1]。再则，师法下分家法，家法下再分家法，而家法的不断衍生，就是对师法的改窜与增益[2]。而清人却过分夸大师法、家法的作用，如陈乔枞于《齐诗遗说考·自叙》言："先大夫尝言：汉儒治经最重家法，学官所立，经生递传，专门命氏，咸自名家，三百余年，显于儒林。虽《诗》分为四，《春秋》分为五，文字或异，训义固殊，要皆各守家法，持之弗失，宁固而不肯少变。"[3]皮锡瑞也说："汉人最重师法，师之所传，弟之所受，一字毋敢出入；背师说即不用。师法之严如此。"[4]由

---

　　①　徐复观：《中国经学史的基础》，《徐复观论经学史二种》，上海书店出版社，2002年版，第76页。

　　②　赵茂林：《三家〈诗〉的传承及其师法、家法问题》，《甘肃社会科学》2004年6期，第43—46页。

　　③　陈乔枞：《三家诗遗说考》，第324页。

　　④　皮锡瑞：《经学历史》，中华书局，1959年版，第77页。

于对师法、家法观念的错误理解,陈乔枞就认为《尔雅》汉注及郭璞的注都用《鲁诗》。

实际上,《鲁诗》与《尔雅》的关系,也应如《毛传》与《尔雅》的关系[①]。《鲁诗》与《尔雅》释《诗》之义有同有异,其相同的可能是来源相同,也可能是《鲁诗》用《尔雅》,还可能是《尔雅》的增益者据《鲁诗》增入。不能因为《尔雅》释词与《鲁诗》有合者,就完全断定其所释之词,皆为《鲁诗》说。

■ 作者简介

赵茂林(1970—   ),文学博士,西北师范大学文学院教授,主要研究先唐文学与文化。

---

① 赵茂林:《〈毛传〉〈尔雅〉关系考辨》,《兰州学刊》2014 年第 8 期,第 20—26 页。

"何休学"解

黄圣修

（台湾中研院近代史研究所　台湾台北　11529）

内容提要　清代学者受到考据学兴起的影响,喜爱在著作中模仿《春秋公羊解诂》"何休学",署名作"某某学",以表示谦逊之意。然而,"何休学"的用法究竟从何而来? 却鲜少有学者注意。本文透过比对历代《博物志》的传本与征引,以及唐石经的磨改,证明"何休学"实为"何氏学"之误刻,而非何休所独创的特例。并站在前人研究成果上,进一步讨论何休所创造的"何氏学",在东汉《公羊》学学术史中,所代表的学术意义与自我定位。

关键词　公羊传　何休　何休学　两汉学术史

一、前　　言

《四库全书总目》在经部总叙中,曾指出中国学术之发展,自两汉以后学凡六变,"要其归宿则不过汉学、宋学两家互为胜负",并将清代的学术归为汉学一派,认为"其学征实不诬,及其弊也琐"①。这样的总括虽不免失之于简略,却很清楚地指出中国儒学发展的双重特性,以及对清代学术的自我定位。清代学术自乾嘉以降,学术方向出现变化,学者

---

①　永瑢等撰:《钦定四库全书总目》卷1(景印文渊阁《四库全书》本),台湾商务印书馆,1983年版,第54页。

不再高谈天理性命,而是远追先秦两汉经师,对六经以及其他先秦诸子百家,进行辑佚与训诂的工作,开启了清代考据学的学术潮流。在这股学术风潮之下,除了学术内容的转变以外,著书体式也不再沿用过去宋明流行的语录体,而是改成辑佚注疏、考证笔记的方式,以彰显考据学的特色。此外,许多书院的名称与学者个人的称号,也多以两汉知名学者为致敬之对象,如阮元于道光五年(1825)创设之学海堂,其名称来源便是在东汉末年有"学海"之称的何休。更有甚者,学者们在为自己的著作署名之时,也经常模仿何休在《春秋公羊解诂》所用的"何休学",如《同文尚书》的"栖霞牟庭学"①、《春秋三传异文释》的"嘉兴李富孙学"②、《诗毛氏传疏》的"长洲陈奂学"③、《三礼通释》的"林昌彝学"④、《春秋左传辨讹》的"大成刘钟英学"⑤、《周礼正义》的"瑞安孙诒让学"⑥、《孝经集注述疏》的"顺德简朝亮学"⑦、《论语集释》的"闽县程树德学"⑧、《经籍旧音辨证》的"歙吴承仕学"⑨,以及《韩诗外传笺疏》的"屈守元学"⑩,等等。类似这样的做法,不但遍及六经,且其风潮自清

---

① 牟庭:《同文尚书》卷1(景印乐陵宋氏钞本),齐鲁书社,1981年版,第1页。

② 李富孙:《春秋三传异文释》卷1,收入《左传研究文献辑刊》第6册,国家图书馆出版社,2012年版,第7页。

③ 陈奂:《诗毛氏传疏》卷1(景印1851年漱芳斋刻本),中国书店,1984年版,第1页。

④ 林昌彝:《三礼通释》卷1(景印清同治三年刻本),北京图书馆出版社,2006年版,第81页。

⑤ 刘钟英:《春秋左传辨讹》,收入《左传研究文献辑刊》第9册,国家图书馆出版社,2012年版,第281页。

⑥ 孙诒让:《周礼正义》卷1(景印1931补刻楚学社本),艺文印书馆,1963年版,第23页。

⑦ 简朝亮:《孝经集注述疏》卷1(景印光绪至民国间《读书堂丛刻》本),世界书局,1961年版,第1页。

⑧ 程树德:《论语集释》卷1,艺文印书馆,1990年版,第1页。

⑨ 吴承仕:《经籍旧音辨证》,收入《经典释文序录疏证(附经籍旧音二种)》,中华书局,2008年版,第225页。

⑩ 屈守元:《韩诗外传笺疏》卷1,巴蜀书社,1996年版,第1页。

中叶一直延续至辛亥革命以后,都还可以看见,可见当时学人相当喜爱这样的署名方式。对于此一现象,章学诚(1738—1801)在其《知非日札》中曾批评云:

> 又近人著书,自署题名曰某著、某注可也,往往摹古而署为某学,其意乃见何休《公羊传》本标题,不知此亦后人追题,犹云某家之学尔。成家之学,惟后人分宗别派,可以某家、某学称之,本人不应据以自名。且所见尚多未足成家学者,亦题为某人学,不恧欤。①

对于章学诚的批评,李慈铭则于其读书笔记中反唇相讥,认为章学诚疏于经学,不知义例,其云:

> 点阅闽人何治运《何氏学》一过,系以跋云:吾乡章实斋讥近儒著述,多自称某某学,谓误用《汉书》某经有某氏之学语而不通。案近儒经说之称某某学者,乃用何邵公《公羊解诂》称何休学之例,明谦辞也。非用《汉书·儒林传》语。章氏疏于经学,自蔽而嫉贤,好诋切并时江鲸涛、戴东原、汪容甫、洪北江诸君子,以自矜大,而其言又失之不考。……《汉》曰某氏学者,谓此经师弟传授,有此一家之学也。②

在上引两段文字中,李慈铭批评章学诚不知近儒说经之称"某某学"者,为引用何休之例。但在章学诚的文字之中,却明确提出何休之例,但仍认为这是后人追题,非何休自称,因此并不应该盲从。此外,章学诚也没有提到李慈铭所谓《汉书》"某氏学"之说,可见两人对此事的理解,有些许的落差。

---

① 章学诚:《知非日札》,中华书局,2006年版,第263—264页。
② 李慈铭撰,由云龙辑:《越缦堂读书记》,上海书店出版社,2000年版,第747页。

无论两人的理解落差为何,透过上述引文可以看出,清代学者之所以模仿何休在书中自署"某某学",除了是因为"谦辞"的缘故以外,也有某家之学的意味在其中,因而为清代崇尚汉学的学者所喜爱。不过,"何休学"一辞究竟从何而来?与两汉之时所常见的"某氏学",又有什么样的关系?并反映出东汉《春秋公羊》学什么样的发展面貌?过去的学者出于对典故的熟悉,并未再作更深入的追问,本文则企图在前人研究之基础上,对"何休学"一辞作更进一步的分析与讨论,并试图探询其背后所代表的学术意义。

二、解"何休学"

如同过去许多研究者所指出,两汉经学重视师法与家法,且朝廷以经术为治;而自汉武帝罢黜百家,独尊儒术后,其间虽霸王道杂之①,但《公羊》学仍是最重要的经典之一,不但廷议上多有引《公羊传》义作为决断,武帝更"诏太子受《公羊春秋》"②。然则两汉虽为公羊学的极盛时期,但是这样的荣景并未持续太久,至东汉末年,公羊学早已不复当年荣景,何休在其《春秋公羊解诂·序》中便有言:

> 传《春秋》者非一,本据乱而作,其中多非常异义可怪之论,说者疑惑,至有倍经任意,反传违戾者,其势虽问不得不广。是以讲诵师言,至于百万,犹有不解。时加酿嘲辞、援引他经、失其句读、以无为有、甚可闵笑者,不可胜记也。是以治古学贵文章者谓之俗儒,至使贾逵缘隙奋笔,以为公羊可夺,左氏可兴,恨先师观听不决,多随二创,此世之余事,斯岂非守文持论,败绩失据之过哉。余窃悲之久矣。③

---

① 班固撰,颜师古注:《汉书》卷9,中华书局,1964年版,第277页。
② 班固撰,颜师古注:《汉书》卷88,第3617页。
③ 何休解诂,徐彦疏:《春秋公羊传注疏》(《十三经注疏》阮刻本),艺文印书馆,2001年版,第3—4页。

何休在其序文中,认为公羊先师们在解释《公羊传》时,出现了"倍经任意"、"反传违戾"、"援引他经"、"失其句读"、"以无为有"等问题,在面对《左传》的挑战时,又多随二创,以至于公羊"败绩失据",何休生于公羊学衰退之时,再加上太傅陈蕃事败,何休坐废锢,因此发愤作《春秋公羊解诂》,覃思不窥门,十有七年,欲振兴当时衰败已极的公羊学。

何休,字邵公,任城樊人,《后汉书·儒林传》称他"为人质朴讷口,而雅有心思,精研六经,世儒无及者",除作《春秋公羊解诂》外,"又注《孝经》、《论语》、风角七分,皆经纬典谟,不与守文同说。又以《春秋》驳汉事六百余条,妙得《公羊》本意",此外并"与其师博士羊弼,追述李育意以难二传,作《公羊墨守》、《左氏膏肓》、《穀梁废疾》"①。其著作至今,除少数辑本外,大多皆已亡佚,仅《春秋公羊解诂》保留下来,而这也是其最重要的著作。

何休的《春秋公羊解诂》,前人研究甚多;誉之者以为"五经之师,罕能及之"②,毁之者则以为"《公羊》之罪人也"③,然则不论毁誉如何,何休之《春秋公羊解诂》,不但为现今保存最完整之《公羊传》汉注,且其影响亦最大,是以欲研究《公羊传》者,舍此则无入手之处。而今本《公羊传》于每卷之首,皆有"何休学"三字,试举宋绍熙四年建安余氏本为例(参见下页书影一):④。

此外,同为十二卷本之宋淳熙抚州公使库刻绍熙四年重修本,亦皆刻有此三字。而收入续古逸丛书之海南潘氏藏宋公羊单疏本残本,亦

---

① 范晔撰,李贤等注:《后汉书》卷79下,中华书局,1964年版,第2582—2583页。

② 刘逢禄:《春秋公羊经何氏释例》(《续修四库全书》景印清嘉庆养一斋刻本),上海古籍出版社,1997年版,第457页。

③ 苏轼:《苏轼文集》卷3,收入《苏轼全集》,上海古籍出版社,2000年版,第697页。

④ 参见何休注:《春秋公羊经传解诂》(宋绍熙四年建安余氏本),台北故宫博物院,1980年版。

于"春秋公羊经传解诂隐公第一"下刻有"何休学"三字①。又日本蓬左文库亦藏有宋钞公羊单疏本,且首尾完全,总三十卷,日人杉浦丰治以该钞本为底本,著有《公羊疏论考·考文篇》,亦作"何休学"②。廿八卷本之校永怀堂本则在何休学上增加了何休的职衔与籍贯,而成了"汉谏议大夫司空掾任城何休学"③,至于流传最广之阮元十三经注疏本,则除了卷十八误刻作"休学"与卷二十一刻作"何休学解"外④,其于皆刻有"何休学";唐石经公羊传为十一卷本,亦于每卷首皆刻有"何休学"三字。

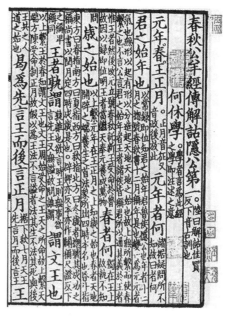

书影一:《春秋公羊经传解诂》宋绍熙四年建安余氏本

这样的署名方式,不仅在两汉相关的经学注疏中未曾出现,两《汉书》中亦未曾有过记载。对此,徐彦《公羊传注疏》,引张华《博物志》的解释云:

> 何休注《公羊》云何休学,有不解者,或答曰:休谦辞受学于师,乃宣此义不出于己,此言为允,是其义也。⑤

① 徐彦疏:《宋单疏本春秋公羊疏》卷1(《国学名著珍本汇刊》、《续古逸丛书》景印海南潘氏藏宋本),鼎文书局,1972年版,第9页。

② [日]杉浦丰治:《公羊疏论考·考文篇》,爱知县:学友会,1961年版,第5页。

③ 参见何休注:《春秋公羊传》(校永怀堂本),新兴书局,1992年版。

④ 何休解诂,徐彦疏:《春秋公羊传注疏》卷18,第228页;卷21,第262页。

⑤ 何休解诂,徐彦疏:《春秋公羊传注疏》卷28,第357页。

徐彦此段对于"何休学"的解释，随着经传注疏的合刻后，广为流传，并成为解释"何休学"的标准答案。前述李慈铭对于章学诚的批评，其所谓"明谦辞也"的典故，便是由此而来。然而，清儒对此一特殊的署名方式，并非没有质疑过，臧礼堂在其高祖父臧琳《经义杂记·汉五经旧题》条中，曾注解云：

> 礼堂谨案：或题何休学非也。杜预解《左传》止题杜氏二字，赵岐《孟子章句》但题赵氏，郑注《孝经》但题郑氏，古人逊谦，不欲自表其名，但著其氏族俾可识别耳，近人不知也。①

臧礼堂在文中认为，无论是杜预解《左传》、赵岐解《孟子》，或是郑玄解《孝经》，都只题姓氏，以供识别，而不自表其名，以为谦逊，因此题何休学并不是正确的做法，并批评近人不知其故。而后阮元于《春秋公羊传注疏校勘记》，更进一步指出：

> 臧礼堂曰："何氏题何休学非也。杜预解《左传》止题杜氏，赵岐《孟子章句》但题赵氏，郑注《孝经》但题郑氏，古人逊谦，不欲自表其名，但著氏族俾可识别耳。"按，唐石经桓公第二何休学原刻作"何氏"，后磨改作何休，据疏引《博物志》，则晋时本已称何休学矣。②

从上文中可以看出，阮元除了引用臧礼堂之说外，还注意到唐石经桓公第二中的"何休学"，是遭后人磨改而成的。但考虑到徐彦疏所引《博物志》之记载，因此阮元仍推测，至少在晋朝之时，就已经改称"何休学"了。此外，陈立在其《公羊义疏》中，则引用阮元之说，并附以己见曰：

---

① 臧琳：《经义杂记》卷14（《续修四库全书》）景印清嘉庆四年臧氏拜堂刻本，上海古籍出版社，1997年版，第150页。

② 阮元撰：《十三经注疏校勘记》（《续修四库全书》景印清嘉庆阮氏文选楼刻本），上海古籍出版社，1997年版，第49页。

按，《广雅·释诂》"学，识也"，《御览》引《论语谶》云"学者，识也"。盖谓有所得即识之。《释文》"学者，言为此经之学，即注述之意也"。盖魏晋间本有称何休学，或何氏当时不敢自称注述，谦言学耳。然汉世均不表名，如郑氏《三礼》、《毛诗》止题郑氏，则应题何氏学矣。①

陈立在阮元的基础上，进一步引用《广雅》、《释文》等著作，解释"学"字之义，并认为按照"郑氏《三礼》、《毛诗》止题郑氏"的例子来看，"应题何氏学"即可。但与阮元相同的是，在徐彦疏解释的影响下，陈立也同意或许魏晋之间，已有版本改称何休学，又或者是何休自我的谦辞，亦未可知。

从上引文献可以看出，清儒对于何休学的用法，其实是不无疑问的，但在徐彦疏所引用张华《博物志》的影响下，却又不得不认为或许在魏晋之间，已经改作何休学，以及有可能是何休自身特殊的用法。换句话说，问题的关键，便在于《博物志》究竟是如何记载此事。《博物志》原题晋张华著，王嘉《拾遗记》云："（张华）好观祕异图纬之部，捃采天下遗逸……造《博物志》四百卷。"②然据《四库提要》及余嘉锡《四库提要辨证》所考③，"则大抵剽掇《大戴礼记》、《春秋繁录》、《孔子家语》、《本草经》、《山海经》、《拾遗记》、《搜神记》、《异苑》、《西京杂记》、《汉武内传》、《列子》诸书，饾饤成帙，不尽华之原书"④。今所存之《博物志》，当以黄丕烈士礼居刊本所翻刻之宋连江叶氏本最古⑤，除此之外，还有"《四部

① 陈立：《公羊义疏》卷1（据南菁书院续经解本校刊），台湾中华书局，1968年版，第1—2页。
② 王嘉：《拾遗记》第9卷（明万历新安程氏刊《汉魏丛书》本），吉林大学出版社，1992年版，第729页。
③ 余嘉锡：《四库提要辨证》卷18，收入《四库全书总目》第9、10册，艺文印书馆，1969年版，第1148—1152页。
④ 纪昀等撰：《四库全书总目》卷142，第760页。
⑤ 王媛：《〈博物志〉的成书、体例与流传》，《中国典籍与文化》2006年第4期，第58—67页。

备要》本"、"《指海》本"、"四库本"等其他版本流传于世。然而翻检《博物志》原书,无论何种版本,都记载云:

> 何休注《公羊传》云"何氏学",又不能解者,或答云:休谦辞受学于师,乃宣此义不出于己,此言为允。①

从上引文可以明显看出,今所传《博物志》诸版本,在此处全部作"何氏学",而不是"何休学"。倘若黄丕烈所翻刻宋连江叶氏本为真,则至少可以证明,宋代以降,《博物志》中此段文字,都是刻作"何氏学",而非"何休学"。

除了传世的《博物志》原书以外,唐李贤注《后汉书》,亦曾经引用《博物志》此条,而作"何氏学"②,翻检各本《后汉书》,亦皆如此③。清人何若瑶作《后汉书注考证》,亦云:

> 迺作《春秋公羊解诂》。注:"《博物志》曰:何休注《公羊》云何氏学,有不解者,乃宣此义不出于己,此言为允也。"案此但云何氏学,不云何休学也,今本非是。④

案,《唐会要》云"(仪凤元年,676)十二月二日,皇太子贤上所注《后汉书》"⑤,《旧唐书·高宗本纪》亦云"十二月丙申,皇太子贤上所注后汉

———————

① 相关版本参见张华、周日用注:《博物志》卷4(景印嘉庆九年黄丕烈《士礼居丛书》景刻汲古阁旧钞宋连江叶氏本),艺文出版社,1957年版,第3页。张华、周日用注:《博物志》卷4(据士礼居本校刊),台湾中华书局,1978年版,第4页。张华撰,周日用注:《博物志》卷4(《百部丛书集成》景印《指海》本),第5页。张华撰,周日用注:《博物志》卷6(景印文渊阁《四库全书》本),台湾商务印书馆,1967年版,第596页。文中"强调标记",皆为笔者所加。
② 范晔撰,李贤等注:《后汉书》卷79下,第2583页。
③ 如百衲本、武英殿本等,李贤注所引《博物志》皆作"何氏学"。参见范晔撰,李贤等注:《后汉书》卷79下,百衲本,台湾商务印书馆,1967年版,第3752页。范晔撰,李贤等注:《后汉书》卷79下,武英殿本,新陆书局,1964年版,第946页。
④ 何若瑶:《后汉书注考证》(《丛书集成初编》),中华书局,1991年版,第38页。
⑤ 王溥撰:《唐会要》卷36,世界书局,1974年版,第657页。

书,赐物三万段"①,则可知唐李贤所见之《博物志》亦作"何氏学"。如此,则无论单行传世之《博物志》,抑或《后汉书》所引用之《博物志》,此条皆作"何氏学",而阮元等人受到徐疏所引之《博物志》影响,以为晋时已作"何休学",却未翻检《博物志》原书,故有此误。

除了《博物志》以外,在前述引文中,阮元曾指出"唐石经桓公第二何休学原刻作'何氏',后磨改作何休",可见不仅文本史料如此,石经等碑刻,亦作"何氏学"。唐石经刻于文宗大和七年(833),至开成二年(837)完成,其刻石经《公羊传》,亦选择何休注为底本,故于每卷卷首皆有署名。阮元考证唐石经,以为桓公第二下"何休学"原刻作"何氏学",后遭磨改。实际上,不仅桓公卷曾遭到磨改,其他卷也出现相同的情况,清人钱大昕《唐石经考异补》即有云:

> 公羊二下补春秋公羊经传解诂桓公第二八分书
> 何休学初刻作氏,后磨改　他卷亦似有磨改痕,而桓闵僖三篇尤显。②

可见当唐文宗之时,所刻之唐石经,以及取之作为底本的何休《春秋公羊解诂》之署名,当作"何氏学"为是,而非今日所见之"何休学"。总而言之:自《博物志》一书的流传而论,则宋代以降,此处文字全刻作"何氏学"者;自李贤注《后汉书》与唐石经而论,则唐时所见何休《春秋公羊解诂》,当为"何氏学",而非"何休学"。

透过上文考证,则可知《春秋公羊解诂》每卷之首的"何休学",实应为"何氏学"。旧解"何休学"多从徐疏引《博物志》"谦辞受学于师,乃宣此义不出于己"之说,此实误将"何氏"与"学"二者混为一谈,因此出现了错误。从两汉学者的题名惯例而言,仅云"某氏"此方为谦辞,故孔颖达(574—648)《左传正义》引刘炫说云:

---

① 刘昫撰:《旧唐书》卷5,中华书局,2003年版,第102页。
② 钱大昕:《唐石经考异补》(《涵芬楼秘笈》第1册),台湾商务印书馆,第23页。

不言名而云氏者,汉承焚书之后,诸儒各载学名,不敢布于天下,但欲传之私族,自题其氏,为谦之辞。①

是以书题"某氏"方为谦辞;而"学"字则当从《广雅·释诂》"学,识也"②,陆德明《经典释文》亦云:"学者,言为此经之学,即注述之意。"③然而陆德明此说多为徐疏引《博物志》之言所掩盖,故后人尟注意,如前引陈立《公羊义疏》中,虽已经引用《广雅》与陆德明之说,却认为"或何氏当时不敢自称注述,谦言学耳",则明显是受到徐彦疏解影响的猜测之词。

透过文本的流传、转引,以及石经等史料,虽然可以证明何休《春秋公羊解诂》卷首之署名,应当为"何氏学",而非今本所见之"何休学"。但是,在史料不足的情况下,究竟是在什么时候出现误改,却无法确认。由于今所见宋代以降各种《公羊传》何休注本,皆已刻作"何休学",则卷首之署名,徐疏所引《博物志》,或为南宋重刻时误改所致。至于更进一步的讨论,则有待于来者。

三、论"何氏学"

在厘清何休《春秋公羊解诂》卷首署名"何休学"为"何氏学"之误刻后,还可以进一步追问的是,"何氏学"的成立,反映了什么样的学术意义?与前汉《公羊》学重要人物董仲舒一样,关于何休的师承问题,长久以来,一直无法厘清。据《史记·儒林传》所言,则可知汉武时说《公羊》者,至少有胡母生、董仲舒二家④,而后,又分立为严氏(严彭祖)与颜氏

---

① 杜预注,孔颖达疏:《春秋左传正义》卷2(《十三经注疏》阮刻本),艺文印书馆,2001年版,第28页。

② 张揖撰,曹宪音:《广雅》卷2,(《丛书集成初编》景印《汉魏丛书》小学汇函本),中华书局,1985年版,第26页。

③ 陆德明:《经典释文》卷21(北京图书馆藏宋刻宋元递修本),上海古籍出版社,1985年版,第1197页。

④ 司马迁撰:《史记》卷121,鼎文书局,1999年版,第3118页。

（颜安乐）两博士；此外，颜氏又可细分为冥氏、冷氏、任氏、筦氏之学①。两汉《公羊》学的传承虽然复杂纷纭，但终两汉之时，《公羊》学仅设立严、颜二家博士，是以两汉《公羊》学之发展，仍以严、颜二氏为主流。

《后汉书·儒林传》中称何休"与其师博士羊弼，追述李育意以难二传，作《公羊墨守》、《左氏膏肓》、《穀梁废疾》"，其明言羊弼为"博士"，倘若没有其他因素，则羊弼应当为"公羊博士"无误。然而，历史上关于羊弼的资料甚少，仅存上引一条，故并未能得知究竟是严氏或颜氏博士。此外，上引资料除指出羊弼为何休之师，并为博士之外，还提到羊弼与何休"追述李育意以难二传"，因此后世学者多以李育为羊弼、何休之师。《后汉书·儒林传》称李育"少习公羊春秋。沈思专精，博览书传，知名太学，深为同郡班固所重。……颇涉猎古学。尝读左氏传，虽乐文采，然谓不得圣人深意，以为前世陈元、范升之徒更相非折，而多引图谶，不据理体，于是作难左氏义四十一事。建初元年，卫尉马廖举育方正，为议郎。后拜博士。四年，诏与诸儒论五经于白虎观，育以公羊义难贾逵，往返皆有理证，最为通儒"②。其先言李育习"公羊春秋"，而后"拜博士"，但当时公羊博士分严、颜二家，李育究竟为何家博士，则没有明确的记载。

对于此一问题，历代以来，前辈学者曾经从各种不同的角度，考订何休的师承，除了部分学者认为传授不明者以外③，约略可以整理为以下四种论述：

①　班固撰，颜师古注：《汉书》卷 88，第 3617 页。
②　范晔撰，李贤等注：《后汉书》卷 79 下，第 2582 页。
③　相关学者的说法，参见姚振宗：《隋书经籍志考证》（《二十五史补编》第 4 册，台湾开明书店，1967 年版，第 102 页。万斯同：《儒林宗派》卷 3（《丛书集成续编》景印《四明丛书》约园刊本），上海书店，1994 年版，第 832 页。洪亮吉：《传经表》（《洪北江先生遗集》景印光绪五年春授经堂重刊本），华文书局，1969 年版，第 4466 页。汪大钧：《传经表补正》（愈妄阙斋所著书光绪十九年刊本）。康有为：《春秋董氏学》卷 7（《万木草堂丛书》本），台湾商务印书馆，1969 年版，第 9—10 页。蒋曰豫：《两汉传经表》卷 11（收入台湾中央研究院傅斯年图书馆藏潀喜斋学录清光绪三年（1877）莲池书局刊本），第 12 页。洪干祐著：《汉代经学史》，亦将李育、羊弼、何休一脉表列为传公羊春秋而"不明严氏或颜氏"。参见洪干祐：《汉代经学史》（下册），国彰出版社，1996 年版，第 1382 页。

1. 董生传李育传羊弼传何休说

清代以前的学者,在讨论何休师承问题时,多主张何休为董仲舒四传弟子,如晁公武作《郡斋读书志》便以为何休为胶西四传,其以为"传董仲舒,以公羊显于朝。又四传至何休,为经传集诂",而认为何休师承羊弼,羊弼师承李育,李育则师承董仲舒。而后如吕元善《圣门志》①、朱睦㮮《授经图》②、熊赐履《学统》等③,皆认同这样的说法。此外,阮元在《春秋公羊传注疏校勘记序》,亦以为"何休为胶西四传弟子,本子都条例以作注"④。但考虑到董仲舒与何休在时代上相距两百余年,则四传之说可能性并不大,因此近代学者鲜少再提及此说⑤。

2. 何休本颜氏春秋说

除了董仲舒四传之说以外,惠栋在其所著《公羊古义》中,透过汉熹平石经考订何休师承,认为何休所传当为"颜氏春秋"⑥。而后,唐晏作《两汉三国学案》,亦赞同惠氏之说,列何休于颜氏派下⑦。又皮锡瑞作《经学通论》,也认为"汉时公羊有严颜二家,何邵公据颜氏,故少数语"⑧;而张金吾撰《两汉五经博士考》,虽无明言何休之学本于何人,然其

---

① 其云:"仲舒以公羊显于朝,授李育,育授羊弼,羊弼授何休,休作解诂",参见吕元善纂辑:《圣门志》卷2上,第279页。

② 朱睦㮮:《授经图》卷2,第162页。李威熊参考《授经图》作《两汉春秋经传授系统表》,亦认同朱睦㮮之说;又,程发轫著《汉代经学之复兴》、章权才著《两汉经学史》,同样以为何休传自羊弼,羊弼传自李育而李育传自董仲舒,然因董、李间传授不明,故以虚线表示。参见李威熊:《中国经学发展史论》,文史哲出版社,1988年版,第185—186页。程发轫:《汉代经学之复兴》,《孔孟学报》1967年第14期,第106页。章权才:《两汉经学史》,台北万卷楼,1995年版,第306页。

③ 熊赐履修编:《学统》卷34(孔子文化大全),山东友谊书社,1990年版,第1205页。

④ 何休解诂,徐彦疏:《春秋公羊传注疏》,第18页。

⑤ 周桂钿:《汉代公羊学传授考》,《史学史研究》1996年第2期,第34页。

⑥ 惠栋:《公羊古义》(丛书集成续编景印昭代丛书甲集补),新文丰出版社,1989年版,第59页。

⑦ 唐晏著,吴东民点校:《两汉三国学案》卷8,仰哲出版社,1987年版,第433—434页。

⑧ 皮锡瑞:《经学通论》卷4,中华书局,1998年版,第30页。

将何休之师羊弼列于颜氏博士之下,则其以为何休本于颜氏,殆无疑问①。

东汉曾于熹平四年(175)重新正定六经文字,并刻石立于太学门外,后世称为熹平石经②。依今所见残石与历代残石著录考之,则《公羊传》石经正文当以严氏为本,另附以颜氏校记③,其校记收录于宋人洪适所编《隶释》之中,惠氏所据者,即此校记也。其以校记之说,与今本何休所注《公羊传》同,石经正文既为严氏,则何休所注本当为颜氏矣。不过,由于石经校记仅有四条④,取样有限,且惠栋于比对当中出现了错误,故王国维与段熙仲分别曾在其著作中,反驳惠栋之说⑤。

3. 何休传自胡母生说

何休于其《公羊序》中云:"往者略依胡母生条例"⑥,再加上先前比对石经与考证《后汉书·儒林传》之说,皆无法论断何休之师承,故有学者以为何休之传正是传自胡母生。在过去的学者中,如冯登府⑦、江藩⑧、彭兆荪⑨,甚至刘师培等⑩,都持类似的说法。近代以来,则以段

---

① 张金吾:《两汉五经博士考》卷3(《丛书集成初编》据《知不足斋丛书》本排印),中华书局,1985年版,第37页。

② 范晔撰,李贤等注:《后汉书》卷60下,第1990页。

③ 历来学者考订石经之文章专书甚多,如马衡《汉石经集存》、吕振端《汉石经公羊传残字集证》等,虽尚无法复原完整之石经样貌,然关于汉公羊石经之底本,则因《隶释》载有公羊石经的校记,而取得定论。

④ 洪适编:《隶释》卷14(《四部丛刊广编》),台湾商务印书馆,1980年版,第151—152页。

⑤ 王国维:《观堂集林(外二种)》卷4艺林四,河北教育出版社,2002年版,第99—100页。段熙仲:《春秋公羊学讲疏》,南京师范大学出版社,2002年版,第15页。

⑥ 何休解诂,徐彦疏:《春秋公羊传注疏》,第4页。

⑦ 冯登府:《(汉)石经考异》卷1402(据清道光九年广东学海堂刊咸丰十一年补刊皇清经解本影印),艺文印书馆,1959年版,第3199页。

⑧ 江藩:《隶经文》卷4(《续修四库全书》景印浙江图书馆藏清道光元年刻本),上海古籍出版社,1997年版,第582页。

⑨ 江标辑:《沅湘通艺录》卷1(《百部丛书集成》景印清光绪江标辑刊《灵鹣阁丛书》本),艺文印书馆,1966年版,第38页。

⑩ 刘师培:《左盦集》卷3(刘申叔先生遗书),大新书局,1965年版,第1463页。

熙仲持此论最坚①,其著《〈春秋公羊传解诂〉所据本考》②,除吸收前人成果以外,自身亦用力甚勤,以删去法先排除何休与熹平石经、严颜二家之关系,而后更考索《春秋繁露》、《汉书·五行志》等史籍,以证明何休之学与董生之《公羊》学不同,而汉初传《公羊》者仅董仲舒与胡母生,何休既非董子之传,自然所传当为胡母生。

然而,段氏论证虽详,亦有失于眉睫之处。首先,汉初《公羊》学虽有董胡二家,然则其既以为严颜二氏均传自董生,胡母生除公孙弘外,并无其他弟子,则何休如何得传自胡母生? 第二,《后汉书·儒林传》云何休与其师博士羊弼追述李育意以难二传,其李育、羊弼既为博士,当为严、颜二家之一,则何休之传又与胡母生无涉。段氏于此稿完成后,复见收录于《文馆词林》中之《李固祀胡母先生教》,并作附记一篇,以为佐证。案,李固之文云胡母生著有《春秋章句》,并云曾亲习之,则似可补证何休“略依《胡母生条例》”之说。然李固之文中亦云胡母生之章句,使“严、颜有所祖述”③,则似指严颜二家为胡母生所传,又与段氏先前所考不合。

4. 兼用严颜二家之说

除了惠栋以外,王国维也透过对比石经与何休所著《春秋公羊解诂》的异同,提出了何休“兼用颜严二家”的说法,其文曰:

> 今之《春秋公羊传》,为何氏一家之学。至于何氏之学出于谁氏? 书阙无考。《后汉书·儒林传》惟言“休与其师博士羊弼追述李育意,以李育亦为博士,在《儒林传》,传但言其少习《公羊春秋》,

---

① 除段熙仲外,毛起、黄彰健亦认同此说。参见黄彰健:《经今古文学问题新论》(中研院历史语言研究所专刊之七十九),中研院历史语言研究所,1992年版,第283页。毛起:《春秋总论初稿》(中研院文哲所据上海图书馆藏书影印),贞社发行,生活书店经售,1935年版,第68页。

② 段熙仲:《春秋公羊学讲疏》,《〈春秋公羊传解诂〉所据本考》,第14—23页。

③ 许敬宗编:《文馆词林》卷699(《续修四库全书》景印民国三年张钧衡刻《适园丛书》第三集本),上海古籍出版社,1997年版,第551页。

未著其为严氏或颜氏也。故何氏学出何人,其书用何本,自来无以说之。余以《汉石经校记》考之,知何氏实兼用颜、严二家本也"。①

案,王国维与惠栋皆以汉石经校记考之何氏《春秋公羊解诂》,而其结论却判然不同。惠氏之问题在于考订之时出现了失误,以为"颜氏无伐而不言围者,非取邑之辞也。今何氏本亦无",故定何氏所注为颜氏春秋;王国维则细加审订,发现石经之中,何休有同于颜氏之处,亦有同于严氏之处,故以为何休兼采严颜二家,并于文末叹曰:

> 然则何邵公之本,实兼采严、颜二家,与郑康成注《礼经》、《论语》体例略同。知后汉之季,虽今文学家,亦尚兼综,而先汉专已守残之风一变,家法亦不可问矣。②

两汉今文经学向来以守师法家法闻名,然则王国维认为,连今文经学中最重要的公羊学都已兼采严颜二家,则其他家法更不可闻问了③。不过,《公羊》学之尚兼综并不始于何休,早于东汉光武时,张玄便因兼通数家法,而称名于世,后为颜氏博士,因兼说严氏、冥氏,而为诸生上书光武,以为不宜专为颜氏博士而废④。是以可以看出,东汉以后的经学发展,确实有着兼综的特色。

关于何休的师承问题,在缺乏更多史料的情况下,王国维之说,除了得到石经的佐证以外,也符合当时的学术背景,而为当代学界所接受⑤。不

---

① 王国维:《观堂集林(外二种)》卷 4 艺林四,第 99 页。
② 王国维:《观堂集林(外二种)》卷 4 艺林四,第 100 页。
③ 前注引王国维氏所作《汉魏博士提名考》,其书将李育与羊弼断入颜氏博士,而后比对石经,见何休《解诂》中有同于严颜二氏者,而不与其师羊弼等同守颜氏,故有"家法亦不可问矣"之叹。
④ 范晔撰,李贤等注:《后汉书》卷 79 下,第 2581 页。
⑤ 赵伯雄与戴维分别撰有《春秋学史》,两人皆同意王国维之说,而以为何休之学尚"兼综"。参见赵伯雄:《春秋学史》,山东教育出版社,2004 年版,第 221—222 页。戴维:《春秋学史》,湖南教育出版社,2004 年版,第 107 页。

过,两汉经学的发展,不仅有着兼综的特色,"改订章句,自成崈门之学"的情况,也相当常见。此趋势至东汉后更加显著,诸儒虽学师说,然或改定章句,或另创新说,其见于《后汉书》者,几不可胜记,此一学术风气,不仅在于《春秋》经,其他经典亦复如是①。如樊儵其先从丁恭受《公羊严氏春秋》,而后却删定《公羊严氏春秋章句》,而号"樊侯学",其后张霸又以樊儵删《严氏春秋》犹多繁辞,乃减定为二十万言,更名"张氏学"②,如此相互更定的做法,反映了后学对传统师说的不满,故范晔于《儒林传》末赞曰:"斯文未陵,亦各有承。涂分流别,专门并兴。"③而何休既生于东汉之末,睹先师"观听不决,多随二创",更有"倍经任意、反传违戾、加酿嘲辞、援引他经、失其句读、以无为有"等甚可闵笑者,导致《公羊传》败绩失据,其注《公羊传》,又岂会墨守旧说,是故范晔云何休注《公羊》、《孝经》、《论语》、风角七分,皆经纬典谟,"不与守文同说"④,而何休亦自云"往者略依胡母生条例,多得其正,故遂隐括,使就绳墨焉"⑤。则一方面表现出对现存师说之不满,故必须往前追寻胡母生之条例;另一方面亦展现出自身对《公羊传》之不同理解,是以云"故遂隐括,使就绳墨焉",而于卷首题云"何氏学"。

是以,以此来观察东汉《公羊》学学术史发展,可以看出何休虽然兼综严、颜二家,甚至还"略依胡母生条例",并"故遂隐括,使就绳墨焉",但却与前文所提到的张玄"兼通数家法"完全不同。张玄之兼综,并非以其少所习之颜氏春秋为底本,决断其中的优劣,而是"及有难者,辄为张数家之说,令择从所安",这样的兼通之法,是自身不作决断,而以数家之说令人自择,是以令诸生无所适从。张玄的例子,反映出

---

① 相关的例子,可以参见范晔撰,李贤等注:《后汉书》卷32,第1125页;卷35,第1201—1205页;卷36,第1242页;卷37,第1256—1257页;卷51,第1695页;卷79上,第2557页;卷79下,第2571页;卷79下,第2577页;卷82上,第2724页。

② 李贤等注:《后汉书》卷32,第1122页。

③ 李贤等注:《后汉书》卷79下,第2590页。

④ 参见范晔撰,李贤等注:《后汉书》卷79下,第2583页。

⑤ 何休解诂,徐彦疏:《春秋公羊传注疏》,第4页。

《公羊》学在西汉极盛以后,受到不断分裂的影响下,由盛转衰,连《公羊》博士都无法替师说作辩护,反而要诸生自己择从所安的困境。而这也正是何休在序言中提到"恨先师观听不决,多随二创"的沉痛批评。是以,"何氏学"的成立,在第一层的意义上,标志着何休企图以严、颜二家为底本的基础上,上探"胡母生条例",重新自源头厘清《公羊》学在传衍时所产生的诸多问题,从而创造出与过去不同的"何氏(公羊)学"。

除了第一层的意义以外,倘若进一步解读何休《春秋公羊解诂》,便能很清楚地看见何休所要展现的企图心,并不仅仅在于挽救颓倾的《公羊》学,或是批驳《左传》与《穀梁传》,而是思考着如何能够从源头直接继承孔子的"志"与"行",是以必须覃思不阚门十有七年,方能完成其《春秋公羊解诂》。这样的做法,与《汉书》所谓"幼童而守一艺,白首而后能言"的章句之儒[1],是完全不同的。何休以"解诂"为名,"诂者,训故言也"即古言也[2]。因此训诂《公羊传》,并不只是要振兴《公羊》学,而是企图要从《公羊》的"传",来理解孔子《春秋》的"经"。对于何休而言,非透过这样的方式,则无以理解孔子的本意,故范晔所谓"妙得《公羊》本意",对何休而言,则当改为"妙得《春秋》本意",更为恰当。而何休在解诂《公羊传》之外,并著《公羊墨守》、《左氏膏肓》、《穀梁废疾》,其目的同样不仅仅在于抨击二传,而是范宁所谓"传以通经为主,经以必当为理。夫至当无二,而三传殊说,庸得不弃其所滞,择善而从乎"的实践然则与范宁不同的是,何休所谓的"至当无二"[3],指的是《公羊传》所展现之义理,而《公羊传》所展现之义理,即孔子《春秋》所欲展现之义理,故二传之说经,在何休之眼中,自然是膏肓废疾之物,"庸得不弃其所滞,择善而从乎"。

---

① 班固撰,颜师古注:《汉书》卷30,第1723页。

② 许慎著,段玉裁注:《说文解字注》(景印经韵楼藏版),洪叶文化事业有限公司,1999年版,第93页。

③ 范宁集解,杨士勋疏:《春秋穀梁传注疏》(《十三经注疏》阮刻本),艺文印书馆,2001年版,第6页。

四、结　论

本文在前言中，以清儒喜用"某某学"署名为引子，讨论"何休学"的来源。透过《博物志》文本原书与转引，以及唐石经的交叉比对可以发现，所谓的"何休学"，实为"何氏学"之误刻，并以此进一步探讨"何氏学"所反映的东汉《公羊》学学术意义。清代学者虽然多次怀疑"何休学"的用法有误，但却在徐彦疏所引用的《博物志》影响下，未能做更多的考证，以至于得到错误的结论。事实上，今所传张华《博物志》杂博不纯，其中有许多误解，清代学者并非不知情。例如《后汉书·儒林传》云"郑玄作《毛诗笺》"。唐李贤注云：

> 张华《博物志》曰："郑注《毛诗》曰笺，不解此意。或云毛公尝为北海相，玄是郡人，故以为敬云。"①

而《四库提要》则驳之曰：

> 推张华所言，盖以为公府用记、郡将用笺之意。然康成生于汉末，乃修敬于四百年前之太守，殊无所取。案《说文》曰："笺，表识书也。"郑氏《六艺论》云："注《诗》宗毛为主。毛义若隐略，则更表明。如有不同，即下己意，使可识别。"然则康成特因毛传而表识傍，如今人之签记，积而成帙，故谓之笺，无容别曲说也。②

就某种程度而言，《毛诗笺》的例子，与"何休学"的例子极为相近，但因为此说并未为孔颖达所采用，因此其说不行于世，并遭到《四库提要》之

---

① 范晔撰，李贤等注：《后汉书》卷79下，第2576页。
② 纪昀等撰：《四库全书总目》卷15，第90页。

反驳。与此相反,徐彦疏既引用了张华之说,后人在未能翻检原书的情况下,除了遭到误导以外,甚至还磨改唐石经原本正确的文字。透过一例子中可以看见,经传注疏的内容与刊行体式,对于读者有着相当大的影响。

从另一方面来说,对于何休而言,之所以要"覃思不闚门,十有七年",来注解《公羊传》,其目的当然是要振兴衰败已极的《公羊》学和东汉政权。如同《公羊传》哀公十四年结尾所云:"君子曷为为春秋?拨乱世,反诸正,莫近诸《春秋》"①,而何休在其《春秋公羊解诂·序》中亦言:"昔者孔子有云:'吾志在《春秋》,行在《孝经》',此二者圣人之极致,治世之要务也"②,从何休的立场而论,面对东汉末年的政局混乱,在遭到朝廷禁锢之后,要如何拨乱反正,其答案也必须从《春秋》与《孝经》上着手,而为这些经典找回其失去的古训,则是治世的第一步。因此,何休作为当世"雅有心思,精研六经,世儒无及者"的君子,在寻回孔子《春秋》之义,使其能"与其诸君子乐道尧舜之道"的任务上,自然当"有乐乎此",而为何氏之学了。

■ 作者简介

黄圣修,台湾中研院近代史研究所博士后。

---

① 何休解诂,徐彦疏:《春秋公羊传注疏》卷28,第358页。
② 何休解诂,徐彦疏:《春秋公羊传注疏》卷28,第3页。

《左传》《国语》成书先后问题述评

谢小刚

（云南大学文学院 云南昆明 650091）

内容提要 《左传》《国语》成书先后聚讼纷纭，难成定谳。本文以时为经、以人为纬，沿着一先一后两线追溯各家论证时采用的角度与运用的方法，发现研究维度良多，但每一维度又有其限度，以致形成两路相反的观点。推源溯流，寻绎矛盾成因，原来不管从哪个角度论证，都绕不开二书的成书性质这一基本事实。成书性质的关节点是材料来源，《左传》《国语》文本上的有同有异说明二书取材各有所本。有鉴于此，再思《左传》《国语》成书先后问题或另有出路。举一隅而反三，清点《左传》《国语》成书先后这个颇具代表性问题之得失，对我们研究古代文学领域内的其他古书成书先后或有诸多普遍启示意义。

关键词 《左传》 《国语》 成书先后

《左传》与《国语》的关系问题颇具代表性，是先秦文学研究中的一个重要问题。司马迁《史记·十二诸侯年表》云，"鲁君子左丘明……因孔子史记具论其语，成《左氏春秋》"；可是在《史记·太史公自序》和《报任安书》中又说："左丘失明，厥有《国语》。"司马迁关于书名、作者的简略记载由是引发了后世一系列的争论。争论自然涉及《左传》《国语》二书的成书先后问题，何者为先，至今悬而难决。笔者不揣谫陋，撰此拙文，试追溯二书成书先后之歧见，并略陈管见，以俟对此问题有新发现、新突破。并希望以此问题为契机，在视角上、方法上对古代文学领域内此类其他古书成书先后的研究有所启发、有所收获。

一、《左传》先成,《国语》继作

这类意见始自汉代司马迁,代不乏人。据司马迁本人记载之顺序,似《左传》在前,《国语》继后。《史记·五帝本纪》《十二诸侯年表》论《春秋》与《国语》,《春秋》皆在《国语》前。《春秋》指《左氏春秋》(《左传》)①,故“《春秋》、《国语》”显指《左传》、《国语》而言。编年体的《史记》,一般以年、月、日次第记载史事,《左传》、《国语》记载次第反映了成书先后。至于司马迁排序依据,史籍缺乏,难从考究。又东汉班彪与《史记》之说相参,认为左丘明论集其文,“作《左氏传》三十篇;又撰异同号曰《国语》,二十一篇”(见《后汉书·班彪传》),可知《左传》成书在先。盖其对迁说有所继承、有所补充。子承父志,班固《汉书·司马迁传》云“孔子因《鲁史记》而作《春秋》,而左丘明论辑其本事以为之传,又纂异同为《国语》”。不过,班固《汉志》著录《新国语》五十四篇,并指其为刘向所分。是以知《国语》早已有之,异于刘向所分之《新国语》。班氏父子基于司马迁,并有所推阐。但亦受刘向影响,“《汉书·艺文志》《春秋》家列《左氏传》、《国语》,盖自司马子长、刘子骏已定为丘明所著,班生从而实之耳”(《经义考》卷一百九十六引朱熹说),故在《左传》《国语》作者诸方面,班固有继承有充实。对其中隐含的成书先后问题,有吸收有发展。

三国韦昭《国语解序》载“左丘明……故复采录前世穆王以来,下迄

---

① 据《观堂集林》卷七《史记所谓古文说》,《春秋》《国语》皆为古文,“‘《春秋》古文’,是太史公所见《春秋左氏传》亦古文也”(王国维著,彭林整理《观堂集林(外二种)》,河北教育出版社,2003年版,第153页。);钱穆《先秦诸子系年考辨·国语采及铎氏虞氏钞撮考》明言,“所谓《春秋》,即指《左传》,与《国语》分言”(钱穆《先秦诸子系年考辨》,上海书店出版,1992年版,第416页。);杨伯峻《春秋左传注》前言云,《史记·吴世家》说,‘予读古之《春秋》’云云,据下文,司马迁所读‘古之《春秋》’就是中秘书所藏的古文写的《春秋左氏传》”(杨伯峻《春秋左传注》[修订本],中华书局,1981年版,前言第23页),可知司马迁省称《左氏春秋》为《春秋》。

鲁悼、智伯之诛，邦国成败，嘉言善语，阴阳律吕，天时人事，逆顺之数，以为《国语》。其文不主于经，故号曰外传……"此序虽有一处纰漏①，但不影响我们对《左传》《国语》成书先后顺序的判断。韦说中的"复"字，意谓《左传》成书后又采录史料纂成《国语》，《国语》是左丘明成《左传》后所作的"外传"。至于"外传"，盖如刘熙《释名·释典艺》所言，"《国语》，记诸国君臣相与言语，谋议之得失也，又曰外传。《春秋》以鲁为内，以诸国为外，外国所传之书也"。《国语》注释者晋孔晁精简韦昭之说，认为"左丘明集其典雅令辞，与《经》相发明者为《春秋传》，其高论善言，别为《国语》"（朱彝尊《经义考》卷二〇九引），也指出《春秋传》（即《左传》）先成书。是知汉晋时期，研究《国语》的两个人在二书成书先后上并无歧见。

唐代此类看法还在延续，刘知几《史通·六家》认为："《国语》家者，其先亦出于左丘明。既为《春秋内传》，又稽其逸文，纂其别说，分周、鲁、齐、晋、郑、楚、吴、越八国事，起自周穆王，终于鲁悼公，别为《春秋外传国语》，合为二十一篇。其文以方内传，或重出而小异。""先"释为"始"，清浦起龙《释》"其先出于左丘明"一句曰，"传为左撰，亦曰'其先'，志家之所始也"②。刘说亦有作者左丘明卒年能否在记事终止后的问题，这点韦昭同归一途。《史通·二体》："春秋时事，入于左氏所书者，盖三分得其一耳。丘明自知其略也，故为《国语》以广之。"《国语》补了《左传》之略。唐陆淳撰《春秋集传纂例》（全名《春秋啖赵集传纂例》）释其师啖助并赵匡之说，其书《纂例》卷一《赵氏损益义第五》认为左丘明"焚书以后，莫得详知。学者各信胸臆，见《传》及《国语》俱题左氏，遂引丘明为其人"，"盖左氏广集诸国之史以释《春秋》，传成之后，盖其家弟子及门人，见嘉谋事迹，多不入传，或有虽入传而复不同，故各随国编

---

① 稍从逻辑上推断，可以看出这段材料中的一处纰漏：众所周知，左丘明的活动与孔子大致同时，其年龄也应与孔子相仿，"智伯之诛"事在公元前453年，正值孔子已卒26年，而孔子享年73岁，这充分说明左丘明活到99岁方可记智伯之亡，此韦昭说自相矛盾之处。

② 浦起龙：《史通通释》，上海古籍出版社，2009年版，第10页。

之,而成此书,以广异闻尔"①。陆淳以啖助为严师,以赵匡为益友,师生薪火相传而良友志同道合,再稽此材料得以推知,他们认为《左传》成书先于《国语》。"助之说《春秋》,务在考三家得失,故其论多异先儒",其说"盖舍传求经,实导宋人之先路,生臆断之弊,其过不可掩,破附会之失,其功亦不可没也"②。具体至成书问题时,他们开始考虑到文体与叙事角度,实启来者。"愿扫于陆先生(陆淳)之门"的柳宗元认为《左传》早出而《国语》晚兴③。他承认"春秋内外传说",《非国语》多有左氏"内传"和左氏"外传"之语。他又在《报袁君陈秀才避师名书》中谈及为文之道,"大都文以行为本,在先诚其中。其外者当先读六经,次《论语》、孟轲书皆经言;《左氏》、《国语》、庄周、屈原之辞,稍采取之;榖梁子、太史公甚峻洁,可以出入;余书俟文成异日讨也"④。以时间为第列举阅读书目,可证柳宗元在成书问题上坚持《左传》早于《国语》的观点。柳宗元的见解随文托出,惜未作专门论述。

宋人陈造指出:"左丘明传记诸国事既备矣,复为《国语》,二书之事,大同小异者多,或疑之。盖《传》在先秦,古书六经之亚也,纪史以释经,文婉而丽。《国语》要是传体,而其文壮,其辞奇。"(《经义考》卷209引)陈造在《左传》先《国语》成书的认识上与上文几人无异,但其以文词论《左传》《国语》,似受前代陆淳的启发和当朝司马光的影响。司马光暂且不表,后文再提。

明代是以内外传说来判定成书先后的余波。黄省三说"昔左氏罗集国史实书,以传《春秋》,其释经之余,溢为外传"(《黄五岳集》)此说与前人并无二致。王世贞说"昔孔子因鲁史以作经,而左氏翼经以立传,复作外传,以补所未备"(《弇州山人四部稿》)王世贞的看法颇似唐陆淳、啖助、赵匡三人。

---

① 陆淳纂,王云五主编:《春秋啖赵集传纂例》(一),商务印书馆,1936年版,第8—10页。

② 《钦定四库全书总目》卷26,中华书局,1997年版,第213页。

③ 《答元饶州论春秋书》,《柳宗元集》卷31,中华书局,1979年版,第819页。

④ 《柳宗元集》卷34,中华书局,1979年版,第880页。

　　古人此类批评文字短小精悍，大多三言两语，省略论证过程，以直抒结论的方式表达出来。在讨论《左》《国》二书先后时，以文辞、文体、风格、叙事角度切入，影响深远，为近代以来一些学者继续深入研究成书先后问题给予了启示、指明了方向。

　　至近代，成书先后研究开始趋于细致化。廖平《古今学考》认为，"史公不见《左传》，则天汉以前固无其书。然《前汉·儒林传》谓张苍、贾谊传《左传》学，为作训解，《艺文志》无其书，则其说亦袭古文家言也。按，《国语》早出而《左传》晚兴，张、贾所见皆为《国语》，因其为左氏所辑，言皆记事，与虞氏、吕氏同有《春秋》之名，其称《左氏春秋》者，即谓《国语》，不谓《左传》。《左传》既出之后，因其全祖《国语》，遂冒左氏名为《左氏传》，又以其传《春秋》，遂混《左氏春秋》之名"。虽推测之词良多，但《左传》成书于先秦的种种原因颇具说服力。

　　今文家刘逢禄《左氏春秋考证》由《楚屈瑕篇》年月无考得知《左传》与《国语》体例相似，然未言明《左传》和《国语》成书先后。但刘氏在考订伪经时一反前人《经》《传》对照法而采用他书与《传》对照的方法，在方法论上破旧立新，影响深远。深受刘氏辨伪法启迪，今文家康有为更进一步，说刘氏"虽未悟《左传》之撼于《国语》，亦知由他书所采附，亦几知为《国语》矣"，《新学伪经考》认定《左传》系汉代刘歆伪作。班固《汉志》录著《左氏传》三十篇，《国语》二十一篇，《新国语》五十四篇，康有为据此推演出，刘向所分《新国语》为左丘明原本《国语》，刘歆据原本《国语》先分割出今本《左传》，然后拾掇剩余、附益别书为今本《国语》。"其说无据，可以破之者非一端"（钱穆《先秦诸子系年考辨》语）。康氏的理论体系与论证方法虽皆有破绽，但其学说反响巨大。其追随者崔适服膺康说，作《史记探源》、《春秋复始》继续补充完善。他们立论大胆而论证脆弱，因论证方法的缺陷而终成一时臆测。为此，梁启超、钱玄同等人在支持康说的同时也有所反思，比如钱玄同《重印新学伪经考序》就认为康氏的割裂说有漏洞，无法解释今本《左传》《国语》二书在记事时间上的不同、事件发生地点的不同、记事详略的不同、记事整散的不同等方面的问题。

　　康有为席卷全国的学说引起了治古文者的不满，章太炎著《春秋左传读序录》、《驳箴膏肓评》反驳刘歆作伪,但在《左》《国》成书问题上他也认为《左传》早出,《国语》继作。如在《春秋左氏疑义答问》一书中就认为《左传》《国语》都是左丘明所作,章太炎先引事例论述左丘明作《左传》之种种,尔后说"《国语》之成,更在耄期,故韦昭言'雅思未尽',复为《国语》。太史公于左氏成《春秋》不言失明,于其成《国语》则谓在失明后,是作书次第之可知者"①。章氏据太史公所载进行了合理的逻辑推理,然这种认识未有确凿证据。

冯沅君先生的《论左传与国语的异点》一文在继承高本汉《左传真伪考》文法比较法的基础上,选取一些词语,对二书中的文法组织结构统计进行比较。冯先生说"奈"字"是《国语》较《左传》晚出之一证","《左传》是'若'字的时期,《国语》是'奈'字的初生时期,《国策》是'奈'字的时期。《国策》外还有个'奈'字晚出的小小旁证。便是《越语》下内有五个'奈'字,而没有一个'若'字。《越语》下是篇很晚出的东西,与《国语》他篇不类。这个'若''奈'升降的痕迹,很可用以定作品之早晚"。统计虚词出现的频次来确定作品时代早晚是冯先生首次意识到的,"文法的变迁确有时间的关系"②,只要将高本汉先生的统计结果加以比较,数字的升降与作品时间形成一定的对应关系。

卫聚贤先生认为《左传》成书比《国语》早。《左传》整理的结果,证明它系周威烈王元年以后,二十三年以前,子夏在晋地作的,其中有许多西汉人窜入。《国语》整理的结果,证明它系周考王十年后,周赧王初年前,楚人左人郢和他的子孙在六个时期陆续集成的③。此后他在《读〈左传与国语的异点〉后》一文指出,冯沅君女士引证的十五条证据中有十一条正在他所说的《鲁语》《晋语》系采取《左传》而作的范围中,冯先生的研究结果对他很有帮助。卫先生在断代时以书中最晚事件的时间点作为成书的最早时间,再估计作者的卒年推出成书的最晚时间,这样

---

① 《章太炎全集》(六),上海人民出版社,1986年版,第252页。
② 胡适:《左传真伪考的提要与批评》,《左传真伪考及其他》(高本汉著,陆侃如译),商务印书馆,1937年版,第109页。
③ 参看《古史研究·〈国语〉的研究》,商务印书馆,1936年版。

考出成书的时间段。但考证出成书时间段的正确与否,取决于最晚事件材料是否信实、卒年是否确凿。

1978 年以来,沈长云先生的《国语编撰考》将今本《国语》与《左传》在编撰体例、内容、语言风格等方面的进行了仔细比较后认为,《国语》是在战国时流传的各种《事语》基础上编辑成书的,成书当在战国晚期,很可能出于三晋人之手。较《左传》晚出,并取材于《左传》及战国各种杂说①。董立章先生继承"内外传说",弥合古人说法,在《国语译注辨析》中说《国语》成书于《左传》之后。左丘明在整理吴、越之《语》时确近失明,或已失明,已无力消除其中人物事件记述的错误和舛误②。王化钰先生《〈左传〉与〈国语〉比较研究》认为"《国语》记述比较详细的地方,恰恰是参考了《左传》,是在它以后成书的","《国语》成书晚于《左传》,而且它参考了《左传》的某些历史事实,据列国史料编纂而成"③。同理,可以逆向思考,《左传》精简的部分浓缩了《国语》,下文东汉王充正是这种思路。

二、《国语》早出,《左传》后成

与此同时,相反观点应运而生。东汉王充《论衡·案书》云:"《国语》,左氏之外传也。左氏传经,辞语尚略,故复选录《国语》之辞以实。然则《左氏》《国语》,世儒之实书也。"细揣王充言外之意,《左传》成书时,《国语》早已存在(因为《国语》成书了,作《左传》方可参考)。但这又与他"《国语》,《左氏》之外传也"的认识相左。《国语》"外传说"者认为《国语》成书于《左传》后,王充此处似信服"外传说"。

宋人大多坚持《国语》早出。司马光认为:"先儒多怪左丘明既传《春秋》,又作《国语》,为之说者多矣,皆未甚通也。先君以为丘明将传《春秋》,乃先采集列国之史,因别分之,取其精英者为《春秋传》。而先

---

① 沈长云:《国语编撰考》,《河北师院学报》1987 年第 3 期。
② 董立章:《国语译注辨析》,暨南大学出版社,1993 年版,第 1、507 页。
③ 王化钰:《〈左传〉与〈国语〉比较研究》,《佳木斯师专学报》1996 年第 1 期。

所采集之稿,因为时人所传,命曰《国语》,非丘明之本志也。故其辞语繁重,序事过详,不若《春秋传》之简直精明浑厚遒峻也,又多驳杂不粹之义。诚由列国之史,学有厚薄,才有深浅,不能醇一故也,不然丘明作此重复之书何为耶?"(《经义考》卷 209 引)司马光父子意见一致,较前人稍为明细。在比较两书之语辞、叙事、文风上,似对前代陆淳之说有所推进(虽然他们在《左传》《国语》成书先后上意见相反)。后李焘本于司马光父子道"昔左丘明将传《春秋》,乃先采集列国之史,别国为语,旋猎其英华作《春秋传》,而采集之语,草稿具存,时人共传习之,号曰《国语》,殆非丘明本志也。故其辞多枝叶,不若内传之简直峻健,甚者驳杂不类,如出他手,盖由当时列国之史,材有厚薄,学有深浅,故不能醇一耳。不然丘明特为此重复之书,何耶? 先儒或谓《春秋传》先成,《国语》继作,误矣,惟本朝司马温公父子能识之。"(《经义考》卷 209 引)司马光父子先破后立,李焘则先立后破,二者实则异途而同归。南宋水心居士叶适是永嘉学派的集大成者,夺官去职后讲学水心村,著读书札记《习学记言》(又名《习学记言序目》)五十卷,卷十二专论《国语》,谓"《左氏》采《国语》,凡数百言者约以数十字而已"[①]。又云"以《国语》《左氏》二书参较,《左氏》虽有全用《国语》文字者,然所采次仅十一而已"[②]。参校异同法比较两书材料采集情况,证明《国语》先成书,《左氏》才有资可采。叶适独树一帜,把比较文本内容的研究方法贯彻到成书先后的研究上。对比异同法证明二书成书先后实滥觞于此。后王应麟曰:刘炫谓《国语》非丘明作。叶少蕴云:"古有左氏、左丘氏。太史公称'左丘失明,厥有《国语》'。今《春秋传》作'左氏',而《国语》为'左丘氏',则不得为一家,文体亦自不同,其非一家书明甚。左氏盖左史之后,以官氏者。"朱文公谓:"左氏乃左史倚相之后,故其书说楚事为详。"司马氏谓左氏欲传《春秋》,先作《国语》。《国语》之文,不及《传》之精也(见《困学纪闻》卷六《左氏》,《经义考》卷二〇九引)。王应麟综合各家意见,大概认为《国语》成书于前,而《左传》晚出。

---

① 叶适:《习学记言序目》(上册),中华书局,1977 年版,第 165 页。
② 叶适:《习学记言序目》(上册),第 173 页。

至元朝，戴表元说："此书所为与《内传》相出入。""此书不专载事，遂称《国语》。先儒奇太史公变编年为杂体，有作古之材。以余观之，殆仿《国语》而为之也。"（《剡溪集》卷二十三《读国语》）戴氏对比二书性质，进行立论，他认为编年体《左传》仿杂体《国语》而成书。视角新颖，但没论证，只是随感。

至清代，姚际恒《古今伪书考》一反司马光、李泰的意见，认为"《汉志》《国语》二十一篇，不著撰人名。史迁曰'左丘失明，厥有《国语》'。傅玄，刘炫，啖助，陆淳皆以为与《左氏》文体不伦。李仁父曰：'丘明将传《春秋》，先采集列国之史，猎其英华，而先采集之稿其存，时人传习之，号曰《国语》。故辞多枝叶，不若《内传》之简直峻健；其者驳类不伦。盖有列国史材不能纯一故耳。不然，丘明特为此重复之书，何耶？惟本朝司马温公父子能识之。'此虽近是，然终属臆测耳"①。查《汉志》《国语》条下有"左丘明著"，不知姚氏本于何而言《汉志》《国语》不著撰人名。但他指出司马光父子在《国语》《左传》成书先后上是臆测诚为的当之论。其后姚鼐说："太史公曰：'左丘失明厥有《国语》。'吾谓不然。今《左氏传》非尽丘明所录，吾固论之矣。若《国语》所载，亦多为《左传》采录。而采之者，必非丘明也。""辑《国语》者，随所得繁简收之。"②姚鼐从内容之繁简入手论《国语》《左传》成书的先后，为后人提供一个研究角度。

与上文同时期第一类观点相比可以看出，古人在《国语》早出的论证上颇有新证据（虽不充分）、新视角和新启示，在方法论上为近人和今人指出了方向。

近人廖平在二书的成书先后问题上前后不一，他又在《春秋左传古义凡例》中说"《左传》则《左氏春秋》之弟子久习师传，素闻史法，先入为主，各是所长，怪今学弟子弃实崇虚，近于舞文乱法，而义例繁多，鲜能划一；又参用四代，非从周之义。乃发愤自雄，别立一帜，以抒所长。采

---

① 黄云眉辑注：《古今伪书考补证》，金陵大学中国文化研究所印行，1933年版，第306—307页。
② 《辨郑语》，《惜抱轩全集》文集卷5，中国书店，1991年版，第55页。

《国语》之事实，据《周官》之礼制，其曰'左氏传'者，谓传左氏学耳，正如《左传》、《穀梁》，以先师氏其学，非谓丘明所撰也"。这样，《国语》当自成书于《左传》之先。大概这种前后的变化反映了他思想上今古平分到尊今抑古的转变。

顾颉刚先生继承刘逢禄[①]、康有为、崔适诸人对于《左传》的观点，似认为《左传》成书在前，在论《国语》时（《中国上古史研究讲义》）引用康氏观点（康氏割裂说的观点见上文）后说"依我看来，这句话颇可信据"[②]，可《〈春秋〉三传及〈国语〉综合研究》一书以鄢陵之战为例论证《左传》有改并《国语》而成书的痕迹。顾先生据司马光论断（见上文所引）说"按此段语看出《国语》为原料，且为出于各国而不出于一手之原料；《左传》始为根据原料由一手造成之传"，"《国语》仅由一人编辑，《左传》乃由一人改作也"[③]。这样《左传》反为晚出了。这与此讲义的编写者刘起釪先生的认识相同：

> 《左氏春秋》和《国语》则是事后追记的史书，即到战国时期把保存下来的春秋当时各国史料加以编辑撰写而成。《左氏春秋》主要采集了大量的晋、楚两国史料及与之有关各国的一些史料，所以是"荟萃众史"，例如也曾采用了《国语》中一些史料，故《左氏》成书又晚于《国语》。[④]

童书业先生从几方面分析论证《国语》成书在《左传》之前。他找出二书中相同或基本相同部分的内容，比较其中不同的表述文字，得出《国语》先于《左传》成书的结论。文中以"有神降于莘"、"长勺之战"、"梁山崩，晋侯

---

①　顾氏袭用刘逢禄之说，以为原有《左氏春秋》，一如《晏子春秋》、《吕氏春秋》，而非鲁《春秋》之《传》。

②　顾颉刚：《中国上古史研究讲义》，中华书局，1988年版，第15页。

③　顾颉刚讲授，刘起釪笔记：《〈春秋〉三传及〈国语〉之综合研究》，巴蜀书社，1988年版，第106—107页。

④　顾颉刚讲授，刘起釪笔记：《〈春秋〉三传及〈国语〉之综合研究》后记，巴蜀书社，1988年版，第128—129页。

以传召伯宗"和"楚恭王有疾"四组文字加以对比,指出前三组皆《国语》文字繁于《左传》,《左传》的文字大有在《国语》文字的基础上加工概括的痕迹。若《国语》在《左传》之后,不可能有那样退化的文字①。徐中舒先生的《左传的作者及成书年代》坚持:《左传》引用《国语》,往往经过删节润色,言简而意赅,都有改动迹象可寻,即有所增补,删节也比增补为多。又卫在赵魏的均势下勉强生存,完全出自《左传》作者的预料,故卫亡的预言不验,赵魏盟漳水上在公元前351年,因此《左传》成书也不能晚于此年②。事实上,卫国受攻伐,不代表其灭亡,灭亡发生在一百年后。

谭家健先生《关于〈国语〉的成书年代和作者问题》③,从体例具体比较,说明《左》《国》二书不可能出自一人之手,从文字、思想方面论证《国语》应在《左传》稍前,曾为《左传》作者所参考。谭先生的论证很翔实。比较二书相同章节得出:《左传》记言比《国语》精炼;《左传》记事比《国语》详备,艺术技巧有明显提高。比较二书的思想得出:《左传》以儒家思想为指导,对其他派思想采取批判态度,而《国语》有儒家,对其他各家思想采取肯定态度,说明《国语》时代稍早于《左传》,孔子的影响还不够大,学派的对立还不如后来尖锐;《国语》民神并重,《左传》民重于神,反映思想递嬗发展。因此《国语》应在《左传》稍前。谭先生坚持的是文学进化史观,论证翔实,成一家之言。"《左传》有的人物、时间、地点与《国语》不同,那是由于另有所本",那么《国语》中有而《左传》中无的因素,还需要进一步讨论。唐嘉弘先生的思路、观念与谭先生相承,认为《左传》较晚,自然要抄录和利用《国语》的材料。④

姚曼波先生认为,"无论从内容还是文法虚词看,《国语》的创作成书皆后于《左传》"⑤。受瑞典汉学家高本汉《左传真伪考》文法研究的

① 童书业:《〈国语〉与〈左传〉后案》,《浙江图书馆馆刊》1935年第2期。
② 《左传选》,中华书局,1963年版。
③ 谭家健:《关于〈国语〉的成书年代和作者问题》,《河北师院学报》1985年第2期。
④ 唐嘉弘:《〈左传〉的编次传授系统及其与〈国语〉的关系》,《河北师院学报》1988年第3期。
⑤ 《〈春秋〉考论》,江苏古籍出版社,2002年版,第120页。

启发，姚曼波先生从文言虚词的角度切入，考证《左传》的成书年代。入手比较《左》《国》二书成书先后。通过统计数据，她得出规律，"时代越晚，作品用'于'的比例越小"，并说"从应用'于'、'於'的考察中，我们初步推断，《左传》的创作时间早于《国语》和先秦诸子散文"①。但后一节《〈左传〉的后人插入和续笔》的论据中有含有"于"、"若"的材料，这说明前文基于虚词"于""若"的统计中有一部分是属于后人的插入和续笔。按理这一部分是要排除的。显然前文统计数据收集不严谨，因而论证结果要大打折扣了。刘丽文先生《左丘明与〈左传〉〈国语〉关系考论》通过对写作过程的逻辑推理②，认为编撰《国语》是撰写《左传》的必经步骤，但是左丘明编撰之《国语》今已不传了。吴澍时、钱律进先生《〈国语〉和〈左传〉中"君子曰"之比较》一文认为，《左传》中的"君子曰"经过作者重新加工、编辑的，尤其是"君子曰"中引《诗》格式较为统一，《国语》和《左传》的"君子曰"文句、内容都不完全相同，和《左传》相比，而《国语》中的"君子曰"语言简略，寓义深刻，更像是保留了史料的原貌。《左传》"君子曰"、"君子谓"多处引《诗》、用《诗》，《国语》"君子曰"则无一处引用，说明在《左传》成书的时代，社会上比较广泛地用《诗》。因而《国语》成书于《左传》之前③。该研究视角独特，颇具说服力。不过，还得考虑《国语》材料年代与成书年代是否相同。

三、困 境 与 出 路

前文不惜笔墨大篇幅地对这桩悬案进行了一系列的回顾和反思，

---

① 《〈左传〉的写作年代》，《〈春秋〉考论》，江苏古籍出版社，2002 年版，第123—125 页。

② 刘丽文：《左丘明与〈左传〉〈国语〉关系考论》，《聊城大学学报（社会科学版）》2004 年第 3 期。

③ 吴澍时、钱律进：《〈国语〉和〈左传〉中"君子曰"之比较》，《古籍整理研究学刊》2010 年第 5 期。

意在指明切入角度和研究方法,以期找到解决问题的症结。

我们发现,研究二书成书先后的有许多切入维度,但它们又有自己的运用限度。最具代表性和影响力的切入视角可归为三种:一为史料分合视角;二是文本内容视角;三乃文法系统视角。司马迁提出左丘明一人撰二书,于是后人层层累积、逐步明晰地形成了史料分合之视角,左丘明集典雅令辞为《左传》后,又别嘉言善语为《国语》。更甚,这种思路演绎出了"割裂说"。这种视角的看法有臆测之弊,但无意间启发了文本内容视角。"撰异同"、"纂别说"使后学意识到二书文本内容是有异有同的,故以文本内容切入论证二书先后:或为语辞详略(或精粗、繁简、增删),或为文章风格,或为文章技巧,或为思想倾向。这种细密翔实的内证比较研究法是目前喜闻乐见的研究法,颇具征实之风,值得提倡。可是纵观这种视角,人们有意无意地贯穿着文学进化史观。先比较出文本内容的优劣高下,再以晚兴者胜于早出的判断标准来划分古籍成书先后,表面上看似无大碍,但实"使我们走进了一系列理论圈套中"①,引起思维逻辑的混乱,"人们无法证明某一种文体是另一种文体的高级形态,也没有证据证明后出的文学一定优于前出的文学","文学进化史观无论是在理论层面还是在事实层面,都不仅不能恰当地概括中国文学发展的历史,反而会增添许多思想混乱。我们既不能以语言定作品之高下,也不能以文体定作品之优劣"②。在文本内容视角下,人们往往以相似性作为文本承前启后的传递密码,视不同点为抛弃的或者新增的因素,这本无可厚非,问题是还需要论证这种传递是单线的进化,任何旁支的相似性进入这种传递路径时会打乱原有的判断。这就要求研究者首先要考虑二书的成书及性质。

文法研究是瑞典汉学家高本汉先生的贡献,不失为考证古书的一种工具。文法系统研究对文本要求很高,文本性质及体例会波及统计

---

① 葛红兵、温潘亚:《文学史形态学》,上海大学出版社,2001 年版,第267 页。

② 王齐洲:《论文学的进化与退化——20 世纪的一种文学史观的检讨》,《华中师范大学学报(人文社会科学版)》2006 年第 5 期。

结果,因而它要受制于影响文本的各种因素。"古书既多不出一手,又学有传人",在传授时大多"各以所见"①,"后师有所附益"②和增饰,"此外又有口耳相传,至后世始著竹帛,及随时羼乱增益者"③,乃至"数传以后,不辨其出何人手笔"④,因而今日所传之本大多体例不精,古人著述本如此,《左传》、《国语》等也摆脱不了此种通例。因而"纯粹靠语法上的根据是不够的"⑤。语言有共时性的一面,呈现出相对的稳定性,因而文法系统的研究是一种不可多得的选择,但同时语言又有历时性的一面,存在着因袭与渗透、发展与交融、换用与混合等。"比较简帛书籍与今本,我们可以发现:(1)今本往往把古书中难懂的字换成通俗易懂的字;(2)喜欢增加虚词助语;(3)把古拙的散文改成对句"⑥。文法系统视角研究的文本必须是精纯的,若要以文法入手来论证古书成书先后,必须先要考虑所据材料的来源⑦。因而在这种研究视角下,先要明确文本的形成性质等各种影响文本的因素。

不难看出,对于二书先后问题,不论采取何种方法从哪个角度论证,都出现了不能兼及的疏漏,致使此问题难成确论。原来不管从哪个角度论证,都绕不过二书的性质及成书情况这一被忽略的基本事实。

---

① 余嘉锡:《古书通例》,上海古籍出版社,1985 年版,第 25 页。

② 余嘉锡:《古书通例》,第 17 页。

③ 余嘉锡:《古书通例》,第 130 页。

④ 余嘉锡:《古书通例》,第 25 页。

⑤ 周法高:《上古语法札记》,《中央研究院历史语言研究所集刊》1950 年第 22 期,第 183 页。周先生意谓仅用虚词判断古书性质是不够的。同理,我们认为用虚词去排列古书成书年代也是不够的。

⑥ 《出土发现与古书年代的再认识》,香港《加州学刊》1988 年 3 卷第 1 期。又见《李零自选集》,广西师范大学出版社,1998 年版;又见《待兔轩文存》(读史卷),广西师范大学出版社,2011 年版;又见梁涛、白立超《出土文献与古书的反思》,漓江出版社,2012 年版。

⑦ 闻宥《"于""於"新论》一文指出,高氏学说最大的弱点,在于他没有考察所据材料的来源。现行经典里少量的"於"是后来从"于"改写而来的。《"于""於"新论》,《中国语言学报》第二辑,1984 年,又见《闻宥论文集》,中央民族学院科研处 1985 年内部发行,第 94—102 页。

目前占据主流的研究视角——文本内容视角,大多学者采取异中求同或同中求异的比较法,将二书建立联系,却出现两种相互矛盾的结论,形成二律背反现象。但此法运用的前提是先要考虑二书成书情形。

成书性质的关键点是材料来源,材料来源可以解释二书异同。首先,不同的材料来源可以形成二书歧异的记载。纪昀《四库全书总目提要》于《国语》条说:"《国语》……中有与《左传》未符者,犹《新序》《说苑》,同出刘向,而时复抵牾。盖古人著书,各据所见之旧文,疑以存疑,不似后人轻改也。"①姑不论此则《提要》中暗含的二书同出一人的信息,但它确指明了二书的材料来源不同的问题。材料来源不同,会导致记载上的抵牾,于是二书便表现为记载上的三种差异:一是《左传》有此事而《国语》无此事;二是《国语》有此事而《左传》无此事;三是二书大同小异或者小异大同。如此说来,二书相与抵牾的或此有彼无的记载我们就可以理解了。其次,材料来源相同,故二书有相同的记载。姚鼐说"若《国语》所载,亦多为《左传》采录"②。若来源于同一则材料或记载相同的几份材料,那么二书的相同部分可以从史料来源上解释得通了。就如刘节先生《〈左传〉〈国语〉〈史记〉之比较研究》认为,说《左传》抄《国语》或者《国语》抄《左传》都不很合适。似乎是《左传》所采辑之史料,出于《国语》同性质的书籍……而《国语》呢?却是这一类书的残剩③。王树民先生《国语的作者和编者》说"二书的某些材料来源可能为出于一途"④。其中"某些材料"指的是二书中相同的材料。在没有找到证明二书有采集现象的第三方证据的前提下,仅凭相同的或者大同小异的记载比较,我们还难以确论谁袭用谁、谁在谁之前。刘跃进先生认为,《国语》和《左传》是否出于同一些人之手以及二书出现的先后,由于史料缺乏,现在很难得出确切的结论。从二书的文章风格来看,即

---

① 《钦定四库全书总目》卷51,中华书局,1997年版,第712页。

② 《辨郑语》,《惜抱轩全集》文集卷5,中国书店,1991年版,第55页。

③ 刘节:《〈左传〉〈国语〉〈史记〉之比较研究》,《说文月刊》1944年第5卷第2期。

④ 《文史》第二十五辑,中华书局,1985年版,后收入《国语集解》附录。

使有所不同,亦颇相近,应该产生于差不多的同时。《左传》的作者很可能见到过许多类似今本《国语》的单篇记载,并以此为根据。但断言《国语》的成书"可能略早于《左传》"却嫌草率。因为今本《国语》究竟是谁所编? 已无可考①。"比较方法应用于《国语》与《左传》两书上,还是一种新的尝试,所以得到的,不能算是定论,也不能说是两书全部方法的解说"②。在这种方法下,顾立三先生通过"选取成立的完整事件进行比较研究二书的取材",认为"二作者既写同一时代之历史,搜集史料的范围则相同"③。再次,秉笔直书同一件事的不同材料可以形成互不抵牾的相似记载。对于同一件事,天子或诸侯以各自史官去记载,只要近于事件之真相,其记载的事件就大致相似。当然在文字上或许呈现出或大或小的差异性,记事文字或许差别稍大,而记言文字或许稍小,但无论怎样它们都接近于事实。所以在这种情况下,《左传》《国语》各自采集史料,二书所载的事件不会形成抵牾。总之这一种材料来源的情形不可忽视,它确实是存在的。因此,相同、相近的材料来源或者不同的材料来源导致了二书或同或异的记载。

基于二书取材各有所本,再去多找切入点,从不同方向考订《左传》、《国语》成书的先后,这样或许可以减少结论之偏颇,或许可以有新的发现。陈桐生先生的《〈国语〉的性质和文学价值》认为《国语》"各国史料在全书中所占的比重悬殊甚大","各个时段材料分布也不均衡,从周穆王到西周末年只有十一条材料,而从周幽王十一年(公元前771年)到齐桓公元年(公元前685年)这八十六年间竟然没有一条材料。这可能是由于编者手头上所掌握的各国材料本来就有多有少"。其后文承此的一个结论是:"严格地说,《国语》中只有写于战国初年的十一篇文章与《左传》有可比性,其他二百二十四篇文章的写作年代都早于

---

① 曹道衡、刘跃进著:《先秦两汉文学史料学》,中华书局,2005年版,第133—134页。

② 见顾立三《〈左传〉与〈国语〉之比较研究》之《结语》部分。《〈左传〉与〈国语〉之比较研究》,文史哲出版社,2008年版。

③ 见《〈左传〉与〈国语〉之比较研究》"上篇"《左传与国语取材之比较》。

《左传》，由于《国语》最初是以单篇形式流行，所以它是地地道道的《左传》先驱之作。"①陈先生意见的重大启示在于，由于《国语》编选性质不同于《左传》著作性质，我们需区别对待《国语》各语具体材料。只是有一点，材料本身反映的年代、写作材料的年代和编订成书的年代是不同的概念。兼顾到二书的成书性质去考辨二书成书先后，其更深层次是二书的材料来源问题。早在 20 世纪 90 年代，美国学者王靖宇就指出了《左传》《国语》成书先后上人们产生的错觉，王靖宇先生从叙事学文学角度来证明《国语》与《左传》关系时就指出，一般来说，《国语》编著者在采用原材料时，似乎主要是转抄，并未对所转抄之材料再特意修整或加工，所以可以说《国语》接近原材料的面貌。《左传》编著者则不同，在使用原材料时曾做过精细的筛选与修饰工作，所以全书的风格较一致，可以看出基本上是一个人的作品。正因为如此，当二书在记事有重出部分时，就容易使读者产生错觉，以为是《左传》在采用《国语》。换言之，即以为是《国语》在时代上较《左传》为早，乃后世所参考过的原料之一②。诚为切中之论。若我们基于二书材料来源各有所本来考虑问题，便能理解王氏所说的这种错觉。

《左传》《国语》在内容上有异有同，说明它们在取材上各有所本，因而凭借二书之间的异同来说明的它们抄录或者改写，再去证明成书先后，结论会出现一定的偏差。这是研究二书成书先后出现矛盾的症结所在。在二书各有所本的情况下再去多找视角研究成书的先后，这样才能审慎客观地看待此问题。

古书成书先后问题的研究是古代文学研究领域内经常需要面对的一个问题，在研究二书或者多部书的成书先后时，会有多种研究的视角可供切入，但同时需要明晰每种视角适用的前提条件及运用范围的有

---

① 陈桐生：《〈国语〉的性质和文学价值》，《文学遗产》2007 年第 4 期。

② 《从叙事文学角度看〈左传〉与〈国语〉的关系》原刊于台北中研院《中国文哲研究集刊》1995 年第 6 期，《再论〈左传〉与〈国语〉的关系》原刊于台北中研院《中国文哲研究集刊》1996 年第 6 卷第 4 期，二文俱见《中国早期叙事文研究》，上海古籍出版社，2003 年版。

限性。反思《左传》《国语》成书先后问题这样一个颇具代表性的悬案，对我们研究古代文学领域内的其他古书成书先后有许多普遍意义的启示。

第一，先要明确古书成书的性质及体例，解决外围问题。有成于众人之手编定性质的书；有成于一人之手著作性质的书；有参考众资料而成于一人之手的书。其属性有编定性的，有著作性的，或者两者兼而有之，其体例有精纯也有驳杂。

第二，材料本身反映的年代不同于写作材料的年代与编纂成书的年代。书中所载的材料形诸书册时间不一，有当场记载者，又有事后补记者，更有后来追记者。材料本身的年代是事件发生的年代，材料的写作年代是史官记录事件时的年代，成书年代是编者或者著者采集各种材料进行编排或加工的年代。对于史籍类的书，往往有这三个年代的交叉，需要根据实际情形区别视之。

第三，文法研究的古书须是体例精纯之书。体例精纯的书才是自成文法系统的书。如果体例驳杂，且以个别字词为标准比对两书进而探讨成书先后，终会因论据的不稳而使结论陷入偏颇。文法研究不是唯一的视角，确定结论之得出还需要别的角度辅助论定。

第四，文学进化观念不一定适用于判断古书成书先后。晚出者不必优于后兴者，古书之优劣的形成有各种因素。

第五，相同未必是抄录，相似未必是改写，不同未必是增删。抄录、改写、增删诸如此类结论的指出，需要第三方证据（外证）来论证抄录、改写、增删的可能性与必然性。

■ 作者简介

谢小刚(1985—　)，男，汉族，甘肃静宁人，云南大学文学院讲师，主要从事先秦两汉文学研究。

《楚辞·天问》"悟过改更"新证

孟蓬生

（中国社会科学院语言研究所　北京　100732）

内容提要　《楚辞·天问》"悟过改更"与清华简《芮良夫毖》"寤败改繇"可以互相印证，两者存在嬗变关系，其递嬗之迹应为："寤（悟）败改繇——悟（寤）过改叓——寤（悟）败改更"。其中"过""败"同义换用，"叓（侯部）""繇（幽部）"音近通假，"更""叓"形近致误。此外，本文还附带讨论了"受"、"叟"二字的字形演变关系。

关键词　楚辞　清华简　悟过改更　受　叟

《楚辞·天问》："悟过改更，［我］又何言？吴光争国，久余是胜。何环穿自闾社丘陵，爰出子文？"王逸注："欲使楚王觉悟，引过自与，以谢于吴。不从其言，遂相攻伐，言祸起于细微也。悟，一作寤。"

生按："悟（寤）过改更"的解释，前人似无分歧。但最近新出《尚书》类文献《清华三·芮良夫毖》有"蓥（寤）敗（败）改繇"一语，辞例语义与"悟过改更"相近，可以互证，所以"悟过改更"一语的确切解释有重新探讨的必要。

《清华三·芮良夫毖》简3曰：

> 敬孥（哉）君子，蓥（寤）敗（败）改繇①。龚（恭）天之畏（威），载圣（听）民之繇（谣）。

---

① 以下采用宽式隶定为"寤过改繇"。

整理者注:"《周礼·春官·占梦》'四曰寤梦',陆德明《释文》:'本又作瘳。'《周南·关雎》'寤寐求之',毛传:'寤,觉。''繇'同'繇'。《集韵·宵韵》:'繇或作繇。'《尔雅·释诂》:'繇,道也。'郝懿行《义疏》:'繇者,行之道也。''寤败改繇'指从失败中觉悟,改弦更张。"

王瑜桢先生认为"败"字当读为"寐"。① 她说:"'寤败'很不好理解。我认为'败'字应该假借为'寐'。'败',补迈切,上古音属于帮母月部(有的学者归在"祭"部);'寐',弥二切,上古音属于明母质部。帮母和明母都属于唇音;月部和质部上古音元音舌位密近,韵尾又相同,故常旁转,如《诗·邶风·旄丘》一章以'葛'(月部)韵'节'(质部)、'日'(质部),例子很多,可参考陈新雄先生《古音学发微》(嘉新水泥文化基金会丛书,1972)第1056页。《上博二·民之父母》简9'败矣厷矣大矣',何琳仪先生《沪简二册选释》(简帛研究网,2003.1.14)读'败'为'美',季师旭升先生《上海博物馆藏战国楚竹书(二)读本》19页、白于蓝先生《简牍帛书通假字字典》201页都赞成何说。瑜桢案:'美',无鄙切,上古音属于明母脂部。读'败'为'美'(脂部),与读'败'为'寐'(质部),古韵通假条件应该是一样的。"

王宁先生在王瑜桢先生文后发表跟帖说:"《楚辞·天问》:'悟过改更,我又何言?'王逸注:'悟,一作寤',是一本作'寤过改更',意思是明白自己的过错而改变行为,其句式和意思与'寤败改繇'均相近似,所以窃意还是以作'寤败改繇'者是。"

王宁先生的意见很有启发意义,我曾经发表跟帖一则,同意《楚辞·天问》之"悟(寤)过改更"就是楚简之"寤(悟)败改繇"的看法。我认为,两者之间极有可能存在一个中间环节,其递嬗之迹应如下图所示:

悟(寤)败改繇──→寤(悟)过改夷──→寤(悟)败改更

---

① 王瑜桢:《〈清华三·芮良夫毖〉札记》,复旦大学出土文献与古文字研究中心网站,2012年9月21日,http://www.gwz.fudan.edu.cn/Srcshow.asp?Src_ID=1931。下文王宁先生和我的跟帖均见此文之下。

"过""败"同义换用,"臾(侯部)""繇(幽部)"音近通假,"更""臾"形近致误。现拟就此说略作疏证。

古人谓"过"为"败"(楚人尤其如此),传世文献和出土文献都有证据。传世文献,如楚国之"司败"(就词义而言,犹言"司过")。出土文献,如包山简之"阶门有败"(生按:"阶门"当从李家浩先生说训为"登闻"。"有"训为厥或其,代词。"阶门有败"即向上级报告其过失。拟另文详之)。古籍中"过败"、"咎败"也可以连用。贾谊《新书·连语》:"臣窃闻之曰:善不可谓小而无益,不善不可谓小而无伤。夫牛之为胎也,细若鼷鼠;纣损天下,自象箸始。故小恶大恶一类也。过败虽小,皆纣之罪也。"整理者训为"失败",似不可取。

"更""臾"形近,可与"更""受"形近结合起来考察。

古玺"臾"字如下:

《玺汇》0410

《玺汇》1078

两汉"臾"字如下:

《武威·仪礼》47

《武威医》91甲

汉简"更"字如下:①

《居延》157.24A

《武威·泰射》106

字形 4 和 6 十分接近,只争上部一画之有无,两者互讹的可能性是存在的。遗憾的是,我们目前还没有找到两者相讹的直接证据。不过,

---

① [日]佐野光一:《木简字典》,日本雄山阁出版株式会社,昭和六十年,第135页。

战国以降,"受"字逐渐演变为"叟",并经常与"更"字互讹,可以为"更""叟"互讹提供旁证。

"受(叟)"的演变轨迹如下:

《包山》33   《包山》124

字形 7 右上比字形 8 右上少一短笔,且原舟形中的两短笔跟左上手形基本成对称之状,已不太像舟形。

《郭店·唐虞之道》简 20   《郭店·语丛三》简 5

两个字形左上跟右上基本对称,但字形 10 与 9 相比,原舟形左侧的一笔已经由斜笔变为直笔。

《上博二·子羔》简 7   《上博六·用曰》简 5

字形 12 所在辞例为"受物于天",曹锦炎原释"叟",注云:"'叟物',或读为'受物'。"①

《汉印征》3.15   《居延》4.6A

字形 14 所在辞例为:"所由,观之所安,人焉叟(廋)哉,人焉叟(廋)。"②《论语·为政》:"视其所以,观其所由,察其所安,人焉廋哉!"何晏《集解》引孔安国曰:"廋,匿也。"字形 14 跟 13 的"更"相比,是把上部左右

---

① 马承源主编:《上海博物馆藏战国楚竹书(六)》,上海古籍出版社,2007 年版,第 290 页。

② 劳干:《居延汉简·图版之部》,第 445 页 4.6A,《居延汉简·释文之部》,第 149 页 4.6A,中研院历史语言研究所,1957 年版;谢桂华、李均明、朱国照:《居延汉简释文合校》,文物出版社,1987 年版,第 4 页。

对称的短横笔连接起来，原来中间的竖笔跟下部的"又"字连接起来，如果不是辞例上的佐证，很难认出该字为"叟"字。

传世典籍中"更"与"受（叟）"互讹之例甚夥。《左传·昭公二十九年》："以更豕韦之后。"李富孙《异文释》："《夏本纪》更作受。"《仪礼·燕礼》："更爵。"郑玄注："古文更为受。"《礼记·文王世子》："遂设三老五更群老之席位焉。"陆德明《释文》："更，蔡作叟。"《汉书·礼乐志》："养三老五更于辟雍。"颜师古注："蔡邕以为更当为叟。叟，老人之称。"《列子·黄帝》："宿于田更商丘开之舍。"张湛注："更当作叟。"

出土文献中从"叟（受）"之字或讹作"更"。例如：

《汉魏二》0231 西晋左棻墓志　　《汉魏十》1348 北周李昙信兄弟等造像记

"受""叟"的形体嬗变还可以从读音上加以证明。从中古读音来看，"叟"，《集韵·幽韵》"疏鸠切"，为生母，上推古音为心母，与"受"字上古音读禅母有一点距离，但"叟"与"蜀"有通用之例。《后汉书·董卓传》："吕布军有叟兵内反。"李贤注："叟兵，即蜀兵也。汉代谓蜀为叟。"《后汉书·刘焉传》："兴平元年，征西将军马腾与范谋诛李傕，焉遣叟兵五千助之。"《三国志·蜀书·刘璋传》："璋复遣别驾从事蜀郡张肃，送叟兵三百人并杂御物于曹公。""蜀"字《广韵》"市玉切"，古音正为禅母，与"受"字读禅母相合。"受"、"叟"本由一字分化，应该没什么问题。

从上揭资料可以看出：由"受"字变来的"叟"与隶书"臾"和"更"均十分相近。字形 14"叟"跟字形 4"臾"相比，区别在于中间斜笔上部是否出头；字形 14"叟"跟字形 5、6"更"相比，区别在于上部是否有一横笔。"受（叟）"既可讹为"更"，则"臾"字亦可讹为"更"。

当然，我们之所以认为《楚辞·天问》"悟过改更"之"更"为"臾"字之误，并不纯粹出于字形方面的推测，还有读音和文意方面的考虑。

古音臾声与繇声相通。《清华五·殷高宗问于三寿》简 19："元折（哲）并进，諥（逸）繇则敄（屏），寺（时）名曰惡（圣）。"陈剑先生说：""諥繇'显然也正应读为'谗谀',此指'谗谀之人'(跟上"元哲"相对),皆系古书习见者。'繇、由、犹'诸字常通用无别,'繇'之通'谀',犹上所述'夷'之通'犹'。原释读为'谗谣',解'谣'为流言、谣言,则所谓'谣'跟'谗'、又'谗谣'跟上'元哲'以及跟下之动词'屏'("屏"跟前"进"相对),就都嫌搭配、扣合得不够紧密自然了。"① 然则夷之于繇,犹谀之于繇也。

古音夷声、繇(繇)声并与由声相通。章太炎《小学答问》:"问曰:《说文》:'油,水出武陵孱陵西,东南入江。'今以油为膏,本字云何? 黄侃答曰:以双声借为腴。《说文》:'腴,腹下肥也。'《说文》:'膏,肥也。'肥可称膏,故亦可称腴。"《尔雅·释水》:"繇膝以下为揭,繇膝以上为涉。"郭璞注:"繇,自也。"陆德明《释文》:"繇,古由字。"《吕氏春秋·贵当》:"名号大显,不可强求,必繇其道。""必繇其道"即"必由其道"。《汉书·元帝纪》:"间者地数动而未静,惧于天地之戒,不知所繇。"颜师古注:"繇与由同。"

古音由声与首声相通。《战国策·西周策》:"智伯欲伐厹由。"高注:"厹由,狄国,或作仇首。"《楚辞·天问》:"汤谋易旅,何以厚之? 覆舟斟寻,何道取之?""何道",犹言"何由"。《礼记·礼器》:"礼不虚道。"注:"道犹由也,从也。"《韩非子·十过》:"有玄鹤二八,道南方来。"《论衡·纪妖》:"有玄鹤二八,从南方来。"《墨子·号令》:"安国之道,道任地始。"孙诒让《间诂》:"《礼记·礼器》郑注云:'道犹从也。'"《张家山·奏谳书》简109:"道肩下到要(腰),稠不可数。"简114、115:"毛盗牛时,讲在咸阳,安道与毛盗牛?"简166、167:"臣又诊夫人食室,涂滬(概)甚谨,张帷幕甚具,食室中无蔡,而□无道入。"简172:"君复置炙前,令人道后扇,发蜚(飞)入炙中者二枚。"简198:"操篓,道市归。到巷中,或道后类堅(暂)軹,婢偾,有倾乃起。"简文中的"道"字,均当读为"由",介词。

---

① 陈剑:《〈清华简(伍)〉与旧说互证两则》,复旦大学出土文献与古文字研究中心网站,2012 年 4 月 14 日,http://www.gwz.fudan.edu.cn/SrcShow.asp?Src_ID=2494。

所谓"道"读为"由"是站在后代用字习惯的立场上说的。后代文言文的用字习惯,一般是用"道"来记录其名词义,而用"由"来记录从"道"派生而来的动词义(如"行不由径"之"由")和介词义(如"由尧舜至于汤,五百有余岁")。较早的时候却并非如此,"由"作为"道"的假借字,既可记录动词义和介词义,亦可记录名词义。《史记·屈原贾生列传》:"易初本由兮,君子所鄙。"裴骃《集解》引王逸曰:"由,道也。"《楚辞·九章·怀沙》:"易初本迪兮,君子所鄙。"王逸注:"言人遭世遇,变易初行,远离常道,贤人君子之所耻,不忍为也。"《说文·辵部》:"道,所行道也。从辵,首声。"又同部:"迪,道也。"《尚书·君奭》:"我道惟宁王德延。"《释文》:"我道,马本作我迪。"《尔雅·释诂下》:"迪,繇,道也。""道""迪"为异体字或同源词,"由""繇(繇)"读音相同,为"道"或"迪"的假借字。

循此以往,则《楚辞·天问》之"改更"应与清华简之"改繇"一样读为"改道"。"改道"一词古籍常见。《淮南子·道应》:"纣闻之曰:周伯昌改道易行,吾无忧矣。"《说苑·政理》:"晏子治东阿三年,景公召而数之曰:'吾以子为可而使子治东阿,今子治而乱。子退而自察也,寡人将加大诛于子。'晏子对曰:'臣请改道易行而治东阿,三年不治,臣请死之。'景公许之。"是其证。

综上所述,《楚辞·天问》之"悟过改更"即楚简之"悟败(义为过)改繇",两者的中间环节为"悟(寤)过改更"。从语法关系看,"寤败(过)改繇(更)"为两个并列的动宾结构,悟、改均为动词,败、繇均为名词。此盖为当时尽人皆知之成语,后人误"更"为"更",又不得善本而订正之,遂成为千古疑案。地不爱宝,使楚简与楚辞得以互相印证,吾辈之生于今日,何其幸也!

附记:此文初稿曾提交"纪念周秉钧先生诞辰一百周年学术研讨会(2015年7月18日至19日,长沙)",原稿题记如下:"早年读周秉钧先生《尚书易解》,欣喜之余,敬仰之情油然而生,然余与先生年悬缘悭,无由亲炙,实为平生憾事。今年适值先生百岁冥诞,湖南师范大学拟召开纪念会议并出版纪念文集。蒙先生入室弟子钱宗武教授不弃,征稿于余。余既欣然允诺矣,然庶务丛脞,以致失期。今董理旧札,成此短文,以达微忱,权充酹祭焉。临文局蹐,不胜惭悚之至。"

本文引书简称如下:

《包山》　　湖北省荆沙铁路考古队:《包山楚墓(下册)》,文物出版社,1991年

《古玺》　　罗福颐:《古玺汇编》,文物出版社,1981年

《郭店》　　荆门市博物馆:《郭店楚墓竹简》,1998年

《汉魏二》　毛远明:《汉魏六朝碑刻校注(第二册)》,线装书局,2008年

《汉魏十》　毛远明:《汉魏六朝碑刻校注(第十册)》,线装书局,2008年

《汉印征》　罗福颐:《汉印文字征》,文物出版社,1978年

《居延》　　劳干:《居延汉简(图版之部)》,台湾"中央研究院历史语言研究所",1957年

《清华三》　李学勤主编:《清华大学藏战国竹简(叁)》,中西书局,2012年

《清华五》　李学勤主编:《清华大学藏战国竹简(伍)》,中西书局,2015年

《上博二》　马承源主编:《上海博物馆藏战国楚竹书(二)》,上海古籍出版社,2002年

《上博六》　马承源主编:《上海博物馆藏战国楚竹书(六)》,上海古籍出版社,2007年

《武威》　　中国科学院考古研究所、甘肃省博物馆:《武威汉简》,文物出版社,1964年

《武威医》　甘肃省博物馆、武威县文化馆:《武威汉代医简》,文物出版社,1975年

《张家山》　张家山二四七号汉墓竹简整理小组:《张家山汉墓竹简》,文物出版社,2001年

■ 作者简介

孟蓬生(1961—　),中国社会科学院语言研究所研究员,历史语言学研究一室(原古代汉语研究室)主任,中国社会科学院研究生院语言学系教授,博士生导师。

郭晋稀先生"再生声母说"论析

周玉秀

（西北师范大学文学院　甘肃兰州　730070）

内容提要　针对《说文解字》谐声系统的复杂情况，郭晋稀先生提出了"再生声母"说，认为《说文》谐声符有原始的，有再生而自成韵系或自成声系的。进一步分析郭先生之说，可以发现，"再生声母"是汉字谐声系统中的客观存在，它的形成原因比较复杂，其中有方言音变、历史音变，还有早期图画文字的一形多读及汉字讹变混同等。对这些原因作深入探讨，理清"再生声母"的层次，对研究汉字构形、上古音系以及由图画到文字的演变过程，都是有重要意义的。

关键词　《说文解字》　谐声系统　再生声母

一

《说文》所收九千多个汉字，是汉字三四千年演变积累的结果，历史音变和方音分歧都反映在其谐声系统中。因此，这个系统是复杂的，多维多层级的，它所反映的上古汉语音系也有一定的复杂性。"同谐声者必同部"的理论有一定的局限性，需要客观对待。上古音之"上古"，是一个跨越几千年的时代；即如《诗经》之音，也有广阔的时间和空间跨度。故而，不论是韵文还是谐声，其所反映的语音都是有层次的。

由于汉字的超时空性，同一字形在不同方言中可能有不同读音，也就是说,不同方言中音异而义同的两个或几个词,有可能用同一个汉字来记录。这类词声音的差异,应当包括两种情形:第一,由同一语根发生的音转形式,即同源词;第二,声音不同的同义词。在汉字的初创期,一字记录多词的情形应当存在,甲骨文、金文等古文字使用过程中有,后世文字使用过程中也有。这种有不同读音的同一个字作为谐声符,就会形成不同的谐声系统。语音演化有分有合,同一个谐声符也会发生语音演变,不同时期的读音有可能不同;不同声系的声符在某一个时期可能同音,所以它们反映的语音系统就不可能是单一的。这是需要深入研究的问题。

章太炎曰:"古音本综合方言,非有恒律,转注所因,斯为县象。假令考老小殊,不制异字,则老字兼有考音,其它可以类例。"①说的就是同字异音的道理。郭晋稀先生针对《说文》谐声字的复杂情况,提出了"再生声母"的理论,其《〈说文解字〉谐声声母考证与质疑》一文云:

> 历来谈谐声的人的错误,除了由于古今声韵变化没有搞清楚以外,另外一个重要的原因,就是他们只知道谐声字有原始声母,不知道还有再生声母。什么叫再生声母?就是由原始声母所构成的谐声字,又可以离开原始声母,与另一系列字自成韵系,或自成声系,这种声母就叫再生声母。由于不知道离开原始声母,自成韵系的再生声母,据原始声母来划韵部,所划的韵部自然乖迕,如东冬合一是也。由于不知道离开原始声母,自成声系的再生声母,据原始声母以定声纽,所定的声纽自然差错,如合邪于齿音是也。②

文章从《说文》中分析出 30 个离开原始声母自成韵系的再生声母——允息夋需茸截敢罘昏谣焦存賣納農奥茯戔夒專席員杏汩曳裘耒斯欶闋;53 个离开原始声母自成声系的再生声母——宜夋鲜恶歸屈祟

① 章太炎:《文始·叙例》,浙江图书馆校刊《章氏丛书》本。
② 郭晋稀:《〈说文解字〉谐声声母考证与质疑》,见《剪韭轩述学》,甘肃人民出版社,1993 年版,第 343 页。

堊肆叹忽吝年進瑟宄屑斥尚唐邪虞臑慮朔所穌夑數籥造匋柔約畲黔覃貪念岑彤臨荅拾汜矣羑恚阿旖謁瘛弡，并云这些"只是发凡举例，举一反三，并不是'离开原始声母自成声系的再生声母'之全部"①。郭先生所说的自成韵系的再生声母，指以之为谐声符的字造字时只取双声而不取叠韵者，如"截"字从戈雀声。雀属茨摄，而截巀（昨结切）蠿（子列切）纘（子结切）皆属乞摄。《诗经·长发》："玄王桓拨，受小国是达，受大国是达。率履不越，遂视既发。相土烈烈，海外有截。"又："武王载斾，有虔秉钺。如火烈烈，则莫我敢曷。苞有三蘖，莫遂莫达，九有有截。韦顾既伐，昆吾夏桀。"截与拨、达、越、发、烈、钺、曷、伐、桀等字押韵，皆为乞摄字。所以说，"截"是离开原始声母"雀"而自成韵系的再生声母。自成声系的再生声母指以之为谐声符的字造字时只取叠韵而不取双声者，如"数"字从攴娄声。娄是来母字，而数籔数（苏后切）皆齿音心母字，故云"数"是离开原始声母"娄"而自成声系的再生声母。

郭先生据古声十九纽和古韵三十摄分析再生声母的声韵关系，其古声十九纽是在黄侃和曾运乾十九纽说的基础上，又创为"邪母古读定"之说而成，其与中古汉语声母的分合情况如下表：

上古	影	见	溪	晓	匣	疑	端	透	定	泥	来	精	清	从	心	帮	滂	并	明
中古	影	见	溪 群	晓	匣 喻	疑	端 知 照三	透彻 穿三 审三	定澄 床三 禅 喻四 邪	泥 娘 日	来	精 庄	清 初	从 床	心 疏	帮 非	滂 敷	并 奉	明 微

古韵三十摄依曾运乾先生说，与王力先生三十部基本相同，如下表（括号内为王力韵部名称）：

阴	入	阳
噫摄（之部）	臆摄（职部）	膺摄（蒸部）
恚摄（支部）	益摄（锡部）	婴摄（耕部）

---

① 郭晋稀：《剪韭轩述学》，甘肃人民出版社，1993 年版，第 352 页。

阴	入	阳
阿摄（歌部）	乞摄（月部）	安摄（元部）
威摄（微部）	鬱摄（物部）	昷摄（文部）
衣摄（脂部）	壹摄（质部）	因摄（真部）
乌摄（鱼部）	蒦摄（铎部）	央摄（阳部）
讴摄（侯部）	屋摄（屋部）	邕摄（东部）
幽摄（幽部）	觉摄（觉部）	宫摄（冬部）
夭摄（宵部）	沃摄（药部）	
	邑摄（缉部）	音摄（侵部）
	盍摄（叶部）	奄摄（谈部）

　　用再生声母解释《说文》谐声的复杂性，比用复辅音说等理论解释要合理得多。我们可以在郭先生理论的基础上，对再生声母及其成因做进一步探讨。

<h2 style="text-align:center">二</h2>

　　《说文》中形声字的构成，根据许慎的分析，确实有仅取双声或仅取叠韵的，但若考察汉字发展演变的历史，情况比较复杂。许慎据讹变后的小篆形体分析，故存在一些差误。大致有两种情形，一是再生声母中有相当一部分本来不是形声字，而《说文》以为形声字；二是有些再生声母属形声字，但《说文》对其声符的分析有误。此类问题都需要进一步讨论。下面就郭先生文中的一些再生声符举例分析：
　　宜《说文》："所安也。从宀之下一之上，多省声。"多，古端母阿摄；宜，古疑母阿摄。从宜得声之谊，疑母阿摄。故云"宜"为自成声系的再生声母。今按,宜,甲骨文作⊗等形体,"象肉在俎上之形"①。赵诚认为,⊗是俎,"从文字形体而言,《说文》宜字的古文与甲骨文形近"②,为会意字,不从"多"得声。

夋 《说文》:"行夋夋也。一曰倨也。从夂允声。"清纽晶摄。从夋得声的趚逡竣捘(七伦切)、骏浚陵峻(私闰切)、骏焌睃俊(子峻切)、朘(子泉切)、狻酸霰(素官切)、悛(此缘切)、梭(苏禾切,韵转入阴)、葰(息遗、苏果、苏瓦三切,韵转入阴)等字声母都属齿音,而《说文》谓允从"以"得声,喻四古读定,故云"夋"为仅取叠韵自成声系的再生声母。然夋甲骨文作⊗,"像被反缚跽跪的人形"③,为象形字,不从"允"得声。

鲜 《说文》:"鱼名,出貉国。从鱼羴省声。"羴,式连切,审三古读透;鲜,相然切,心母。从鲜得声之癣(息浅切)、霹(息移切,韵转入阴),皆齿音心母。故云"鲜"为仅取叠韵自成声系的再生声母。然甲骨文鲜作⊗,从羊从鱼,会鲜美之意,为会意字,不从"羴"得声。

臤 《说文》:"坚也。从又臣声。"苦贤切,溪母。从臤得声之鼓(去刃切)、贤掔(胡田切;掔,读若贤)、臋(侯简切)、趣(弃忍切)、紧(居忍切)、坚鉴(古贤切)、硻樫(口茎切)、掔(苦坚切)、娶(苦贤切)、鼍(语斤切)。今按,臣,植邻切,禅母古读定。从臣得声的其它字都读舌音,而从臤得声的字皆属牙音,故云"臤"离臣自成声系。然甲骨文臤作⊗、金文作⊗等形,郭店简有作⊗形者,"会以又(手)持丸击目之意"④,是掔的本字,为会意字,不从"臣"得声。

进 《说文》:"登也。从辵閵省声。"即刃切;从进得声之琎亦即刃切,皆上古精母字。閵为来母字,故云"进"为离閵而自成声系的再生声母。然甲骨文进作⊗形,从隹从止,会鸟飞前之意⑤,为会意字,非从"閵"得声之形声字。

---

① 黄德宽主编:《古文字谱系疏证》,商务印书馆,2007年版,第2280页。
② 赵诚:《甲骨文简明词典》,中华书局,1988年版,第316页。
③ 赵诚:《甲骨文简明词典》,中华书局,1988年版,第3586—3587页。
④ 黄德宽主编:《古文字谱系疏证》,第3476页。
⑤ 黄德宽主编:《古文字谱系疏证》,第3552页。

瑟 《说文》:"庖牺氏所作弦乐也。从珡必声。𢇇古文瑟。"瑟瑟,所节切,上古齿音心母字。"必"及其从必得声之字皆读唇音。故云"瑟"是离必而自成声系的再生声母。然据古文字学家考证,瑟的战国文字形作𠬞或𠬞,"据辞义当读为瑟"①,郭店楚简《性自命出》"𦍒𠬞"即"琴瑟"。其构形本义有待考证,但不从必声则可以肯定,《说文》古文亦不从必。

斥(庐) 《说文》:"郤屋也。从广屰声。"昌石切,穿三古读透。从庐得声的圻赿(丑格切)、柝(他各切),皆古声透母。而"屰"鱼戟切,古声疑母字。故云"庐"是离屰而自成声系的再生声母。今按,小徐本作"却屋",《广韵》所引无"声"字。"庐"当为从广从屰的会意字,广表屋,屰表却。朱骏声曰:"谓却退其屋不居。按《一切经音义》廿二引《说文》作'卸屋',是也。《广雅·释诂三》:'斥,退也。'《汉书·郊祀志》:'乘舆斥车马帷帐器物。'注:'不用也。'"②

尚 《说文》:"曾也,庶几也。从八向声。"时亮切,禅母古读定。尚及从尚得声之字皆舌音,而"向"许谅切,晓母字。故云"尚"为离向而自成声系的再生声母。然周原甲骨文"尚"作㘙,金文作㘙,"从八,从冂,会分开覆冒之物而显露之意……疑尚为敞之初文"。"晚周文字冂旁或隆起作㘙形,许慎遂误以为从向(㘙)得声"。③ 可见尚为会意字,不从向得声。

覃 《说文》:"长味也。从𣆪咸省声。"徒含切,古舌音定母。而咸为古喉音匣母字。故云"覃"为离咸而自成声系的再生声母。然甲骨文覃作㘙,从卤从𣆪,会坛中贮盐调味之意④,为会意字。𣆪是坛的初文。

临 《说文》:"监临也。从卧品声。"力寻切,来母。品,丕饮切,属唇音滂母,而临及从临得声的澸皆来母字,故云"临"为离"品"而自成声系

---

① 黄德宽主编:《古文字谱系疏证》,第 3391 页。
② 朱骏声:《说文通训定声》,中华书局,1984 年版,第 473 页。
③ 黄德宽主编:《古文字谱系疏证》,第 1861 页。
④ 黄德宽主编:《古文字谱系疏证》,第 3931 页。

的再生声母。今按,临,《盂鼎》作,象人俯视众物之形①,不从品声。

息 《说文》:“喘也。从心自,自亦声。”相即切,属古韵膺摄字。《诗经·殷其雷》:“殷其雷,在南山之侧。何斯违斯,莫敢遑息?”息、侧押韵。又《葛生》:“葛生蒙棘,蔹蔓于域。予美亡此,谁与?独息。”息、域押韵。又《菀柳》:“有菀者柳,不尚息焉?上帝甚蹈,无自暱焉。俾予靖之,后予极焉。”息、暱、极押韵。然自及从自得声的其它字均为古韵鬱摄字。故云“息”为离“自”而自成韵系的再生声母。今按,“息”应为会意字,“自”是“鼻”的初文。甲骨文息作,从自,象鼻子之形,从,象气息出入之形②。战国文字下部讹变为从心,故小篆变为从心从自的会意字。又按,“自”最初当有两读,容后文讨论。

需 《说文》:“䇓也,遇雨不进止䇓也。从雨而声。”相俞切③,古音心母讴摄字,从需得声之臑儒襦懦濡嬬繻醹(人朱切)、擩(而主切)、孺(而遇切),皆讴摄字。而,古音泥母噫摄字。故云“需”为自成韵系的再生声母。然金文需作,“从雨从天,会雨天不宜出行而有所待之意”,是会意字,非从而得声。战国文字天旁讹作而形④。

焦(䨮) 《说文》:“火所伤也。从火雥声。”即消切,古音精母夭摄字。从焦得声的蕉噍醮燋等字皆即消切。雥,徂合切,从母盍摄字。故云“焦”为自成韵系的再生声母。今按,焦金文作、等形,“从火,从隹,会以火烧鸟之意”。或从雔,小篆累加成雥,皆会意字⑤。

農 《说文》:“耕也。从晨囟声。”(段玉裁改为“囟”声。)今按,囟、囟皆非声,农金文作、等形,“从田,从蓐。会治草农耕之意。蓐亦声”⑥。蓐即槈鎒耨之本字,《说文》:“槈,薅器也。从木辱声。”古音泥纽讴摄字,与农为阴阳对转。

---

① 黄德宽主编:《古文字谱系疏证》,第3952页。
② 黄德宽主编:《古文字谱系疏证》,第3129页。
③ 郭晋稀先生云:“本音当读儒。”《剪韭轩述学》,第345页。
④ 参黄德宽主编:《古文字谱系疏证》,第1067页。
⑤ 参黄德宽主编:《古文字谱系疏证》,第878页。
⑥ 参黄德宽主编:《古文字谱系疏证》,第1035页。

杏 《说文》:"果也。从木可省声。"(段玉裁改为"向省声"。)何梗切,古音匣母央摄字。苦亦何梗切,或体作荇。甲骨文已有杏字,作𣐈形,从木,从口。"会杏实可口之意"①,为会意字,并非从可省声。

狋 《说文》:"犬张龂怒也。从犬,来声。读又若银。"鱼仅切,疑母因摄字。朱骏声曰:"来非声,疑会意。"②朱说是,狋为会意字,本音读若"银",来非声,故不是"来"的再生声母。金文有𪗨字,"从齿,狋声。古齹字"③。《集韵·谆韵》:"齹,笑露齿。"④今按,依音齹与"听欣龂猌嚚嚚"等同源,皆由"犬怒张齿咬叫"义引申分化。

敢(𢾷) 《说文》:"进取也。从受古声。"古览切,古音见母奄摄字。从敢得声之譀(下瞰切)、𣹈(于槛切)、阚(苦滥切)、㺝(荒槛切)、严(语枕切),皆古韵奄摄字。古,公户切,古韵乌摄字。故云"敢"为自成韵系的再生声母。今按,敢,金文作𣪏、𢾷等形,"从争,甘声。或省甘为口形"⑤。不从古得声。甘,亦古韵奄摄字。

酓 (今中华书局影印大徐本《说文》脱此字)徐锴《说文解字系传》:"酓,酒味苦也,从酉今声。"於琰切,影母字。从酓得声之字有歛(於锦切)、韽𩤰盦(乌含切)、㖑(五感切)。甲骨文𩵋为歛之省文,歛甲骨文作𩷏,从人从倒舌从酉⑥。故酓只是小篆形体,字本不从今声。又喉牙音本相近可通,因此"酓"并非离"今"而自成声系的再生声母,应当是一个原始声母。

柔 《说文》:"木曲直也。从木,矛声。"耳由切,古音泥母幽摄字,矛古音明母幽摄字。今按,春秋金文有𣓤字,"从木,肉声。柔之异文"⑦。包山简楚作𣓤。此当为柔之本字,从矛乃讹变形体。因此,"柔"为从

---

① 参黄德宽主编:《古文字谱系疏证》,第 1734 页。
② 朱骏声:《说文通训定声》,中华书局,1984 年版,第 843 页。
③ 黄德宽主编:《古文字谱系疏证》,第 3669 页。
④ 《集韵》,北京中国书店,1983 年版,第 262 页。
⑤ 《集韵》,北京中国书店,1983 年版,第 4032 页。
⑥ 参黄德宽主编:《古文字谱系疏证》,第 3883 页。
⑦ 参黄德宽主编:《古文字谱系疏证》,第 621 页。

肉得声讹变而成,并不是"矛"的再生声母。

以上所列声符,《说文》分析均有差误,因而造成"再生声母"的假象。出土文献提供了一些可靠材料,使前人的错误得以纠正,也使我们能够更客观地认识《说文》的谐声系统。

三

排除字形讹变及许慎分析错误等因素,回头看再生声母的产生,最主要的原因是音变,包括方言音变和历史音变。一种语言的历史演变与其某个地域的方言变化有联系也有区别。先朝的通语有可能成为后代某个地区的方言,某一方言也可能发展成为通语。方言成为通语的主要条件是它所在的地区做国家政治文化的中心,通语变成方言一般要经过一段时间的演变,原通语代表地区不再做国家政治文化中心,而由另一中心代替,并且新中心的方言与原中心方言有较大差别。这个新方言在推广过程中也不断吸收其它方言的词汇来丰富自己,从而逐渐形成新的通语。不同方言在自身的历史演变过程中,要受到同一通语的强大影响,需要不断调整自己的系统,向通语靠近。徐通锵先生说:

> 语音的演变方式可以分为连续式音变、离散式音变和迭置式音变三种:连续式音变和离散式音变是语言在时间上的变化的两种形式,其特点是"变",即 A 变为 B,在语言中呈现出来的形式就是所谓"语音规律无例外"和"每一个词都有它自己的历史",这是语音系统自我调整、自我演变的两种方式;而迭置式音变是通过文白异读的形式表现出来的两种方言系统的竞争,是语音演变的一种空间表现形式。①

---

① 徐通锵:《语言论——语义型语言的结构原理和研究方法》,东北师范大学出版社,1997 年版,第 208 页。

徐先生用"迭置式音变"理论解释汉语中的"阴阳对转",完全符合汉语演变实际,且与章太炎的"古音本综合方言"及郭晋稀先生的"再生声母"说相得益彰。这一理论对研究《说文》谐声的复杂性具有很大启发意义。在确定某个字读音单一的条件下,用阴阳对转或旁转完全可以解释自成韵系的再生声母。比如"茸"从"耳"得声,郭先生认为"耳"为原始声母,"茸"是再生声母,"茸"谐"耳"声只取双声。"耳"上古属噫摄字,可能在某方言或某一历史时期对转有膺摄音,膺摄音在某一时期或某一方言中与宫摄音接近。故"茸"从"耳"声有膺宫之音,古玺茸读"茋"①可证。由膺宫韵再转入邕摄,故"茸"的邕摄读音是音变的结果,成了再生声母。《说文》释为"聪省声",虽与汉代韵相合,声则远隔。

除了韵转,声母通转在古今方言中也普遍存在。如"忽"从"勿"声,"勿"上古属明母,"忽"为晓母字。"勿"为原始声母,"忽"为再生声母。现代方言中,舌根擦音[x][h]若与合口呼相拼,转为唇音[f]的现象很普遍。古代也当有这种方言差异,古无轻唇音,[x][h]转为[m]或[m]转为[x][h]都是可能的,《切韵》《广韵》四声相配的用字也反映了这一现象,如"桓缓换末"、"魂混恩没",其平上去皆喉音匣母字,而入声却变为唇音字,这都是古代方言音读的反映。又如"貉貃"与"貊"也是这种转化的结果。《说文》:"貉,北方豸穜。从豸各声。孔子曰:貉之为言恶也。""貃,似狐,善睡兽。从豸,舟声。《论语》曰:'狐貃之厚以居。'"徐铉曰:"'舟非声,未详。'"段玉裁曰:"'狐貉'连文者,皆当作此'貃'字,今字乃皆假'貉'为'貃',造'貊'为'貉'矣。"又云"下各切""乃'貉'之古音,非此字本音也"②。郭先生认为"貃"字"当云从瀚省声。'瀚'古文'涸'字,故读下各切耳,如此则'貃'与相传之切音吻合矣"③。"貉"今音"莫白切","貊"是"貉"的后起字。很明显,"貉"在方言中有不同读音,声或为[m],或为[h],故有此歧异。《郭店楚墓竹简·老子

---

①　黄德宽主编:《古文字谱系疏证》,第 1203 页。

②　段玉裁:《说文解字注》,上海古籍出版社,1981 年版,第 458 页。

③　郭晋稀:《说文解字古韵三十部疏证·乌摄》(手稿)。

乙》："上士昏道。"①"昏"通"闻"；《鲁穆公》："鲁穆公昏于子思曰。"②
"昏"通"问"，也反映了当时方言中喉音与唇音转化的问题。又如《说
文》："莒，齐谓芋为莒。""芋，大叶，实根骇人，故谓之芋也。"可知"芋"是
通语词，"莒"是齐方言词。莒、芋皆乌摄字，莒见纽，芋匣纽（王遇切，喻
三古读匣），皆牙音。莒从吕得声，吕来纽字，有的学者认为这是上古复
辅音分化的结果。而今甘肃甘谷方言中有不少来纽字读如见纽③，如
"吕"字读［tɕy⁵¹］④。察今可以知古，上古汉语中"吕"极可能在某一方
言中有见纽读音，故谐声有见、来之歧。又如"史吏使"本来为同一字形
之分化，本字记录了"史"和"吏"两个词，故有两个读音。赵诚说："♯，
或作♯，从又（手）持中会意。……史在商代为官名，在商王左右，地位
较高，或主持祭祀，或记事，或为君王之大使。"⑤《左传·僖公三十年》：
"若舍郑以为东道主，行李之往来，共其乏困。""行李"即"行吏"，亦即
"使"，吏和使都是"史"的分化字。这些例子也显示了上古存在同字异
音的可能性。

　　上古方言差异造成的谐声系统的复杂情形，赵诚先生举过"视"字
的几种古文字形体，很能说明问题。视，甲骨文作♯（《林》二·二五·
一五），西周金文作♯（也有从见的）、战国文字作♯，侯马盟书作♯，上
博简《缁衣》作♯⑥。一般认为，甲骨文从目示，示亦声。金文则是从目
氏声，上博简作氏声。《说文》："视，瞻也。从见示。♯，古文视；♯亦
古文视。"可以看出，♯与甲骨文有承袭关系，♯与战国文字有承袭关
系。但"氏"声与"氐"声不同。《说文·目》部有"眂"字，云"视皃。从
目，氏声"，将"眂"与"视"看作不同的字。不论怎样，示、视（♯♯）、眂

　　①　《郭店楚墓竹简》，文物出版社，1998 年版，第 118 页。

　　②　《郭店楚墓竹简》，文物出版社，1998 年版，第 141 页。

　　③　参马建东：《来母的生存——见母、来母古或同母》，中国社会科学出版
社，2015 年版。

　　④　参马建东：《来母的生存——见母、来母古或同母》，中国社会科学出版
社，第 57 页。又按，"躳"为会意字，不从"吕"得声。"躬"为形声字，从"弓"得声。

　　⑤　赵诚：《甲骨文简明辞典》，中华书局，1988 年版，第 60 页。

　　⑥　参高明：《古文字类编》（增订本），上海古籍出版社，2008 年版，第 730 页。

同源是毫无疑问的,"示"的本义是显示,让人看,《说文》云"天垂象,见吉凶,所以示人也"。自视曰视,使人视曰示。"眡"字注曰"视皃",当作形容词,许慎强作分别,盖因"氏"、"氐"不同音。依古韵三十部,示氐在衣摄,氏在豙摄。"视"亦上古衣摄字。因此,眡视的不同,可能是方言的区别。赵诚先生认为:"从文字使用的地区来看,从示的甲骨文视,当是与以今河南安阳为中心的那一地区音系相适应的谐声……从氏声的金文眡,当是与以今陕西关中为中心的那一地区音系相适应的谐声;从氐声的眡和从旨声的眡,由于使用于《侯马盟书》,当是与以今山西侯马为中心的那一地区音系相适应的谐声。很显然视的从示声,眡的从氏声,眡的从氐声和眡的从旨声,是三组谐声关系,分别与三种方言音系相适应。"①这个例子也给我们一个很大的启示,那就是关中方言可能有衣摄与豙摄混读的现象,这就是汉代衣豙两摄开始合韵的基础②。

历史音变造成谐声系统的复杂多样,是学人熟知的问题,然而研究中还是有不尽如人意的方面,尤其是对谐声字声母的研究。因为有历代韵文的存在,韵部的研究基本能依据客观实际,而声母则主要依据谐声字和异文通假等材料,这些材料的时代性往往比较模糊,研究结论的可靠性也就受到了一定影响。

古声母研究中有一个很明显的误区,就是拿反切出现以后的音读来定某字的上古声母,也就是说,以中古声类的标准界定某字上古的声类,于是出现了声母不谐的情形。比如以"示"为一级声符的形声字,《说文》中共有"视奈祋狋祁"五个,若就谐声符而言,五字当皆属定母,但其中古声母差别较大;若依反切类推其古声母,也有很大不同:视,常利切,床三古读定;奈,奴带切,泥母;祋,丁外切,端母;狋,牛饥、语其二切,疑母;祁,渠脂切,群母古读溪。五字分为舌、牙二类,谐声系统不一致。我们知道,各家对中古照三系声母的拟音大多为今之舌面音,即

---

① 赵诚:《上古谐声和音系》,《古汉语研究》1996年第1期,第1—2页。

② 据罗常培、周祖谟研究,东汉时期支脂通押的材料有14条,参《汉魏晋南北朝韵部演变研究》,中华书局,2007年版,第56页。

照[tɕ]/穿[tɕʻ]/神[dʐ]/审[ɕ]/禅[ʑ]①，它们在当时的某些方言中可能与见、溪、群、疑类相近，故反切上字混同②。"示"字"神至切"，禅母古读定，其声母中古读音为[ʑ]，"祁狋"二字之音的反切来源即据中古音读③，"祁"表地名，后代音未变；"狋"今通语中已不用，依反切其声母归入牙音，《说文》云"读又若银"，《玉篇》"又音权"，则为衣因对转之音。"狋"字出土古文字中未见，《说文》云"犬怒皃"，当为"猌"之方言变易字，也有可能是"猌"之讹变。从反切看，"狋"的读音也不止一个。

殷墟甲骨文中一字记录多词的现象一般称为"假借"，且好多是所谓"本无其字"的假借，其中一字多音的情况大多数可以用我们现有的上古音系统去分析，有"声转"、"韵转"或"一音通转"的情形。但也有一些声或韵甚至声韵皆相去较远。对韵的差异学者一般都能接受通转之说，而对声的差异则有不同解释，其焦点聚于有无复辅音上。复辅音说看起来使问题变得很简单，但要证明其存在却相当困难，须持谨慎态度。

四

前文的分析已经显示，有一些"再生声母"是由同一形体有不同读音或不同形体讹变混同造成的，这种现象也使《说文》谐声系统呈现出复杂性。

汉字创造之初，同形异音的情形是客观存在的。同一事物或相关事物的不同特点，命名不同，而用同一个字形记录，这与图画演变为文字的过程有关；不同方言中，同一事物名称不同，即同实异名者，用了同一个汉字记录，即操此方言者所造之字而操彼方言者借用之，而读音不同。后各自以之为声符再造新字，便形成不同谐声系统。王宁先生说：

---

① 参王力：《汉语语音史》，商务印书馆，2008 年版，第 120—121、182、291—292 页。
② 今兰银官话秦陇片的一些方言中有将[t]发成[tɕʻ]的，如清水等地将"提"读成[tɕʻi]。古代也有这种差异的例子，如《左传·宣公二年》之"提弥明"，《公羊传·宣公六年》作"祁弥明"，《史记·晋世家》作"示眯明"，这个例子跟前文所析"视"字异体构形的情形刚好可以互证。
③ 当然，此二字的构形也有重新分析的可能。

汉字构形系统与汉语词汇系统虽有关系却并不在一个轨道上发展,不论是它们的演变还是它们在同一时期的实际状况,都不是一一对应的。所以,在不同历史时期、记录不同词汇系统的所谓"同一个字",在记词职能上并不完全等同。①

裘锡圭先生说:

在早期的文字里,存在着表意的字形一形多用的现象。同一个字形可以用来代表两个以上意义都跟这个字形有联系,但是彼此的语音并不相近的词。②

又说:

在古代,形声字的创造者大概也不会全是讲一种方言的人。古代流传下来的形声字,它们和声旁之间的关系所以如此复杂,恐怕多少跟方言的影响有些关系。③

赵诚先生也说:

古代的谐声字,经过稍为细致的分析,可以清楚地看出,并非是在同一个音系基础上产生的,如果从地域而言,它们形成于不同的方言。……不能把所有的谐声关系看成是一个总体,产生于同一个音系,现代如此,古代也如此。也就是说,现代存在着各种方言,古代也存在着各种方言。各种方言产生着各种谐声关系。④

---

① 王宁:《汉字构形学讲座》,三民书局,2013年版,第152页。
② 裘锡圭:《文字学概要》,商务印书馆,1988年版,第5页。
③ 裘锡圭:《文字学概要》,商务印书馆,1988年版,第173页。
④ 赵诚:《上古谐声和音系》,《古汉语研究》1996年第1期,第1页。

几位先生所论都非常符合汉字产生和演变的实际。林沄先生将一形多用改称"一形多读"，认为"这种现象中应强调的是同一字形有两个以上不同的读音"①，"在一形多读字上加注声符或义符以明确其读法，是形声字产生的原因之一"②，而这种方法就是"转注"③。

裘锡圭先生指出在埃及圣书字、楔形文字、纳西文及古汉字等表意文字中都存在一形多用的情况，林沄先生在其《古文字转注举例》及《王、士同源及相关问题》中列举了老考、女母、自鼻、主示、禾年、帚妇、毕禽、月夕、卜外、王士等几组本来同形后来分化的转注字，以较丰富的材料，严密的论证，很有力地说明几组字本来同形而异读。这些字分化之后各自形成不同的谐声系统，而分化后的字形，若从后世演变的结果看，与原字构形或有明显的关系，如老考、女母、自鼻、禾年；或无明显关系，如主示、王士、毕禽。若追溯其源，一般都是有关系的。如主和示，小篆分别作呈、示，甲骨文主字常作丁、丅、示、市，"其中示、市之形显然为小篆示字所本。早在1937年唐兰已提出'卜辞示、宗、主实为一字④'。"林先生认为示与主的分化是在战国时期完成的，因为侯马盟书中二字已有区别。可以推想，从此以后，主与示各自作声符，形成不同的谐声系统。甲骨文已是成熟的有系统的文字，在更早时期，即文字的萌芽时期，这种情形一定是普遍存在的，尤其是作为传递信息的图画，各人有不同理解，与不同的词对应，当然后来定形成为文字，就有不同的读音了。其中分化早的，谐声系统也比较分明。分化晚些的，其谐声也就有些纠葛不清，比如考和老、自与鼻，声母相差较远，大概就是这个原因。王元鹿先生将我国云南纳西族东巴文中一形多义多音的情形称

---

① 林沄：《王、士同源及相关问题》，《林沄学术文集》，中国大百科全书出版社，1998年版，第22页。

② 林沄：《王、士同源及相关问题》，《林沄学术文集》，中国大百科全书出版社，1998年版，第23页。

③ 参林沄：《古文字转注举例》，《林沄学术文集》，中国大百科全书出版社，1998年版，第35—43页。

④ 参林沄：《古文字转注举例》，《林沄学术文集》，中国大百科全书出版社，1998年版，第39页。

作"义借造字法",云"这种造字法比较古远,但是如果细心寻觅,那么在汉古文字中也还找得到它的蛛丝马迹"①,"从文字发展史角度看,初期意音文字一般都经历过义借的阶段",尔苏沙巴文字、苏美尔文字及亚述—巴比伦文字体系中,都存在同一符号有几个表意和表音的作用。如苏美尔文字记"天空"的字作✦,音 an,也可表示"神",音 dingir②。其实这种情形严格说来,应该是用字法,这是从对同一形体的识读和使用角度看问题的。

王元鹿先生所说的汉古字中"义借"的蛛丝马迹,《说文解字》中也有。有些谐声符,与出土古文字不一致,很多情况下是一形多读或演变混同造成的。我们看几个部首字的解释,完全可以说明一形多音问题:

> 丨 引而上行读若囟,引而下行读若退。
> 屮 古文或以为艸字。读若彻。
> 疋 古文以为《诗·大疋》字,亦以为足字,或曰胥字。
> 昍 读若戢,又读若唉。
> 覍 读若奂,一曰若傪。
> 皀 又读若香。
> 夲 一曰读若瓠,一曰俗语以盗不止为夲,读若籀。

这些字的两个或几个读音差别很大,都是用一个字形记录两个或多个不同音的词。段玉裁曰:

> 古文以洒为灑扫字,以疋为《诗·大雅》字,以丂为巧字,以臤为贤字,以𫩏为鲁卫之鲁,以哥为歌字,以诐为颇字,以𠙺为脑字;籀文以爰为车轅字,皆因古时字少,依声托事。至于古文以屮为艸

---

① 王元鹿:《汉古文字与纳西东巴文字比较研究》,华东师范大学出版社1988年版,第83页。

② 王元鹿:《汉古文字与纳西东巴文字比较研究》,华东师范大学出版社1988年版,第84页。

字,以疋为足字,以丂为亏字,以侁为训字,以臬为泽字,此则非属依声,或因形近相借。①

其实并不是"形近相借",而应当是同形异读,这在考发现的古文字中也常见,如"凵"有"凵臼"两音、"壴"有"壴喜"两音、"改"有"改(jǐ)配"两音、"革"有"革勒"两音;又"戈弋"同形,"久乆"同形,等等,都是一形有两音,是由一个形体记录两个或多个同义词造成的,即方言中"同实异名"的词,用同一个字形。还有一种可能,就是某个实物性较强的图画,在逐渐变为符号与词结合时,不同人赋予其音义时有不同认知,因为现实中形体相似的事物很多;即使意义相同,不同方言的人也会赋予其不同读音。后来字形分化,读音确定,就成了不同的字。另一种情形是两个或几个不同的形体在演变过程中混同,由于混同,使某个形体有了多个读音。如《说文》:"李,果也。从木子声。"出土楚文字中"李"多作"㭋",从"来"得声,由于讹变,"来"与"木"混同,故许氏分析为"从木子声"。黄德宽先生列举西周金文中凡舟、田用、日目、止中等讹变混同的例子②,也有力地说明了这个问题。这都干扰了谐声系统的单纯性,而造成了"再生声母"的复杂性。

上古文献材料大多是堆在平面上的,很难分清造字者的时代和地域,我们面对的大多数汉字,不论形体音义,大多是演变的结果,《说文》中的谐声字也是如此,有许多问题还需要作客观深入的探讨。如果能分层级地理清"再生声母",对研究汉字构形、上古音以及由图画到文字的演变过程,都是有重要意义的。

■ **作者简介**

周玉秀(1964—),西北师范大学文学院教授,主要从事汉语史及中国古典文献学研究。

---

① 段玉裁:《说文解字注》,上海古籍出版社,1981年版,第21页。
② 参黄德宽等著:《古汉字发展论》,中华书局,2014年版,第204—207页。

从《尧典》"光被四表"说开去

祝中熹

（甘肃省博物馆　甘肃兰州　730050）

内容提要　清代学者戴震有一著名的学术成果,他考证《尚书·尧典》中"光被四表"一语的"光"字,并非本字,正字应作"横"。此说一出,即受到当时学界的肯定和赞许,其后又有不少学者对其考证作了充实和补正。当代有人撰文否定了戴震的这项研究,从治学方向、路径和学风等角度,进行了全面批判,并在此基础上,延及戴震为代表的学派,乃至有清一代朴学,兼及当代一批知名学者,指责"传统考据学"的种种弊病。但该文的批判和指责多有错位和强加之处,且有偷换概念和以偏概全之嫌,有失公允。本文对戴震所遭非议,逐项作了一些辨正,并结合汉语言文字的特性及汉字发育过程中的必有现象,对文字考据学的功能和意义,阐述了个人看法。

关键词　戴震　光被四表　本字　通假　一字多义　考据学

一、戴震对"光被"语的考辨遭到批判

《尧典》居《尚书》之首,开篇即颂扬尧之功德,有"光被四表,格于上下"一语。"四表"指辽远无界的四方,"格"训至。依"光"字本义理解,句意畅明通达,意谓尧的光辉照耀天地四方,字面看并无什么歧疑之处。东汉经学家郑玄解此语,即以光耀义释"光"①。古今阅读、研究

---

① 见《诗·周颂·噫嘻》孔颖达《正义》所引。

《尚书》者都很关注相传是西汉学者孔安国所作的《传》，尽管对其真伪及缘起歧说甚多，但还是很重视孔《传》的经文解说的。而在"光被四表"这里，孔《传》释"光"为"充"。此外，大家都知道《尔雅》一书是专释经文的，传统治经者皆笃信《尔雅》，而《尔雅》也训"光"为"充"。向来存在变通之论，说以充释光，意谓光芒充盈。但这种变通实在勉强，直接理解为光芒照耀多么通畅，何必增字解经，拐个大弯去以充训光呢！猜想产生这种疑惑的人自古就有，但认真思考、寻求答案并写成文章的，是清代朴学皖派代表人物戴震。

　　戴震对这个问题的研究，见其《与王内翰凤喈书》①。他明言，孔《传》对"光"字的训释，引起他的怀疑："如光字，虽不解，靡不晓者，解光为充，转至学者疑。"他提出问题："诂训之作，远而近之，不废近索远……古说必远举光充之训，何欤？"他发现《尔雅》有"桄，充也"之训，又发现《礼记·乐记》"号以立横，横以立武"，郑玄注："横，充也。"《孔子闲居》"横于天下"，郑玄注："横，充也。"而《经典释文》云："横，古旷反。"与桄字同音。他把这些训释联系起来，形成这样的认识：《尧典》原文并非"光被四表"，应为"横被四表"。因横、桄音义皆同而被转写作"桄"，传抄中又"脱误为光"。这样，"横被"即"广被"，《尔雅》的训"充"，也就不是说光芒充盈，而直接指尧德的广施。他说："溥遍所及曰横，贯通所至曰格。四表言被，以德加民物言也；上下言于，以德及天地言也。"

　　此说一出，随即受到当时学界的赞许。如钱大昕、姚鼐、段玉裁等学者，又从古文籍中找出一些引用《尚书》此语为"横被四表"的文例，以证确如戴氏所考，《尚书》古本有"光"字作"横"字者。兹后清儒之言《尚书》者，虽也仍有不采戴说而持"光"字本义者（如王鸣盛，他坚守经学训诂"家法"，忠于郑玄的"光耀"说，讥戴氏为"狂而几于妄者乎？"②），但更多学者信从戴说，有的还在戴说基础上参以己见，作了些补充和修

---

① 《戴震文集》卷3，中华书局，2006年版。
② 王鸣盛：《蛾术编》卷4，"光被"条，上海书店，2012年版。

正。如段玉裁《古文〈尚书〉撰异》,即从《尚书》今、古文本的不同立论,说古文作"光",今文作"横",并举古籍中五条用"横被"的文例,指出它们"皆用今文《尚书》也"。他认为本字应为"桄",古文用"光"乃"桄"之假借,而桄与横是通用的。郑玄释以光耀,乃就字之本义释之;孔《传》训为充,乃就假借义释之。他认从孔《传》之训,云:"桄之训充者,凡物将充满之,必外为之郭而后可充。孟子曰'扩而充之',扩即横字之异体。四面为之横而充之也。"又引《淮南·原道训》"横四维而含阴阳"高诱注:"横,读桄车之桄。"指出:"木之横者曰桄,桄车谓车之有桄者,李登《声类》作'车下横木也'。"①段玉裁为戴震的学生,却未全遵师说,他强调经文本字是"桄",光与横皆为假借。既然本字是"桄",自当以充义释之。

皮锡瑞《今文〈尚书〉考证》(卷一)引录了汉魏文献使用(或变通使用)此语的三种文例,用"光被"者十五条,用"横被"者七条,用"广被"者十条,然后说:"盖光、广古通用,光、横古通声亦通用……然字异而义同,光被即广被,亦即横被,皆是充塞之义。《后汉书·陈宠传》曰:'圣德充塞,假于上下'是其明证。伪孔《传》训光为充,盖本三家今文旧说;郑君训为光耀,非其义也。"②王引之《经义述闻·尚书》在肯定戴震考辨的同时,指出戴氏由"横"到"桄"再脱误为"光"的说法欠妥,认为:"光、桄、横古同声而通用,非转写讹脱而为'光'也。三字皆充广之义,不必古旷反而后为充也。""光与广通,皆充廓之义。《方言》曰幅广为充是也。"他列举了许多"光"字文例,以证"光"为正字,义即训广。又说经文此语作光、作横又作广,字虽异而声义皆同,无烦是此而非彼③。

孙星衍《尚书今古文注疏》也认为,《尚书》经文此语作"光"、作"横"、作"广",义皆同,"光被即横被"。亦举《汉书·王莽传》引《书》作

①　段玉裁:《古文〈尚书〉撰异》,《清经解》(四册),卷 567,上海书店,1988 年影印本。

②　皮锡瑞:《今文〈尚书〉考证》卷 4,中华书局,1989 年版,第 8—9 页。

③　王引之:《经义述闻》,《清经解》(六册)卷 282,上海书店,1988 年影印本。

"横被四表"以证之①。牟庭《同文尚书·尧典》列示诸书训"桄"为"充"后云:"据两汉书称引经语,必知三家今文作'横被'矣。横即桄字,桄即光字,皆读若广。""《魏志》注引献帝传司马懿等劝进文曰:'至德广被,格于上下。'然则光亦训广也。光之训充,即充广之义也。"②江声的态度比较宽容,说孔《传》和《尔雅》解光为充乃"古训",而郑玄以光耀释之,"亦得为一谊",似乎主张二说可并存。但他在解说经文时认为,"光被四表"乃"横言之","格于上下"乃"纵言之",又像是倾向于戴说,因为"横言之"正合广被四方之意③。

尽管戴震对《尧典》此语的辨析在训诂学界得到了充分的肯定,还常被作为文字考据的佳例而举示,但其说毕竟专业性太强,且有违人们先据字面解义,句义明达即为正的通习,故当代一些通俗性《尚书》释译著作,对该语仍从传统的光芒照耀说。传统解说不影响对经文的理解,不作过多阐释读者也能自己领会句意。但好像也没有人因此就否定了戴震的考辨。本来,在此类文字疑案中,只要对文句内容理解上出入不大,完全可以新旧二说并存,一般读者不会也不必要去追究到底应以哪种说法为准。但我近来读到了张岩先生评议这桩文字疑案的长文(以下简称张文)④,是孤陋寡闻的我迄今唯一一见识的一篇全面解读、驳斥戴震此项研究的力作。文章不仅质疑戴氏的论据,否定戴氏的结论,而且批判了戴氏的研究方法,指责了戴氏的治学品德。还不止此,文章笔锋进而指向戴氏学派,乃至有清一代朴学,甚至延及当代一批知名学者。认为传统考据学"过度使用"训诂,滥用"假借"训义,"不够严谨","华而不实","泥著一字","胶柱鼓瑟","主观揉合史事";甚至"强行立论","穿凿附会","望文生义","捕风捉影","隐匿证据","强横指控","指鹿为马"……

---

① 孙星衍:《尚书今古文注疏》(上册),中华书局,1986年版,第5—6页。
② 牟庭:《同文尚书·尧典》,齐鲁书社,1980年影印本,第6—7页。
③ 江声:《尚书集注音疏》,《清经解》(三册)卷390,上海书店,1988年影印本。
④ 张岩:《评戴震考据"光被四表"》,收入其《审核古文〈尚书〉案》(附录三),中华书局,2006年版。

　　显然,张文的立意不仅仅是要澄清《尧典》中一个字的训释,而是想全面揭示传统考据学的弊病,以端正考据学风。正如张文自立的宗旨:"为清学纠谬,为疑古正误。"果真如此,实乃学界一大喜事,此举不仅指明了戴震的失误,纠正了学术史上一桩著名文字疑案的错判,还帮助我们认识朴学传统的负面影响,引导我们重新审视考据学的价值。然而,很遗憾,笔者反复读了张文之后,并未产生上述效应所引发的兴奋,倒是滋生了为戴震进而为考据学作些辨正的冲动。因为,虽然张文一再强调治学方法,批评戴震在"推理和举证"上存在问题,但自己却未遵循讨论学术问题摆事实、讲道理的通则,在主要论证环节上偷换概念,强加误于对方,颇不公允。对传统考据学的责难,也常陷于空指无处、泛言无据、以点概面的境地,不能服人。笔者非训诂学业内人士,只是由于在古史域内踯躅日久,对文字考据情有所钟,故觉得有必要对张文所论问题谈些看法,以抒胸中芥蒂。如能引起对此有兴趣的学界同仁,也赐示雅见,则就大喜过望了。

二、对戴震所遭批判的辨正

　　张文归纳了戴震在"光被四表"一语考辨中的八条"失误"。八条中有些内容重复,有些属枝节性问题,可以合并。通观全文,汇综一下,不外以下这几个方面:

　　1. 研究者须首先从经籍所用"本字本义"进行考察,这是必行的"第一步骤"。《尚书》中假借字及讹误字不到十分之一,本字用法占全部字数的90％以上。所以,戴震在研究起点上便犯了步骤错误,主动放弃了90％的成功率。

　　2. 由前一项失误,导致了占视野90％以上的巨大盲区,看不到经文的本字就是"光","充"义由光而来,从而颠倒了光、桄、横的顺序;而且,未能举示"桄被"句存在的证据,"桄被"环节的缺失,使其"横——桄——光"演变立论站不住脚。

　　3. 古文籍中引用"光被"句的例证,多于、早于引用"横被"句的例证,表明"光"为正字,"横"字乃"误写",是"两汉用字比较随便的结果"。

4. 其他问题。如不提郑玄对"光被"的解说,是在"隐瞒证据";本该说古本《尚书》的正字"必是横",而改说"必有横",是为了"巧妙地回避反证";学术品行方面:"自视过高","知错不改","逞智斗巧"。为此移用了王国维对戴氏的批评。

让我们依次作些剖辨。

先说第一项。这是张文反复强调的戴震所犯前提性大错,是作者心目中戴震的谬说之源。在我看来,这却是最令人啼笑皆非的一项指责,实乃手法低劣的偷换概念。《尚书》中假借字和讹误字的存在率,竟和戴震考辨的成功率划了等号。依此逻辑,假如一百个人中会出现一个感冒病例,医生诊断某人患了感冒为他治疗,便可以得出结论说,该医生一出诊便"主动放弃了"99%的治愈率? 戴震不过是发现"光被"一语有可疑之处,便认真追究了一番,这同《尚书》中假借、讹误字所占比例有什么关系? 学术讨论当然可以运用统计学和比例法,但既用之,则当严格遵守其适用律,而不能任意乱套。比方说,90 颗黄豆和 10 颗红豆混置于碗内,让戴震取一粒红豆出来;他不作观察,偏要闭上双眼伸手在碗内瞎摸——只有在这种情况下,才能说戴震"主动放弃了 90%的成功率"。难道有人交给了戴震一项任务,要他在《尚书》中找一个假借或讹误字出来,戴震闭眼不视,随手翻开《尚书》,任意指定了一个"光"字?

再打个更直接的比方:就算戴震是故意找茬,像他这种找茬的人在清代学者中有多少? 就假设一百个人里面有一个吧,张文选中了戴震进行批判,是否可以说,从一开始就"主动放弃了 99%的成功率"? 用这种看似雷人的统计比率,把对方推到还没张口便面临 90%要失败的境地,是一种极为荒唐的论证手法。张文说考据应分两个步骤,第一个步骤是先确定要考据的字是否本字本义,"只有在排除其本字用法之后",才能转入下一个研究阶段。这是一种凭空冥想的"创见"。怎么来确定"本字本义"? 确定了本字本义后,还有什么可研究的? 是张文真的不明白还是故意装糊涂,问题的关键不就在这本字本义的确定上吗? 戴震的考辨,张文的反驳,不都是围绕所谓本字本义而展开的吗? 这问题后文还将论及,这里我只想指出:张文"两个步骤"说的目的,不外是先把自己的观点定为正确的前提,然后指出,对方否认这个前提是起步即错。这是什么逻辑?

再看第二项。与"百分之九十"论相呼应,张文说戴震从一开始就形成了占"认识视野"90％以上的"巨大盲区",所以看不到本字是"光","充"义由光而来。这是强行加误于对方,把对方不承认的东西,说成是对方看不见。《尧典》"光被四表"句清清楚楚摆在那儿,孔《传》、《尔雅》训光为充被戴震引来引去,怎么能说他看不见呢? 如果看不见,他何以能做成这项考辨? 事实上,这不仅不是戴震的"盲区",恰好相反,这正是戴震聚精会神的关注区。正因为他认真观察,才发现"光"非本字而"横"是本字;正因为他认真观察,才意识到"充"义非由光而来实由横而来。你可以不信从他的考辨,但不能强说这是他"认识视野"的"盲区"。甲说地球围绕太阳转,乙说太阳围绕地球转,解决这分歧需要讲明宇宙的宏观存在,天体的运行规律,恒星与行星的区别及其相互作用,而不是靠通常的视觉效果。如果乙方首先指责甲方有视觉盲区,看不见太阳每天从东方升起,在天空运行了半圆弧后又在西方落下的现象,所以观点必然错误。这种绕过问题实质的辩术是毫无意义的。张文同戴震的论辨核心是该语中何字为正的问题,只需证明正字为"光",用其本义,就能驳倒戴震。盛言对方视野有90％的盲区,对方就会认输? 戴震之后直到当代,那么多学识深厚且治学严谨的学者赞同戴说,是因为古注"训光为充"的确令人困惑,而戴震的考辨消除了这一困惑,且能在文献中找到不少例证;并非如张文指斥戴震那样,是他们的认识能力都出了问题,都存在着占视野90％以上的"巨大盲区"。

张文指出戴震考辨链条中缺失"桄被"的环节,这倒的确击中了戴氏的软肋,是张文驳斥戴氏最到位、最有力的一条论据。因为戴氏所持由"横"到"光"的过渡,"桄被"的存在必不可少,它的缺位,大大影响了考辨整体的说服力。古籍引用《尧典》该语文例中未见"桄被"出现,原因尚有待深入研究(此事可能同古汉语文字形体演化传习有关),但这并不意味着戴震的推论完全错误。道理很简单,"桄"字分明存在,而且古本《尚书》必有作"桄被四表"者,《尔雅》、《说文》以"充"训"桄"即是显证。先儒治经,信奉《尔雅》,因为此经就是为解经而编撰的,所释之字,皆自经来。桄为形声字,形声字的声旁,常同字义关联,但其义涵基旨,却由形旁主导。光字加了木旁,则肯定不再表"光"之本义。同音字因形变而义变,此为常规。如《尚书·益稷》言丹朱"朋淫于家",孔《传》:"朋,群也。"孔《疏》发挥说:"言群聚妻妾,恣意淫之,无男女之别。"但《说文》引此语,"朋"作"堋",释曰:"堋,丧葬下土也。"依此释,则丹朱之罪即非"群淫",而是"丧时淫"。

如果前引段玉裁的考证可信,桄的本义是车下之横木,读如黄,故后来演变为横字。魏正始三体石经《春秋》三传可证,光、黄为今、古文,字可通用。如《左传》襄公二十三年经文"陈侯之弟黄",《公羊》、《穀梁》经文作"陈侯之弟光"。桄、横同字,后世语言实践中,横字被习用而桄字被弃置。这大约也就是在古籍引《书》文例中找不到"桄被"句的原因。若果如此,则当"桄"字在先,"横"字在后。故迮青崖评论此案时,即主张:"桄,本字也;光与横,假借字也。"他和段玉裁都认为《尚书》今文用"横"而古文用"光",但"其字皆系假借,其义正同。训'充'之义为长,训'耀'之义为短,不得以出自郑玄而泥之。"①

不管怎么说,谓古本《尚书》有"桄被四表"句,只是由《尔雅》、《说文》释"桄"为"充"而推想出的判断,到目前为止,尚未发现直接的证据。故张文指议戴震缺失此重要环节,无可厚非。这也正是戴氏此项考辨有待完善之处,也是解决这桩文字疑案的最大难点。

再看第三项。张文认为后世引用《尧典》此语者,"光被"文例多于"横被"文例,而且,最早的"光被"文例早于最早的"横被"文例,所以"光"为本字而"横"非本字。张文甚至不无自豪地说,戴震的追随者如钱大昕、段玉裁等一批学者,"用了十余年时间"才"为戴震"查出六条"横被"文例,而张岩先生用电脑检索,"不到十天"就"完成对'光被组'八条证据和十条旁证的查找",宣称对古代学者来说,"这种效率本身就是一个奇迹"。但我们要说,这种"奇迹"无助于是非的判定。因为,《尚

①　王鸣盛:《蛾术编》卷4"光被"条下迮青崖之按语。

书》经文的被引用率和引句中某字是否为正字,是完全不同的两个概念。

谁都知道,《尚书》的产生和流传,是个非常复杂难理的问题,几乎每个环节都存在若干疑问,堪称中国文化史上的一座迷宫。从先秦到晋隋,文籍的流传全赖手抄,过程中文字讹误和变异在所难免。师承关系本就复杂,传抄情况更无从查究,后世压根没法知道何本为最古。所谓孔壁所出"真古文"早已消失,传说中的孔安国"隶古定"究竟怎么个"定"法,也无从知晓,更无论当初编撰人的原稿本了。《尚书》学界只知流传至今的包括《尧典》在内的所谓今文 29 篇,大致即汉初伏生所传本。据《汉书·艺文志》载,刘向、刘歆父子曾将当时所能见到的中秘古文本和今文本作过对照查核,在文字方面发现有七百多处不同,其中是否含"光"字,我们不得而知。传世的伏生本该句最初用的是何字,也难断定。但有个事实是大家都承认的:两汉至魏晋,《尚书》传世主流定型的是伏生本。而这个传本该语用的就是"光"字,其对学界的影响是不言而喻的。通常情况下,人们如需引用,照录原文即是,"光被"例句的出现较多,是十分正常的现象。但"横被"例句的出现,说明还有不同于伏生传世本的古抄本存在,哪怕只有一例,也不能忽视,这是不能用出现频率来定夺的。再打个比方,"每况愈下",如今已是习用成语,"况"字表事物的状态;但它原本正文是"每下愈况","况"字指猪腿下部细瘦少肉处,语出《庄子·知北游》。中熹无能,难以检索庄子之后此语及其变异的出现频率,但很有可能"每况愈下"的出现率将远大于"每下愈况"。你能据此论定"每况愈下"就是此语的原本正型?

张文说经文中"光被"为正,因两汉时代用字不规范而被"误写"成了"横被","甚至连误写也算不上"。言外之意是"横被"的存在微不足道,无须关注。这是强词夺理的论调。"光"在汉字中资历很老,其形体和义涵早已定型,人们极为熟悉,且其笔划少而易写,很难设想抄经文的人会自找麻烦,放着眼前的"光"不用,而故意写成笔划繁冗的"横"字。相反的情况倒是很可能,即因音同而把"横"字简写成了"光"字。何况,"横被"文例也并不少,用"误写"是绝对讲不通的。至于"连误写也算不上"一语,颇为费解。不算"误写",那就是正确写法了,张文也承认"横"是正字？

某个被引用文例出现时间的早晚，也不是判断正字与否的依据。除非有大时段前后明确的集群例证，个别引用时间先后参差的文例，带有很大的偶然性，不足为凭。如前所述，伏生本为《尚书》传抄的主流，而非伏传本也有存在，在不同抄本同时流传的情况下，较早引用"光被"语的那个人所使用的本子，不一定就是最古的本子。

还须指出，张文说钱、段等学者用了十余年时间才为戴震查找到六条"横被"例句。这是一种故意扭曲实情的夸张性嘲弄。有什么证据表明，戴震曾交给钱、段等人这个任务，让他们停止一切工作，去为自己查找这类例证？戴震是清代前期人，假如时下有位学者又发现并公布了一条"横被"的文例，你就可以说学界用了三百多年时间才为戴震提供了第七条证据？作为学者，钱、段等人关注这一文字疑案，发现了相关例句便举示出来，以见戴氏之说非虚而已。其发现无疑具有阅读时的随机性，他们不是受戴震雇佣的资料查询人员，何来"用了十余年时间"之说？这种带挖苦语气的表述，不仅违背事实，也表现出对前辈学者秉正辅善精神的不够尊重。

现在来说第四项，即对戴氏的其他批评。前文提到，《噫嘻》篇《毛诗正义》曾引郑玄以光耀义释"光被"的注文。戴震在考辨中没有举示郑玄的解释，张文认为戴震不可能不知郑说的存在，知而不引，是"典型的隐瞒证据"。张文多处言及此事，意谓这是种不可原谅的行为。且不说戴震是否知道郑玄的看法，即以学术研讨而论，如实摆出与己见相异的观点，使分歧更加明朗化，使论辩更充分、更深入，这固然是一种可嘉可敬的治学风度；但只正面畅述己见，不引录自己不赞同的观点，也是学界所允许的。郑玄的解说，本即对该语的传统认知，在戴震之前，这可以说是通识，戴氏所要辨正的，就是这种通识。所以，郑玄也是"光被"句前求解的一个学者，其意见只是戴氏立意驳正的前说，不能视为坐实戴说错误的"证据"，因而也就不存在什么"隐瞒"问题，戴震有不引录的权利。如果郑玄就是《尧典》的作者，或者他早已确证了"光被"语中"光"字用的是本字本义，戴震知而不言，那才可以背"隐瞒证据"之罪名。正如王鸣盛所说，即使戴震知道郑玄的解说，以他"眼空千古"的自负,也不会把郑说当回事,而"必谓郑康成注不如已说精也"①。

张文又说戴震立论的本意应是《尧典》"古本中的正字必是横",而写出来的文句却是"古本中的正字必有横"。张文指责戴震这样做是为了可以"巧妙回避反证",而且,张文同样是反复揭示此事,意谓这是在用词上玩花样,给自己留后路,不够光明正大。这种指责也未免太过。戴氏此项考论的总趋向,无疑是想说明古本《尚书》该语的正字是"横",但他只是推论,并未掌握抄本证据,所以在总结性表述时,他没有把话说死。我们应注意到,"古本"不等于原始本。两汉的传抄本都可以称"古本",在多种抄本并行的背景下,说"必有横"字本要比说"必是横"字本正确、合理;只有对最初的原稿本,才能使用"必是"的提法。说"必有"横字本,也可证明他对以"充"释"光"的怀疑并非无据的臆想。"横"字本不一定是最古的本子,但在戴震看来却属于最古本的流传体系。他说"必有",表明他承认"光被"、"横被"的古本都存在,这是一种实事求是的态度,有什么可责备的。张文把"古本"视作原始本,一定要让戴震说"必是",是一种因误解而发的强求。

作为文化史上的一位代表性人物,后世对戴震当然可以研究、分析、评价。不仅针对其思想理念、治学路径和学术成就,也包括其身世经历、性格特征和道德品行,都可以据实褒贬,全面审视,乃至评头论足。可以为他写评传,著专文。但在讨论具体学术问题时,则不宜牵扯所论问题之外的言行。我很赞同胡文辉先生的这段话:"做学问最忌的是就事论事,眼光狭隘;但讨论学问则相反,最可贵的是就事论事,不涉意气。对事不对人,作持平之论,不卷入人际间的复杂关系,不夹杂个人的感情和取向,不将学问作为歌颂或攻击的工具,是最困难的事。"②假如戴震在"光被"问题的研究中,有剽窃他人研究成果,或伪造证据,或强词夺理,或构陷论敌,或有学霸式盛气凌人之处等,完全可以揭示、谴责,因为其学术品行已渗透在所论是非中,是绕不开的。但平心而

---

① 王鸣盛:《蛾术编》卷 4"光被"条。
② 胡文辉:《敬答越胜先生》,《南方周末》(第 1469 期)2012 年 4 月 12 日"阅读"版。

论,在"光被"个案中,戴震的行文立论基调是摆事实讲道理,遵循着朴学家考论文字的路径,没有什么越轨言行。张文所反复指斥的"隐瞒证据"、"巧避反证"之类,如上文所辨析,可谓冠不合首,言过其实。出人意料的是,张文并未就此止步,作者要超越"光被"个案的局限,站在学术品德的高度,对戴震进行鞭挞。有些鞭挞言辞虽重,但系泛言戴震所代表的朴学界,此姑勿论;有些则属直指,鞭子集中落在戴震头上。最引人瞩目的是对王国维文章的移用。

王国维在《聚珍本戴校〈水经注〉跋》一文中,对戴震作过尖锐的批评①。张文大段引录后用数语作了链接:"戴震的指'光'为'横',知错不改,隐匿证据,其原因与王国维的分析相一致,'自视过高,鹜名亦甚',故逞智斗巧,指光为横。"我觉得有两点必须指出。首先,王国维此文是专谈《水经注》校注之"戴赵疑案"的。当时学界盛言,戴震校注《水经注》窃取了赵一清的研究成果,以段玉裁为首的拥戴派起而驳之,形成了众目关注的一场火药味极浓的大论争。王国维也是研究《水经注》的专家,对该书的勘正辨误卓然有成。他觉得对此事不能默不作声,抱着对学界负责的态度,他坦言了自己对该案的认识,据实申理,客观公正。既论该案,自然涉及戴震的学术品行,王国维严肃指出,在《水经注》校注问题上,戴氏手法确有"可忌可耻"之处。其次,王国维虽然谴语很重,却并无否定戴震学术成就的意思,文中不乏对戴的誉扬和称许,显示了一个优秀学者的睿识和胸怀。而张文对王国维意见的引述却只择取其贬评之语,并特意将三处文字汇聚在一段引文中而不作分列标示,造成了王国维贬评一气贯通的假象。这都不太合乎王国维的本意。王国维在文末曾声言:"平生尚论古人,惟不欲因学问之事伤及其人之品格。然东原此书方法之错误,实与其性格相关,故纵论及之,以为学者戒。当知学问之事,无往而不当用其忠实也。"其与人为善的拳拳之忱跃然纸上。相比之下,张文对戴震的态度同王国维还是有距离的。王国维针对戴震《水经注》校注的批评,不宜移用于对戴震"光被"考辨的批评。

---

① 王国维:《观堂集林》卷12,中华书局,1984年版。

三、漫议文字考据的种种

张文对传统考据学的评判,斥语甚多,辞气苛重,但表述零散,未成条理。有些谴责乃泛言空指,不知针对何人何事,有的指名批评而未举事例,有的则人、例明确。就所指问题的性质而言,可分为两大类。一类应属学德、学识范围的事。如说从阎若璩、崔东壁到顾颉刚所形成的"疑古文风",表现为:"自作聪明,强行立论,有罪推定的论证前提,逞智斗巧,捕风捉影,酷吏般强横的指控气势,对相反证据的隐匿或悍然否定,无法自圆其说时的闪烁其词,深文周纳、牵强附会的'主观揉和史事'。"姑且不论这些罪状加在阎、崔、顾等人身上是否合适,即使存在这些罪状,那也纯系个人的卑劣行为,而非考据学本身的过失,其萌生,绝不是考据学的性能所导致的。何况,此类劣行在哪一文化领域不曾存在?抵制、揭露、抨击这类现象,是全体学人的共同职责,不能独归之于考据学界。张文所举荒唐事例中,有的是作者根本不懂考据,那类缺乏学识的信笔妄言,也不能归咎于考据学;它们只是一些罕见的个例,既非对清代朴学的承袭,也不为当代学人所认可,业界是不把这类东西视作考据的。正如一个蹩脚学生把 3 的 3 次方算成 9 一样,人们并不因此说数学这门课有问题。

另一类不属学德、学识的范围,确由考据学实践中衍生而出,乃考据领域中的常见现象,即张文所反复指责的泥著一字、胶柱鼓瑟、滥用音训、过度训诂等。尽管这些弊病出现与否或程度如何,也反映了考据者的学识水平;但不得不说,它们和文字考据的性能、任务有内在联系。这里所说的考据,非指为探究史事制度而进行的宏观考据,而专指为解读文献而进行的微观考据,故我称之为文字考据。既是文字考据,就必然要纠缠于字义的辨析,就必然要考察其声切韵读,就必然要运用已有定评的小学类工具书,就必然要参据或理正先贤的注疏训释。是否"泥著一字"、"胶柱鼓瑟"、"滥用音训"、"过度训诂",要看考据所面临的具体情况,要看考据的结论是否正确、合理,难以在论证手法上规定评判的尺度。许多案例头绪纷繁,其是非褒贬,往往见仁见智。

说简率点,文字考据不外就是为古文献阅读消除障碍。有些障碍是显性的,即某个词语含义不明,或依字面理解同句意、段意不合;有些障碍是隐性的,即字面看来如张文所说的"前后文义明朗贯通",事实上却非原著的本来面目。这隐性障碍,依张文之见即不须追究。此种主张是对复杂问题的肤浅简化,是有违考据原则的。不论显性还是隐性,消除障碍的核心工作就是确定本字本义,这也正是张文所反复强调的。只不过张文只把它视为考据的"第一步骤"(我始终不知"第二步骤"还要考据什么),而我则视之为核心。不过,在进一步梳理这个问题之前,应先澄清一下"本字本义"的义涵。"本字"即正字,指文献原作者使用的那个字,这没问题;"本义"则须放宽理解,古文字学家称造字者赋予某字的原始义为"本义",而我们这里把某字引申、变异系列中的某个义项也视为"本义"。①

通常情况下,确定本字本义会面对以下几种障碍:

1. 讹误字。在印刷术通行之前,文籍全赖手抄流传。抄写人的文化水平参差不齐,且各有其书写习惯和环境,故误写或改易现象常常发生,文本几经传抄后,情况会更加严重。所以,古文献流传本中存在许多讹误字和异体字,合乎情理。孔子的学生子夏辨正"晋师三豕涉河"为"晋师己亥渡河",可视为因形近而讹的文字考据最早案例。《史记·郦生陆贾列传》中"足下起纠合之众"一语,"纠合"可释为带贬义的集结,全句文通义顺。《史记正义》佚文却对此语这样解说:"言瓦合聚而盖屋,无协力之心也。"②由此可知张守节所据《史记》本,"纠"字为"瓦"。"瓦合"比"纠合"更能表达组合体缺乏精神联系的涣散状态,而且更直感更形象,在构词方式上也和另一个词语"瓦解"有词义呼应。可以判定,"瓦"应为史文本字,而"纠"字实因其古体与"瓦"字相似而讹。又如《大戴礼记·夏小正》"黑鸟浴"一语,《传》曰:"浴也者,飞乍高

---

① 汉字历史悠久,字义在不断引申、演化,许多字的原始义(即文字学家所说的"本义")早已被岁月淹没,而定型为今时的表义,并且还可能具有多元义项。

② 张衍田:《史记正义佚文辑校》,北京大学出版社,1985年版。

乍下也。"显然,此释非来自"浴"之本义,令人莫名其妙。鸟飞忽上忽下,同"浴"有什么联系?俞樾指出:经文正字当为"俗",被误写成了"浴"。《说文》:"俗,习也。""习,数飞也。""黑鸟俗"即"黑鸟习",是说黑鸟练习飞翔,故《传》云"飞乍高乍下"①。

还可举个影响较大的案例。《尚书·尧典》言"四岳",传统解释为四方诸侯。此语后又演化为山系名,指(以中原地区为中心的)四方代表性峻峰。马叙伦先生很早即指出:"四岳"乃"太岳",因篆文形近,"大"字讹为"四"。② 古"太"、"大"同字,其古篆形体和"四"字极似,马说是有道理的。太岳先秦又称吴岳,即今陕、甘交界处的汧陇主峰。《尚书》言四岳,明显专指姜姓部族早期活动的中心区域;而考古文化业已证明,姜姓部族的确起源于汧陇一带。考察字义,"岳"字最初确是专指吴岳而非泛指山岳。顾颉刚、刘起釪撰著的《尚书校释译论》也持"四岳"即"太岳"说③,此说似已为古史学界所认可。

2. 假借字。汉字的创造,具有自己的特性。汉字是单音节的方块形笔划组合,从其构形意图看,是在象形符号基础上配建起来的,其部件不用来表音而蕴含一定的表义性质。所以汉字从初创时起,便兼具了表音、表义的双重功能,这既是汉字的优势,也是汉字的劣势。因为,说到底文字是语言的派生物,是为语言服务的。在语言中,意义靠声音表达;在书面语言中,声音也在无形中起着灵魂作用,所谓"望形知义",不过是习用了文字之后的一种"条件反射"。声为义之源,这是铁定的事实。然而,单音节的方块字一字一音,这便先天性地形成了以声表义的桎梏。人的单音节发声方式是有限的,据语言学家说,汉语言只有1 932个音,有限的单音节发声,当然无法与现实生活中无限的义相对应。为满足语言实践的社会需要,便只能一声对多义。因此,汉字中不仅存在大量同声而异义的字,在其家族未充分发育前,还大量出现不用

---

① 俞樾:《古书疑义举例五种》卷3,中华书局,1983年版,第56页。

② 马叙伦:《读书续记》卷4,第34页。

③ 顾颉刚、刘起釪:《尚书校释译论》(一册),中华书局,2005年版,第77—78页。

某字之义唯用其声的所谓"通假"现象。这绝非汉字的畸形失序，而是汉字成长过程中的必经阶段，是汉字生命力旺盛的表现。因为假借意味着新的表义需要，是新字产生的前奏。通假现象大量存在的时期，也正是新生汉字不断涌现的时期。当汉字发展到高度丰富，形、音、义结合形态完全成熟的阶段，通假现象便会自行趋于消失，最终乃至被视为写错白字了。战国到秦汉，是古文献传抄的盛行期，也正是汉字发育中的假借膨胀期。通假的泛滥，是后世文字考据绕不过的一个坎。

假借文例甚多，先儒多已指出，无须赘举。但由于上文所述汉字形义演化的复杂因素，还是有不少假借字较难判断。如大家都熟悉的《关雎》中"君子好逑"的"逑"字，传统解释为"配偶"，并不视为假借。但此释同该字形体结构的表义信息距离太远，应为"仇"字的假借。"仇"指人与人相匹配，后世定型的仇敌义，即由匹配义引申而来，因为仇敌也是一种关系密切的对应。核以《鲁诗》、《齐诗》，该句正作"君子好仇"。《诗·大雅·皇矣》："帝谓文王，询尔仇方，同尔兄弟。""仇"字亦表友伴义。佳偶、友伴，都是匹配本义的引申，可知"逑"系借字，"仇"乃正字。

有些字，是否为假借，情况相当复杂，不易识别，让我们试举一个案例。《礼记·檀弓上》载晋太子申生蒙冤自杀事，说申生告别伯氏（狐突）后，"再拜稽首乃卒"。郑玄注曰："既告狐突乃雉经。"《正义》作进一步解说："雉，牛鼻绳也。申生以牛绳自缢而死也。"又引《周礼·地官·封人》郑玄注所引郑司农语："絼，著牛鼻绳，所以牵牛者。今时谓之雉，与古者名同。"据此，则经文正字应为"絼"，因音同而假借为"雉"。像申生这种身份的人，要自缢何必用牛鼻绳呢？略加追索便可释然。《国语·晋语》述此事较《檀弓》近实："申生使猛足辞于狐突，乃雉于新城庙。"原来申生是去宗庙拜祭了先祖之后而自尽的。桂馥考此事引《周礼·地官·封人》："凡祭祀，饰其牛牲，设其楅衡，置其絼。"以证《檀弓正义》之说①。是时宗庙祭祀极其隆重，所用牺牲畜养备用，用时须加以修饰，连牵牛之绳也是特制而专备的。申生祭祖之后，顺便用现成存

---

① 桂馥：《札朴》卷1，中华书局，1992年版，第50页。

置的牵牛绳自缢于祖神前,全在情理之中。但韦昭注《晋语》该文却说:"雉经,头抢而悬死也。"陆德明《经典释文》也持此说,谓"如雉之自经也"①。前引《檀弓正义》虽采用牛绳自缢说,却又补充道:"或谓雉性耿介,被人所获,必自屈折其颈而死。《汉书》载赵贯高自绝亢而死,申生当亦然也。"下文即引《晋语》韦注以辅证。如此,则"雉"为本字,且又扯出雉这种飞禽性情刚烈、宁死不辱的问题来。论者又多引《白虎通·文质》:"士以雉为贽者,取其不可诱之以食,慑之以威,必死不可生畜。"这又牵涉到先秦礼制中士这级贵族为何以雉为贽的问题。

重义理是中国传统文化的一大特色,国人对某些事物和现象,好在主流意识形态指导下,作道义和理念上的阐发,在文字考据上也难免此习。由于对雉性的引述,能应合申生宁蒙冤而死也不愿向其父自辩以揭真相的孝义耿性,故后儒多从此释。李慈铭即针对桂馥之说,引《尧典》"二生一死"评曰:"郑注雉死,盖雉性耿介,故士以雉为挚,取必死之谊。""雉经之说,古人盖亲验之以为喻。如必作绖,则岂缢死者必用牛鼻绳乎?"②《尧典》郑注无此语,郑玄只在《周礼·大宗伯》"士执雉"注中说过"雉,取其守令而死,不失其节是也"的话,注语意在解说士为何以雉为贽,同申生的"雉经"无关。但李慈铭一定要从道义气节上论此事,便接受了《檀弓正义》的另说,并将此另说与郑玄的《大宗伯》注文结合在一起,嘲笑了牛鼻绳说。他忽视了申生自缢时的处境,正因为申生用牛鼻绳上吊较为特殊,所以经文才要交代一下,书曰"绖经",而不是说上吊必须用牛鼻绳。但这种视"雉"为正字的看法,清儒大都信从,以至于"雉经"成为一个被学界认可的词语,罕有人再去追究经文的正字是否为"绖"了,此字如今已被淘汰。其实,如不系绳于颈,人何以能"自屈折其颈"而死?何况郑注也明言"雉经",既称"经",其以绳自缢又何疑?硬把自缢这一行为同"雉"这种鸟联系起来,显然是儒家的义理化情结在起作用。清除了这层义理化翳幛,"绖"为本字,"雉"为借字,无

---

① 陆德明:《经典释文》,中华书局,1983年版,第167页。
② 李慈铭:《越缦堂读书记》卷11"札朴"条,中华书局,2006年版,第1177页。

可置疑。"雉"在古代还曾用作量度单位,《左传》隐公元年"城过百堵,国之害也"杜注:"方丈曰堵,三堵曰雉。一雉之墙长三丈,高一丈。"量度与雉鸟是绝无瓜葛的,而较长的量度一般都是用绳索来测知的,所以"雉"当为"縴"字的"久假不归"。此可为前引郑司农训释的辅证。

3. 一字多义。前文言及,汉字一声一字的单音节表义的特性,导致了义无限而声有限的困局,摆脱困局的方式除了通假之外,便是一字多义,即同一个字含有多重义项。以理推之,那些义项应是由其原始义引申而出的,但引申缘由及轨迹因时代久远而往往难以理清,而其诸义项的使用情况,又常因时而异。有些字的某个义项,在古代可能被习用,而后世却已鲜为人知。这种现象,也给文字考据造成难点。如著名的"风马牛不相及"一语,《左传》僖公四年(公元前 656 年),齐伐楚,楚国使者与管仲交涉时用此语以表楚、齐相距遥远之意。"风"字指动物雌雄相诱而逐交,虽距离甚远也能感到对方的性情信息。"风"字这一义项今已罕用(成语"卖弄风情"中尚能微窥其踪),但在先秦此义多见,如《尚书·费誓》即言"马牛其风"。有些一字多义情况比这要复杂得多,自古注释即有歧义,形成诸家各择其一义而阐发的现象,乃至令读者眼花缭乱。让我们也举一个典型案例来辨析一下。

《诗·鲁颂·閟宫》夸言姬姓先祖之功业,其中一章曰:"后稷之孙,实维太王。居岐之阳,实始翦商。"《说文》释"戬"字,曰:"灭也。从戈,晋声。《诗》曰'实始戬商。'"显然,翦与戬为声义皆同的异体字,许氏所见《诗经》传本,字即作"戬"。但《尔雅·释诂》却以"福"训戬,《诗·小雅·天保》"俾尔戬穀,"《传》亦云:"戬,福也。"《毛诗·閟宫》字作"翦",《传》训"齐也"。《尔雅·释言》也训翦为齐。《閟宫》郑笺则云:"翦,断也。大王自豳徙居岐阳,四方之民咸归往之,于时有王迹,故云是始断商。"孔《疏》调和《传》、《笺》之说,认为"齐"即含"斩断"义。此字诸义项差距较大,令清儒困惑,撰《尔雅义疏》的郝懿行即云:"翦、戬二字容可假借,福、灭二训理难兼通。疑不能明也。"[1]他抱存疑态度。王鸣盛却

---

① 郝懿行:《尔雅义疏》,中国书店,1982 年版,第 86 页。

说:"'戬'乃祓除之义,去不祥则福至;而亦训灭者,去不祥为尽灭去也。"①他认为诗之本字应作"戬",作"翦"乃唐人所改。王氏之说虽能将"戬"之二义贯通,但总有增字解经之嫌。

为《蛾术编》作评注的迮青崖,则为此案介绍了更多的信息。他引《周礼·翦氏》郑注"翦,断灭之言也"以《诗》"实始翦商"为证,谓毛、郑所据本皆作"翦"。又引惠定宇之说:"毛、郑二说皆非。《尔雅·释诂》曰:'翦,勤也。'周自后稷受封以来,世有爵土;自不窋失官,社稷几不血食;至于太王,初遭獯狁之难,自豳迁岐,始能光复祖宗,修朝贡之职,勤劳王事;至于文王,三分有二,尚合六州之众,奉勤于商;武王初循服事之诚,末年然后受命。皆所谓缵太王之绪也。杨慎据《说文》引《诗》作'戬商',解云'福也',以为太王始受福于商而大其国。然《说文》训'戬'为灭,惟《尔雅》及《天保》传训为福。实始福商,其说太凿。"又引段注,强调《毛传》训翦为"齐",是因为"周至太王规模气象始大,可与商国并立,故曰'齐',《诗》古公以下七章是也,非翦伐之谓。若不明《毛传》、许书之例,意谓太王灭商,岂不事辞俱窒碍乎? 毛意谓'戬'即'翦',许说其本义以明转注,复引诗以明假借也。"②连氏所举段玉裁说,见段氏《毛诗古训传》:"翦所以齐物,故释翦为齐。实始翦商,谓其气象始与商齐等。"认为《说文》释戬而引《诗》之翦,是因为"戬乃翦之假借字耳,如竹箭之为竹晋。"段氏视二字音通而义异,否定了"福"义说而持"齐等"说③。

马瑞辰《毛诗传笺通释》又出一说,他认为"翦"与"戬"古同音通用,"此诗翦商当读为践履之践。周自不窋窜居戎狄之间,及公刘迁豳,皆近戎狄;至太王迁岐,始内践商家之地,故曰实始翦商。翦商即践商也。"并引《吕氏春秋·古乐》"成王立,殷民反,王命周公践伐之"高诱注:"践,往也。"谓高注甚合其践履之训,而《传》、《笺》、惠栋、段玉裁、杨

① 王鸣盛:《蛾术编》卷30,第430页。
② 王鸣盛:《蛾术编》卷30,第430—431页。
③ 阮元编:《清经解》(四册)卷628,上海书店,1988年影印本,第168页。

慎、严可均等诸说,"与太王所处之时事不合","均非诗义"①。看得出来,马氏以假借训释该字,极力同《閟宫》诗旨协调起来,以纠诸说同史事的悖牾,实亦无奈之举。但他在关注太王时代历史情势时,却忽略了当时地缘政治的实际面貌。那时并没有后世那种严密的国界,除了王畿有大致明确的域限,畿外多是一些大小不等的宗属性方国部族。陕北和关中都不被视为殷商的国土,不存在什么"践履"商地的问题。

陈奂《毛诗传疏》采训翦为"齐"说:"翦,齐。《尔雅·释言》文。《小宛》传:'齐,正也。'翦为齐,齐又为正,此一义引申例也。实始正商者,言大王自豳徙居岐阳,克匡戎狄以守卫中国,即其正商室之事,是大王之绪也。至于文王受命已后,武王受命已前,皆缵大王之绪也,"②他虽采训翦为齐说,却以"正"释齐,解"翦商"为辅正商室。胡承珙《毛诗后笺》谓翦字《尔雅》有齐、勤二训,他持调和态度,说"齐商、勤商,义本相通"。又说"惠定宇从《尔雅》诂翦为勤,甚合经旨"。小字夹注引《汉书·韦贤传》"总齐群邦,以翼大商"语,谓"当亦用《诗》齐商之义"③。

综上诸说,"翦商"义涵竟有六种训释:(1)伐灭商国。(2)齐正商事。(3)受福于商。(4)勤事于商。(5)与商并立。(6)践履商土。黄侃先生曾主张区分两种训诂:独立之训诂与隶属之训诂。前者如《说文》,只从形、音、义三方面释字;后者如《尔雅》,只对特定语言环境中的字释义。他由此指出:"小学家之说字,往往将一切义包括无遗;而经学家之解文,则只取字义中之一部分。"④清儒对"翦商"一语的训释,印证了黄侃之说。他们是在解经,必须针对特定语言环境释字,便只能选取"翦(戬)"字多元义项中最合乎诗意的一义。只是由于对诗境的理解不同,导致了歧说并出。太王前后的那段先周史非常特殊,此后的商周关系跌宕起伏,性质多变,古来即未形成统一认识,清儒的各自为解

---

① 王先谦编:《清经解续编》(二册)卷446,上海书店,1988年影印本,第815页。

② 王先谦:《清经解续编》(三册)卷806,第1203页。

③ 王先谦:《清经解续编》(二册)卷476,第1108页。

④ 许嘉璐:《黄侃先生的小学成就及治学精神》,载陆宗达主编《训诂研究》(第一辑),北京师范大学出版社,1981年版。

也不为奇。太王时代固无伐商之可能,但说福商、勤商、正商、践商等更难合诗旨。顾炎武的意见比较客观,他虽承认太王绝无翦商之事,却不摈弃断灭之训,认为《閟宫》诗作距太王时代已十分久远,乃后人对先祖的追颂,"本其王迹而侈言之",溢美夸语,不必深求。① 翦伐之训相对合理,并不意味着诸儒的考辨毫无意义。正由于他们做了这种繁琐的工作,后人方能在畅读《閟宫》的同时,了解同音异体的翦、戩具含如此多的义项,并被引导接触复杂的商周史事,进而对该诗有更深层次的领会。

四、简 结

戴震关于"光被"一语的考辨并不完美,论据上存在缺环,有不尽人意之处。但他的求实意念和治学门径没有错。不是戴震有"认识盲区",他明知以光耀义释该语"前后文义明朗贯通",但古注却以"充"训光,这引起他的怀疑。因生疑而发深究之念,这是人类的求知本能,也是考据学的原点,文字考据的生命力也正在此。对戴震的结论可以见仁见智,可以不从其说,但不能因看法不同而否定他的这项工作,更不能把空拟的"失误"强委于他而横加指斥,尤其不能把强委之过推延及清代朴学,将考据领域出现的诸种负面现象,统统归咎于考据学本身。

一字一声的单音节构字方式,使汉字标音之外又兼具表义功能,一声多义现象非常突出,字形同音、义的关系相当复杂。特别是形、音、义结合形态未完全定型的战国、秦汉时期,形变常导致声义的难以把握,异体字、假借字、多义字大量存在。而递接性手抄的文籍流传方式,不仅加重了上述现象,还又凭空增添了许多讹误字。这种状况严重影响着人们对古文献的阅读和使用。为消除障碍,先贤作了不少注释;但注释总会有不备、不足、不确和可疑之处,于是文字考据学便应运而生。

---

① 黄汝成:《日知录集释》(上册)卷3,上海古籍出版社,1985年,第277页。

作为一门专业性极强的学问,文字考据有其独特的宗旨、原则、方法和门径,其核心任务是对古文献中的未明字与可疑字进行考究,以确定其语境中的本字本义。为此,就要不断运用训诂知识,多方征引各家见解,这类繁杂细致而又枯燥乏味的工作,往往造成反复纠缠、琐碎计较、过度申说的印象。但这都是文字考据的性能所决定的,不能视之为弊病而归咎。

中华民族有悠久的历史和深厚的文化传统,其珠光风羽大量沉淀在语言文字中。文字考据不仅疏通了人们消化古文献的渠道,传播了一般阅读难以获得的知识,还能发掘一些文化沉淀,开阔人们的学术视野。更有意义的是,文字考据倡导了寻本求源、探索真知的精神,对文化传承发挥着不易觉察的助推作用。就其处位和能量而言,考据学只是华夏文化园林中一股涓涓细流,默默地滋润着许多草木的根系;它永远不会也不可能成为汇聚故纸堆生涯的渊薮,没有理由把它同人文学术的宏观大势对立起来。但有一点我们必须牢记:考据学立实、求真、重证、存疑的基本宗旨,正是所有人文学术的内在灵魂。

■ 作者简介

祝中熹(1938—),甘肃省先秦文学与文化研究中心研究员、甘肃省秦文化研究会会长,主要从事先秦史、秦文化及相关文物的研究工作。

楚系简帛"心部字族"与先民的思维观念意识[*]

雷黎明

（西北师范大学文学院　甘肃兰州　730070）

内容提要　楚系简帛"心部字族"指存现于楚地出土简帛文献中所有以"心"为形符的字。这类字所从"心"符形体基本相同，位置较为固定，有刻意存现"心"符的倾向；与战国前甲骨文、金文相比，其不重复单字量迅速增加。这类字字义量丰富，通假义占比较大，虚词义极为稀少，且存在文献类型差异。它们的存现及表义情况反映出楚地先民的自我认识已高度深入，心理情感在急遽丰富，主观观照情态行为，品评人、物趋于精微及大力宣扬心性文化等思维观念意识。

关键词　楚系简帛　心部字族　存现特征　表义特征　文化现象

一、序　　言

先民们认为，"心"乃思维之器官，人类的一切思想和行为都是在"心"的支配下进行的。这种观念在文字这种特殊的文化载体中也有体现，特别是以"心"为形符的字，它们表达的语义更是先民思维意识的直

---

　*　本文为西北师范大学青年教师科研能力提升计划骨干项目"战国楚系简帛与敦煌汉简文献用字比较研究"（SKGG14001）的阶段性成果。

接反映。因而,我们可以通过文字,主要是"心部字"来探讨先民的思维意识。这种研究早已开启,除散见于相关论著针对个别"心部字"的探究外,系统研究也已出现。罗志翔先生《〈说文〉"心部字"研究及溯源》按意义对《说文》"心部字"进行了分类、溯源①,分析了战国、金文、甲骨文中的"心部字",还分析了战国"心部字"繁盛的原因,进而探讨了古人思想和心理的变化历程;林源先生《〈说文解字〉心部字研究》将语义场理论与隐喻学理论应用于对文字本义的推源考证②,将全部《说文》"心部字"系联成一个意义体系,通过分类分组考证了"心部字"丰富的思想文化内涵。这些系统研究主要以《说文》所收"心部字"为依据,通过推源"心部字"的本义来探究先民的思维心理,较为充分。

然而,这些研究也有一定的局限:1. 研究范围基本限定于《说文》。罗文虽将研究范围扩充到战国文字、金文和甲骨文,但成文较早,近出古文字材料未及收录。2. 研究对象限定为"心部字"。尽管有些字从"心",但《说文》归入他部,因而未作为研究对象。3. 意义范畴局限于本义。固然,"心部字"的本义能够反映先民的思维心理,但其他字义或许更是先民思维意识的具体化,不宜缺失。

鉴于上述既有研究的局限,本文拟以《楚文字数字化处理系统》及其升级版为平台③,充分吸收学界已有相关研究成果,全面清理楚系简帛文献所见"心部字族",从历时断代的视角探讨它们的存现及表义特征,进而探究战国楚地先民的思维意识。本文所指"心部字族"是指楚系简帛文献中一切以"心"为形符的字,包括归入《说文》"心部"的字、本以"心"为形符而归入《说文》他部的字,以"心"为形符而《说文》未收的字以及本从其他形符而楚系简帛改以"心"为形符的字等。

本文用来清理"心部字族"的楚系简帛材料包括长沙仰天湖楚墓竹

① 罗志翔:《〈说文〉"心部字"研究及溯源》,黑龙江大学 2002 年硕士学位论文。

② 林源:《〈说文解字〉心部字研究》,复旦大学 2004 年博士学位论文。

③ 刘志基、张再兴、臧克和:《战国楚文字数字化处理系统》,上海教育出版社,2003 年版。

简、长沙子弹库战国楚帛书、信阳楚墓竹简、曾侯乙墓竹简、包山楚简、望山楚简、长沙五里牌楚墓竹简、郭店楚墓竹简、九店楚简、新蔡楚墓竹简、上海博物馆藏战国楚竹书（一）—（七）、清华大学藏战国竹简（壹）等，总字量达 77 576 字，基本涵盖了目前已公开刊布，文字考释研究较为成熟的绝大多数楚系简帛文献。从这些材料清理出的"心部字族"基本具备了全纳性。

二、楚系简帛"心部字族"的存现特征

个体形态和个体量是反映事物存现特征的两个主要因素，因而可以从字形和字量两个方面考察楚系简帛"心部字族"的存现特征。

（一）字形方面

在字形方面，楚系简帛"心部字族"的存现具有以下特征：

1. "心"符形体基本相同，位置较为固定

汉字形体演变至楷书，以"心"为形符的字中"心"的形体较为多样，可作"心"，如"志"；可作"忄"，如"怕"；可作"小"，如"恭"。在楚系简帛"心部字族"中，"心"符形体除书体的差异外，基本相同，一般作 (郭店·缁衣 24)①。

受竹简狭长形形制的限制，后世以"心"为形符而作左右结构的字在楚系简帛中一般作上下结构，即将"心"符置于文字的下部。如"情"字楷书、小篆都作左右结构，"心"符置于文字左边，而楚简作 (郭店·语二 1)，"心"符置于文字下部。即使甲骨文、金文及后世"心"符置于文字中间的"庆"字，楚简中也常见"心"符置于文字下部的形体，如

---

① 本文所举楚系简帛文字例证的出处在句尾标小括弧注明，括弧中间隔号之前二字为例证出处简称，之后二字为例证所在篇名简称，数字表示例证所在简号。如本例"郭店·缁衣 24"表示该例证出自《郭店楚墓竹简》中《缁衣》篇的第 24简。下举例证除所考察字外，一般使用通行字，不再详出隶定。

(上一·缁衣 8)①。此外,在楚帛书中,尽管不受载体宽度空间的限制,个别后世作左右结构的"心"部字,帛书中也将"心"符置于文字下部,如"恻"帛书作 (帛书·甲篇)。可见,"心"符置于文字下方是楚系简帛"心部字族"文字形体存现的常态。

2. "心"符的刻意存现

先民意识中,人类是用"心"去感知各种纷繁的事物,用"心"去体验各种复杂的情感,这种观念沉淀在汉字上的重要表现之一就是"心"符的刻意存现,这种现象在楚系简帛文字系统中表现得更为突出。具体表现在三个方面:

(1)非"心"部字添加"心"符

在楚系简帛文字系统中,有部分非"心"部字被竹书书写者刻意添加了"心"符,也成了"心部字族"的成员。据笔者统计,在所考察的楚系简帛文献中,此类字共 13 个。如表一所列:

表一:楚系简帛非"心"部字添加"心"符例举

通用字	奮	欲	畏	勞	固
常见字形	上五·三德 1	郭店·老甲 2	郭店·五行 36	上三·彭祖 2	上四·曹沫 56
添加"心"符字形	郭店·性自 46	上三·亙先 3	包山·文书 173	郭店·六德 16	上六·平王 2

(2)用"心"符取代其他形符

"义近形旁通用"是古文字系统较为常见的一种现象,"在古体形声字中,如果两种形旁意义相近,即可互相代用,并不因更换形旁而改变

---

① 根据统计,在所考察的楚系简帛中,"慶"字凡 27 见,其中"心"符置于文字下方者共 13 见,比例接近一半。

本字的意义"①。而在楚系简帛文字系统中，尽管有些形符与"心"符意义并无联系，但也常见用"心"符取代其他形符的现象，使得其他字所表示的意义也具有一定的主观色彩。据笔者统计，在所考察的楚系简帛文献中，此类字共8个。如表二所列：

表二：楚系简帛"心"符取代其他形符字例举

通用字	哀	肥	勇	欲
常见字形	郭店·五行17	包山·卜筮250	郭店·成之9	郭店·老甲2
"心"符取代其他形符的字形	上五·三德20	上二·子羔1	郭店·尊德33	郭店·缁衣6

在表二中，用"心"符取代的其他形符有"口"、"肉"、"戈"、"欠"等，而这些形符与"心"符语义并不相关，只是"心"在当时被人为赋予的用于思维的特殊使命让文字书写者的个人情感影射于这些文字，"心"符即代替了上列形符。

（3）给个别字造特殊的"心"符字

个别后世通行的非"心"符字，在楚系简帛文字系统中，另造了特殊的以"心"作形符的字形，与上面第（2）类只是用"心"符取代其他形符不同，这类字的形符和声符都与后世通行字不同。如表三所列二字：

表三：楚系简帛所见特殊"心"符字

后世通用字	过	仁
楚系简帛特殊字形	郭店·成之36	上五·君子1

① 高明：《中国古文字学通论》，北京大学出版社，1996年版，第129页。

"過",《说文》:"度也。从辵,咼声。"本义为经过,楚系简帛亦见从辵之形体,作🦎(郭店·语三 52),引申出过错义。为示表义有别,给过错义之"过"另造了从心、化声的特殊字形。而后世通行的"仁"字则在楚文字中全部用从心、身声的字形表示。

(二) 字量方面

字形方面"心"符的刻意存现一定程度上成就了楚系简帛"心部字族"队伍的庞大。经过统计,我们考察的楚系简帛文献共有以"心"为形符的不重复单字 154 个。这个数量与战国之前甲骨文、金文中以"心"为形符的字和秦"书同文"政策之后小篆中"心部字"的数量相比如何呢?

根据罗志翔先生统计,以"心"为偏旁的甲骨文共 21 个①。经过逐一考察,在这 21 个字中,有些并不以"心"为形符,只是以"心"为偏旁;有些在甲骨文中并不从"心"。甲骨文中真正以"心"为形符的字只有 16 个,可见甲骨文中以"心"为形符的字很少。

罗志翔先生还统计出金文中的"心部字"共 60 个②。经过分析考察,这 60 个"心部字"有相当一部分或不从"心",或属于战国文字系统,而真正属于战国之前金文系统的"心部字"只有 25 个。可见,战国前金文中"心部字"的数量依然较少。

在《说文》小篆中,"心部字"共有 263 个。

综上,楚系简帛中以"心"为形符的字虽不及《说文》小篆中"心部字"的数量,但远多于战国前甲骨文、金文中以"心"为形符的字的数量。"心部字族"在战国楚系简帛文献中呈现出迅速膨胀的态势。

---

① 罗志翔:《〈说文〉"心部字"研究及溯源》,黑龙江大学 2002 年硕士学位论文,第 44 页。
② 罗志翔:《〈说文〉"心部字"研究及溯源》,黑龙江大学 2002 年硕士学位论文,第 37 页。

三、楚系简帛"心部字族"的表义特征

汉字对汉民族历史文化的承载主要表现在其强大的表义能力之上,因而要从楚系简帛"心部字族"审视先民的思维意识,必须将其表义特征作一探讨。经过分析,我们发现楚系简帛"心部字族"在表义方面具有以下特征。

(一) 字义量迅猛增加

排除表义不明的文字和表示人名、地名等特殊专名的字义,可将甲骨文、战国前金文及楚系简帛文献中以"心"为形符的文字及字义量作一统计,见表四:

表四:甲骨文、战国前金文及楚系简帛"心部字族"字义量统计表

文字系统类型	甲骨文	战国前金文	楚系简帛文字
单字量	16	25	154
字义量	7	31	312

从表四可以看出:甲骨文"心部字族"字义量很少,只有 7 个;战国前金文的字义量共有 31 个,有所增加;而楚系简帛文献迅猛增加到 312 个,是战国前金文的十倍多。与甲骨文和战国前金文相比,楚系简帛文献中"心部字族"的单字量迅猛增加,其字义系统更是迅猛壮大。

(二) 通假义比重较大

根据性质,汉字的字义可以分为本义、引申义、假借义和通假义四类。一般说来,前面三类是汉字字义系统主要的组成部分,具有稳定性、传承性;而通假义是汉字使用过程中,临时借用其他字表示一定的语词而产生的意义,不具有稳定性、传承性。一定文献中通假字(义)数量的多寡是该文献文字使用规范程度的度量衡。那么在楚系简帛文献

"心部字族"字义系统中,通假义有多少,占据怎样的比重呢?

根据笔者统计,在楚系简帛"心部字族"的总共 312 个字义中,通假义有 167 个,占总字义量的 53.5%;"心部字族"共 154 个字,85 个都拥有数量不等的通假义,占总字量的 55.2%;甚至有些文字的全部字义都是通假义,这类字共有 47 个,分别为:恋、息、戁、恃、忆、懋、愳、慆、悁、忧、佟、惎、懌、忞、忣、惥、陕、恩、忨、忹、愳、惝、懂、悟、惰、憍、愋、慉、息、憯、懂、惆、懯、恚、蕙、愳、悥、憪、惲、意、愁、惧、恙、懰、惜、感、慫。在楚系简帛"心部字族"字义系统中,通假义占据着半壁江山,说明了楚系简帛文字数量的有限和用字的极不规范。

(三)虚词义极度稀少

古代汉语虚词有些是由实词虚化发展而来的,有些是借用同音的实词来表示。然而,"心部字族"受其所从形符"心"的意义范畴的限制,较少用来表示虚词义;也很少通过借用的方式来表示虚词义。根据统计,在楚系简帛"心部字族"的字义系统中,虚词义只有十个,分别是七个副词义,为:

1. 念:通"堪"。可,能。如:

(1)今朕疾允病,恐弗念(堪)终。(清壹·保训 3)

2. 慎:确实。如:

(2)"……二邑,非疾瘟焉加之,而慎绝我二邑之好?"(上七·吴命 1)

3. 慈:通"滋"。更加。如:

(3)民多利器,而邦慈(滋)昏。(郭店·老甲 30)

4. 愈:更加,越。如:

(4)今邦弥小而钟愈大,君其图之。(上四·曹沫 2)

5. 恒:常常,经常。如:

(5)占之,恒贞吉,少有忧于宫室。(包山·卜筮 229)

6. 惝:通"尚"。庶几。如:

(6)自刑尸之月以庚刑尸之月,出入事王尽卒岁躬身惝(尚)无有咎。(包山·卜筮 197)

7. 恩[固]:一再;坚持。如:

(7) 郑寿辞不敢答,王恩[固]由之。(上六·平问 2)

一个连词义,为:

8. 意:通"抑"。表示转折,相当于"可是"、"但是"。如:

(8) 其力能至焉而弗为乎? 吾弗知也。意(抑)其力故不能至焉乎? 吾或弗知也。(上五·鬼神 4)

两个语气词义,为:

9. 疑:通"矣"。表示肯定或判断,与"也"相当。如:

(9) 士成言不行,命弗得疑(矣)。(郭店·成之 13)

10. 疑:通"噫"。表示感叹语气。如:

(10) 成孙弋曰:"疑(噫)! 善哉,言乎!"(郭店·鲁穆 4)

这些虚词义只占总字义量的 3.3%,可见楚系简帛"心部字族"字义系统中虚词义极为稀少。

(四) 存在文献类型差异

楚系简帛文献可以根据其内容可以分为书籍和文书两类,如长沙子弹库战国楚帛书、郭店楚墓竹简、上海博物馆藏战国楚竹书和清华大学藏战国竹简等属于书籍类文献,长沙仰天湖楚墓竹简、曾侯乙墓竹简、包山楚简、新蔡楚墓竹简等属于文书类文献。那么"心部字族"在这两类文献中的表义情况有无差异呢? 为探明这个问题,我们将"心部字族"文字的字义分为专名义和表示其他字义的非专名义,经过分析考察,得出如表五统计情况:

表五:楚系简帛"心部字族"字义类型统计表(排除表义不明的文字)

文字存现类型	仅存书籍类文献的文字(89)		仅存文书类文献的文字(18)		书籍、文书皆存的文字(32)			
					书籍文献		文书文献	
字义类型	专名	非专名	专名	非专名	专名	非专名	专名	非专名
字义量	2	198	16	3	9	97	29	15

从表五统计情况可以看出：仅存书籍类文献的文字只有 2 个专名义，有 198 个非专名义，非专名义远多于专名义。仅存文书类文献的文字只有 3 个非专名义，有 16 个专名义，专名义多于非专名义。书籍、文书皆存的文字，在书籍文献中有 9 个专名义，97 个非专名义，非专名义多于专名义；在文书文献中有 29 个专名义，15 个非专名义，专名义多于非专名义。可见，楚系简帛"心部字族"在表义方面存在着十分明显的文献类型差异：存于书籍类文献的文字主要用来表示非专名义，存于文书类文献的文字主要用来表示专名义。说明文献类型很大程度上决定着文字的表义特征。

四、楚系简帛"心部字族"反映的
楚地先民的思维观念意识

汉字发生、演化的过程总是与先民的思维观念意识密切相关，人体器官"心"在先民们心目中特殊的使命使得以"心"为形符的字更能够反映出先民思维观念意识的发展演变情况。楚系简帛"心部字族"在单字量和字义量上的迅速膨胀为我们探讨楚地先民的思维观念意识提供了丰富的资料保障。

（一）自我认识高度深入

随着认知能力的提高，人类对自我的认识开始从对具体的生理器官的认识深入到抽象的心性感念上，楚系简帛"心部字族"部分抽象名词义的出现就是这种现象的语义体现。如：

1. 情：感情，情绪；本性。

"情"字始见于楚系简帛。在楚系简帛中，已开始用来表示"感情，情绪"和"本性"义。如：

（11）凡至乐必悲，哭亦悲，皆至其情也。（郭店·性自 29）

（12）子曰："有国者彰好彰恶，以示民厚，则民情不忒。"（上一·缁衣 1—2）

例(11)中"情"为"感情"义;例(12)中"情"为"本性"义,《孟子·告子上》:"乃若其情,则可以为善矣,乃所谓善也。"俞樾《群经平议·孟子二》:"盖性、情二字,在后人言之,则区以别矣,而在古人言之,则情即性也……孟子以恻隐为仁,羞恶为义,正是以情见性。"

2. 志:意念,心志;志愿,志向。

战国文字系统开始出现"志"字,楚系简帛中用来表示"意念,心志"和"志愿,志向"等抽象的心性感念义。如:

(13) 志胜欲则利,欲胜志则丧,志胜欲则从,欲胜志则凶。(上七·武王 13—14)

(14) 此以生不可夺志,死不可夺名。(郭店·缁衣 38)

例(13)中"志"为"意念,心志"义;例(14)中"志"为"志愿,志向"义。在我们考察的楚系简帛中,"志"字凡 90 见,20 个表示"意念,心志"义,38 个表示"志愿,志向"义,足以说明人类对自我的认识已经高度深入到了非常成熟的抽象的心性感念阶段。

(二) 心理情感急遽丰富

人类心理发展的阶段可以通过心理情感和心理体验的丰富程度加以衡量。诚然,先民心理情感的复杂变化和心理体验的发达运作或许早已存在,只是迟至楚系简帛书成的时代尚未书面符号化。楚系简帛"心部字族"相当分量表示心之思、心之情、心之感等字义的存现正是先民们心理情感急遽丰富的书面化呈现。如:

1. 悪:惭愧。

"悪"字始见于楚系简帛,表示惭愧义。如:

(15) 侵生于欲,悪生于侵,逃生于悪。(郭店·语二 17—18)

2. 惓:疲劳,劳累。

"惓"字始见于楚系简帛,表示疲劳,劳累义。如:

(16) 用智之疾者,惓为甚。(上一·性情 35)

例(15)中的"悪"表示惭愧的心理情感;例(16)中的"惓"表示的疲劳,劳累义也是一种生理变化引起的心理体验。据笔者粗略统计,楚系简帛"心部字族"字义系统中共有多达 65 个表示心理活动的字义,这正是先民心理情感急遽丰富的重要表现。

(三) 主观观照情态行为

先民用主观视角看待客观事物,也用主观视角观照自身行为,这种以自我为中心的认识观在楚系简帛"心部字族"中有着充分的沉积。

一方面,如前所述"心"符在其他非心部字中的刻意存现,让其他字表示的客观语义也无形当中被赋予了主观的心理倾向,如:

(17) 子胥前多功,后戮死,非其智懐[衰]也。(郭店·穷达9—10)

"衰"字始见于楚系简帛,表示事物的发展由强盛转向衰微,应该是一种客观的现象,但是在例(17)中,因被添加了"心"符而带上了一定的主观色彩。

另一方面,"心部字族"中大量存现的行为义也在不同程度上蕴含着自我主观观照色彩。如:

(18) 为上可望而知也,为下可述而志也,则君不疑其臣,臣不惑于君。(郭店·缁衣3—4)

(19) 及桀、纣、幽、厉,焚圣人,杀讦者,惻(贼)百姓,乱邦家。(上五·鬼神2)

"惑"和"惻"字皆始见于楚系简帛,例(18)中"惑"用来表示欺骗义,这种欺骗隐含着一种主观的意念;"贼"字早见于战国之前的金文,但在例(19)中未用本字,却借用以"心"为形符的"惻"字表示,则将这种贼害行为赋予了主观色彩。据笔者统计,楚系简帛"心部字族"中表示情态行为的字义多达106个,其中61个属于其他字借用"心部字族"来表示的,充分反映出楚地先民主观观照自身情态行为的心理倾向。

(四) 品评人、物趋于精微

在楚系简帛"心部字族"中,还出现了一批评价人、物品质的字义,这是战国前甲骨文和金文中少见的。这些字义的出现,标志着楚地先民品评人、物已非常精微,开始注意去区分人或物在本性方面的细微差别。如:

1. 懋：通"瞀"，昏乱。

（20）人之悦然可与和安者，不有夫奋作之情则懋（瞀）。（郭店·性自46—47）

2. 忘：通"妄"，狂乱。

（21）谖生于欲，吁生于谖，忘（妄）生于吁。（郭店·语二15—16）

例（20）和（21）中"懋"和"忘"分别被借用为"瞀"和"妄"，所表示的语义皆有"乱"义，然"瞀"倾向于客观愚昧，"妄"则倾向于主观的狂躁，可见二者的差别已被时人非常精微的区分。据笔者统计，楚系简帛"心部字族"中共有51个评价人、物品性的字义，其中表褒义色彩者27个，表贬义色彩者24个，远多于战国前甲骨文、金文中此类字义的存现。

（五）大力宣扬心性文化

楚系简帛"心部字族"及其相关字义的存现也是战国时代"心性论"学说繁荣发展的重要表现。罗志翔先生指出"中国学术史上的确存在过一个特别重视'心'的时代"[①]，这个时代人们对于"仁"的理解从求诸野的阶段进入到心性论时期，先民开始用主观的仁德、仁爱去审美。"这时候，仁义圣智等道德规范，已不再被认为是君临于常人的超人天赋，或者是先进于礼乐的野人们的淳朴遗风，而被相信是为每一个人的内心世界所具有的禀性，是受于天命、藏于身心、见于人情的德行，问题在于你如何用心而已。"[②]楚系简帛"心部字族"在这方面的体现是：一方面，与"心性论"相关的文字及字义的高频存现。除了"心"字外，"德"和"仁"二字及它们表示的仁德、仁爱义的存现频率排在了楚系简帛"心部字族"的前两位，且后世仁爱之"仁"在楚系简帛中一律从"心"作"悬"；另一方面，"心部字族""多用于人名、地名等专名也从另一个侧面

---

① 罗志翔：《〈说文〉"心部字"研究及溯源》，黑龙江大学2002年硕士学位论文，第34页。

② 庞朴：《郢燕书说——郭店楚简中山三器心旁文字试说》，载武汉大学中国文化院《郭店楚简国际学术研讨会论文集》，湖北人民出版社，2000年版，第40页。

证明了这类思想在当时的确盛行"①。因而,在时人的大力宣扬下,"心性论"进入了空前繁盛的时期。

五、结　　语

语言是人类交际和思维的工具,但是,与人们日常交际使用的口头语言相比,书面语言的成熟发展具有一定的滞后性,因而通过书成于特定时、地的书面语言来衡量时人的思维意识形态则具有很大程度上的不可靠性。特别是对于审美说教的书籍类文献来说,它们的用字及其表义更是先贤们反复斟酌的沉淀,因而据此判断他们的思维观念意识形态则有小觑或大不敬古人的嫌疑;然而,立足于出土文献发展演变的视角,与战国前甲骨文、金文相比,楚系简帛"心部字族"的迅猛膨胀及其表义能力的迅速提高,总能够一定程度上反映出先民们在该时、该地某方面思维观念意识倾向的活跃度,即使不太能够全面地反映其真实,些许其书面符号凝固化的过程总能够体现吧!

■ **作者简介**

雷黎明(1978—),男,甘肃通渭人,文学博士,西北师范大学文学院副教授,硕士生导师,中国社会科学院语言研究所在站博士后,主要从事出土文献与古文字学研究。

---

① 罗志翔:《〈说文〉"心部字"研究及溯源》,黑龙江大学 2002 年硕士学位论文,第 35 页。

《韩子》的艺术特征①

林徐典

（新加坡国立大学中文系　新加坡　119260）

内容提要　韩非的政治、伦理和文艺思想,是不足为训的,已有另文论述。可是《韩子》散文所体现的艺术特征,是值得注意的。司马迁说:韩非"为人口吃,不能道说,而善著书"(《史记》本传)。以提倡极权主义而影响中国封建社会久达两千多年的这样一位法家代表人物,真的是有他的一套写作方法的。周勋初教授曾指出韩非写作手法上的一些特点,其中包括论说文的说理透辟、多用排比比喻和结构绵密等三点②。笔者经过整理之后,加上自己的探索和审察,归纳为以下的八个纲目,论列于后。

关键词　韩非　散文　艺术特征　写作特点

一、说理透辟,铺叙有致

说理透辟、铺叙有致,是《韩子》散文一个明显的特点。这个特点在

---

① 说明:在较早的古籍中,韩非的作品称为《韩子》,而不称《韩非子》。《汉书·艺文志》、《隋书·经籍志》、《旧唐书·经籍志》、《新唐书·艺文志》和《宋史·艺文志》,称韩非的著作为《韩子》。《汉书·艺文志》有《韩子》五十五篇,和现传的篇数恰巧相同。改称《韩子》为《韩非子》,不知始于何时,肇于何人,但已见于宋人所刊的乾道本。这就和其它子书的称法迥异。笔者认为现在应当是"正名"纠偏的时候,所以称为《韩子》。

② 周勋初:《〈韩非子〉札记·韩非写作手法上的一些特点》,江苏人民出版社,1980年版,第171—177页。

《观行》篇中便有突出的表现。该文认为,人君只要抱法、守势、用术,就可以建立极权专制的国家,不必期待"至圣"、"大贤"。不过,人君也得提高知人和观行的本领,才不至于措施失当。这就是这篇作品的主旨。文章一开始时就说:

> 古之人,目短于自见,故以镜观面;智短于自知,故以道正己。故镜无见疵之罪,道无明过之恶。目失镜,则无以正须眉;身失道,则无以知迷惑。西门豹之性急,故佩韦以缓己;董安于之心缓,故佩弦以自急。故以有余补不足,以长续短,之谓明主。

接着又说:

> 天下有信数三:一曰智有所不能立,二曰力有所不能举,三曰强有所不能胜。故虽有尧之智而无众人之助,大功不立;有乌获之劲而不得人助,不能自举;有贲、育之强而无法术,不得长生。故世有不可得,事有不可成。故乌获轻千钧而重其身,非其身重于千钧也,势不便也;离朱易百步而难眉睫,非百步近而眉睫远也,道不可也。故明主不穷乌获以其不能自举,不困离朱以其不能自见。因可势,求易道,故用力寡而功名立。时有满虚,事有利害,物有生死,人主为三者发喜怒之色,则金石之士离心焉,圣贤之朴浅深矣。故明主观人,不使人观己。明于尧不能独成,乌获不能自举,贲、育之不能自胜,以法术则观行之道毕矣。

意思是说:人不能逾越自己的智力限度而有所成,时不能有盈而无虚,事不能有利而无害,物不能有生而无死。也就是说,宇宙万物都在不断地变化着。这种变化,不是人的力量所能够阻止的。这是说理透辟、铺叙有致特点的一个例子。

另一个例子见于《说难》篇。这篇作品主旨是陈述进说人君的困难,并分析其成功和失败的原因,有很强的系统性、连贯性。全文分为五节:第一节说明进说者必须了解人君的心理变化;第二节列举谏说者足以危身的十五件事;第三节提出进言的方法(韩非所说的"术"),即就人君心理上各种不同的情况而采取各种不同的说话方法,主要在饰其所矜而灭其所耻;第四节用历史故事和民间传说,证明"非知之难,处知之难"这一论点;第五节采用弥子瑕的事,指出说者必须察人君的爱憎。开头以"凡说之难"四个字,总絜全文。接着,在说困难之前,先说明非难的三个层次,蝉联而下:

> 凡说之难:非吾知之有以说之之难也,又非吾辩之能明吾意之难也,又非吾敢横佚而能尽之难也。凡说之难:以知所说之心,可以吾说当之。所说出于为名高者也,而说之以厚利,则见下节而遇卑贱,必弃远矣。所说出于厚利者也,而说之以名高,则见无心而远事情,必不收矣。所说阴为厚利而显为名高者也,而说之以名高,则阳收其身而实疏之;说之以厚利,则阴用其言,显弃其身矣。此不可不察也。

接着又指出说:

> 凡说之务,在知饰所说之矜而灭其所耻。彼有私急也,必以公义示而强之。其意有下也,然而不能已,说者因为之饰其美而少其不为也。其心有高也,而实不能及,说者为之举其过而见其恶,而多其不行也。有欲矜以智能,则为之举异事之同类者,多为之地,使之资说于我,而佯不知也,以资其智。欲内相存之言,则必以美名明之,而微见其合于私利也。欲陈危害之事,则显其毁诽,而微见其合于私患也。誉异人与同行者,规异事与同计者。有与同污者,则必以大饰其无伤也。有与同败者,则必以明饰其无失也。彼自多其力,则毋以其难概之也。自勇其断,则无以其谪怒之也。自智其计,则毋以其败穷之也。大怒无所拂悟,辞言无所击摩,然后极骋智辩焉。

意思是说,进言者的要务,在于懂得怎样夸张人君得意的方面,而掩盖他所认为可耻的方面。人君有私人的急事,未必合于公义,进言者必须表示这是公义而劝他去做。人君的心中有见不得人的坏事,例如好声色、贪财货之类,进言者必须将坏事加以粉饰。人君要以某种智能自矜,进言者必须为他举出同类的另一件事,多方面为他多考虑,使他从进言者这里取得许多办法,自己却装作不知道,这样来帮助他自逞才智。要进共存之说,必须明言其为公义,又暗示其合于私利。私利和私患足以打动人君的心理,但人君又好名,所以不能明说,必须用暗示的方法,一面既提醒他,同时又能保存他的体面。他人如有和人君相同的德行,称誉他人亦即称誉人君,这样可以不显露阿谀人君的痕迹。他事如和人君所做的事相同,规划他事亦即等于规划此事,这就可以不犯扬己之嫌。凡是和人君有相同污行和败迹者,进言者必须对这些污行和败迹加以粉饰,并明言其无害无损,亦即用间接的方法来献媚于人君,使人君乐闻其言而不鄙其行。人君既自夸其力量,那就不必用他所认为难的事情来压平他的自多之心。如人君自勇其决断,进说者就不必用他的劲敌激怒他。人君如果认为他的决策是机智的,进言者切勿提他的失误,使他受窘。进言者切勿在人君盛怒之时去违逆他。在人君乱言的时候,能够无所抵触,并尽量地施展他的智辩能力,就能得到人主亲近不疑,这就可以尽其辞辩的能力了。

这是说理透辟、铺叙有致特点另一典型例子。这一类的例子,还见于其它的篇章,由于文长,就从略了。

二、论事入髓,条理分明

这个特点,在《诡使》篇有突出的表现。"诡"是相反,"使"是人君所希望达到的目标和他所治国的方法存在矛盾。人君都希望巩固其统治,要臣民们为他效力,但他们称许的高人、长者、烈士、勇夫,却是不守法令、轻视爵禄一类的人。他们所鄙之为窦、愚、怯、陋、不肖的人,倒是敬上畏罪、守法听令的人;国家所赖以富强的农耕战士,反而劳苦贫贱;而国家的蠹虫,反而安富尊荣。文章最后旧结到"道私者乱,道法者治"

这一论点上来。这和韩非在《五蠹》篇中所表现的思想，有许多相同的地方。这篇作品的主旨是论述法治国家应禁止儒家及其他各家对耕战有害的种种学说。文章一开始时就说：

> 圣人之所以为治道者三：一曰利，二曰威，三曰名。夫利者，所以得民也；威者，所以行令也；名者，上下之所同道也。非此三者，虽有，不急矣。今利非无有也，而民不化上；威非不存也，而下不听从；官非无法也，而治不当名。三者非不存也，而世一治一乱者，何也？夫上之所贵与其所以为治，相反也。

接着又说：

> 夫立名号，所以为尊也；今有贱名轻实者，世谓（之）高。设爵位，所以为贱贵基也；而简上不求见者，世谓之贤。威利，所以行令也；而无利轻威者，世谓之重。法令，所以为治也；而不从法令、为私善者，世谓之忠。官爵，所以劝民也；而好名义、不进仕者，世谓之烈士。刑罚，所以擅威也；而轻法不避刑戮死亡之罪者，世谓之勇夫。民之急名也，甚其求利也；如此，则士之饥饿乏绝者，焉得无岩居苦身以争名于天下哉？故世之所以不治者，非下之罪，上失其道也。常贵其所以乱而贱其所以治，是故下之所欲，常与上之所以为治相诡也。

这两段所说的，就是治国的目标和治国的方法存在矛盾，而《诡使》就是以解决这种矛盾为论事主旨的一篇作品。韩非认为，这可以分为以下的三点来谈：

> 1. 难致，谓之正。难予，谓之廉。难禁，谓之齐。有令不听从，谓之勇。无利于上，谓之愿。少欲、宽惠、行德，谓之仁。重厚自尊，谓之长者。私学成群，谓之师徒。闲静安居，谓之有思。损仁逐利，谓之疾。险躁佻反复，谓之智。先为人而后自为，类名号，

言大本,称泛爱天下,谓之圣。言而不可用,行而乖于世者,谓之大人。贱爵禄,不挠上者,谓之杰。下之渐行如此,入则乱民,出则不便也。上宜禁其欲,灭其迹,而不止也,又从而尊之,是教下乱上以为治也。

2. 凡所治者刑罚也,今有私行义者尊。社稷之所以立者安静也,而噪险谗谀者任。四封之内所以听从者信与德也,而陂知倾覆者使。令之所以行、威之所以立者恭俭听上,而岩居非世者显。仓廪之所以实者耕农之本务也,而綦组锦绣、刻画为末作者富。名之所以成、城池之所以广者战士也,今死士之孤饥饿乞于道,而优笑酒徒之属乘车衣丝。赏禄所以尽民力,易下死也,今战胜攻取之士劳而赏不沾,而卜筮视手理狐虫为顺辞于前者日赐。

3. 夫立法令者,以废私也。法令行而私道废矣。私者,所以乱法也。而士有二心私学、岩居窞路、托伏深虑,大者非世,细者惑下;上不禁,又从而尊之以名,化之以实,是无功而显,无劳而富也。如此,则士之有二心私学者,焉得无深虑勉知,相与诽谤法令,以求索与世相反者也?凡乱上反世者,常士有二心私学者也。故《本言》曰:"所以治者法也,所以乱者私也。法立则莫得为私矣。"故曰:"道私者乱,道法者治。"

第一点的意思是说,难以名位去罗致者、难给以爵禄者,像墨子和田骈,都是不贪求上赏者;像孔子说圣人爱人,故先为人,圣人无私,故后为己。韩非反对儒家学说,所以否定圣人,否定爱人。臣下如果履行墨子、田骈和孔子的学说,在国内足以扰乱民众,在国外则又不利国计。

第二点的意思是说,假如法外私自行义,如游侠和刺客借交报仇,破坏公家刑罚制度,又如权臣以私恩来结交国人之类,还有一些非议时政的人,得到任用。国家仓廪所以充实,是因农耕的本业得到重视的结果。法家以工商为末作。统治者以良田大宅,换取在下者的死难;可是有一些人却又视手理、相手纹,妖冶作态,进行诱惑。

第三点的意思是说,立法的目的是为了废除私学。法令实行之后,私学就应当废除了。这是由于,私学是破坏法令的。否则,有二心于私学者,就如露于坑坎者,是假隐、深思。假如大者非世、细者惑下,统治者不加以禁止,反而尊之以名,与之以利,这就造成无功而显,无劳而富。这样一来,有心于私学者,必然就会诽谤法令,所以法家著作《本言》中说:"所以治者法也,所以乱者私也。"也就是说"道私者乱,道法者治"。这就是韩非在《诡使》篇中得到的结论。

表现论事入髓、条理分明特点的另一篇作品是《六反》篇。这篇作品立论共分三层。第一层说世人为了私利而称道那些有害于治道的人,人君因世人的称道而礼敬之;世人为了私害而诋毁那些有利于国家的人,人君因世人的诋毁而轻贱之:这样就产生了赏罚毁誉与国家利害相违反的情况。韩非在世人所誉者和所毁者中,各举六种类型的人,因以"六反"名篇。

韩非的意思是:世之所誉者,即法之所罚者;世之所毁者,即法之所赏者。因此,必先明辨世人毁誉不足作为根据,才能使赏罚不至于颠倒。第二层转入刑赏的问题。这层包含四节:第一节发挥审法禁、必赏罚是成为霸王之业的主要环节;第二节说治国须用威严而废恩爱;第三节说明用厚赏才足以劝善,严刑才足以止奸;并批评了轻刑论的观点;第四节又对爱民轻赋的论者,作了反驳,这节里提到神农、曾、史、老聃等人的名字,可见是对着"为神农之言者"和儒家、道家而发的。第四层论及人君所言观行之法,主要在"责其用,求其功"。这三层意思是互相联系着的。

文章在解题时,就包含第一层的大部分内容:

> 畏死远难,降北之民也,而世尊之曰"贵生之士"。学道立方,离法之民也,而世尊之曰"文学之士"。游居厚养,牟食之民也,而世尊之曰"有能之士"。语曲牟知,伪诈之民也。而世尊之曰"辩智之士"。行剑攻杀,暴憿之民也,而世尊之曰"礴勇之士"。活贼匿奸,当死之民也,而世尊之曰"任誉之士"。此六民者,世之所誉也。赴险殉诚,死节之民,而世少之,曰"失计之民"也。寡闻从令,全法之民也,而世少之,曰"朴陋之民"也。力作而食,生利之民也,而世少之,曰"寡能之民"也。嘉厚纯粹,整谷之民也,而世少之,曰"愚

憨之民"也。重命畏事,尊上之民也,而世少之,曰"怯慑之民"也。挫贼遏奸,明上之民也,而世少之,曰"谄谗之民"也。此六民者,世之所毁也。奸伪无益之民六,而世誉之如彼;耕战有益之民六,而世毁之如此:此之谓"六反"。布衣循私利而誉之,世主听虚声而礼之,礼之所在,利必加焉;百姓循私害而訾之,世主壅于俗而贱之,贱之所在,害必加焉。故名赏在乎私恶当罪之民,而毁害在乎公善宜赏之士,索国之富强,不可得也。

这一层的意思是说:逃避患难、败北后就投降,不肯拔一毛而利天下的杨朱一派,离法和违法的儒家、道家和纵横家,厚自奉养,侵牟百姓,巧于辩饰,善于行剑、活贼匿奸等六类人,亦即世尊之为贵生之士、文学之士、有能之士、辩智之士、磏勇之士、任誉之士的六类人,都为世人所赞扬。刚好相反的是,赴险殉诚、寡闻从令、力作而食、嘉厚纯粹、重命畏事、挫贼遏奸等六类人,亦即世人所贬毁的失计之民、全法之民、朴陋之民、寡能之民、愚憨之民、怯慑之民,这就叫做"六反"。所谓"布衣",是指岩穴处士而言。六反之民,是岩穴处士的同道,所以"誉之"。世所毁的六民,有害于百姓的私利,因此世所毁者实在是不当的。可是世主壅于习俗因而贱世俗所毁的六民,有不当的诛罚,这就是本文第二层所涉及的赏罚问题。

第三层讨论人君听言观行的方法:

人皆寐,则盲者不知;皆嘿,则喑者不知;觉而使之视,问而使之对,则喑盲者穷矣。不听其言也,则无术者不知,不任其身也,则不肖者不知;听其言而求其当,任其身而责其功,则无术不肖者穷矣。夫欲得力士,而听其自言,虽庸人与乌获不可别也;授之以鼎俎,则罢健效矣。故官职者,能士之鼎俎也,任之以事而愚智分矣。故无术者得于不用,不肖者得于不任。言不用而自文以为辩,身不任而自饰以为高,世主眩其辩,滥其高,而尊贵之,是不须视而定明也,不待对而定辩也,喑盲者不得矣。明主听其言必责其用,观其行必求其功,然则虚旧之学不谈,矜诬之行不饰矣。

这一层的意思是说,盲暗混在庥黑之中,人莫能辨。齐宣王使人吹竽时,必三百人。宣王卒,愍王立,喜爱一一听竽,处士无法充数,只得逃走。有人名乌获者,秦武王力士也。今令乌获举俎。俎小,举之何足称为力士? 故官职者,能士之鼎俎也。任之以事,智愚即可分也。是以无术者不用,不肖者不用。这就是人主听言观行的方法,也是《六反》篇的主旨所在①。

三、排比、比喻大量运用

周勋初教授谈到韩非写作手法上的一些特点时说,排比和比喻的大量运用和结构的周密,是其中值得注意的两点。

先谈排比和比喻的运用。

在《韩子》以前的诸子散文,只有《老子》用了许多排句,但是,《老子》的排比句句式变化较少,例如:"道,可道,非常道;名,可名,非常名。无名,天地之始;有名,万物之母。故常无,欲以观其妙;常有,欲以观其徼。……"不像《韩子》的排比句那样整齐而又富于变化。试看《观行》篇第一段:

> 古之人,目短于自见,故以镜观面;智短于自知,故以道正己。故镜无见疵之罪,道无明过之恶。目失镜,则无以正须眉;身失道,则无以知迷惑。西门豹之性急,故佩韦以缓己;董安于之心缓,故佩弦以自急。故以有余补不足,以长续短之谓明主。

开头四句是顺叙("古之人,目短于自见,故以镜观面;智短于自知,故以道正己")。接着六句是逆转("故镜无见疵之罪,道无明过之恶。

---

① 本文第一与第二两个纲目的内容分析,参看王焕镳选注的《韩非子选》,人民出版社,1973年版,第43—51页、第98—100页;第二个纲目的内容分析,亦参看陈其猷校注的《韩非子集释》,中华书局上海编辑所,1958年版,第948—973页。

目失镜,则无以正须眉;身失道,则无以知迷惑")。再接着四句是举例("西门豹之性急,故佩韦以缓己;董安于之心缓,故佩弦以自急")。最后一句则是总结性的点题文字("故佩弦以自急。故以有余补不足,以长续短之谓明主")。

第二段中的排比句比较错落:

> 天下有信数三:一曰智有所不能立,二曰力有所不能举,三曰强有所不能胜。故虽有尧之智而无众人之助,大功不立;有乌获之劲而不得人助,不能自举;有贲、育之强而无法术,不得长胜。故世有不可得,事有不可成。故乌获轻千钧而重其身,非其身重于千钧也,势不便也。离朱易百步而难眉睫,非百步近而眉睫远也,道不可也。故明主不穷乌获以其不能自举,不困离朱以其不能自见。因可势,求易道,故用力寡而功名立。时有满虚,事有利害,物有生死,人主为三者发喜怒之色,则金石之士离心焉,圣贤之朴浅深矣。故明主观人,不使人观己。明于尧之不能独成,乌获不能自举,贲、育之不能自胜,以法术则观行之道毕矣。

从开头一句总提全文后,接着就是三句一组的排比句,然后用"尧之智","乌获之劲","贲、育之强"三种事例作为证明,中间一段议论,穿插了很多的单笔文字,增进了有关"离朱"的事例,显得和前后的几组文字有所不同。但最后总结全文时,则又围绕着"尧之智"、"乌获之劲"、"贲育之强"展开讨论,从而和第二段文字的开头部分起到呼应的作用。

比喻在《韩子》中也运用得很多。《外储说左上·说二》中批评儒家,便有以下的比喻:"夫婴儿相与戏也,以尘为饭,以涂为羹,以木为胾,然至日晚必归饷者,尘饭涂羹可以戏而不可食也。夫称上古之传颂,辩而不悫,道先王仁义而不能正国者,此亦可以戏而不可以为治也。"这里用小孩游戏作为浅近的比喻,对儒家所谈的仁义予以批评。(按:以儒家所谈的仁义,比喻作儿童的嬉戏,固然奇巧,但却昧于事实,甚至流于刻薄。)《韩子》中此类比喻,在《奸劫弒臣》等篇中,也可以看到这样的例子①。

四、结构周密,分析精细

周勋初教授还指出《韩子》散文在篇章结构上的特点。他说:写论说文而讲篇章结构,是从韩非才开始的。《论语》和《孟子》,都是语录体。《墨子》和《荀子》虽然都是论说文,而且《墨子》还以逻辑严谨著称,《荀子》又以组织绵密著称,而且都具有朴实的长处,但却变化不多,未免流于呆板。至于《庄子》,就其表达唯心主义的内容这点上,确是达到了完美的境界。其中一些著名作品,誉者称之为有如神龙见首不见尾之妙,确有它的长处。但依照严肃的理论文章来说,总得要有它的中心思想。全文围绕这个中心思想,细针密线,八面受敌,才能显出它的结构之妙。《韩子》中的一些文章,就有这方面的长处。例如《说难》一文,在结构上就有功夫。文章首先提出,进说者必须了解人主的心理变化,接着列举进说时足以危身的种种困难,到了文章第三部分,也就归结到进言之术必须就人主心理上的各种不同情况而采取相应的对策。下面则举历史事实和民间故事为例证。最后以"逆鳞"的比喻结束全文。全文既有分析,又有例证,便富有说服力。从结构上来说,则是层次分明,首尾贯通。在此之前,似乎还没有出现过这么讲究结构的文章。

韩非的另一篇作品《观行》,篇幅较小,本来不必像篇幅较大的文章那样注意结构上的功夫。然而,我们仍然可以看到韩非匠心独运之处。文章第一段讲人君如何"观己",第二段讲人君如何"观人"。韩非是君权至上论的提倡者,"观行"之道也必须掌握在人君的手里,所以文章在结束时又补上了一句:"故明主观人,不使人观己。"到了最后,则用"以法术,则观行之道毕矣"点题,体现了法家思想的本色。这篇文章中用

① 周勋初:《〈韩非子〉札记》,江苏人民出版社,1980年版,第172—176页。

"故"字特多。句法总是前句铺开一层，后句则用"故"字作一小结，这样步步铺开，层层总结，显得逻辑性强，作风严谨。这种写法本来是容易流为板滞的，然而韩非运用句法上的变化，意思上的转折，和比喻、例证方面的穿插，使得读者觉得错落有致。这点，韩非以前的论说文，也是不多见的①。

韩非对事物的观察、分析，是非常周密、精细的。他的许多作品，往往以数字来标明内容，诸如：《二柄》、《三守》、《五蠹》、《六微》、《六反》、《七术》、《七征》、《八奸》、《八说》、《八经》与《十过》等，显然都是在写作前，对于他所要讨论的问题，作过一番深入研究、细心稽考以后，才加以综合、归纳起来的。正因如此，所以他在《亡征》篇中，才能把一个国家足以致亡的征象，一口气列举出四十七项之多。这篇作品，表现了韩非高度的分析能力。作者不厌烦地条分缕析，分而又分，"可亡也"、"可亡也"，像海里的波浪一样，一波接着一波，一浪叠过一浪。这种分析手腕，出现在二千多年前，总不能不使人感到赞叹。

韩非是一个参验主义者。他说，要想知道"陈言之实"，一定要"偶参伍之验"，而且要"众端以参观"（见《备内》篇）。意思是说：要确定一种言论是不是符合事物的真相，必须搜集多方面的资料，排列起来，进行比较研究，以求实证。而且，在搜集资料和进行比较研究的过程中，还不能抱有主观的偏见，这是由于人是有感情的，而感情的存在，又往往足以促成主观偏见的产生，所以韩非主张"去喜，去恶，虚心以为道舍"（见《扬权》篇）。这样，便能用客观的态度，观察和认识事物的真相。他反对儒墨两家违反参验的作风。他说："孔子、墨子俱道尧、舜，而取舍不同，皆自谓真尧、舜；尧、舜不复生，将谁使定儒、墨之诚乎？殷、周七百余岁，虞、夏二千余岁，而不能定儒、墨之真；今乃欲审尧、舜之道于三千岁之前，意者其不可必乎！"（《显学》）在他看来，在"死无对证"的情形之下，是决无法"参验"究竟儒家所称道的尧、舜是真实的，还是墨家所称道的尧、舜是真实的。

---

① 周勋初：《〈韩非子〉札记》，第176—177页。

　　基于这种观点,韩非的论说文,在结构上,往往注重实证。无论说明一个问题,或者发表一种意见,他都一定提出实证。这也形成了他的作品的一种明显的特点。例如他在《定法》篇中,指出"徒术而无法,徒法而无术",都是不可的,便以申不害和公孙鞅的失败经验作为实证:申不害"用术"而"不擅其法",结果"劲韩十七年",还是"不至于霸王";公孙鞅"无术","虽十饰其法",结果"强秦之资数十年",还是"不至于帝王"。又如他有《二柄》篇中,认为"刑"与"德"——诛罚和庆赏是人主控制臣下不可缺少的两种权柄,便以"田常徒用德,而简公弑,子罕徒用刑,而宋君劫"作为实证:田常(陈桓)窃用了齐简公庆赏的权力,结果简公被弑;子罕窃用了宋昭公诛罚的权力,结果昭公被劫。这一类的例子,在他的作品中,是不胜枚举的。

　　《定法》篇和《二柄》篇提出的实证,都是简单而扼要的历史事实。还有另一类论说文,采用了大量的历史传说,来阐释韩非的政治见解。例如他在《十过》篇中,开宗明义,指出了"十过"的内容之后,接着便引用十个不同的历史传说,来分别说明"十过"的具体情况及其严重后果。这篇作品全文六千多字,论说的部分只有大约二百字,占全部篇幅的卅分之一。与其说是一篇政论,倒不如说是十则短篇历史传说的汇编。这些历史传说,情节虽然并不连贯,但思想主题却是一样的。它们都是以历史上败国亡身的历史教训,促请统治阶级提高警惕,不要重蹈覆辙。这一类的例子,在《说林》和《内外储说》,以及《难一》、《难二》、《难三》和《难四》等篇中,比比皆是。这又显示,韩非不但工于论说,而且擅于叙事。这也是《韩子》散文在结构上的另一特点。

五、语言犀利,霸气十足

　　这在《五蠹》和《孤愤》两篇作品中,显得特别彰明昭著。
　　《五蠹》篇说:

　　　　今有不才之子,父母怒之弗为改,乡人谯之弗为动,师长教之弗为变。夫以父母之爱、乡人之行、师长之智,三美加焉,而终不动,其胫毛不改。州部之吏操官兵、推公法,而求索奸人,然后恐惧,变其节、易其行矣。故父母之爱,不足以教子,必待州部之严刑者,民固骄于爱、听于威矣。故十仞之城,楼季弗能瑜者,峭也;千仞之山,跛牂易牧者,夷也。故明王峭其法而严其刑也。布帛寻常,庸人不释;铄金百溢,盗跖不掇。不必害,则不释寻常;必生害,则不掇百溢。故明主必其诛也。是以赏莫如厚而信,使民利之;罚莫如重而必,使民畏之;法莫如一而固,使民知之。故明主施赏不迁,行诛无赦,誉辅其赏,毁随其罚,则贤、不肖俱尽其力矣。

这篇作品以"世异则事异"、"事异则备变"的历史进化观点,批评了崇古、法古的思想。韩非认为,道家憧憬往古,墨家歌颂夏道,儒家祖述尧、舜,宪章文、武,是错误的,因为社会是不断发展变化的,治国的方法也应当随之变化。假如"以先王之政,治当世之民",无异于是守株待兔。他说:"上古竞于道德,中世逐于智谋,当今争于气力。"不但"竞道德"的时代已经过去,就是"逐智谋"的时代也已经过去了,战国末世是一个"争于气力"的时代,因而应当以"法治"代"礼治",以官吏代师儒:"圣人不期修古,不法常可,论世之事。因为之备。""明主之国,无书简之文,以法为教;无先王之语,以吏为师。"在他看来,只有勤耕之民、力战之士,才应受到奖赏;"五蠹"之民(儒生、说客、游侠、近侍之臣、工商业者),都无益于"耕战",是国家社会的"蠹虫",所以应受惩罚。也就是说,除了可供新兴地主阶级榨取、驱使的人以外,其他一切人等,全部是多余的。这篇作品相当全面地反映了韩非的思想路线和政治路线,写来干脆犀利,刺人心坎。

《孤愤》篇说:

万乘之患,大臣太重;千乘之患,左右太信:此人主之所公患也。且人臣有大罪,人主有大失,臣主之利,相与异者也。何以明之哉?曰:主利在有能而任官,臣利在无能而得事;主利在有劳而爵禄,臣利在无功而富贵;主利在豪杰使能,臣利在朋党用私。是

以国地削而私家富，主上卑而大臣重。故主失势而臣得国，主更称
蕃臣，而相室剖符，此人臣之所以谲主便私也。故当世之重臣，主
变势而得固宠者，十无二三。是其故何也？人臣之罪大也。臣有
大罪者，其行欺主也，其罪当死亡也。智士者远见而畏于死亡，必
不从重人矣；贤士者修廉而羞与奸臣欺其主，必不从重臣矣。是当
涂者徒属，非愚而不知患者，必污而不避奸者也。大臣挟愚污之
人，上与之欺主，下与之收利侵渔，朋党比周，相与一口，惑主败法，
以乱士民，使国家危削，主上劳辱，此大罪也。臣有大罪而主弗禁，
此大失也。使其主有大失于上，臣有大罪于下，索国之不亡者，不
可得也。

这篇作品揭示了"智法之士"和"当涂之人"的矛盾和斗争。"当涂
之人"是贵族领主中执掌权柄的重臣，"智法之士"是新兴地主阶级的代
表。在作品中，韩非对比了"当涂之人"和"智法之士"的不同作为。他
说："当涂之人""无令而擅为，亏法以利私，耗国以便家"。他们操纵了
内政和外交，利用"敌国"、"百官"、"郎中"、"学士"为其效劳。他们之所
以能高据要津，是由于他们懂得投合人主的心意，并利用他们的权势、
地位，通过朋党，制造舆论，对于他们大加吹捧："官爵贵重，朋党又众，
而一国为之讼。"他们互相勾结，牟取私利，颠倒是非，蒙骗人主，结果
"主上愈卑，私门益尊"，"国地削而私家富，主上卑而大臣重"。所以韩
非认为，"大臣太重"、"左右太信"，是足以使国家面临倾覆的危险的。
反观"智法之士"，情形却不相同。他们"必运见而明察"、"必强毅而劲
直"、"循令而从事"、"案法而治官"。由于他们"明察"、"劲直"，所以能
识破"当涂之人"的阴谋诡计，并惩办他们破坏法治的罪行。他们虽然
"精洁固身"、"治辩进业"，可是由于位低势弱，孤掌难鸣："处势卑贱，无
党孤特。"他们不是遭受"当涂之人"公开杀害，就是遭受他们私下暗算：
"不僇于吏诛，必死于私剑。"

这篇作品相当深刻地反映了战国末年新兴地主阶级和贵族领主不
可"两存"的尖锐矛盾，和不可"两立"的激烈斗争。《孤愤》和《五蠹》这
两篇作品能使秦王嬴政叹为观止，佩服到五体投地的程度，并不是偶

然的。

此外，如《显学》篇疼骂儒墨两家的学说是"愚诬之学"，两家的学者是"非愚则诬"；《问辩》篇指摘乱世的人主"说辩察之言，尊贤抗之行"，主张对一切破坏法令和违反功用的辩说严加禁绝；《诡使》篇对"上之所贵与其所以为治相反"、"下之所欲常与上之所以为治相诡"，以致造成"无功而显"和"无劳而富"的矛盾观象，表示不满；《六反》篇对"降北之民"、"离法之民"、"牟食之民"、"伪诈之民"、"暴憿之民"、"当死之民"居然受到人主礼敬，可是"死节之民"、"全法之民"反而受到人主轻贱，表示愤慨……作品中运用的语言，不但是犀利的，而且是霸气十足的。

六、风格峭拔，锋芒毕露

这种特征，主要是由于韩非所使用的语言犀利无比、霸气十足的特点造成的。彰显这一种特征的重要作品，有《显学》和《问辩》二篇。

《显学》篇说：

> 自愚诬之学、杂反之辞争，而人主俱听之；故海内之士，言无定术，行无常议。夫冰炭不同器而久，寒暑不兼时而至，杂反之学不两立而治。今兼听杂学、缪行同异之辞，安得无乱乎？听行如此，其于治人，又必然矣。今世之学士语治者，多曰："与贫穷地，以实无资。"今夫与人相若也，无丰年旁入之利，而独以完给者，非力则俭也；与人相若也，无饥馑疾疢祸罪之殃，独以贫穷者，非侈则惰也。侈而惰者贫，而力而俭者富。今上征敛于富人，以布施于贫家，是夺力俭而与侈惰也，而欲索民之疾作而节用，不可得也。今有人于此，义不入危城，不处军旅，不以天下大利易其胫一毛，世主必从而礼之，贵其智而高其行，以为轻物重生之士也。夫上所以陈良田大泽、设爵禄，所以易民死命也；今上尊贵轻物重生之士，而索民之出死而重殉上事，不可得也。藏书策，习谈论，聚徒役，服文学而议说，世主必从而礼之，曰："敬贤士，先王之道也。"夫吏之所税，

耕者也；而上之所养，学士也。耕者则重税，学士则多赏，而索民之疾作而少言谈，不可得也。且夫人主于听学士也，若是其言，宜布之官而用其身；若非其言，宜去其身而息其端。今以为是也，而弗布于官；以为非也，而不息其端。是而不用，非而不息，乱亡之道也。

骂儒墨的学说是愚蠢、欺骗的学说，骂儒墨的争论是杂乱矛盾的争论，便正是语言犀利的突出表现。这是他的散文风格所以峭拔和锋芒毕露的因素之一。

《问辩》篇说：

明主之国：令者，言最贵者也；法者，事最适者也。言无二贵，法（事）不两适；故言行而不轨于法令者必禁。若其无法令而可以接诈、应变、生利、揣事者，上必采其言而责其实，言当则有大利，不当则有重罪。是以愚者畏罪而不敢言，智者无以讼，此所以无辩之故也。乱世则不然：主有令，而民以文学非之；官府有法，而民以私行矫之。……乱世之听言也：以难知为察，以博文为辩；其观行也：以离群为贤，以犯上为抗。人主者，说辩察之言，尊贤抗之行。故夫作法术之人，立取舍之行，别辞争之论，而莫为之正。是以儒服、带剑者众，而耕战之士寡；坚白无厚之词章，而宪令之法息。

韩非的所谓辩，是指诡辩而说，所以下文有"坚白无厚之词章，而宪令之法"的话。坚白无厚之词，就是现在所谓诡辩。《外储说左上》说："儿说，善辩者也，持白马非马也。"春秋以还，诡辩风气盛行。韩非认为，这是由于人君不明所造成的。所以，韩非在反对儒墨学说的同时，又将矛头转向惠施的白马非马的诡辩学说。任何学说，只要是韩非认为"非我属类"的，都在他的反对之列，何况是正在盛极一时的诡辩学说呢？这正是霸气十足的表现，也是他的散文风格所以峭拔和锋芒毕露的因素之二。

七、文体连珠,渊源可稽

韩非的说理文,说理透辟、铺叙有致,而他的议论文,也是论事入髓、条理分明,统而言之,他的论说散文,内容充实、形式完美,在结构上,又具有严谨周密和错落有致的特点。这都揭示,韩非对论说散文体裁的运用,是相当娴熟的。除此之外,韩非又善于采用其他的散文体裁,例如《定法》、《难势》、《问辩》等篇,通篇用问答体,和其他的作品迥然不同。又如《难一》、《难二》、《难三》、《难四》等篇,则又用驳难体。每发一难,都假托历史人物的谈话,并以"或曰"二字发端,然后对论敌的观点,加以驳难。这种写作方法,也是一种独创。又如《内外储说》等篇,都是先提出大纲,再分叙条目,先建立理论,再举出实例,这又是论说文的另一种重要形式。

此外,《主道》、《扬权》两篇作品,全部用韵,也是诸子散文中一种少见的特色。

但最值得注意的,是一种叫做连珠的文体,和韩非有渊源关系。

连珠,一名联珠,是两汉以后出现的一种文体。连,是连贯的意思;珠,是形容语言的精妙,是妙语如珠的意思。它的主要特点,是采用比喻表达某一种哲理,文辞要求精美,一般用骈偶、排比句,篇章短小而且押韵。关于这点,上文在谈到韩非的作品多用排比句时,已经指出,韩非在《观行》一文中所用的排比句,是颇有特点的。这种特点便为后来出现的连珠文,埋下伏笔。

晋人傅玄在《叙连珠》一文中解释连珠文的来源时说:

> 所谓连珠者,兴于汉章帝之世,班固、贾逵、傅毅三子,受诏作之,而蔡邕、张华之徒又广焉。其文体辞丽而言约,不指说事情,必假喻以达其旨,而贤者微悟,合于古诗劝兴之义,欲使历历如贯珠,易观而可悦,故谓之连珠也。

梁人沈约在《注制旨连珠表》中说:

窃闻连珠之作,始自子云(按即扬雄),放易象论,动模经诰,班固谓之命世,桓谭以为绝伦。连珠者,盖谓辞句连续,互相发明,若珠之结排也。

他们对于连珠体起源、命名和文体的特点,都作了概括的说明。现在最早的连珠文是扬雄所撰的:

臣闻:明君取士,贵拔众之所遗;忠臣荐善,不废格之所排,是以岩穴无隐,而侧陋章显也。

全章用四六排比句写成,内容具有规劝用意,因系受诏而撰,所以前称"臣闻"。但有论无比,直言事情,缺乏辞采。班固有连珠文五章,则显出较大的不同:

臣闻:公输爱其斧,故能妙其巧;明主贵其士,故能成其治。

臣闻:良将度其材而成大厦;明主器其士而建功业。

臣闻:听决价而资玉者,无楚和之名;因近习而取士者,无伯玉之功。故玙璠之为宝,非驵侩之术也。伊吕之佐,非左右之旧。

臣闻:鸾凤养六翮以凌云,帝王乘英雄以济民。《易》曰鸿渐于陆,其羽可以为仪。

臣闻:马伏皁而不用,则驽与良而为群;士齐僚而不职,则贤与愚而不分。

总之,连珠文其实为骈体文的一个分支,但在内容上却要求"必假物以陈义",对读者有启发和借鉴作用,在某种意义上,起到铭文或箴言的作用。而在语言上则要求清新流丽,珠圆玉润,属词精妙,便概括地说明连珠文的主要特点①。

---

① 褚斌杰:《中国古代文体概论》,北京大学出版社,1990年版,第480—483页。

以上是有关连珠文在汉代开始发展的情况,至于连珠文的渊源,可以上溯到战国末年的韩非。连珠文的产生,是渊源可稽的,已如上述,不赘。

八、创寓言群,强推极权

根据陈蒲清的统计,《韩子》全书共有三百多则寓言故事,单单《储说》六篇,就有两百多则。"储说"的意义是,把道理储藏在故事之中。韩非创作寓言有明确的目的,即着力地推行他的极权思想。《内储说上》用了四十九个故事,宣扬"七术"。"七术"是告诉统治者用严刑峻法和各种权术来驾驭群臣。《内储说下》用五十个故事,宣扬"六微"。"六微"是提醒统治者不可忽视臣下的六种微妙的举动,揭示了君臣关系中不可调和的矛盾和种种黑暗的内幕。《外储说》共四篇,使用寓言一百一十多个,从二十个方面宣扬封建专制的法制和权术。这在寓言史上是罕见的。

为了强推他的极权思想,哪怕是见不得人的统治手腕,韩非也敢赤裸裸地加以宣扬。例如他在《外储说左下》中居然主张暴君纣王应当杀掉圣王西伯,以保住自己的王位,确实甘冒天下的大不韪。又如他在《外储说右下》中,叙述在全国发生饥荒的情况之下,秦王竟不肯将苑囿中多余的蔬菜、野果,乃至地上的野草拿来赈济百姓,甚至还说宁将这些东西抛弃。韩昭侯用欺诈的手段来考察臣下,也都被韩非所称赞,并且用以说明坚持法制和玩弄权术的必要性。有人举出吴起肢解、商君车裂的悲剧劝阻他,他还振振有词地说,这是"利民萌便众庶之道"。他自己竟然没有意识到,这正是以他为代表的先秦法家"刻薄寡恩"的本质的体现。

《韩子》寓言在艺术上的独特之处,是大量采用历史故事为题材,创造了一个结构宏大的寓言群这种体制。《储说》六篇便有两百多篇故事的寓言群。每篇又是一个中群,中群下面又有小群。《内储说上》是第一个中群,共有寓言四十九则,说明了君主驾驭臣下的权术;其中又按

"七术",分为七个小群;每一小群又用几个故事说明一种权术。《内储说下》是第二个中群,一共有寓言五十则;其中又按"六微"分为六个小群。《外储说左上》这一个中群,分为六个小群,共有寓言四十八则;《外储说左下》也分为六个小群,共有寓言三十二则。《外储说右上》有三个小群,一共有寓言十九则;《外储说右下》有五个小群,有寓言十六则。六个中群包括三十三个有独立主题的小群。这么有系统的、结构宏大的、独立的寓言群,在中国的寓言史上可以说是一种创举。

不过,《韩子》寓言在艺术上也是有缺陷的。很多寓言形象,都显得卑琐和丑恶,反映了统治阶级的勾心斗角和尔虞我诈的精神状态。同时,这些寓言题材不够广泛,表现手法不够多样,艺术形象写来十分粗糙,显得相当单薄。在这方面,它们是不能和《庄子》的寓言媲美的①。

值得注意的是,韩非笔下所批判、讽刺的一些专制、极权的丑恶形象,和今天的日本右翼分子颇为相似。这些右翼分子,大概是倭寇的遗孽,侥幸逃过抗倭英雄戚继光的除魔利剑,几百年后,竟然借尸还魂,在国会中强推新的安保法案(战争法案),在中国人民纪念抗战胜利七十周年的前夕,公然叫嚣甚至否认倭寇遗孽在中国干下令人发指的、罪恶滔天的、惨绝人寰的大屠杀等史无前例的暴行。

《荀子·非相》篇说:"欲观千岁,则数今日。"意思是说,要观察千年以前的情景,就看一看现在。历史发展具有一定的共同性。所以我们也可反过来说:"欲观今日,则数千岁。"

这就引发了一个重要的问题:怎样解读文学史的问题,甚至于怎样解读历史的问题。

近人樊树志在他所著的《国史概要》中指出:

> 英国历史学家卡尔(Edward Hallett Carr)说:"历史是现在与过去之间永无止境的问答交谈。"这种说法,与荷兰历史学家盖尔(Pieter Geyl)所说"历史是一场永无休止的辩论",同样不失机智

---

① 陈蒲清:《中国古代寓言史》,湖南教育出版社,1983年版,第50—59页。

与警辟。卡尔如此解释他的观点：只有借助于现在，我们才能理解过去；也只有借助于过去，我们才能充分理解现在。此话言之有理，蕴含着相当深刻的哲学思辨，但作为历史的定义，似乎不能令人满意。

又说：

> 历史给人以智慧，教人以具有历史纵深感的深邃眼光去看待过去、现在、将来，而不被眼前方寸之地所局限，不至于成为鼠目寸光的庸碌之辈。只有深刻地认识过去，才能理解现在发生的一切，才有助于选择一条正确前进的道路，才能展望美好的未来。历史并不是一些人眼中所谓"老古董"。历史是常学常新的。历史学家的职责并非简单地复原历史，而是对历史不断作出新的解释，为当代人提供足资借鉴的"镜子"，或一种考虑全局、展望未来的思路。从这个意义上讲，意大利历史哲学家克罗齐（Benedetto Croce）的名言"一切历史都是当代史"，实在是意味深长的。①

笔者认为，英国历史学家卡尔所说"历史是现在与过去之间永无止境的问答交谈"，荷兰历史学家盖尔所说"历史是一场永无休止的辩论"，意大利历史哲学家克罗齐所说"一切历史都是当代史"，这和鲁迅所说"历史上写着中国的灵魂，指示着将来的命运"（见《华盖集》），有异曲同工的作用。它和樊氏在上段文字中提出的卓见，都是具有启发性的珍贵名言。

笔者对日本右翼分子的猛力鞭挞，一定会引起热爱和平的中国人民的共鸣。

（说明：本文为林徐典教授目前正在撰写的多卷本《先秦文学史

---

① 樊树志：《国史概要·导言》，复旦大学出版社，1998 年版，第1—5 页。

稿》(待刊)中的一节)

■ 作者简介

林徐典(1930—),祖籍中国海南文昌,马来亚大学中文系哲学博士,曾任新加坡国立大学中文系主任、教授。主要从事先秦文学研究。已出版《先秦哲理散文》等著作多部。

商君兵法考

张林祥

(《甘肃理论学刊》编辑部　甘肃兰州　730070)

内容提要　商君是著名的法家,也是著名的兵家,在作战和著述两方面均有不凡的建树。其兵书《公孙鞅》已佚,但保存于《商君书》中的《战法》、《立本》、《兵守》、《境内》四篇可信为他本人的著作,从中可窥见其兵法的特点和大致内容,以及与孙子兵法的关系;还可据以认识法家与兵家的渊源关系。

关键词　商君　兵法　法家　兵家

商鞅又称公孙鞅、卫鞅、商君,是战国时代著名的法家,同时又是一个著名的兵家。其变法事迹及政治法律思想历来为学者所乐道,但其兵法则鲜有人谈及,一则可能因为被法家的名声所掩,二则可能因为他的兵法著作已经失传。虽然如此,我们还是可以从有关的记载和尚存著作探得一二吉光片羽。

一、商君的战绩与兵书

从春秋末到整个战国时代,战争一直作为国家要务和时代主题而为人所关注,并由此催生了诸子中专门研究军事的所谓兵家,而且事实上诸子皆好言兵。法家以农战立国,以富国强兵、兼并天下为目标,军事是重中之重,自然得悉心研究。特别像吴起、商鞅这样的法家,不但有机会主持大国的变法，而且亲自率兵征战，有丰富的实战经验，著为兵书，就不是那些纸上谈兵的诸子可比了。《荀子·议兵篇》说："齐之田单、楚之庄蹻、秦之卫鞅、燕之缪虮，是皆世俗之所谓善用兵者也。"《汉书·刑法志》也说："雄杰之士，因势辅时，作为权谋以相倾覆。吴有孙武，齐有孙膑，魏有吴起，秦有商鞅，皆禽敌立胜，垂著篇籍。"可见作为军事家的商君与当时著名的孙武、吴起、田单、孙膑等齐名，在实战和著述两方面都有不凡的建树。

商君实战方面的功绩全是对魏用兵取得的，据《史记·秦本纪》和《商君列传》，主要有：孝公八年（前 354 年）攻魏元里，有功；孝公十年（前 352 年）将兵包围魏安邑，迫使魏守军投降，两年后秦迁都咸阳；孝公二十二年（前 340 年）诈虏魏公子卬，大败魏军，占领河西要地，为秦日后向东进攻六国奠定基础。至此可以说已经实现了孝公求贤诏中"强秦"和"复缪公故地"的愿望，孝公也不负前约，封给他商、於之地，为列侯。孝公二十二年之役，意义最为重大，然而胜得不大光彩。商君率兵伐魏，魏公子卬奉命迎敌。两军对垒，商君致信魏公子，说："吾始与公子骥，今俱为两国将，不忍相攻，可与公子面相见，盟，乐饮而罢兵，以安秦魏。"魏公子信以为真，赴约会盟，宴饮时被商君埋伏的甲士所虏。商君乘机攻击，大破魏军。所谓兵不厌诈，于此可见。

商君的兵学著作，《汉书·艺文志》兵权谋类著录有《公孙鞅》二十七篇，可惜失传。不过据其所在类别可推测是专讲战略战术的著作，类似于《孙子》。从商鞅的学说和事迹来看，他是可以写出这样的著作的。传世《商君书》中有《战法》、《立本》、《兵守》、《境内》四篇。《境内》篇主要记述秦国的政治制度和军事制度，其中有关军事的内容包括军队组织、赏罚制度、爵位制度、军功考核办法，以及攻城时的具体部署等，应属法令条规和实施细则，是军法，也是战法，大概是所谓"商鞅之法"的遗存。《战法》、《立本》、《兵守》三篇可视为地道的军事著作。《战法》如其题如示，是讲战略战术，但作者首先强调的是"凡战法必本于政胜"，即对战争起决定作用的是政治。因此，要通过政治的作用在全社会形成有利于战争的环境和民俗。这是以政治家的眼光看军事，看战争，显然高于单纯的军事眼光。但他对军事也很在行，接下来就强调"庙算"

即全局性战略的重要性和将帅的关键作用;同时还论述了一系列的作战原则和方法。《立本》的立意与《战法》接近,还是强调强兵胜敌的根本,这个根本就是法治。实行了法治,便可以造就乐战的民俗和勇敢的战士。《兵守》专门讲守城的战略战术,其要点有四:一是用"死人之力",即通过赏罚使将士拼死作战;二是保存生力军以待入侵之敌;三是全民皆兵,把男女老弱分别编成三军,各司其职;四是隔绝三军往来,以免动摇军心。这就是四篇著作的主题和大致内容。

二、商君兵书遗存的真伪问题

上述四篇虽可认定为商君兵法的珍贵遗存,但其真伪还有待考辩。

《境内篇》的内容基本符合商君变法措施和秦国当时的制度法令,但也存在一些疑点。高亨曾指出其中有关按战功授爵的说法与《韩非子·定法篇》的记载不一致①。另外,文中的一些官名也有问题,例如,"国(封)尉②,短兵千人","国尉分地,以中卒随之"等句中的国尉。国尉为掌全国兵政的武官,有如大司马。杨宽说:"秦到秦昭王时也在大良造之下增设国尉一级(例如白起初为左庶长,后升左更,再升国尉,最后升为大良造)。"又如将军一职,据杨宽说也是在昭王时才设立的,"秦昭王初立时以魏冉为将军,警卫首都咸阳,从此秦才有将军"③。但也数见于该篇。还有御史或监御史,原文曰:"将军为木壹(臺),与国正监与正御史参望之。"蒋礼鸿说:"又疑'与正'二字涉上文'与国正'三字而衍,此当作与国正监御史参望之。""参望者,将军与国正及监御史为三也。"④是则以国正为一官,监御史为一官。监御史见于《汉书·百官公

---

① 高亨:《商君书注译·境内》,中华书局,1974 年版。

② 俞樾说:"封字衍文,盖即尉字之误而衍者,下文两言国尉可证。"见氏著《诸子平议》,中华书局,1956 年版。

③ 杨宽:《战国史》,上海人民出版社,2003 年版,第 224、222 页。

④ 蒋礼鸿:《商君书锥指·境内》,中华书局,1986 年版。

卿表》，为秦官，掌监郡；国正不知所出。高亨则以正监为官名，"主管监察事项。正即正副之正"；至于正御史，高亨以朱师辙之说为是："正御史，各本皆作王御史，盖秦王特派之御史。"参望即"共同瞭望"①。是则以正监为一官，王御史为一官。如果以监御史为是，则是郡官，而秦初置郡在昭王三年（前304年）②。如果以王御史为是，则是秘书兼监察性质的官，其初设时间虽不能确考，但如前所述当不晚于昭王时代。

这些例证都是以见于文献之时为据，反过来说，未见于文献之时即假定不存在。这就是所谓"默证"，其可靠性是要打折扣的，不足以推翻本篇为商鞅遗著的结论，但文中存在的若干疑点使我们有理由推测后世看到的已不是文章原貌。

《战法》、《立本》、《兵守》三篇既然是地道的军事著作，为什么会收在《商君书》中？容肇祖推测这三篇并见于《公孙鞅》二十七篇。《公孙鞅》既已失传，无法验证。郑良树不同意这个推测，他认为，农、战是商鞅变法的两大重点，《商君书》中有多篇讨论农耕，那么有此四篇（包括《境内篇》）讨论兵战，以与农耕配合，也是合情合理的事。这个说法比较牵强，《商君书》几乎自始至终都在讨论农战，而且基本上都是二者并举，间或有个别篇章有所侧重，但总体上来看是二者并重的，这是其一；其二，它主要是从制度、法令和政策的角度讨论农战，因而不是纯粹的"农书"或"兵书"，如《境内篇》可说只论兵战，但所论多为战争中的组织和赏罚问题。三篇的作者，陈启天和容肇祖都未敢论定。郑良树把《战法》、《立本》强调兵胜"本于政胜"的观点与孙武、孙膑及尉缭的兵书相比较后，认为与这三人的兵法完全不同，而"与商鞅本人重法、重政完全符合，其作者也许就是商鞅本人了"。《兵守篇》讨论"四战之国贵于守战"、"负海之国贵于攻战"，不符合秦国的地理和当时的形势，倒像是就三晋和齐国而言的，因此郑氏断言不是商鞅或商鞅学派所作，而是误入

---

① 高亨：《商君书注译·境内》，中华书局，1974年版。
② 这是《水经·河水注》的说法，马非百疑在秦惠文王更元五、六年（前320年、前319年）时已有上郡。见《秦集史·郡县志上》，中华书局，1982年版。

《商君书》的他人之作，或是商鞅当年入秦时从三晋带来的参考文献①。

郑氏对前二篇的分析合乎情理，但恐怕还不足以得出他那个结论；对后一篇的论断则难以成立，因为他预设了一个前提：商鞅的著作都是入秦以后作的，而且都是以秦国为背景的。这个前提是没有根据的。他入秦前为什么就不能有著作呢？他入秦后的确是处处为秦国的富强谋划的，这也是《商君书》的基本立场和倾向，但这并不意味着他只能在固定的立场上讨论秦国所面临的具体问题，而不能在更广阔的背景下讨论一般性的问题。《兵守篇》讨论的守城就是一个各国都可能面对的一般性的问题，而具体的守城之法又带有明显的秦国特点。如所谓"三军：壮男为一军，壮女为一军，男女之老弱者为一军，此之谓三军也。壮男之军，使盛食厉兵，陈而待敌。壮女之军，使盛食负垒，陈而待令，客至而作土以为险阻及耕格阱。发梁撤屋，给从，从之；不洽，而燌之；使客无得以助攻备。老弱之军，使牧牛、马、羊、彘，草木之可食者，收而食之，以获其壮男女之食"。妇女老弱从军服役之事，就文献记载来看始于战国之秦，而且可能为商鞅首创。《史记·鲁仲连列传》裴骃《集解》引谯周《古史考》曰："秦用商鞅计，制爵二十等，以战获首级者计而受爵。是以秦人每战胜，老弱妇女皆死，计功赏至万数。天下谓之'上首功之国'，皆以恶之也。"可见老弱妇女皆在军中服役，所以每战胜皆死。再者，此篇所论与他篇亦有关系，如《境内篇》云："四境之内，丈夫、女子皆有名于上，[生]者著，死者削。"《去强篇》说得更具体："强国知十三数：竟内仓口之数，壮男、壮女之数，老弱之数……"知壮男、壮女及老弱之数，正为组编三军。

因此，我们仍然认为《战法》、《立本》、《兵守》三篇很可能为商鞅所作。

三、商君兵法与孙子兵法

郑良树将《战法》、《立本》强调兵胜"本于政胜"的观点与孙武、孙膑

---

① 郑良树：《商鞅及其学派》，上海古籍出版社，1989年版，第75—82页。

及尉缭的兵书相比较后，认为与这三人的兵法完全不同。以"政胜"、"错法"为用兵的根本，这的确是商君兵法的特点，完全符合他首先作为政治家和法家的基本思想。但是并不像郑先生说的那样，与孙武等完全不同。例如，《孙子》第一篇《始计》开篇就讲："兵者，国之大事，死生之地，存亡之道，不可不察也。"从国家生死存亡的高度认识战争，要求从道、天、地、将、法五个方面来考虑它。其中"道者，令民与上同意，可与之死，可与之生，而不畏危也"。这是说上下一心是取胜的关键，试与《战法》中的话作比较："凡战法必本于政，政[胜]则其民不争，不争则无以私意，以上为意。故王者之政，使民怯于邑斗而勇于寇战。"第四篇《军形》说："昔之善战者，先为不可胜，以待敌之可胜。不可胜在己，可胜在敌。"所以不管敌人如何，自己先须充分备战，"立于不败之地"。如何做到这一点？"善用兵者，修道而保法，故能为胜败之政。兵法：一曰度，二曰量，三曰数，四曰称，五曰胜。地生度，度生量，量生数，数生称，称生胜。故胜兵若以镒称铢，败兵若以铢称镒。胜者之战，若决积水於千仞之溪者，形也。""度"指丈量土地面积，"量"指衡量出产的粮食，"数"指出卒的多少，"称"指对比双方兵员，"胜"指兵力比较的结果[①]。如果实力对比像镒与铢那样悬殊的话，强的一方取胜就如同决开千仞之高的积水那样势不可挡。可见战争的胜败取决于实力，实力取决于兵员，兵员取决于粮食，粮食取决于土地。最后还是归结为耕战，耕战需要制度来保障。这种思路与《商君书》中《垦令》、《农战》、《算地》以及《立本》、《战法》等篇并无二致。特别《算地》主要就是讲土地、人口和兵士的比例问题，认为"凡世主之患，用兵者不量力，治草莱者不度地"，"民过地则国功寡而兵力少，地过民则山泽财物不为用"。于是提出了所谓"任地待役之律"：规划全国土地，使山林、沼泽、溪流、都邑道路各占总面积的十分之一，恶田占十分之二，良田占十分之四[②]。如

---

① 对这几句各家解释不一，兹从李零的观点，见氏著《兵以诈立——我读〈孙子〉》，中华书局，2007年版，第162—163页。

② 恶田、良田所占比例原文脱落，俞樾、王时润据《徕民篇》补。见蒋礼鸿《商君书锥指》，中华书局，1958年版，第43页。

此则方土百里可出战卒万人而有余,"故兵出粮给而财有余,兵休民作而蓄长足。此所谓任地待役之律也"。

反过来看,商君也不光重政重农,他也讲战法。《公孙鞅》无疑应该主要是这方面的内容,现存的《战法》、《兵守》、《境内》也有战法,而且不无与《孙子》相通处。如《战法》强调开战之前先须对比敌我力量:"兵起而程敌,政不若者勿与战,食不若者勿与久,敌众勿为客。敌尽不如,击之勿疑。故兵大律在谨论敌察众,则胜负可先知也。王者之兵,胜而不骄,败而不怨。胜而不骄者,术明也;败而不怨者,知所失也。若兵敌强弱,将贤则胜,将不如则败。若其政出庙算者,将贤亦胜,将不如亦胜。"《孙子·始计》强调战前先要计算敌我各占多大的胜率:"夫未战而庙算胜者,得算多也;未战而庙算不胜者,得算少也。多算胜,少算不胜。"《谋攻》讲如何预测胜败:"故知胜者有五:知可以与战、不可以与战者胜,识众寡之用者胜,上下同欲者胜,以虞待不虞者胜,将能而君不御者胜。此五者,知胜之道也。故曰:知己知彼,百战百胜。"两相比较,意思不但相通,而且商君有直接承自孙武者。《兵守》与《境内》讲战法更具体。前者开篇言"四战之国贵守战,负海之国贵攻战",但实际上全篇只讲了守战。后者篇末讲攻城部队的组织、赏罚和实战技术,是就秦国而言的,但秦国显然不是负海之国,可见两篇没有关系。

以上的对比分析说明,作为兵家的商君与其他兵家没有实质上的不同,其兵法很可能与孙武也有渊源关系。从现存两人的著作来看,孙子兵法研究的是比较普遍和抽象的问题,因而更富辩证思维,更富哲学意味;而商君的论述总是立足于政治和一定国家的利益,基本围绕具体的问题和相应的法令政策展开。《吴孙子》和《公孙鞅》同在《汉志》兵权谋类,实际上孙子兵法的内容远不止于权谋,更多的是讲形势及其他内容。李零说这一类兵书其实是综合性的[1],那么《公孙鞅》的内容也可能不会局限于权谋。总之,如果法家与兵家有渊源关系的话,我们似乎

---

① 李零:《兵以诈立——我读〈孙子〉》,中华书局,2007年版,第172页。

可以说商君主要继承了它的军法和战术，而申、韩等则通过黄老继承了它的辩证法或哲学。

四、法家与兵家

现在我们可以肯定地说，商君既是法家，又是兵家。这种一身二任的现象固然与当时的现实需要及个人的秉赋才能有关，但也反映了法家与兵家的渊源关系。

上古兵刑不分，刑源于兵，此义前人多有论述。如《尚书·尧典》载舜敕命皋陶之辞曰："蛮夷猾夏，寇贼奸宄，汝作士，五刑有服，五服三就。"此处五刑既御"蛮夷猾夏"，又治"寇贼奸宄"，是兵刑不分的显证。《国语·晋语》记范文子语曰："君人者刑其民，成而后振武于外，是以内和而威。……夫战，刑也，刑之过也。"此语颇类后世所谓"攘外必先安内"之说，而安内攘外，所用不异。又《鲁语》记臧文仲之言曰："大刑用甲兵，其次用斧钺；中刑用刀锯，其次用钻笮；薄刑用鞭扑，以威民也。故大者陈之原野，小者致之市朝。"甲兵谓武力讨伐，斧钺谓军中刑罚，刀锯以下谓一般刑罚。可见兵与刑并无本质的不同，只是施用场合与工具有级别等次而已。又如《商君书·开塞篇》说黄帝"作为君臣上下之义，父子兄弟之礼，夫妇妃匹之合，内行刀锯，外用甲兵"。这是说一切礼义法制都为黄帝所创，黄帝以刑为手段维持这种制度，内用刑罚威摄其民，外用甲兵征伐异族。传说中的黄帝与炎帝的阪泉之战、与蚩尤的涿鹿之战，就是外用甲兵的实例。传说黄帝还是第一部军法《黄帝李法》的制定者。传说虽不尽实，但其中反映出的历史演变轨迹却是不能否认的。后人对传说揭示的兵刑关系基本信从，而论述更为全面，如王充在论述即使尧舜盛世亦不能无兵刑时说："夫刑人用刀，伐人用兵，罪人用法，诛人用武。武法不殊，兵刀不异。论巧之人，不能别也。夫德劣故用兵，犯法故施刑。刑与兵，犹足与翼也，走用足，飞用翼。形体虽异，其行身同。刑之与兵，全众禁邪，其实一也。"（《论衡·儒增篇》）今有韩星新著《先秦儒法源流述论》更加系统地论述了刑（法）产生于上古部族战争、军法为最早的法律的观点。刘泽华先生在为该书写的序言中直截了当地称:"其实,法家就是兵刑家。"①当然这个观点并未超出前述钱穆、蒙文通等所谓"兵、农、纵横统为法家"的说法,只是立论的基础有所不同。

兵刑既然不分,刑源于兵,则统兵者往往也是定法者和执政者,普通法也往往由军法演变而来,因此兵家与法家就是二而一的关系,这从《汉志》载法家与兵家多有交错重叠的情况也可得证明。即使不考虑兵刑不分这层意思,单从刑罚对军队的特殊重要性来看也能得出相似的结论。军队的征集、编制、装备、训练、行军、作战及赏罚等等,都离不开严明的纪律法令。令行禁止,赏罚分明,才能使士卒奋勇作战。因此兵家必定深通法律。不过,兵法与军法是有区别的。军法是纪律、法令,必须具有客观、稳定、公开、公平、明确、统一等特点;兵法讲谋略、战术,虚实不定,变幻莫测,随机应变,以无法为法。足见二者不仅不同,简直不相容。《汉志》兵家分权谋、形势、阴阳、技巧四家,都不属军法。当然具体到某一部兵法,也可能包含军法的内容,如《汉志》兵权谋类的《吴孙子》,第一篇中的所谓"五事"之一就是"法":"法者,曲制、官道、主用也。"据李零的研究,曲制指军队编制,官道指设官分职的制度,主用指用于军事装备和后勤保障的费费②。又如,兵形势类的《尉缭》却是专讲军令的书,至于专讲军法的《司马法》却放在六艺略的礼类(在《七略》中原入兵权谋类),这恐怕都是勉强分类。

法家之法当更近于军法,而非兵法。当然不是说一人不可兼具此二法,如商君是典型的法家,但观其诈虏魏公子卬而大胜魏军一事,却是深通兵不厌诈之道,为取胜而无所不用其极的。《老子》第五十七章说"以正治国,以奇用兵",其实用兵之诡道与治国之正道是可通的,如李泽厚所说,"《老子》实际上是把用兵的'奇'化为治国的'正',把军事辩证法提升为'君人南面之术'——统治、管理国家的根本原则和方

---

① 韩星:《先秦儒法源流述论》,中国社会科学出版社,2004 年版。

② 李零:《孙子十三篇综合研究》,中华书局,2006 年版,第 425—427 页。

略"。"《老子》是由兵家的现实经验加上对历史的观察、领悟概括而为政治—哲学理论的。其后更直接衍化为政治统治的权谋策略(韩非)"。"从兵家到道家到法家再到道法家,是一根很有意思的思想线索"①。李先生对老子思想的形成及本质所下的判断还可商榷,但对兵家、道家及法家之间关系的见解颇富启发性,让我们看到了另一条由兵家到法家的演变路线。这条线上的法家是所谓"归本于黄老"从而有自己的形上基础的申、韩和齐法家,与李悝、商君等前期"实行的法家"大为不同。后者出于职业的立场,专任刑法,务求成功立治而已。其法直接源自军法,中间未经形而上的曲折。

以上所论就是商君兵法的遗存情况和大致内容。由于最重要的文献已经散佚,我们所知有限,而且不是十分可靠,但还是可以看出,商君兵法自有其特点,既彰显了政治家的高远眼光,又展示了军事家的战略战术,同时还反映了法家与兵家的渊源关系。因此,研究商君兵法,既可丰富兵家的内容,又可加深对法家思想的认识。

■ **作者简介**

张林祥(1964—　),《甘肃理论学刊》副主编、编审,主要从事中国古代文学的研究。

---

① 李泽厚:《中国古代思想史论》,人民出版社,1986 年版,第 78、79 页。

20世纪以来英美学者
《庄子》文本研究综述[*]

于雪棠

（北京师范大学　北京　100875）

内容提要　19世纪英美学者对《庄子》文本的研究以理雅各为代表，一些基本问题得到了梳理，也启发了后来学人的研究方向。20世纪以来，英美学者对《庄子》文本的研究逐渐丰富。英美学者的研究，是以中国本土学者的研究为基础而展开的。本文从单篇写作时间及成书年代、作者及编者、内外杂篇的划分、对《庄子》文本的重新编译等四个方面，逐一梳理英美学者研究的问题与观点、思路与方法，以期有助于本土的《庄子》研究，也借此展现中西学术交流之一隅。

关键词　英美　《庄子》　文本

19世纪出版的三种《庄子》英文全译本，译者都是英国汉学家，对《庄子》文本的研究也基本限于这三种译著。巴尔福的译本前有长篇的《补说》^①，讨论了《庄子》一书的思想、文风，但并没有只言片语述及文本。翟理思在其译本的《前言》中，引用《汉书·艺文志》的

---

* 本文为国家社科基金项目"20世纪《庄子》在英语世界的传播"（项目编号：13 BZW042）阶段性成果。

① Frederic Henry Balfour, *The Divine Classic of Nan-Hua: Being the Works of Chuang Tsze*, *Taoist Philosopher*, Shanghai & Hongkong: Kelly & Walsh, Yokohama: Kelly & Co, London: Trubner & Co, 1881.

话,但不知是其记忆还是印刷有误,文中说《艺文志》记载庄子原有
53 篇。他还指出,《庄子》可能经历了类似秦火的劫难,有几章明显
是伪造的,许多片段则是对《庄子》难以仿效风格的拙劣模仿及
窜改①。

对《庄子》文本讨论比较详细的是理雅各。他在其译本《前言》中,
比较详细地讨论了《庄子》文本相关问题,包括《庄子》的成书时间、篇
目、佚文、各篇真伪、内外杂篇的划分、作者、编者等。他提到《汉书·
艺文志》记载有 52 篇,晋代由向秀和郭象注过之后,传下来 33 篇。
理雅各说,他曾努力查考其余的 19 篇是在何时亡佚,如何亡佚的,然
而徒劳无功。苏轼认为《让王》《盗跖》《说剑》《渔父》的真实性是有问
题的,《刻意》《缮性》以及分散在书中各个地方的一些文段,也被怀疑
不是庄子的手笔②。理雅各还提到了 33 篇的分类,并说明人们认为内
篇是庄子本人所作,外篇是对内篇的补充,而且是郭象整理编定的。杂
篇也是对第一部分的补充,可是很难看出它们与外篇有何差异③。理
雅各在《天下》篇的题解中说:"它是出自庄子之手还是某位早期的编者
之手,是个棘手的问题。"④理雅各对《庄子》文本的研究,采取了非常谨
慎的态度。

20 世纪以来,英美学界对《庄子》文本的研究成果日益丰富⑤,下面
仅撮要述之。

---

① Herbert Allen Giles, *Chuang Tzu*, *Mystic*, *Moralist*, *and Social Reformer*, London: Bernard Quaritch, 1889, p. 11.

② James Legge, *The Texts of Taoism: The Writings of Chuang Tzu*, New York: Dover Publications, Inc., 1962, p. 10.

③ James Legge, *The Texts of Taoism: The Writings of Chuang Tzu*, New York: Dover Publications, Inc., 1962, p. 11.

④ James Legge, *The Texts of Taoism: The Writings of Chuang Tzu*, New York: Dover Publications, Inc., 1962, p. 163.

⑤ 孔丽雅:《庄子:文本与互文》(Livia Kohn: *Zhuangzi: Text and Context*, Florida, Three Pines Press, 2014.)一书第一部分即概述《庄子》文本诸问题及相关研究,可以参看。本文所述与之多有不同。

一、研究的问题与观点

先秦至西汉初期的典籍,最初的篇章写作大多并非出自一人之手,其最终结集,也经过多人之手编辑,其成书过程具有不同于后世著作的特殊性。关于这一点,中国古代及近现代学者论述颇多,英美学者对此也有充分的认识①。英国汉学家葛瑞汉的一段论述颇有代表性。他说:"直到刘向为汉代国家图书馆加以编辑,大多数的文本并没有标准的形态。"②"中国古代思想家并不写书,他们把言论、韵文、故事和思想草草记下。因此,结构完整的散文直到公元前3世纪,而且,只有在文本逐渐被搜集为一个更加完整的作品之后才出现。"③基于这一认知,20世纪的英美学者展开了对《庄子》文本的研究。

1. 单篇写作时间及成书年代

对《庄子》一书单篇写作时间及成书年代,英美学者主要有以下几种观点。

对《让王》《盗跖》《说剑》《渔父》四篇的写作时间,美国汉学家华兹生说:"我猜测可能是汉代早期,因为它们的形式和风格与《史记·日者列传》是如此接近。"④

---

① 英国汉学家鲁惟一主编的《早期中国文本:书目指南》(Michael Loewe, *Early Chinese Texts: A Bibliographical Guide*, Institute of East Asian Studies, Early China Special Monograph, No. 2, 1994.)一书,一共梳理了64种先秦两汉文本的具体成书情况。这本书是英美学界有关早期中国文本诸问题研究的重要成果,具有很强的代表性。

② A. C. Graham, *Chunag-Tzu*, *The Inner Chapters: and other writings from the book 'Chuang-tzu'*, George Allen & Unwin, London Boston, 1981, p. 29.

③ A. C. Graham, *Chunag-Tzu*, *The Inner Chapters: and other writings from the book 'Chuang-tzu'*, George Allen & Unwin, London Boston, 1981, p. 30.

④ Burton Watson, *The Complete Works of Chuang Tzu*, New York: Columbia University Press, 1968, p. 15.

　　葛瑞汉提出:"人们已经广泛认识到《庄子》是一部在公元前 2 世纪、3 世纪和 4 世纪产生的作品集。"①在另一本书里,葛瑞汉又提出内篇写作的时间是在公元前 320 年②。《骈拇》《马蹄》《胠箧》及《在宥》的第一部分,写作的时间大约在公元前 205 年前后。《天地》《天道》《天运》,写作及编辑的时间,可能在公元前 2 世纪。《让王》《盗跖》《说剑》《渔父》写作的时间可能是在公元前 200 年前后③。

　　克里斯托弗·兰德认为:"几乎没有内部文本的证据可以证明,《庄子》的任何一部分是超出公元前 300 年至公元前 150 年之间的。"④

　　阿瑟·韦利认为《说剑》"很可能是在公元 4 世纪到 7 世纪之间被人加入的,此人误将这个故事中的庄子认作哲学家庄子"⑤。即,《说剑》被编入该书的时间是在公元 4 世纪到 7 世纪之间。罗浩一步步论证了《庄子》具体的编定时间,大约是在公元前 130 年左右⑥。白牧之提出"早期《庄子》在公元前 284 至 249 年间被编辑"⑦。伯瑞恩·霍华

　　① A. C. Graham, *How much of Chuang Tzu did Chuang Tzu Write?*, *Studies in Classical Chinese Thought*, edited by Henry Rosemont, Jr. and Benjamin I. Schwartz, *Journal of the American Academy of Religion Thematic Studies*, Chico, Calif: Scholars Press, 1980, p. 283.

　　② A. C. Graham, *Studies in Chinese Philosophy and Philosophical Literature*, Singapore: National University of Singapore, Institute of East Asian Philosiphies, 1986, p. 283 - 321.

　　③ A. C. Graham, *Chunag-Tzu*, *The Inner Chapters: and other writings from the book 'Chuang-tzu'*, 1981, p. 27 - 28.

　　④ Christopher C. Rand: *Chuang Tzu: Text and Substance*, *Journal of Chinese Religons*, Journal of Chinese Religions, Vol. 11, Issue 1, 1983, p. 47.

　　⑤ Arthur Waley, *Three of Ways of Thought in Ancient China*, California: Stanford University Press, 1982, p. 200. (Originally Published by George Allen & Uwin Ltd., London, 1939)

　　⑥ Harold Roth, *Who Compiled the Chuang Tzu?*, *Chinese Texts and Philosophical Context*, Henry Rosemont, Jr. Edit, Illinois: Open Court Publishing Company, 1991, p. 122.

　　⑦ E. Bruce Brooks, *The Present State and Future Prospects of Pre-Han Text Studies*, *Sino-Platonic Papers*, Vol. 46, 1994, p. 67.

德·霍夫特认为《庄子》文本编辑成书的时间是在西汉初年①。

2. 作者及编者

英美学者大多认为《庄子》一书只是以庄子之名而行世,是否庄子本人所写,无从查考,也没有必要去考证究竟作者是谁②。

阿瑟·韦利在《中国古代三种思想方法》中指出:"关于哪些篇是真实的那些理论没有任何实际的意义。《庄子》并没有声称是庄子的著作,它只是包含一些关于他的奇闻轶事。"③

詹姆斯·威尔说:"这本书很早就以庄周的名义通行。将编辑而成的著述归于某位当时著名的人物名下,这又是一例。时间久远,要确切地指出哪些部分是庄子所作是不可能的事。"④

白牧之认为研究《庄子》的作者是谁是没有意义的,注定徒劳无功,应当研究《庄子》文本本身的构成才有意义。他指出:第一,还在世的人物并不被指名道姓,有些作品以搞不清时代的早期杰出人物署名,这个通例在《庄子》一书中表现尤其突出。这种情况使得对作者的研究没有什么结果。第二,当一个文本有几种不同的系列时,去追考一位假想的作者是没有意义的。如此,则会排除同样有趣也可能更容易被发现的其他作者,而且,对于那些可能没有作者的作品也没有什么推动意义。让我们忘了庄周,去寻找《庄子》文本存在的证据以及所有它的构成因素⑤。

梅维恒的看法显得比较绝对。他说:"现存的《庄子》肯定地说不是由庄周,那位人们推定的作者写的。""还没有人发现值得信任的方法,

---

① Brian Howard Hoffert, *Chuang Tzu: The Evolution of a Taoist Classic*, Harvard University, 2001, PH. D Thesis, p. 33.

② 对于通行的认为内篇为庄子所写,外杂篇为庄子后学所作的说法,英美学界亦有所述,兹不赘。

③ Arthur Waley, *Three Ways of Thought in Ancient China*, 1982, p. 199.

④ James R. Ware, *The Sayings of Chuang Chou*, New York: The New American Library of World Literature, 1963, p. 12.

⑤ E. Bruce Brooks, *The Present State and Future Prospects of Pre-Han Text Studies*, 1994, p. 58.

可以有力地哪怕是仅将内七篇的作者确定为庄周。""确切的《庄子》创制者还是被遮蔽的谜。"①

《庄子》一书包含多个思想学派的声音②,对此,英美学界由最初的笼统认识,逐渐走向细致辨析各个思想学派,而这一研究展开的同时,也即在辨析、考查某些篇章的作者或编者。在这方面成绩最卓著的非葛瑞汉莫属。他通过对《庄子》书中语词、语法、哲学术语、人物与主题等方面的详细考辨,得出如下结论。

(1) 内篇为庄子所作,时间约在公元前 3 世纪③;

(2)《骈拇》《马蹄》《胠箧》和《在宥》,作者是原始主义者或无政府主义者;

(3)《天地》《天道》《天运》《刻意》《缮性》《天下》,为杂家学者所作;

(4)《秋水》《至乐》《达生》《山木》《田子方》《知北游》,是庄子后学所作;

---

① Victor H. Mair, *Wandering on the Way: Early Taoist Tales and Parables of Chuang Tzu*, Honolulu, University of Hawai'i Press, 1994, p. 31 - 38.

② 如克里斯托弗·兰德说:"《庄子》一定不可被视为一位思想家的表述,像《荀子》或《孟子》,因为它是一个从战国晚期到汉初道家观点的联合体。我们也必须意识到各种各样混杂的基质因素。"(Christopher C. Rand, *Chuang Tzu: Text and Substance*, 1983, p. 47.)梅维恒说:"各章内容之间巨大的差异是由几个因素造成的。首先,庄子身后被确认与他有关系的道家各派别之间的学说主张不同。其中一些无疑被其他学派所影响,并因此从其他学派带来一些材料。其次,非道家学派的一些思想家,他们认识到庄子的巨大吸引力,想借用庄子的名气去促进他们自己的学说。《庄子》中由这些思想家造成的章节间的抵牾使文本变得更加复杂。《庄子》是这样一部多声部的著述,并非单一声音在说话。看《庄子》的方法,数量之多恰如其包含多种不同质素的文本本身一样丰富。"(Victor H. Mair, *Wandering on the Way: Early Taoist Tales and Parables of Chuang Tzu*, 1994, p. 36.)

③ 葛瑞汉说:"只有内七篇能有把握地归于庄子本人名下。"(A. C. Graham, *How much of Chuang Tzu did Chuang Tzu Write?*, 1980, p. 283.)他后来对这种说法又有所修正。他说,内七篇思想多元,风格多样,它们"通常被认为实质上是庄子本人的作品"。(A. C. Graham, *Chunag-Tzu*, *The Inner Chapters: and other writings from the book 'Chuang-tzu'*, 1981, p. 27.)

(5)《庚桑楚》《徐无鬼》《则阳》《外物》《寓言》《列御寇》,这几篇是杂俎。它们中有些部分看起来像庄子本人的手笔;

(6)《让王》《盗跖》《说剑》《渔父》,为杨朱学派所编辑①。

关于全书的编辑者,《庄子》曾有一个 52 篇的版本,目前通行的《庄子》文本是晋代郭象编辑的,且与郭象注同时流传,这在英美学界已是通识。通识之外,不同的观点主要有二。我国学者关锋、张恒寿等认为《庄子》是淮南王刘安组织编辑的观点②,得到一些英美学者的认同。例如,罗浩说:"《庄子》文本应当是在刘安的宫廷中编辑的,然而,要辨别出实际的编者是不可能的。"③伯瑞恩·霍华德·霍夫特在罗浩研究的基础上,提出淮南王门客修订过一个《庄子》版本,刘向编辑了 52 篇版本的《庄子》,但是无法确知二者有哪些重合④。他还认为存在一个早期庄子的著作集,这个著作集又经杂家重新编辑,这就是流传至今的内七篇。他认为杂家在规范《庄子》文本的整体结构方面,起到了重要的作用⑤。

3. 内外杂篇的划分

对内外杂篇的形成及划分依据,英美学者大多沿用了中国学者通行的说法。至于内外杂篇产生时间的先后,英美学者的观点还是值得重视的。与中国学者习见的认为内篇产生在先、外杂篇在后不同,他们大多认为外杂篇作品并不都晚于内篇。阿瑟·韦利指出:"某些部分是

---

① 这些结论乃综合上注葛瑞汉的两种论著所得。

② 见关锋《庄子〈外杂篇〉初探》,原载《哲学研究》1961 年第 2 期,收入哲学研究编辑部《庄子哲学讨论集》,中华书局,1962 年版,第 61—98 页。关锋此文在英美学界影响很大。张恒寿 1963 年发表在《中国哲学史研究辑刊》第一辑的论文《论庄子内篇的真伪和时代》,及发表在《文史》第七辑的论文《论庄子非汉代作品但题目为汉人所加》,以及后来的系列论文,后收入《庄子新探》一书,湖北人民出版社 1983 年版。张恒寿的研究思路与关锋相类,但是结论不同。

③ Harold Roth, *Who Compiled the Chuang Tzu?*, 1991, p. 120.

④ Brian Howard Hoffert, *Chuang Tzu: The Evolution of a Taoist Classic*, 2001, p. 40 - 42.

⑤ Brian Howard Hoffert, *Chuang Tzu: The Evolution of a Taoist Classic*, 2001, p. 32.

出自一位极其优秀的诗人之手,而另一些则是拙劣的涂鸦。然而,也没有证据说那些好的部分要早于那些差的。"①他虽然并没有明确论述内外杂篇的问题,但其思路对后来的学者产生了很大的影响。既不把在《庄子》中排在前面的篇章视为最早产生的文本,也不把《庄子》中优秀的篇章视为早期的作品。华兹生、葛瑞汉都直接受到了韦利的启发和影响。

华兹生说,内七篇"在时间上可能是最早的,尽管目前为止无法证明这个假设"。"《庄子》的其他部分是混杂的,它们可能与内篇同样古老"②。当然,华兹生也指出:"外篇和杂篇的一部分,从其风格和哲学价值来看,无疑晚于内篇。"③即,外杂篇中有些文字晚于内篇,而有些文字,则可能与内篇创制的时间相同。

在克里斯托弗·兰德看来,关于《庄子》结构的流行理论,内外杂篇的划分及各自的特点,是知识体系化的产物。按照当前的编辑,这些篇章经常显现为具有某种解释功能,然而编者对文本的划分是否以此为基础却很成问题。内外杂的划分,几乎无法反映出创制时期或整个文本的完整性④。

伊斯特·克莱因在上述诸说法的基础上,走得更远,他提出的论题是:战国时期是否有内篇? 他认为司马迁《史记》中并没有提及《庄子》内篇的篇目,这让人怀疑西汉时《庄子》内篇的重要性,甚至怀疑《庄子》内篇的存在。在司马迁之前的时代,"核心《庄子》"(core *Zhuangzi*)并不包括内七篇。它们不是明显区别于其他典型《庄子》材料、有重要意义的整体,也不是以长久以来被接受的形式而存在的⑤。

---

① Arthur Waley, *Three Ways of Thought in Ancieant China*, 1939, p. 199 – 200.

② Burton Watson, *Chunag Tzu: Basic Writings*, New York:Columbia University Press, 1964, p. 15.

③ Burton Watson, *The Complete Works of Chuang Tzu*, 1968, p. 14.

④ Christopher C. Rand, *Chuang Tzu: Text and Substance*, 1983, p. 15.

⑤ Esther Klein, *Were there Inner Chapters in the Warring States? — A New Examination of Evidence about the Zhuangzi*, *T'oung Pao* 96(2011), p. 315.

4. 对《庄子》文本的重新编译

可以看出,英美学者非常关注《庄子》文本的初始形态,并对此做了大量研究。既然《庄子》文本的初始形态是如此多样,有完整的篇章,有片断的奇闻轶事,还有对片断文字的集锦,那么,在这一认知的基础之上,打破内外杂篇的界限,打破篇章之间的界限,根据不同的研究需要,从不同的研究角度出发,重新编译《庄子》,就成为非常自然的选择。以下介绍的几种英译本,不是简单的选译本或全译本,它们包含着对《庄子》文本问题的思考。

阿瑟·韦利的《中国古代三种思想方法》一书,没有完整地译介《庄子》中任何一篇文章,他只是分类选编、翻译并评述了《庄子》某些文段。他选定了十二类加以译介,依次是:庄子和惠子的故事、老子和孔子的故事、古人、强盗与圣人、死亡、蜩与学鸠、瑜珈、吴王与巫师、养生、得道者与道、和其光、同其尘①。

华兹生的《庄子:主要作品集》一书②,选译了内七篇及外篇中的《秋水》《达生》《至乐》,杂篇中的《外物》。除了文章质量之外,文本因受到损毁而导致的不确定也是译者甄选的原因。译者还特别说明:"即使在我已经翻译的篇章中,文本的不确定也带来很大的问题。"③仅举两例,便可看出作者对文本的关注。在注释"汤之问棘也因是已"一句时,华兹生指出:"文本可能有错误。在僧人神清大约写于公元 800 年《北山录》中,包含下列片段。一位唐代的评论者说,《庄子》中有语云:'汤问棘:上下四方有极乎? 棘答曰:无极之外复无极也。'但是这个语段是否在原始的《庄子》中,如果是,它当属于文本中所表达的这一观点。可是这个问题尚无法解答。"④注释"化声之相待,若其不相待"一句,译者说:"我依照吕惠卿重新安排的文本而翻译。但是这整段文本仍然留

---

① Arthur Waley, *Three Ways of Thought in Ancieant China*, 1939, p. 1 - 79.

② Burton Watson, *Chuang Tzu: Basic Writings*, 1964.

③ Burton Watson, *Chuang Tzu: Basic Writings*, 1964, p. 15.

④ Burton Watson, *Chuang Tzu: Basic Writings*, 1964, p. 25.

下很多疑问,翻译只是试验性的。"①可以说,华兹生的这个选译本是从文本确定性、思想重要性及文学优劣角度进行选择的结果。

葛瑞汉的《〈庄子〉：内七篇及其他篇章》一书,对《庄子》文本进行了全面的重组,在学界影响既深且广。葛瑞汉特别关注《庄子》的文本、语言和哲学问题,他盛赞韦利精选原文加以分类译介的做法,比韦利走得更远。他把《庄子》一书变成了一部类编。他的译本,目的并非呈现给读者一部完整的《庄子》,因为他认为"理想的完整译文毫无意义"②。他主要从哲学思想的角度,把《庄子》内七篇之外的篇章划分成以节为单位的文本,按不同的思想学派重新加以分类编录、翻译。这本书由六部分组成：绪论、庄子的作品：《庄子·内篇》及相关文段、庄子学派选集、原始主义者的文章及相关文段、杨朱学派的杂录、杂家作品。其中,"《庄子·内篇》及相关文段"部分,葛瑞汉选择了《庚桑楚》《徐无鬼》《则阳》《外物》《寓言》《列御寇》六篇中的部分文段译出,绝大多数文段后做了注释,加以阐述。在每个思想学派的内部,他也详加分类。比如书的第三部分"庄子学派选集",分为 10 类文献,如庄子的故事、孔子与老聃的对话、乌托邦及政治的衰退、对长生的崇拜、性命的实质等。

梅维恒的《游于道：庄子的早期道家故事及寓言》一书③,从正文中删除了 16 处文段和十几个句子,并以"删去的段落"为题将其置于全书附录之末。作者说明：它们被从正文中移除,是因为"它们是伪造的,或者是后来的评论以及另外类型的解释,这些解释被错误地吸纳到文本之中"④。《在宥》和《达生》两篇被删除得最多。《在宥》篇中自"贱而不可不任者"以下,《达生》篇自"有孙休者"以下,全被删去。值得注意的是,内篇中的有些段落也在文本有问题之列而被删除。依次是《逍

---

① Burton Watson, *Chuang Tzu: Basic Writings*, 1964, p. 44.

② A. C. Graham, *Chunag-Tzu*, *The Inner Chapters: and other writings from the book 'Chuang-tzu'*, 1981, p. 31.

③ Victor H. Mair, *Wangdering on the Way: Early Taoist Tales and Parables of Chuang Tzu*, 1994.

④ Victor H. Mair, *Wangdering on the Way: Early Taoist Tales and Parables of Chuang Tzu*, p. 393.

遥游》中"且夫水之积也不厚"至"而后乃今将图南"一段。《齐物论》中"庸也者,用也;用也者,通也;通也者,得也"几句。《德充符》中两句:"中央者,中地也;然而不中者,命也。"《大宗师》中两段:"故圣人之用兵也"至"而不自适其适者也",及"以刑为体"至"而人真以为勤行者也"一段。尽管译者没有注明每个被删去的文段的具体原因,但很明显,这些删除工作是以对文本的深入研究为依托的。

二、研究思路与方法

将《庄子》视为一部多种声音、文字片断的集合体,是英美学界的通识。基于这种认识,辨析《庄子》文本中不同思想学派的声音,分属于不同篇章的文本之间的关联性,追寻《庄子》一书文本的原初形态,就成为英美学者研究《庄子》文本的总体思路。葛瑞汉的一段话很有代表性。他说:"这本书充满意义重大的章节,也混杂着模糊不清或莫名其妙的片断,而那些莫名其妙的片断,评注者们除了猜测,什么也没提供给我们。要推进研究,就需要具备现代学术素养的中国、日本及西方的专家们在近期开始部署,去辨析、区分作品中不同的层级,修复那些损毁的或彼此孤立的文本,增强对我们知之甚少的古汉语语法的了解,弄清楚哲学术语的意义。我们还需要把这本书与那个时代其他的哲学性文学作品联系起来。"①葛瑞汉自己及后来大多数学者的研究,都是沿着这一思路展开的。

1. 内部研究

从概念、语词的运用和思想的渊源等各个方面,对《庄子》文本内部各学派的文本详加辨析、考证。葛瑞汉是这方面的开创者,也是成绩最卓著者。他在《〈庄子〉有多少是庄子所写?》一文中②,分别从习惯用

---

① A. C. Graham, *Chunag-Tzu*, *The Inner Chapters: and other writings from the book 'Chuang-tzu'*, 1981, p. 30.

② A. C. Graham, *How much of Chuang Tzu did Chuang Tzu Write?*, 1980, p. 283 - 321.

语、语法、哲学术语和人物与主题四个方面列表分析。表格竖列是这四个方面的词语，横列分为三类：内篇(1—7)，可确定的杂篇(23—27，32)，书中其他部分(8—22,28—31,33)，标明词语的出处。习惯用语部分，考察了"生死""至""恶乎知"三类常用同义近义词语，以及其他 18 组(个)习惯用语，如古之真人，不亦悲乎、悲夫，形骸、形体，为人使、为天使、为之使、所为使，有德者等。语法部分，统计了未始、乃今、是之谓X、其、庸讵、况……乎等共 10 组、计 26 个词或句式。哲学术语部分，统计了造物者、造化、大块、天倪、天钧、曼衍、寓、寓言、静、止止、道德、性等计 9 组，共 21 个词。人物与主题部分，统计了孔子、形体支离之人、悬解、无用、不用、不材、关于死亡与丧葬的非礼行为、清醒的感受并不比梦更真实等共计 8 类。

在对表格的评论中，葛瑞汉考察了一些词语与庄子文本分层的关系。比如，他详细辨析了"因是"一词的用法，进而指出，这个术语出现在《齐物论》及杂篇一些篇章中。这个术语一定来自当庄子反击诡辩者的时候。那时，庄子不得不建立起他自己的概念以澄清他对辩论的驳斥。杂篇的某些篇章看起来更像是关于《齐物论》的评论，而不是庄子自己的手笔，比如《寓言》第 1—9 行①。"可能是庄子向后学解释其晦涩的思想，而其后学则将这些解释简略记录下来，这些章节便是庄子后学的摘要笔记。"②葛瑞汉通过分析"因是"这个术语出现的篇章，认为外篇中的某些篇章，可能是庄子后学的摘要笔记。

葛瑞汉对《在宥》篇的分层考辨，颇具代表性。他说：《在宥》很可能是经历了三个阶段而形成的。(1) 原始主义者的文章(1—18 行)；(2) 附加了广成子和云将故事(28—57 行)；(3) 对余下的插曲(57—74 行)，陆德明《经典释文》没有记录比郭象更早的评注，这表明当郭象删减《庄子》时，他将这些文字和被其舍弃的材料合并了。这段辨析里，葛瑞汉努力还原《在宥》成文的过程。基础及主体是原始主义者的文章，

---

① 葛瑞汉说的第几行，所用版本是哈佛燕京所编《庄子引得》，1947 年版。

② A. C. Graham, *How much of Chuang Tzu did Chuang Tzu write?*, 1980，p. 293 - 294.

后来又附加了一些文字,郭象编辑时又删减、合并了一些文字。在对杂家学派文献的辨析中,葛瑞汉又提及《在宥》,认为此文第66—74行属于杂家文献①。

在出版译本的同一年,他还出版了专著《庄子:部分译稿的文本注释》②,与译本相辅相成。该书引述了中国古代、现当代学者31种有关庄子的论著以及若干日本学者的相关研究,还有其他几种诸子典籍,以65页的篇幅讨论了大量词语、句子、文段的意义,它们出自《逍遥游》至《胠箧》,《刻意》《缮性》《让王》至《渔父》及《天下》等共计17篇文章。在广泛而深入地查考已有的研究成果后,葛瑞汉颇有心得。比如对"重言"的解释,就不同于中国学者。他认为《天下》篇把"重言"和"寓言""卮言"两种言说类型区别开,这三言中,"重言"是最"真"的,这意味着演说者并没有引用他人的言论,而是言说他自己的想法③。此说颇新人耳目。

2. 外部研究

把《庄子》置于战国至汉初整体的文本语境之中,侧重考察《庄子》与其他文本的关联,包括《管子》《列子》《韩非子》《荀子》《吕氏春秋》等,以及汉代文献《史记》《淮南子》和贾谊赋,还有出土文献,梳理与《庄子》文本相同或相近的语句,统计其他文献对《庄子》的引述情况,从这个视角出发进行研究,英美学者也做了大量的工作。

罗浩在考证《庄子》的编辑者时,采用的思路及方法就是把《庄子》中的杂家与《管子》中的《内业》《心术》(上下)及《淮南子·精神训》联系起来,认为它们不是孤立的文本,而是来自同一思想的传承。尤其是对《庄子》与《淮南子》的关联,他考察尤详。他认为包含现存版《庄子》的

---

① A. C. Graham, *How much of Chuang Tzu did Chuang Tzu Write?*, 1980, p. 313 - 321.

② A. C. Graham, *Chuang-tzu*, *Textual Notes to a Partial Translation*, London: School of Oriental and African Studies University of London, 1981.

③ A. C. Graham, *Chuang-tzu*, *Textual Notes to a Partial Translation*, London: School of Oriental and African Studies University of London, 1981, p. 30.

一个版本,曾在淮南王刘安那里,而且影响了《淮南子》的写作。罗浩还以中国学者王叔岷的研究为例证,说他查找出 11 段《庄子》佚文,它们现存于《淮南子》中,而且王氏怀疑还有更多的类似情况。罗浩还说,《淮南子》中的《齐俗训》和《人间训》两篇,从题目和话题上也都能看出《庄子》的影响①。

伊斯特·克莱因的《战国时期是否有内篇? ——关于〈庄子〉证据的新考察》一文,全面讨论了对于汉代之前《庄子》文本的重要推论②。他回顾了目前已知的《庄子》文本的历史,重新分析了一些证据,考察了一些学者的推论,以及这些推论中可能存在的方法论上的问题。他运用了各种不同的资料,通过广泛考察《庄子》与先秦至汉初其他文献的关联性,对战国时期是否有内篇提出质疑。在论文附表中③,把《庄子》每篇都分成更小的节,以节为单位进行研究。附表详细列出了《庄子》篇章每节与《吕氏春秋》、《韩非子》、阜阳出土的汉代《庄子》文献、张家山汉简、贾谊作品及《史记》中的相似文本,以及某些不能确定,但有可能有关联的文本。从他所列的表中,可以看出,与《庄子》内七篇有文本关联的,《吕氏春秋》有 2 节,《韩非子》有 1 节,贾谊有 2 节。其它相似文本都在外杂篇,共计 39 处。他指出,内篇的编者不是以感知到的真实性、确切性而是以质量或哲学内容为基础而进行选择。

此外,从文献学角度进行研究,也是方法之一。罗浩《早期中国哲理文学的文本与版本》一文是从文本与版本的区别角度研究《庄子》的④。他以《淮南子》《庄子》《老子》的文本史研究为基础,并结合相关的西方文本批评模式,通过给"文本"和"版本"以及其他一些相关术语,

---

① Harold Roth, *Who Compiled the Chuang Tzu?*, 1991, p. 118.

② Esther Klein, *Were there Inner Chapters in the Warring States?*, p. 299 – 369.

③ Esther Klein, *Were there Inner Chapters in the Warring States?*, p. 362 – 369.

④ Harold D. Roth, *Text and Edition in Early Chinese Philosophical Literature*, *The Journal of the American Oriental Society*, 113. 2 (April -June 1993), p. 214.

包括"范本""校订本""修订本""祖本""定本"等下定义,进而探讨如何去辨别并研究文本在其传播过程中所形成的多样化的版本层级,它们与"定本"的思想有何关联等问题。孔丽雅将王应麟《困学纪闻》所收《庄子》佚文与传世郭象本进行对比,并以《列子》作为参照。得出的结论是,郭象重新编排部分材料并删削文本,这一编辑工作使得《庄子》更加哲学化①。从《庄子》佚文角度进行研究的,目前仅见此一篇。

结　语

对任何一个经典文本的研究,其母语世界都积累了相当丰厚、相当重要的研究成果,非母语世界的研究者要进入这个文本,必须了解其母语世界已有的研究成果,不能自说自话,这与研究者所在国家的经济、政治、军事、外交没有关系。阅读英美学者研究《庄子》的论著,笔者深深体会到中西学界共同的求真态度。从 19 世纪巴尔福的第一个《庄子》英文全译本开始,就可以清晰地看出西方学者对中国本土研究传统的重视。随着中西学术交流的扩展,越来越多的中国学者的研究成果走进英美学界的视野,出现在西方学者的论著当中。英美学者对《庄子》文本的研究,是建立在对中国传统认知及近现代以来众多相关研究的基础之上而展开的,并非独立于中国学者研究之外而别立新说。这点,仅从英美学者论著正文及注释述及的中国学者论著数量便可见一斑②。英美学者对《庄子》文本相关问题的研究,也由草创阶段逐渐走向深入。

国内学者对《庄子》文本问题的研究,在 20 世纪 30 年代、60 年代和 80 年代,曾出现过高峰。代表学者有罗根泽、关锋、冯友兰、任继愈、

---

① Livia Knaul: *Lost Chuang-Tzu Passages*, *Journal of Chinese Religions*, Volume 10, Issue 1, 1982.

② 仅举克里斯托兰德《庄子:文本与本质》一文为例,此文长达 54 页,注释中提及 60 余种中国古今学者的研究论著。

张恒寿和刘笑敢①。20 世纪 90 年代,崔大华对这一问题的探讨有详尽的概述和阐释②,其后则逐渐式微,关注者日稀。总体而言,国内现当代学者对《庄子》文本研究的趋势是超越真伪之辨、作者之疑、优劣之分,走向对书中多种声音的辨析,对各家思想流派之间互动的关注,对《庄子》成书过程的探讨。综观英美学者的研究,也具有同样的特点,而且,他们对中国现当代学者研究成果的借鉴,也是显而易见的。对《庄子》内部不同思想学派文献的辨析,成绩最著、影响最大的学者是葛瑞汉,上文已述及,他的研究是建立在关锋思路及论断的基础之上的,而关锋的研究思路,则来自罗根泽。这个前后相继的脉络非常清晰,并非笔者臆断,因为他们在论文中都明确提及前人的研究,有赞同有否定。罗浩主张《庄子》是淮南王门客编辑的,这个观点,关锋也在 20 世纪 60 年代就提出来了。伊斯特克莱因将《庄子》与战国至汉初其他文献详加考论,这也是刘笑敢所用的方法。限于篇幅,不能遍举。他山之石,固可以攻玉,但也应当看到,他山之玉,有时也可能取自本土之石。在研究海外汉学时,我想,既不应片面地强调英美学者的观点、方法,而不知其与中国学术之渊源;也不应当片面地强调其与中国学术之渊源,而忽略其强烈的思辨性。只有如此,才能真正地知彼知我,才能更好地借由他人之眼观照自我、认识自我。

■ 作者简介

于雪棠(1972—),女,辽宁抚顺人,文学博士,北京师范大学文学院副教授。主要从事中国古代文学研究。

---

① 罗根泽、关锋、冯友兰、任继愈等人的论文都收入哲学研究编辑部编《庄子哲学讨论集》,中华书局,1962 年版。张恒寿的论文收入《庄子新探》一书,前文已注。刘笑敢《庄子哲学及其演变》,中国社会科学出版社,1988 年版。此书后来出版了英文版:*Classifying the Zhuangzi Capters*,Translated by William E. Savage,Ann Arbor:University of Michigan,Center for Chinese Studies,1994.

② 崔大华:《庄学研究》,人民出版社,1992 年版。

墨学与周道：
先秦儒墨关系的一种文化审视

王　刚

（江西师范大学历史文化与旅游学院　江西南昌　330022）

内容提要　主要观点如下：1. 墨子"背周用夏"说不能成立。墨学与儒学一样，都是周文化的产物。2. 就夏、周文化关系来说，墨学的"夏"色彩乃是由后儒"古服古言"的形式化"周道"刺激而出，呈现出表"夏"里"周"的态势。所以"夏政"与"周道"不仅不对立，甚至是一脉相承，互有包含。3. 儒墨在圣王谱系上的异同，不仅反映了文化取向的异趣，在战国时代，这一谱系也因儒墨的争衡与互动，而不断得以修正。4. 墨学的"周道"精神在很多方面都体现和发展了齐人之风。从一定意义上可以说，儒、墨之争衡，是"周道"之下的两种同宗亚文化——齐、鲁之道的竞争与发展。

关键词　墨子　周道　儒学　儒墨关系　文化

一、引言：从墨子"背周道"说起

在先秦学术史上，墨学与儒家学派既抗衡又融合，被时人并称为"显学"。① 它们有同有异，关系复杂。就立异而言，墨学"非儒"，孟子"辟墨"；就趋同来说，"同是尧舜，同非桀纣，同修身正心以治天下国

---

① 《韩非子·显学》说："世之显学，儒、墨也。"

家"①。这些既成为"百家争鸣"中精彩的一幕，也促使一代代学人对于"墨"之历史文化渊源及与儒学的关系展开热烈的讨论。其中，尤以墨子"背周用夏"说最为代表，它自战国秦汉以来即竞腾于口，如《庄子·天下》说："非禹之道，不足谓墨。"《淮南子·要略》则说：

> 墨子学儒者之业，受孔子之术，以为其礼烦扰而不悦，厚葬靡财而贫民，久服伤生而害事，故背周道而用夏政。

按照这种理解，儒学乃是承接礼乐文明的"周道"而来，而崇尚"禹之道"的墨家自然是在"周道"对立面上开掘资源，另立新宗。由此，有学者论道："法周之奢侈礼乐，与法夏之简朴实用，不但成为墨家与儒家历史观的区别，也是墨家与儒家在社会制度改革方面的主要区别之一。"②

然而，细加考量，此说却颇存疑窦。清儒汪中指出：

> 墨之道与禹同耳，非谓其出于禹也。……其则古昔，称先王，言尧舜禹汤文武者六，言禹汤文武者四，言文王者三，而未尝专及禹。墨子固非儒而不非周也，又不言其学出于禹也。③

如以汪中之论为基点，扩而展之，可以注意到如下的问题：1. 墨子在称言"先王"时，"周"之比重最大。不仅言禹时必及"文、武"，而且还专门言及"文王"，如此用心，怎么可以说"背周道"了呢？2. 墨子"不言其学出于禹"，只是"墨之道与禹同"，如遵行严密的逻辑推断，是无法

---

① 韩愈：《读墨子》，马其昶校注、马茂元整理：《韩昌黎文集校注》，上海古籍出版社，1986 年版，第 40 页。

② 郑杰文：《中国墨学通史》，人民出版社，2006 年版，第 6 页。

③ 汪中：《墨子后序》，孙诒让：《墨子间诂》附录，中华书局，2001 年版，第671 页。

直接得出墨子"用夏政"之结论的。在此应费思量的是,"墨之道与禹同"是什么原因造成的呢? 与"周道"有关吗? 3. 汪氏说:"墨子固非儒而不非周也",那么,"儒道"与"周道"关系如何? 它们又如何影响着墨家之道呢?

笔者以为,以上问题的解答,主要围绕着墨子"背周道"而展开,墨学背"周道"了吗? 如果没有"背",其与儒家之"周道"关系如何? 由此引发的思考,对于理解儒墨关系及先秦以降的学术文化走向,有着深刻的意义。从文化史层面来看,墨学与"周道"之考察,乃是解读儒墨关系的一大关键,也为更深入的研究提供了一种极佳的学术视角。就笔者目力所及,对于墨学与"周道"问题,学界同道虽有所涉及,但一方面仁者见仁,共识不多,很多问题尚需廓清;另一方面,所论多为随文而出,专题性的研究尚付阙如。为此,笔者不揣浅陋,对此问题作一探研,幸冀博雅君子正之。

二、关于"周道":儒墨视野下的文化审视

"周道"是什么? 或许从来就没有统一的答案。但是几千年来,作为西周政治文化的结晶或象征,它一直与孔子及儒学紧密地联系在一起。萧公权说:"(孔子)思想又由先王之道陶融以成","奉周政为矩范","不失为旧制度之忠臣"①。不仅后世评价如此,此点在夫子自道中同样清晰可见,《论语·八佾》曰:"周监于二代,郁郁乎文哉,吾从周。"毫无疑问,儒学乃是建基于宗周文化之上的学派,尤其对于"文、武、周公",可谓反复致意,孜孜以求。故而在《论语·子罕》中,孔子才会有"文王既没,文不在兹乎"之叹,冯友兰评价道:"惟其'从周',故孔子一生以能继文王、周公之业为职事。"②而与之相对的墨学,从外在表

① 萧公权:《中国政治思想史》,辽宁教育出版社,1998 年版,第 51、52、49 页。
② 冯友兰:《中国哲学史》上册,华东师范大学出版社,2000 年版,第 50 页。

现来看，不仅没有这么鲜明的周色彩，似乎就是在背道而驰了。墨子及其门徒黜文而尚质，《庄子·天下》载："以自苦为极，曰：'不能如此，非禹之道也，不足谓墨。'"这种比照，遂使得后世学者生出"于礼则法夏绌周"的结论①。然而，如果从"周道"的承继与发展来看，问题又远非如此简单，所谓"法夏绌周"很难说是一种准确的表述。再进一步言之，从本质上来看，墨学不仅没有"绌周"，它本身就是周文化的一种变体，与儒学一样，建基于"周道"之上，只是在春秋战国这个大时代里，因路径不同，愈行愈远而已。它与儒学的种种对立，不仅不反、不背周道，甚至还都可统一于"周道"之上，或者说，是由"周道"发之，时代推引而呈现出的相反相成。

要明了这些，就必须把握孔、墨时代"周道"之基本内核，并在此基础之上，来观察这一概念及相关理论对于墨学生成、发展的意义。

从语义上来看，所谓"周道"，本指西周时代的道路，它在《诗经》中屡次出现，如在《小雅》的《大东》篇中有"周道如砥"；《何草不黄》有"行彼周道"，它们都是道路之意。要之，在西周时代，作为治国理政意义的"周道"并未出现，此种政治文化概念，乃后人总结确立。由前引《淮南子》可知，在汉代，"周道"已成为政治文化方向的专有名词，故而在《史记·太史公自序》中亦有"周道废"、"周道衰废"云云，毫无疑问它已完全属于政治或哲理意义上的表述。查考传世文献，这种表述可以准确追溯的源头，应该是荀子学派，《荀子·解蔽》曰："（孔子）一家得周道，举而用之。"②此时已是战国末期，临近秦汉。然而，就概念的内涵指向来说，"周道"在秦汉之前的春秋时代应已产生。因为孔子所谓的"吾从周"之"周"即是"周道"，而非其他，只是在表述上它却不像后世那样直

---

① 孙诒让：《墨子传略》，氏著：《墨子间诂》附录，第 683 页。

② 此外，西汉经学传承大多与荀子学派有所关联，汉代盛行"周道"之说，应该就是来自于此。徐复观指出："西汉在武帝以前，荀子的影响甚大则确系事实，西汉经学与荀子有各种关联，则是可以推论而得的。"氏著：《徐复观论经学史二种》，上海书店出版社，2002 年版，第 38 页。

接明晰。① 而在《礼记·表记》中,有所谓"殷周之道";《论语·子张》中有"文武之道",它们也与"周道"的表述大同小异。总之,在春秋战国时代对于"周道"的体认已弥散于政学两界,但在概念上不像汉以后那么鲜明确指。那么,其内在缘由何在呢?

笔者以为,这一问题需从东周的政治意识形态上去加以寻求,或可直截了当地说,"周道"实质上是东周之后的一种精神产品。简言之,是东周以来对西周政治文化道路进行总结的产物,故而它逐渐清晰,呈现一种动态的发展。如果着眼于东周以来的社会现实,从某种视角来看,"周道"之出现与理想化,乃因时代催逼而来。众所周知,春秋以来"社稷无常奉,君臣无常位"②。在一个"高岸为谷,深谷为陵"的时代③,人们一方面迷信武力,遂使得讲求"以力服人"的"霸道"随之出现;另一方面,又厌倦当下,迫切追求一种有道德讲规范的生活,对现实的不满,遂使得人们开始对过去的图景加以理想化。于是好言"古",以"古"为黄金时代,成为不可遏制的思潮。在这一进程中,西周为"古"之基点,层层上推,愈言愈古,以至于真伪参半甚至荒诞不经的"古事"也随之出现,此风绵延至汉,一直影响着后世。从一定意义上说,这才是"王道"或"周道"得以成立的现实土壤。《孟子·公孙丑上》说:"以力假仁者霸。"而"霸道"之对立面则是"王道"或理想化的"周道"。赵岐《孟子章指》阐发道:"王者任德,霸者兼力,力服心服,优劣不同。"要之,从某种程度上来看,"周道"乃由"霸道"刺激而出,为当时"托古"的核心环节,随之又扩展为"王道"。在那个大时代里,就"道"之抉择而言,孔、墨对"霸道"虽有所褒扬,但总体上都以否定为主,他们所孜孜以求的是西周及其以上的"先王之道",所以王桐龄说:"儒家推崇尧、舜、禹、文、武为

---

① 如《礼记·乐记》引孔子之言道:"周道四达,礼乐交通。"虽孔颖达解释为:"周之道德四方通达"(郑玄注、孔颖达疏:《礼记正义》,阮元校刻《十三经注疏》本,中华书局,1980 年影印版,第 1543 页),它既难于坐实为孔子之语,此"周道"究竟是道路还是理论,也语意模糊,难以确知。

② 《左传》昭公三十二年。

③ 《诗经·小雅·十月之交》。

模范君主，墨家亦然。""儒家理想之教主，为尧、舜、禹、汤、文、武。墨家亦然。"①由此价值取向可以断言，既然墨家与儒家一样，其政治文化理念建基于"霸道"之对立面，它就不可能不与"周道"发生密切的关联。

从本质上来看，"周道"既是一种理想化的精神产品，那么，就其内容来说，就必然会有所取舍。众所周知，后世之"周道"以"文、武、周公"为核心，然而，西周近四百年天下，又岂是那一小段辉煌所能涵盖？自中后期始，王室衰微，礼崩乐坏，"变风变雅"随之出现，当年宗周礼乐之雍容华盛已日渐陵替。《史记·周本纪》载："王室遂衰，诗人作刺。"显然，比之周初的光荣，西周大部分时间反倒是好景不长。倘以中后期以来的"变风"时代作为"周道"的表征，则此"周道"谁将信从？故而，转至东周，一方面学者好谈"三代"，将夏、商、西周合而论之，从一定意义上说，宣告了原初"周道"时代的终结；另一方面，"周道"的概念与内涵不断在被有选择性地加以改造，并日渐成为"王道"之代表②，当此种"周道"得到确认时，它已成为"文、武、周公之道"的代名词，尤其经过儒家的一代代鼓吹，直至出现了"王者莫高于周文"的普遍认知③，秦汉以后，它更是成为"德政"或"德教"的同义词④。要说起来，后世之"周道"实在只是聚焦于西周前期政治的一种认知——所谓"文、武、周公之道"是也。总之，就概念的发展来说，作为"王道"代表的"周道"有一演进嬗变的过程。在孔墨时代，不管称之为"殷周之道"还是"文武之道"，它所透现出的信息是，"周道"概念虽日渐走向独立，但一开始并不明晰显著。所以从大的方面来说，它是"三代之道"的一部分；由小的方面而

---

① 王桐龄：《王桐龄论墨子》，蔡尚思主编：《十家论墨》，上海人民出版社，2004年版，第52、53页。

② 《淮南子·要略》说："文王欲以卑弱制强暴，以为天下去残除贼而成王道。"

③ 《汉书》卷1下《高帝纪下》，中华书局，1962年版，第71页。

④ 《汉书·元帝纪》载："（汉元帝）八岁立为太子。壮大，柔仁好儒。见宣帝所用多为文法吏，以刑名绳下，大臣杨恽、盖宽饶等坐刺讥辞语为罪而诛。尝侍燕从容言：'陛下持刑太深，宜用儒生。'宣帝作色曰：'汉家自有制度，本以霸王道杂之，奈何纯任德教，用周政乎？且俗儒不达时宜，好是古非今，使人眩于名实，不知所守，何足委任！'乃叹曰：'乱我家者，太子也。'"

言,需聚焦于"文、武"之上。与此同时,必须注意的是,既然"王者莫高于周文",遂使得在春秋战国以来,无论如何追溯圣王谱系,"文武之道"与周代之前的"圣王之道"乃连为一体。换言之,"文武之道"是"周道"的内核所在;而"周道"则是当时三代或者圣王之道的核心生发点。

然而,问题是:"周道"既然是对西周时代政治文化的总结,而东周时代又早已是"礼崩乐坏","道"之不存,那么,此种"周道"又怎样展现?以何为载体呢? 一般来说,它分载于两大层面,一是《诗》、《书》系统,即由宗周所传的文化典籍上加以寻绎;二是残存的典章制度,它主要留存于周公之邦——鲁国,这也是导致孔子"宗鲁"的重要原因。在这两大层面之上,结合时代因素和自身的文化价值取向,遂有了正统的"周道"承接者——儒学,以及"周道"之别宗——墨学。当然,必须指出的是,所谓"正统"绝非是全盘复旧。需知在那个时代,儒学固然最为"周道"代表,但这种"周道"又何尝是照搬不动,原汁原味呢? 自孔子以来,它早已经过了时代的各种洗礼与改造,同理,"周道"在墨学的改造中由于面目模糊,遂被认为是一种背弃,但实质上也是推故出新,为我所用。这一点儒墨并无二致。侯外庐等学者说:"他们穿着古时的衣裳,说着古时的言语,而企图说明未来世界的自己的憧憬与梦想。"[1]而如果要说他们到底有何不同,则在于,孔子力图以"西周形式"来维新,墨家则抛弃形式,直指精神。

具体到"周道"的两大载体,一方面墨子引经据典,并鼓吹:"以往知来,以见知隐。"[2]此与儒者风范极为接近,在传承着西周历史主义的余绪[3]中,作为"一位后起的邹鲁搢绅先生"[4],为后世所侧目。所以墨子在称言"先王"时,"周"之比重最大,也就在情理之中了。另一方面,墨

---

① 侯外庐、赵纪彬、杜国庠:《中国思想通史》第一卷,人民出版社,1957年版,第48页。

② 《墨子·非攻中》。

③ 徐复观说:"(周公)特别重视历史的教训。"《徐复观论经学史二种》,第7页。

④ 侯外庐:《中国古代思想学说史》,岳麓书社,2010年版,第14页。

学对于西周礼制却多有非议乃至决绝抛弃，所谓"非乐"等就极典型地反映了这点。故而侯外庐指出："孔子是全盘西周（诗书礼乐）的观念根据；墨子是一半西周的（是诗书非礼乐）观念根据。"①倘再进一步言之，墨子所谓"背周"，其所背、所反者实非"周道"，而是周之礼乐制度。或者可以说，在墨学的世界中，"周道"与周制、周礼不是统一，而是一种对立的关系，并由此逻辑地推导出"文"足以害"质"的理念。也正因为如此，墨子极为反感并放大了儒学中所谓的"其礼烦扰"、"厚葬靡财"部分，最终走上了思想对立面。《说苑•反质》引墨子之言道："先质而后文，此圣人之务。"比之儒学强调"文质彬彬"，二者兼顾，可谓偏激派。故而《荀子•解蔽》批判道："墨子蔽于用而不知文。"简言之，墨子此种立场的产生，是实用主义眼光下的必然逻辑，但由此也可知，墨子不仅不反，甚至信从"周道"，只是他所信从者乃是周道之质，即"一半西周"。要之，对于"力服"和"霸道"，墨学与儒学一样深恶痛绝，它们都一样被现实所刺激和催发，一样从"周道"之上生长出反"霸道"的理念和主张，他们都是道德主义者，同为历史主义的立场，在向后走的过程中，与"周道"之联系且深且巨。

三、"不在古服与古言"：从夏、周关系
看墨学的"周道"精神

前已言之，墨学以"一半西周"与"周道"发生着联系。与此同时，又必须承认的是，"周道"最明显的表征，并得以落实的部分却是"后一半"——观念与制度的统一：周礼或周政。因而，此种立场的采取，很容易使人产生墨学"背周道"的感觉，再进一步的表征，则展现出前面所言及的所谓"法夏绌周"。然而，前已论及，既然弃"周道"不合墨学立场，所谓"用夏政"也就无法成立。就夏、周关系来看，此种不能成立的

---

① 侯外庐：《中国古代思想学说史》，第 14 页。

缘由更在于,墨学中所谓的"夏政"本就与周文化息息相通,因而它与"周道"不仅不对立,反而是紧密相连,互为一体。从一定意义上说,墨学中所呈现出的夏色彩,反映的竟是一种"周道"精神的寻求。

众所周知,周与夏、商之间有一种历史的承接关系,即世所艳称的"监于二代",它说明周制包含着对夏、商的认可与继承,并由此"损益"而来①。诚如宋儒所言:"三代之礼至周大备,夫子美其文而从之。"②故而在墨子时代要抛开西周,完整准确地追溯之前的圣王之道,从历史角度来说已极不现实。因为经过西周政治几百年的洗礼,夏、殷之道早已晦而不清。《论语·八佾》说:"夏礼,吾能言之,杞不足征也;殷礼,吾能言之,宋不足征也,文献不足故也。足,则吾能征之矣。"有学者这样评说道:"可见,宋、杞制度与商、夏之政大相径庭,不然为何'不足征'呢?说明周王朝在这些地方并没有实行先朝的旧制度。"③笔者以为,周制乃由"损益"而来,保存若干旧制本在情理之中,所以在《论语·卫灵公》中,孔子在回答为邦之道时,才会有:"行夏之时,乘殷之辂,服周之冕,乐则韶舞"的著名论断。但总体上来说,这种留存是极少的,而且更重要的是,旧制本身早已被周所润饰,而非完全的古貌。

要之,所谓三代及其上的政治,都有赖于"监于二代"的"周政"进行上推,或者依靠周代文献加以"稽古",这就免不了东周人的意识渗入甚至是合理想象。墨子所谓的"夏政"自不例外,职是故,言墨学实在不可不知"周道"。反之,要追溯"周道"的源头,则不能不及于夏。翻检史籍可以发现,周初之人往往以"夏"自居,夏、周两族很早以来就关系密切。对于先秦史上这一重要事实,一般来说,学界有两种看法,一派认为周、夏同族,"周也有可能是夏族的一个分支";另一派则认为"二者曾活动

---

① 《论语·为政》:"子曰:'殷因于夏礼,所损益可知也;周因于殷礼,所损益可知也。其或继周者,虽百世,可知也。'"

② 朱熹:《四书章句集注》,中华书局,1983年版,第65页。

③ 牛继清:《"夏政"、"商政"辨正》,《固原师专学报》1995年第3期,第38页。

在一个大的部落联盟之中"①。如果搁置差异，一个共同的事实则是：周在文化及精神上与夏紧密相连。就此而言，学界所主张的周与夏为两大对立传统，并由此建构出了儒墨对立的文化基础，②就不仅无法得以成立，甚至在事实上都是完全颠倒过来的，也即是，"夏政"与"周道"不仅不对立，甚至是一脉相承，互有包含。

就论题所及，墨学思想的两大基点在由"周道"到"夏政"的过程中清晰可见，一是对农业生产的重视，二是尊天事鬼。在《墨子·非攻下》中，墨子提出，天子应该"焉率天下之百姓，以农臣事上帝山川鬼神。利人多，功故又大"。可见农事与尊天乃是墨学看重的一体两面，而这两面恰恰是沟通夏、周的一种文化津梁。因为如果对"周道"进行溯源，归根结底是由农业文明所造就。农业是周的立族之基，据《史记·周本纪》，其先祖后稷为尧时的"农师"。众所周知，时代愈古，农业愈仰赖自然，职是之故，早期农业文明中的敬天事神自不能少，周部族不能例外。所以自后稷时代开始，在早周文明中，不仅重视农业生产，更将尊神事天作为部族的核心精神取向。而值得注意的是，在周人看来，这两者都来自大禹精神。《逸周书·商誓解》载："王曰：在昔后稷，惟上帝之言，刻播百谷，登禹之绩。"那么，在这种农事与尊天的强调中，被视为继承了"禹之道"的墨学又岂能与"周道"毫无干涉呢？

具体说来，就前者而言，汉人早已指出："强本节用"为"不可废"的墨学精髓和基础所在③。而"强本节用"乃由重视物质生产，尤其是农业，也即"本业"生发而来。再进一步言之，在墨学中，要重视物质的生产与储备，就不得不加强农业生产，与此同时，也不得不节俭为用，于是所谓的"节用"、"节葬"甚至"非乐"都可从这一物质层

① 王玉哲：《中华远古史》，上海人民出版社，2000 年版，第 427 页；李民：《夏商史探索》，河南人民出版社，1985 年版，第 61 页。

② 罗祖基：《略论儒墨之异道：对思想文化中两个对立传统之反思》，《中国哲学史》1996 年第 3 期。

③ 《史记》卷 130《太史公自序》，中华书局，1959 年版，第 3289 页。

面推引而出①。而前引《淮南子》中所谓的孔墨对立缘由："以为其礼烦扰而不悦,厚葬靡财而贫民,久服伤生而害事。"则在此可以找到逻辑起点。在《墨子》一书中,相关论述更是俯拾皆是,如《七患》说:"凡五谷者,民之所仰也……故食不可不务也,地不可不力也,用不可不节也。"《非乐上》说:"民有三患:饥者不得食;寒者不得衣;劳者不得息。"

从农业史角度来看,大禹及其部族固然有其地位,但其最重要的贡献,主要在治水之成功。然而在周人的论述中,禹、稷常常被相提并论于农事。直至春秋,在《论语·宪问》中,尚有"禹、稷躬稼而有天下"之问。如果说"稷躬稼而有天下"尚能得通,"禹躬稼而有天下"则未必如是,至少它不是主因。真正以农业为法统基础的是周人,据《史记·周世家》,在文、武之前的公刘时代,由于"复修后稷之业,务耕种,行地宜",结果"百姓怀之,多徙而保归焉。周道之兴自此始"。由"'周道'之兴自此始"一句,可以看出,农事对于周部族不仅是经济的保证,更是意识形态所在,它有着极其重要的政治文化意义。故而《国语·周语上》载西周时代的论农之言道:"夫民之大事在农……王事唯农是务。"于是,当周人一再强调"奄有下土,缵禹之绪"时②,治水的大禹则不得不按照周理念更多地赋予了农事色彩。《庄子·天下》载有战国时代所称

---

① 因墨子崇尚"短丧薄葬",故而有学者认为,墨学与"夏政"最重要的关联乃是大禹的薄葬,与此同时,儒家与"周道"则被视为厚葬的鼓吹者。如有学者这样评述道:"在厚葬与节葬之间存在着'亲亲'与'兼爱'、'周道'与'夏政'的分歧。"(丁为祥、雷社平:《自苦与追求——墨家的人生智慧》,武汉出版社,1998年版,第94页)按:此说应是受到清儒孙星衍的影响,孙氏在《墨子注后叙》(参见《墨子间诂》附录)中说:"墨子与孔异者,其学出于夏礼……其节葬,亦禹法也。"但这里面有两个问题存在:1. 墨子所谓"节葬"并非"禹法",只要翻检《墨子·节葬下》就可以发现,墨子鼓吹的所谓"节葬",其具体的对象乃是古圣王,其中也包括周文、武。2. 儒家并非是主张厚葬者,如孔子只是强调"葬之以礼",而且对于礼,还有"从俭"、"从众"的要求(分见《论语》之《为政》、《子罕》)。更有学者经过研究后,将孔子视为"薄葬思想的先导"。(徐吉军:《中国丧葬史》,江西高校出版社,1998年版,第106页)那么,所谓"节葬"问题应不关涉"夏政"及"周道",且不宜作为儒、墨分际的逻辑起点。

② 《诗经·鲁颂·闷宫》。

道的所谓墨子之言："禹亲自操橐耜而九杂天下之川……形劳天下。"墨家后学以此为表率，遂生发出"多以裘褐为衣，以屐蹻为服，日夜不休，以自苦为极"的所谓"禹之道"，并为后墨们所严格奉行。然而，大禹亲操的所谓"橐耜"，在《韩非子·五蠹》中作"耒臿"；《淮南子·要略》中作"藤臿"，据杨宽考证，它们都是西周的主要耕具①。于此一点，则可以看出，这哪里是什么地道的大禹？分明是被"周道"浸透了的周代版农神。《尚书·无逸》载："文王卑服，即康功田功。"如果稍加思考可以看出，这个"大禹"乃是从"卑服"的文王中翻版而出。从某种程度上看，"周道"中重农的一面已严重改造了禹的形象，所以虽突出治水之事，却终究透出了周代的痕迹。所以，如果墨学中真的有所谓"禹之道"的话，它也实在是"周道"的变形而已，由此而言，则所谓的夏、周对立又将从何谈起呢？

而就后者来看，按照一般的理解，所谓尊天事鬼不仅是墨学所孜孜强调，极富特色之处，也与西周以来"郁郁乎文哉"的宗周政治文化拉开了距离。所谓的儒墨之别，此为一重要分水岭。因为就一般的常识来看，西周以来神本淡漠，在宗周礼乐文明的制度建构下，人文主义开始兴起②。这样看起来，似乎儒家乃是继承了周之人文主义而发扬光大，而墨学在此点上自然是"背周道"了。王桐龄说："儒家所以非难桀、纣、幽、厉者，为其不仁也，而墨家则于'富贵为暴，贱傲万民'之外，加以'诟天，侮鬼执有命'之罪，此理想之异者。"③

然而，如果联系夏、周之间的文化关系去看，此论却颇成问题。首先，就"周道"与"夏政"关系来说，重鬼神实非夏之特色。在三代之中，殷商才以重鬼神而闻名，如果说西周以来有一人文主义走向的话，其对

---

① 杨宽：《西周史》，上海人民出版社，1999年版，第245页。

② 在冯天瑜、何晓明、周积民：《中华文化史》（上海人民出版社，1990年版，第302页）下编第二章"殷商西周：从神本走向人本"中曾说："以神为本的文化便逐渐向以人为本的文化过渡。从西周开始，社会文化的浓郁的宗教迷信氛围渐次被注重世事的精神所冲淡。"

③ 王桐龄：《王桐龄论墨子》，蔡尚思主编：《十家论墨》，第52页。

立面却不是夏,而是殷商。也即《礼记·表记》所载:"殷人尊神,率民以事神,先鬼而后礼,先罚而后赏,尊而不亲。其民之敝,荡而不静,胜而无耻。周人尊礼尚施,事鬼敬神而远之,近人而忠焉。"其次,虽然人文主义在西周渐趋渐浓是一事实,但在周初之时却是秉承殷商的尊神特点而逐步人文化的。所以即使是人文化的代表周公也有事鬼神的一面①,如《尚书·金縢》中周公自陈道:"予仁若考能,多材多艺,能事鬼神。"再次,这种"事鬼神"虽与殷商文化有所接近②,但却是典型西周式的。其理由在于,在墨子的鬼神世界中,其核心指向是天或天志,此为明显的西周特色,而非殷商。陈梦家指出:"卜辞的'天'没有作'上天'之义的,天之观念是周人提出来的。"③不仅如此,周人对上帝的观念也进行了改造,其中最为重要的就是使上帝拥有了明确的天命规范,所谓"天生烝民,有物有则"④。对于地上的"烝民"而言,由服从天命转换出了另一个问题:服从法则,也就是周人所强调的自文王以来所执行的"顺帝之则"⑤。从一定意义上说,天或者上帝就此成了自然法则的代名词。从这种角度来看,无疑墨子是继承了周初精神的。《墨子·天志上》说:"有天志,譬若轮人之有规,匠人之有矩。"《天志下》说:"此诰文王之以天志为法也,而顺帝之则。"所谓"有规"、"有矩"、"顺帝之则"云云,与周初的鬼神观可谓一脉相承。

既然墨子与"周道"关系如此密切,又何以被视为"背周道"者呢?这与当时的儒墨对立大有关系。众所周知,孔子殁后"儒分为八",孔子

---

① 徐复观指出:"周公是由'殷人尊神,率民以事神,先鬼而后礼'的宗教性很浓厚的文化,转向'周人尊礼尚施,事鬼敬神而远之,近人而忠焉'的人文性很厚的文化的关键性人物。"《徐复观论经学史二种》,第6—7页。

② 有学者据此认为墨子与殷商文化相通,如郑杰文认为:"墨子据历史证明鬼神之先见,所举为占卜例,似与墨子接受宋所承传的殷商文化传统有关。殷商文化重鬼神而轻社稷,与重社稷而轻鬼神的姬周文化有异。由此可见,《史记·孟子荀卿列传》称墨子'宋大夫',当有所据。"氏著《中国墨学通史》,第19页。

③ 陈梦家:《殷墟卜辞综述》,中华书局,1988年版,第581页。

④ 《诗经·大雅·烝民》。

⑤ 《诗经·大雅·皇矣》。

门徒们一方面扩展着儒学势力，另一方面也互争正统，各自标榜。在这一进程中，儒家的所谓"周道"之礼数愈演愈繁，形式化的问题日渐严重。以《荀子·非十二子》所批评的儒家门徒为例：

> 弟佗其冠，神禫其辞，禹行而舜趋，是子张氏之贱儒也；正其衣冠，齐其颜色，嗛然而终日不言，是子夏氏之贱儒也。

可见，孔子门徒们开始以衣冠儒服等作为圣人之徒的表征，《庄子·田子方》载："举鲁国而儒服。"其时，影响力之大可见一斑。这种风尚一方面固然符合儒家重礼的特点；另一方面，推至极端则开始有仪而无礼，甚至可以说与孔子所主张的"与其奢也，宁俭"相违背①，而后世所讥讽的腐儒之气也就应运而生了。《庄子·外物》载有"儒以诗礼发冢"，虽为戏谑之语，亦可见战国时代的一种风向。从特定视角来观察，墨子所反感的"其礼烦扰而不悦，厚葬靡财而贫民，久服伤生而害事"，与其说是反孔，莫若说反对的是孔门后学②。所以在《墨子·公孟》中，对于儒者公孟子所提出的"君子必古言服，然后仁"。墨子斩钉截铁地回答道："同服或仁或不仁，然则不在古服与古言矣。"由此可以看出，当时儒者的形式化已发展到了很严重的地步，而墨子针锋相对，所重的乃是内在的"仁"之精神，"古服与古言"的外在形式在他看来实在是无关紧要。诚如侯外庐等所指出的：

> 如果说孔子是以内容为先形式为后，而订正西周文化（《诗》、《书》、礼、乐）；则墨子是以内容高于一切，形式不妨唾弃，而发展西周文化。这是孔、墨显学所争持的要点之一。③

---

① 《论语·八佾》。

② 在《墨子》中有著名的《非儒》篇，杨俊光指出，要将"儒"与"孔"分开，"墨子是只非过'儒'而没有非过孔"。氏著：《墨子新论》，江苏教育出版社，1992年版，第364页。

③ 侯外庐、赵纪彬、杜国庠：《中国思想通史》第一卷，第134页。

可以说,正是后儒们形式化的腐朽刺激了墨子的反儒,从一定意义上说,当他抛弃周礼形式的时候,恰恰是在追求一种周道精神。当然,极具讽刺意味的是,当墨子反对极端时,却制造出了更大的极端,最终出现的后果竟是《庄子·天下》所谓的:"其行难为也。恐其不可以为圣人之道,反天下之心,天下不堪。墨子虽独能任,奈天下何?"

四、"取舍不同":从尧舜到周公
——孔、墨的先圣谱系及其意义

《韩非子·显学》说:"孔子、墨子俱道尧舜,而取舍不同,皆自谓真尧舜。"这段话透现出先秦时代儒墨对于"尧舜"话语权的激烈争夺。那么,儒、墨为何会选择尧舜为自己的精神资源? 它们又何以"取舍不同"? 与"周道"的关系如何呢? 这些问题的解答,对于厘清儒墨文化关系具有重要的意义。

概言之,所谓"俱道尧舜,而取舍不同",乃是承认共同的圣王谱系,而取不同的路径。如简单加以归纳,其差异主要在两大方面,一是二者起点一致,终点不一。二是儒家看到了先圣系统的同与异,故而呈现出明显的阶段性和梯次性,而墨家则只选择性地突出圣王之"同",不及其异。

具体说来,尧舜同为谱系起点,但在儒家那里,以周公为下限,墨家则以"文武"作为终点。在儒家看来,尧舜以来直至文、武、周公,一方面有着共同面,另一方面,又同中有异,各具特色。由于特异性的存在,按照儒家理论,可将尧舜至周公以来的谱系划为三段,第一段是尧舜时代;第二段为周公之前的三代时期;第三段则是周公以来的时代。在儒家名篇《礼记·礼运》中,最能看出这种发展轨迹。为了便于讨论,先将相关文字引述如下:

> 大道之行也,天下为公。选贤与能,讲信修睦。故人不独亲其亲,不独子其子,使老有所终,壮有所用,幼有所长,矜寡孤独废疾

者皆有所养。男有分，女有归。货恶其弃于地也，不必藏于己，力恶其不出于身，不必为己。是故谋闭而不兴，盗窃乱贼而不作，故外户而不闭，是为大同。

今大道既隐，天下为家，各亲其亲，各子其子，货力为己，大人世及以为礼，城郭沟池以为固。礼义以为纪，以正君臣，以笃父子，以睦兄弟，以和夫妻，以设制度，以立田里，以贤勇知，以功为己。故谋用是作，而兵由此起。禹、汤、文、武、成王、周公，由此其选也。此六君子者，未有不谨慎于礼者也。以著其义，以考其信，著有过行仁讲让，示民有常。如有不由此者，在执者去，众以为殃。是谓小康。

对照《礼记·礼运》的阐述，可以发现，作为第一阶段的尧舜时期，可对应"天下为公"的"大同"时代，政治上以禅让为特点；第二、第三阶段虽同属于"天下为家"的"小康"时期，政治上的特点是变禅让为世袭。但是，以周公制礼为标志，殷周之际成为又一分水岭，之前的"文武时代"只是二代的延续，简言之，因多革少。只有当周公礼乐出，不仅实现了"郁郁乎文哉"的革命性转换，也使得周"文"之特点得以最终确立，此后，周公及宗周礼乐之盛便几乎成了西周政治的代名词。

儒家如此分出阶段与梯次，自有其理由。而最根本之理由，简言之，因时代变迁，而不得不进行理想与现实的统一。众所周知，儒家自孔子以来，以周公为楷模，接续和发扬文王以来的"周道"。冯友兰指出："孔子自己所加于自己之责任，为继文王、周公之业，则甚明也。"[①] 然而，另一个重要事实是，在孔子看来，有征伐和武力的"文武之道"并非最高政治，最高者乃是讲求禅让的尧舜之治，孔子称之为"尽美尽善"，二者是判然有别的。只是由于历史的变迁，既然事实上不可能做到，所以希望恢复的只是周政，也就是孔子所说的"尽美未尽善"[②]。再

---

① 冯友兰：《中国哲学史》上册，第 50 页。

② 《论语·八佾》："子谓《韶》曰：'尽美矣，又尽善也。'谓《武》：'尽美矣，未尽善也。'"

进一步言之，从禅让到世袭，乃时代之选择，非最善者。在进入"天下为家"之后，也只能适应此种变化，故而选择最为切合的"周道"及宗周礼乐。① 从这个意义上来说，儒家取"周道"，就"同"而言，它是尧舜以来德政精神的一脉传承；从"异"来看，则是取最为切合时代的"王道"而已。

然而，同是尧舜以至周，在墨家理论中，却难以发现这种差异性的表述，侯外庐指出：

> 墨子的社会思想，有原则与方法，其原则在于以下二语："求兴天下之利，除天下之害。"（散见各篇）其方法则分言五项、十事。②

大凡研习诸子之学者皆知，所谓"五项、十事"，即《墨子·鲁问》篇中所归纳的尚贤、尚同；节用、节葬；非乐、非命；尊天、事鬼；兼爱、非攻。翻检《墨子》，可以发现，"尧舜禹汤文武"往往连及而言，他们不仅"兴利除害"的原则是一样的，对于五项、十事也持完全一致的态度。从表面上来看，这似乎是增加了墨学理论的说服力，然而，稍一细究，如此之雷同，则改造之痕迹反倒是昭昭然了。易言之，此圣王乃墨子之圣王，圣王体系在墨学中已作了重要的改造。

因这种改造，它与儒家之尧舜系统的确有了很不一样的特色。再进一步言之，因墨学所强调的趋同面，使得尧舜以来的圣王系统有了一以贯之的理念，阶段性被淡化，直至成为墨学理论的注脚。比照儒学，其最重要的表现在如下几点：1. 因政治上同贯于尧舜，推重尚贤，而淡化周代以来的宗法政治。《中庸》说："仁者，人也，亲亲为大。义者，宜也，尊贤为大。亲亲之杀，尊贤之等，礼所生也。"所以在儒家那里，虽讲求尚贤，甚至认同禅让，但在"天下为家"的时代，"尊尊"必配于"亲亲"，从而形成一套一体两面的宗法礼制。然而，这种"亲亲尊尊"在墨

---

① 相关论述，亦可参看拙文：《汉初政治中的儒家无为与道家无为》，《江西师范大学学报（哲社版）》2008 年第 4 期。

② 侯外庐：《中国古代思想学说史》，第 120 页。

家那里，就去"亲亲"剩"尊尊"了。2. 从人性角度来说，去亲亲之仁，爱无别，无差等，形成"兼爱、非攻"的理论基础，而为了使"爱"得以统一，就必须"尚同"，将思想统一起来。3. 墨家思想的统一乃是一种外在管束，为了达成目标，就必须让最权威的鬼神、天志介入世俗生活。就论题所及，这些趋同面都最终上推到了尧舜，一种讲求神权，不要私人利益，人人爱无差等的理想社会跃然纸上。这与周公以来的宗法社会实在相差太远，故而，墨子的尧舜谱系只追溯到文武，而儒家则必须到周公，为此，王桐龄指出："孔子理想之教主，于尧、舜、禹、汤、文、武之外，加入周公。……墨子理想之教主，则限于尧、舜、禹、汤、文、武，此理想之异者。"①

这样的思想路径，的确很容易让人心生墨子在远离"周道"的感觉，故而有学者说："墨家要借助夏禹来压制儒家的文王、周公。"②然而，在墨学那里，文王与周公本就不是一体，文王或"文、武"才是尧舜谱系的一部分。在此，我们要问的只是：这种"道尧舜"是否与采"周道"会产生矛盾呢？答案是否定的。因为"周道"与"尧舜之道"本就紧密相连，从一定意义上来说，"道尧舜"实质上是"周道"发展的时代结果，而"取舍不同"则由儒墨的"周道"差异所引致。

毫无疑问，"尧舜之道"为儒、墨共同的精神资源。然而，倘就形式上来看，"道尧舜"又实非儒、墨所专有，因为战国时代百家皆言"尧舜"，只是"批判的态度不尽相同"而已③。而这种不同，如据立场和态度作一区分，则无疑有着贬斥与褒扬的差异。前者以法家最为代表，如在《韩非子·显学》中，就对"尧舜之道"嗤之以鼻；而儒、墨无疑是同属后一阵营了，从这个意义来看，所谓"俱道尧舜"者，实质上是"俱宗尧舜"，即同为"尧舜"精神的追随者。翻检史籍，儒家宗"尧舜"自不必说，《中庸》载："仲尼祖述尧舜，宪章文武。"朱熹解释道："祖述者，远宗其道；宪

---

①　王桐龄：《王桐龄论墨子》，蔡尚思主编：《十家论墨》，第53页。
②　吴龙辉：《原始儒家考述》，中国社会科学出版社，1996年版，第119页。
③　郭沫若：《十批判书》，东方出版社，1996年版，第102页。

章者,近守其法。"①不仅如此,《尚书》以尧舜开篇,道统痕迹呼之欲出;《论语》中也多次提到尧舜,如《泰伯》篇:"大哉尧之为君";《卫灵公》篇:"无为而治其舜也与。"与此同时,《墨子》一书中也动辄"尧舜",丝毫不逊于儒。《尚贤上》更是直言:"尚欲祖述尧舜禹汤之道,将不可以不尚贤。"同为"祖述",至少说明两点:一是都取法尧舜;二是它们都是"远宗其道",而非"近守其法",简言之,都是从精神上进行追溯,至于具体的举措,则别有情怀。

从本质上来看,所谓的"道尧舜",不过是"托古"风尚的一种表现。前已论及,战国以来由于对现实的失望,"言古"之风大盛。在慕古之思中,圣王谱系的追溯成为核心。除尧舜外,伏羲、神农、黄帝等在那时也纷纷进入诸子论域,而且时间愈古,事迹愈缥缈,遂使得后世古史辨派以"层累"概言之。《淮南子·修务训》说:"世俗之人,多尊古而贱今,故为道者必托之于神农、黄帝而后能入说。"毫无疑义的是,在这一谱系中,真正能确知的乃是西周,以及西周所传承的尧舜以来的经学故事。司马迁在撰述五帝故事时,特别指出:"学者多称五帝,尚矣。然《尚书》独载尧以来,而百家言黄帝,其文不雅驯,荐绅先生难言之。"②这说明在文献记载上,尧舜以来有脉络可循,而此上的五帝等古帝王故事难以征信。于是立基于《诗》、《书》系统,"考信于六艺"最终成为严肃的态度③。

这样,因尧舜问题,儒墨就具有相当的同质性,且都与"周道"相关联。具体说来,儒墨都以承接西周以来所形成的道统为己任,历史主义与道德主义的色彩极为浓厚。从表面上看,比之儒家重"周道",似乎墨家才是传承更古的尧舜道统,但是,前已言及,他们都只是"祖述尧舜",立足点却别有所在。而且更为重要的是:

1. 道统之论最早可追述至西周初年,周公等人曾明确提出夏商周

---

① 朱熹:《四书章句集注》,第37页。

② 《史记》卷1《五帝本纪》,第46页。《大戴礼记·五帝德》亦引孔子言:"禹、汤、文、武、成王、周公。夫黄帝尚矣……先生难言之。"

③ 《史记》卷61《伯夷列传》,第2121页。

的内在承接关系，及圣王得天命的意义。此点在《尚书》的周初"八诰"中被反复论及，亦为文史研习者所熟知。

2. 从文献角度来看，今日所见之"尧舜"，乃由周代以来的文献所承载，后演进为儒墨共为看重的《诗》《书》系统，从事实的选择及理念的渗入来说，他们既是尧舜时代的"尧舜"，更是周代的"尧舜"。一个可注意的重要事实是，与其他诸家不同，皆属搢绅先生的儒墨对于圣王仅上推到尧舜，论证基础乃是立足于周系统的典籍之上，于是，对于渺不可知的黄帝及以上的古事多不采信。翻检典籍可以看到，墨子熟悉《诗》、《书》系统，讲究"本之古者圣王之事"，并奉其为"三表"之首①。此与儒家毫无二致。

3. 比之尧舜以上的其他古帝，尧舜无疑更具圣人性，而神农、黄帝等则更具神性。这恰是西周人文主义的要求。或许有人会说，儒家重圣统，重人文主义人所共知，墨家不是鼓吹天志、明鬼吗？何曾有些许人文色彩呢？然而，细加考量，却不难发现另一个重要事实：墨家所谓"古者圣王之事"完全来自西周系统，遵循着西周以来"有典有册"的历史主义传统，虽鼓吹"天志"，但这些古圣王一般并无神性，他们都是人——圣人。与儒家不同的是，这种圣人要去主动符合天之意志而已，从这个意义来看，儒学是以人性的发扬而消除神性色彩，墨学则强调在神、人二分中，以人性去发扬神性。它们的差异当然是明显的，但是有一点却是共同的：落脚点在人之上。

不仅如此，在考察从"周道"到"尧舜之道"的发展轨迹时，笔者更发现另一个重要的事实：当历史转入战国，儒家一方面不放弃孔子所强调的文武周公之道，另一方面则大谈"尧舜之道"，这一点不仅有传世文献加以证明，②近年来的出土文献，如郭店楚简的《唐虞之道》、上博简《容成氏》等也能佐证此种趋向。就本论题而言，必须指出的是，这两方面的整合与调整不仅有儒学内在理路的驱动，更有墨学的外在刺激，而

---

① 《墨子·非命上》。

② 如《孟子·滕文公上》载，孟子一方面以"周公、仲尼之道"为儒学表征；另一方面，"道性善，言必称尧舜"。

反过来,这一后果又推动了墨学对"周道"及相关理论的吸纳与接受。问题的复杂性只在于,由于战国以来儒墨之间极为密切的互动与吸纳,二者在纠缠中不断演进,遂使后世往往治丝益棼,难见本相。故而,今天在儒墨视野下,对"周道"的战国走向及与"尧舜之道"的关系作一历史性的梳理,实有必要。

由前已知,"周道"作为"三代之道"的典型和代表,在儒家理论中占据着显赫的地位,从一定意义上说,所谓"尧舜之道"乃由"周道"或"三代之道"上推而来。所以在孔子时代,虽然尧舜一再被提及,但比之于"文、武、周公",他们只是遥远的"曰若稽古"之往事。故而,翻检《论语》可以看到,孔子少言尧舜,"周"之上,更多的也是言及包含周在内的"三代",如在《卫灵公》中,孔子提出:"斯民也,三代之所以直道而行也。"而在战国儒学中,尧舜所在的"有虞"一代,比重明显上升,所谓"四代"的提法开始兴盛。在大小《戴》中此类提法更是俯拾皆是,如《礼记·学记》:"三王四代唯其师。"郑玄注:"四代,虞、夏、殷、周。"《大戴礼记·四代》:"四代之政刑,皆可法也。"

从"三代"发展到"四代"并论,实质上就是将"公天下"的尧舜时代与"家天下"的三代等量齐观。这种变化与墨子有着巨大关联,或者也可以说,这就是战国儒学对墨学刺激的一种呼应。可注意到的一个事实是,"三代"在孔、墨处已成为固定的专有名词,并得以鼓吹阐扬,而唐尧虞舜只是附带于"三代"之上。在《论语》中,与"四代"有关的提法仅见于《卫灵公》篇:"行夏之时,乘殷之辂,服周之冕。乐则韶舞,放郑声,远佞人。郑声淫,佞人殆。"此段章句先言"三代",然后才及尧舜时代的所谓"韶舞",朱熹认为,此为"取其尽善尽美"之意①。然而,先"夏商周",再"虞",此种排列明显不合时代与文例,故而,清儒多认为"韶舞"应为"韶、舞",前者指韶乐,后者则通"武",为武王之乐。如俞樾就认为:

夏时、殷辂、周冕,皆以时代先后为次。若《韶》、《舞》,专指舜

---

① 朱熹:《四书章句集注》,第 164 页。

乐，则当首及之，惟《韶》《武》非一代之乐，故列于后。且时言夏，辂言殷，冕言周，而韶舞不言虞，则非止舜乐明矣。①

清儒的观点看起来很有道理，但实质上却执于一端，颇有些胶柱鼓瑟了。可注意到的是，韶舞与郑声对立而言，不过是突出礼乐中需用善乐，去淫声，此乃孔子的一贯主张。在此段章句中，孔子所讨论的实质上还是用三代之制，并未将虞舜与之连为一体，当虞与郑作为一系时，不过是纵谈礼乐的需要，从中是看不出明确的"四代"观念的。到了墨子时代，"尧舜禹汤文武"往往连及而言，实质上已是"四代"并立，这是其建立一以贯之的圣王谱系的需要，此点前已论及，不再赘述。然而，墨子虽建立了自尧舜以至文武的谱系，但不经意处还是留下了一些历史的痕迹。按照常理及后世体例，"尧舜禹汤文武"自然是"四代"帝王，可是在《墨子》中却称之为"三代圣王"，而从无"四代"的说法。如《天志中》："昔三代圣王尧、舜、禹、汤、文、武。"《明鬼下》："昔者虞、夏、商、周三代之圣王。"这说明了什么？墨子与孔子时代相距不远，犹在沿用"三代"专有名词，而不知所阐释范围已溢出边界。这样，墨子就成了儒家从"三代"走向"四代"理论的一个中转站，所以，号称"辟墨"的孟子，就不仅高谈三代的文武之道，而且"言必称尧舜"了，从某种程度上来看，是墨子使得儒家道统观演进更为完整严密②。

傅斯年说："墨子出于礼云乐云之儒者环境中，不安而革命，所以墨家所用之具全与儒同，墨家所标之义全与儒异。"③所以，作为生长于周代政治文化中的儒、墨学说，无论怎样相反相成，终究是在"周道"及"三代之道"土壤上结出的果实，所谓同质而异理。质言之，墨与儒一样，其

---

①　刘宝楠撰、高流水点校：《论语正义》，中华书局，1990 年版，第 623—624 页。

②　韦政通说："我们没有证据说孟子的道统观是受了墨子的启发，但从思想史的观点来看这是很有可能的，因为孔子的托古思想中还不曾有道统的自觉。"氏著：《中国思想史》，上海书店出版社，2003 年版，第 70 页。

③　傅斯年：《战国子家叙论》，氏著：《史学方法导论：傅斯年史学文辑》，中国人民大学出版社，2004 年版，第 137 页。

圣王系统扎根于西周政治文化之上，与周道的关系且深且巨。故而它们遵循和拓展周所开辟的道统路径，并在刺激与互动中，使得谱系愈加显明完整。比之他家，总体上来说，它们都守护着历史主义的规范，以人文主义为底色，阐扬道德主义，从特定视角来看，完全可以说，儒墨之尧舜都由"周道"上推而来，它们既属于尧舜，也属于周，更属于春秋战国那个大时代。

五、"非儒而不非周"：墨学弃鲁用齐说

清儒汪中指出："墨子固非儒而不非周也。"[1]不仅"不非周"，从特定视角来看，儒"从周"；墨亦"从周"。那么，同为宗周，产生墨、儒差异的文化土壤何在呢？笔者以为，需深入到春秋战国的齐鲁文化中去探究。

众所周知，自春秋以来，王室衰微，宗周文化的中心在鲁，而鲁文化又主要在两大方向上展现着"周道"：一是经学；二是周礼[2]。就前者而言，六经系统为"周道"最为重要的文献载体。前已言及，墨子熟悉和运用着这套文化工具，与儒者一样，皆为那个时代的缙绅先生。故而蒙文通提出："夫儒、墨同为鲁人之学，诵《诗》、《书》，道仁义，则六经固儒墨之所共也。"[3]笔者以为，作为鲁文化代表的儒学，固然是承接和发展了典籍、典制的一体两面，理所当然地成了正统宗周文化的继承者；墨学则是"一半西周"，它虽有重经学的一面，但其反宗周礼乐，尤其是"非乐"的另一面却也斑斑可见，二者的差异是十分显然的。从这个角度去

---

① 汪中：《墨子后序》，孙诒让：《墨子间诂》附录，第 671 页。

② 《左传》昭公二年云："(韩宣子)观书于大史氏，见《易象》与《鲁春秋》，曰：'周礼尽在鲁矣，吾乃今知周公之德，与周之所以王也。'"襄公二十九年则载有季札观诗乐之事。

③ 蒙文通：《论墨学源流与儒墨汇合》，《先秦诸子与理学》，广西师范大学出版社，2006 年版，第 94 页。

看，如果所谓"鲁人之学"不是仅仅由出生地或鲁人身份来简单加以确定①，那么，蒙氏所谓的"儒、墨同为鲁人之学"就颇值得怀疑了。概言之，儒墨有别，儒家所谓"从周"，乃是承接周文化的正统：鲁文化；而墨学之"周"，则来自周之别宗：齐文化②。

对于齐、鲁与周的政治文化关系，杨向奎作过精辟的研究，他指出：

> "周礼在鲁"是宗周礼乐文明的嫡传，而齐偏离此一轨道，虽有"齐一变至于鲁，鲁一变至于道"的适当概括。"道"也就是宗周的礼乐文明……因之鲁国实为宗周文化之正统，而齐、晋为其小宗。③

就论题所及，可以注意到，作为齐鲁文化的两大分支，从"同"来说，鲁文化与齐文化乃"同"于"周道"之上，虽鲁更正宗，但齐也是"周道"的重要承接者。故而在《论语·雍也》中才会有："齐一变，至于鲁；鲁一变，至于道"的表述。由"异"来看，齐比鲁更为驳杂，既造就了比之于鲁更为开放、实用的齐文化，同时与鲁之"纯"、"文"相较，齐文化相对不够严谨，带着几分"野"气，也是不争的事实。所以，孔子曾被讥为"迂也"（《论语·子路》）；孟子则"迂远而阔于事情"（《史记·孟子荀卿列传》），从某种程度上看，这在本质上反映的是对鲁人之学的讥评。与此同时，孔子认为齐需"一变"才能"至于鲁"，乃明显不纯；而孟子则常常瞧不起齐地文化，并视其为"齐东野语"（《孟子·万章上》）。简言之，虽齐、鲁文化同源于"周道"，却发展出了相当不同的性格，也正因为此，齐鲁之间的竞争从来不断，它不仅是军政的需要，更包含着文化的争胜。

---

① 学界有学者认为墨子为鲁人，但即便如此，也未必就是鲁学，这就好像董仲舒是广川人，却不属于所谓的冀州之学，而是齐学代表。

② 有学者虽注意到墨学与齐鲁文化的关联，但将齐鲁文化看作一体而加以讨论，未注意到齐、鲁之别对于墨学的影响。参看丁原明《墨学与齐鲁文化》，《管子学刊》1993 年第 2 期。

③ 杨向奎：《宗周社会与礼乐文明》（修订本），人民出版社，1997 年版，第284—285 页。

翻检史籍,自立国之初,齐、鲁之间这种不同的文化性格就得以确立。《史记·鲁周公世家》载:

> 鲁公伯禽之初受封之鲁,三年而后报政周公。周公曰:"何迟也?"伯禽曰:"变其俗,革其礼,丧三年然后除之,故迟。"太公亦封于齐,五月而报政周公。周公曰:"何疾也?"曰:"吾简其君臣之礼,从其俗为也。"及后闻伯禽报政迟,乃叹曰:"呜呼,鲁后世其北面事齐矣! 夫政不简不易,民不有近;平易近民,民必归之。"

此段故事很可能是后世生造,但却反映出了齐、鲁很不同的文化性格:鲁拘守,少变通,礼文繁复;而齐则尚功利,讲速度,从其俗,故而政简易。简言之,齐的核心优势特点是功利主义和效率优先,反之,鲁人之学则讲究中庸与"必世而后仁"[①]。这或许就是齐鲁文化产生差异的政治生发点吧。王志民指出:"在观念形态上,齐文化更注重事功、物利,即有更强烈的功利观念。这与鲁文化重视义理、道德的伦理型文化形成鲜明对照。"[②]而这两种风格中,显然是齐更接近于墨,因为墨子思想中很重要的一个特征就是"功利主义的价值观","思想之中心,在于'兴天下之利'"[③]。所以翻检《墨子》,常常看到一个"急"字,而墨子本人也是以天下为忧,急急奔走,凡事皆问当下效果的形象。很显然,这就与讲究雍容礼让的儒学及鲁文化划开了界限。

质言之,就墨学与鲁文化的关系来看,二者之间在思想性格上很不同调。可以断言的是:无论是否受学于鲁,墨子最终与鲁学分道扬镳,故而墨学非鲁地之学或鲁人之学,乃是明确无疑的事实。再具体言之,要讨论春秋战国以来的鲁学,必涉及三大层面:一是儒学。《淮南子·

---

① 《论语·子路》。儒家的这套理念在乱世之中显得跟不上节奏,故而《庄子·列御寇》中儒者名"缓",虽是寓言,实含深意。

② 王志民:《齐文化论稿》,山东大学出版社,1995年版,第19页。

③ 韦政通:《中国思想史》,第72页,劳思光:《新编中国哲学史》一卷,广西师范大学出版社,2005年版,第217页。

齐俗训》载："鲁国服儒者之礼,行孔子之术。"《史记·游侠列传》则说："鲁人皆以儒教。"从特定视角来看,战国以来,儒学与鲁文化已渐为一体,不接受儒学就势必偏离鲁文化。由此,作为"非儒"的墨学既不能改造儒,就难以在鲁文化中取得一席之地,只得让城别走,离鲁日远。二是礼乐文化。自春秋以来,宗周礼乐在兹,并影响和造就了鲁文化。故而有学者说,鲁文化的"显著特色"是"以礼乐为中心"①。那么,作为"非乐"的墨学又怎么可能代表鲁人之学呢? 三是周公问题。周公既是鲁文化的源头,也是儒家最直接的精神资源。然而,翻检《墨子》可以看到,虽然对于周公给予了足够的尊重,但"非乐"等立场,决定了他被排除在圣王系统之外,淡化周公地位是墨学的主基调。此三大层面,墨学皆排之,其与鲁文化的关系如何,则可想而知了。

当然,我们也并不由此就简单地否认墨子或墨学完全没有受到儒学及鲁文化的影响。"学儒者之业,受孔子之术",不会是空穴来风,墨子能反儒、非儒,其基础就在于早年能学儒、通儒,最终入室操戈,相反相成。但如果由此认定,墨与儒"同为鲁人之学",则未必准确。且不说反宗周礼乐的问题,即使从经学的阐释来说,墨学与儒学的学术性格也颇为迥异。一个重要的事实是,在春秋时代,六经系统固然在鲁,但并非鲁地垄断,它既是鲁文化的重要依凭,更来源于周,易言之,他国亦当有经学之传承。墨子的少时受学及生长环境大抵在齐鲁之间,而齐地亦为传经重地,从区域文化来说,齐鲁有同有异,互为影响,在春秋时代已构筑出一个大的齐鲁文化圈。诚如有学者所指出:"齐鲁两国在文化上各具特色,并且位居当时华夏文化的领先或者中心地位。"由于它们都承周而来,故而,"两国文化终究大同小异"②。那么,作为生长在齐鲁大地的墨子,既要不离毁"周道",又要弃鲁而去,别立新宗,首要选择就应该是齐地之学。这一点除了前面的证据,在《墨子》一书中也能找到很多蛛丝马迹,其中最简明的证据在《墨子·所染》:"武王染于太公、

---

① 郭克煜等著:《鲁国史》,人民出版社,1994 年版,第 298 页。

② 杨朝明、于孔宝:《齐鲁文化通史》(春秋战国卷),中华书局,2004 年版,第 13、15 页。

周公。"众所周知,太公与周公被奉为齐、鲁两国的开国之君,但就地位而言,周公明显高于太公,而在此句中,太公位于周公之前,显然不合位序。当时的鲁人对于此点更为看重,绝不混淆。《国语·鲁语上》载鲁人赴齐告糴,此时有求于齐,在两语"周公、太公"中,也绝不因有所求而将太公排序于前。这种排序应该只是齐地习惯,它反映的是齐人的骄傲与认识①。故而,由此一点,墨学就绝不可能是鲁人之学,而应是依凭于齐地之学。

当然,对于学派及学术的研究,最终要深入到其理论及逻辑系统中去加以研判。从这个思考方向去观察,亦可以看出的是:墨学在与齐文化具有一致性的同时,却与鲁文化及儒学在同一层面歧异颇多。兹从三方面加以证明:

首先,从社会关怀来看,墨家是重食主义,而儒家则是重礼主义。众所周知,物质生产和精神文化为社会发展的两轮,但何者为重呢? 这一问题自春秋战国以来即争论不休,故而在《孟子·告子下》中,才有"礼与食孰重"这样的发问。大体说来,儒家自孔子以来,一方面重视经济建设的基础性地位,另一方面,更为强调富裕之后社会教化的关键性作用。故而在《论语·子路》中,提出了"富之"、"教之"的观念,在《季氏》中则指出:"不患寡而患不均,不患贫而患不安。"而在《学而》中有"富而好礼"的提法。质言之,在孔子看来,物质生产及走上富裕之路是社会发展的首要目标,但建立礼乐社会,人人成为君子才是最高境界,而在这一过程中,教化必须进入,因为物质的提高并非就一定带来精神的提升,所以《礼记·学记》才会说:"人不学,不知道。"儒家的这种信念与推崇周公礼乐的鲁文化大有关系。作为传承宗周文化的鲁国固然也有重农,重视生产的一面,但从本质上来看,这只是起点,不是最高境界,因为物质的生产最终是为礼乐社会服务的,也即《礼记·学记》所谓的"建国君民,教学为先"。

---

① 在《孟子·公孙丑上》中,孟子对他的学生齐人公孙丑还曾抱怨道:"子诚齐人,知管仲晏子而已矣。"可见齐人对本国圣贤的看重。

而齐国更为强调经济建设的核心地位，对于礼的重要性则放置次席。《管子·牧民》说："仓廪实而知礼节，衣食足而知荣辱。"这种理念固然包含着某种真知灼见，但对教化的忽视及简约化，往往会推出物质决定论。在这一理念下，似乎认为，随着物质社会的发展，精神境界的提升指日可待。然而，齐国经济的发展总体上强于鲁，文化与礼制建设却相对逊色，二者并不同步。如《左传》成公十八年载，齐太子光参加会盟时因违礼而遭人讥讽，太子尚如此，齐风如何则可想见了。由此，从某种视角去看，完全可以说，齐"质"鲁"文"，在齐鲁竞争中，鲁人的骄傲在于文化；齐人的骄傲则在于经济政治实力。而墨学则在理论上将此种齐风推至了极端，前已言及，墨学推崇"先质而后文"，在《墨子·七患》中则说："时年岁善，则民仁且良；时年岁凶，则民吝且恶。夫民何常之有？"在这里，物质的生产已成为人性的决定力量。李泽厚说："作为墨子思想的基础和出发点，概括说来，似乎可说是强调劳动特别是物质生产的劳动在社会生活的重要地位。"[①]其实，强调物质生产并无不对，"基础和出发点"更是不争的事实，但是，如果这种"基础和出发点"变成了社会关怀的核心甚至是最高目标，那么，质野之风及简单的物质决定论也就将不可避免地阻碍社会品质的提升。

其次，从人性伦理来看，儒学及鲁文化讲求亲缘，并推崇由此发展出的宗法社会。从一定意义上说，正是这种礼乐为表，血缘宗法为里的融合造就了所谓的周公之政。鲁国承袭此风，"是一个典型的宗法农业社会"[②]，鲁文化中可谓浸透了此类理念。而孔子儒学中的所谓仁、孝等，也皆可在此种亲疏有别的伦理中找到理论生发点。所以《中庸》说："仁者，人也，亲亲为大。"而墨子却反其道行之，大力张扬"爱无差等"的兼爱观念。质言之，从一定程度上看，儒家将人性中最天性的自然亲情

---

① 李泽厚：《墨家初探本》，氏著：《中国古代思想史论》，天津社会科学院出版社，2003年版，第47页。

② 郭克煜等著：《鲁国史》，第17页。

作为伦理原点，并进行以己推人的扩展。① 而墨家则力图抹平差异，将人性中的悲天悯人之性推至极端。有学者指出："儒、墨的分歧即是由此展开的。"更有学者说："墨家批儒的核心当然是针对儒学的'爱有差等'。"② 而如将此种差异反映到齐鲁政治文化上，最为显明的特点就是：鲁国因为爱之"别"，政治之基乃建立在宗法之上，尚贤或多或少受到了限制；而齐国则尚贤为先，亲亲为次。《吕氏春秋·仲冬纪·长见》载：

> 吕太公望封于齐，周公旦封于鲁，二君者甚相善也。相谓曰："何以治国?"太公望曰："尊贤上功。"周公旦曰："亲亲上恩。"太公望曰："鲁自此削矣。"周公旦曰："鲁虽削，有齐者亦必非吕氏也。"

杨向奎指出："周公尊亲，乃西周宗法社会的传统；太公举贤，遂开后来政治尚贤的先声。这些记载，虽不必符合周公、太公的本来面目，但齐鲁体用不同，则是事实。"③ 就论题所及，可以看到，齐政治文化中的尚贤为先，及对于宗法的相对淡薄，很容易突破"一人天下"或"一家天下"的模式。所以，从先秦到两汉，此地一直有"天下非一人之天下，乃天下人之天下也"的观念④，由此来看墨学的"兼爱"，及由此发展出的去亲亲，惟尚贤的认知，与此若合符节。从历史的角度来看，或许正是齐文化为它提供了理论底本。

再次，宗教观的问题。众所周知，儒学敬鬼神而远之，一直在试图

---

① 《孟子·梁惠王上》说："老吾老以及人之老，幼吾幼以及人之幼，天下可运于掌。……言举斯心加诸彼而已。"

② 路德彬、赵杰：《论儒家伦理观的真髓及其价值：从儒墨比较谈起》，《齐鲁学刊》1992年第1期，第118页；薛柏成：《墨家思想新探》，黑龙江人民出版社，2006年版，第26页。

③ 杨向奎：《宗周社会与礼乐文明》（修订本），人民出版社，1997年版，第284—285页。

④ 《六韬·文韬·文师》："天下非一人之天下，乃天下人之天下也。同天下之利者，则得天下；擅天下之利者，则失天下。"而据《汉书·谷永传》，西汉时代来自齐学的谷永亦提出同样的理念。

淡化宗教问题；而墨家则笃信鬼神。如果结合人性论及宗法问题可以发现，当儒家将人性中的"亲亲"作为理论起点时，就决定了它的世俗性；而"兼爱"所带来的无差等主义则不可避免地要走上宗教化道路。故而，在《墨子·公孟》中，墨子提出："儒之道足以丧天下者四政焉"，其中第一条就是"儒以天为不明，以鬼为不神，天、鬼不说，此足以丧天下"。而这两者的差异也可以投射到齐鲁政治文化之上，也即是，鲁奉行周公以来的人文主义传统，革除了此地的旧风；而齐则因俗而立，事鬼神之风浓烈。《史记·封禅书》载有太公立国后，"行礼祠名山大川及八神"以及齐人"依于鬼神之事"。有学者指出："这显然继承了'殷人尊神，率民以事神'的传统，而与周人的事鬼敬神而远之的风习大不相同。"①不仅如此，据《汉书·地理志下》，齐地好巫成风，甚至到汉时犹然，可见此地鬼神观之浓烈。

必须指出的是，齐之风尚虽受当地的巫风传统之影响，但还不能就此说，这是对周道的一种变异或背离。因为当年的西周王朝也曾注重鬼神，转折在于周公的礼制改革。有学者通过对地下文献的细致研究，指出："殷末周初时期周文王和周武王曾大规模地袭用殷礼……而到成王、周公时代对祭祀制度进行了改革，吸纳殷礼，完善周人古礼，于是形成了一套新礼制。"②如果要说周公改革之后，与此前有何本质的不同，则在于神权越来越淡漠，人文主义日渐兴盛，这既与此前早期国家阶段的神权政治划开了界限，也为后来的儒家开辟了理论道路。所以从这个角度来看，鲁承周道，来自周公之政；齐承周道，却是限于尚保留着浓厚鬼神痕迹的文武时代。而在《墨子》可以发现，"文武"是圣王谱系的下限，从尧舜到文武，个个重鬼神，恰恰对周公的人文主义取向闭口不谈。同样地传承"周道"，同样的鬼神倾向，墨学与齐文化的关系不容忽视。

总之，墨学所谓的"非儒不非周"，很大程度上是在同属"周道"的齐

---

① 王志民主编：《齐文化概论》，山东人民出版社，1993年版，第24页。
② 王晖：《古文字与商周史新证》，中华书局，2003年版，第189页。

鲁文化中,进行了弃鲁用齐的选择,墨学的周道精神在很多方面都体现和发展了齐人之风。从一定意义上甚至可以说,儒、墨之争衡,是"周道"之下的两种同宗亚文化:齐、鲁之道的竞争与发展,它们虽赋予了时代的内容,浸透了孔子、墨子等思想家的天才,但从思想的根子来看,说它们起于"周道",又归于"周道",殊途同归,应该不算大谬。

结　　论

本文以墨子"背周道而用夏政"之说为切入口,通过考察墨学与"周道"问题,旨在对先秦儒墨关系,及与此相关的诸问题进行文化解读。笔者以为:

一、墨子"背周用夏"说不能成立。墨学与儒学一样,都是周文化的产物。如果说儒学是"周道"之正宗,墨学则是周文化的一种变体,与儒学一样,它建基于"周道"之上,只是在春秋战国这个大时代里,因路径不同,愈行愈远而已。它与儒学的种种对立,不仅不反、不背周道,甚至还都可统一于"周道"之上,或者说,是由"周道"发之,时代推引而呈现出的相反相成。

二、"周道"实质上是东周之后的一种动态的精神产品。作为"霸道"的对立面,被思想家们赋予了新的时代内容。墨家与儒家一样,其政治文化理念建基于"霸道"之对立面:"周道"。而一般来说,"周道"又分载于两大层面,一是《诗》、《书》系统;二是残存的典章制度。儒家为一体两面;墨家则用前弃后,呈现"一半西周"的面貌,再结合时代因素和自身的文化价值取向,遂有了正统的"周道"承接者——儒学,以及"周道"之别宗——墨学。

三、以墨学为视角,就夏、周文化关系来说,墨学的"夏"色彩乃是由后儒"古服古言"的形式化"周道"刺激而出。从本质上看,墨学中的"夏"乃是建基于周文化之上的有选择性的精神产品,它由周文化上推而来,尤其是墨学思想的两大基点在由"周道"到"夏政"的过程中清晰可见,一是对农业生产的重视,二是尊天事鬼,呈现出表"夏"里"周"的态势。所以"夏政"与"周道"不仅不对立，甚至是一脉相承，互有包含。或者可以说，墨学在建构一个抛弃形式，追求精神的不一样的"周道"。

四、在儒墨的圣王谱系中，尧舜同为谱系起点，但在儒家那里，以周公为下限，墨家则以"文武"作为终点。这固然体现了墨学对周公以来宗法社会的抗拒，但儒、墨的"尧舜之道"实质上都是从以"文武"为核心的"三代之道"中生发而来，遵循和拓展了周所开辟的道统路径，并在刺激与互动中，使得谱系愈加显明完整。从特定视角来看，完全可以说，儒、墨之尧舜都由"周道"上推而来，它们既属于尧舜，也属于周，更属于春秋战国那个大时代。

五、追寻儒、墨的文化土壤，可以发现，儒学发端于鲁文化，墨学则弃鲁用齐。所以墨学所谓的"非儒不非周"，很大程度上是在同属"周道"的齐鲁文化中，进行弃鲁用齐的选择，墨学的"周道"精神在很多方面都体现和发展了齐人之风。从一定意义上甚至可以说，儒、墨之争衡，是"周道"之下的两种同宗亚文化：齐、鲁之道的竞争与发展。

总之，在先秦时代，儒墨的生成、发展及对立，与它们对"周道"的解读和选择关联甚深，其间所涉及的种种问题，既有历史的层积，更有时代的拉动；既有共同的理论渊源，更有学派的价值异动；它既是政治文化，也关涉经济社会。从一定意义上说，正是这些要素的融合互动，才构建出了特定的历史风貌，为先秦乃至中国传统思想文化的发展添上了浓重的一笔。

■ 作者简介

王刚，男，江西师范大学历史文化与旅游学院副教授，校古籍所副所长。主要从事先秦两汉史、古文献与学术史的研究。

《新序》的文本性质及其价值新探[*]

马世年

（西北师范大学文学院 甘肃兰州 730070）

内容提要 《新序》是西汉后期的著名学者刘向编撰的一部重要典籍,是刘向"采传记行事"而成的一部"谏书"。史传著录该书,"著"、"序"、"撰"、"作"、"校"等并称。在"著"、"序"、"撰"、"作"、"校"诸说中,以今天的眼光看,称其为"撰"似更为恰当。作为一部历史故事的汇集,《新序》具有重要的史料、文献价值,是先秦时期的一些历史故事的"公共素材"。《新序》汇集了许多精彩的史传故事。这些故事本身便简练生动、富有趣味,再经过刘向的精心撰构,"弃取删定",条分类别,撰述方式也是别具一格,因而也有着很高的文学价值,而其话语方式与文体类别则尤其值得重视。

关键词 《新序》 刘向 公共素材

一

《新序》是西汉后期的著名学者刘向编撰的一部重要典籍。

刘向(前79—前8年)^①,字子政,原名更生,汉成帝时更名为向,西

---

* 基金项目:本文为国家社科基金项目"新序集校集注"(项目编号:15BZW087)阶段性成果。

① 此从钱大昕、钱穆说。关于刘向的生卒年,历来分歧甚大。研究者主要是根据《汉书·楚元王传附刘向传》所云"(向)居列大夫官前后三十余年,(转下页注)

汉沛(今江苏沛县)人。刘向出身于西汉皇族,门第尊贵、家世显赫。其先祖楚元王刘交为汉高祖刘邦同父异母的幼弟。祖父刘辟疆、父刘德历任宗正一职,刘德被封为关内侯、阳城侯,死后其侯爵由刘向之兄刘安民承袭①。刘向为刘交的四世孙,家学渊源深厚。楚元王刘交"好书,多材艺,少时尝与鲁穆生、白生、申公俱受诗于浮丘伯";祖父辟疆"亦好读诗,能属文"。父刘德"少时数言事,召见甘泉宫,武帝谓之千里驹"(《汉书·楚元王传》),深受汉武帝的赞赏。正是在这种家学传统的熏陶下,刘向"廉靖乐道,不交接世俗,专积思于经术,昼诵书传,夜观星宿,或不寐达旦"(《汉书·楚元王传》)一生博涉群书,好学不倦,成为整个中国历史上博通古今的大学者。成帝时更是领校中秘、校理群书,为我国的文献整理与文化传承作出了卓越的贡献。刘向能文善赋、著作丰硕,有诗赋、奏议、传记等大量的作品存世②。

刘向主要活动于西汉后期宣帝、元帝、成帝三朝,元、成两朝,正是外戚、宦官交相用事、刘氏皇权日渐衰落之时③。元帝时,"外戚许、史

(接上页注)年七十二卒。卒后十三岁而王氏代汉"一段文字来推算。由于对"王氏代汉"时间的理解不同,因而关于刘向生卒年的意见亦有不同。约略而言,主要有以下几种:1. 生于汉昭帝元凤元年(前80年),卒于汉成帝元延四年(前9年),周寿昌《汉书注校补》持此说;2. 生于元凤二年(前79年),卒于汉成帝绥和元年(前8年),钱大昕《廿二史考异》、钱穆《刘向歆父子年谱》持此说;3. 生于元凤三年(前78年),卒于绥和二年(前7年),姚振宗《汉书艺文志拾补》持此说;4. 生于元凤四年(前77年),卒于汉哀帝建平元年(前6年),王先谦《汉书补注》持此说。新近有郝继东《刘向生卒年考》(《沈阳师范学院学报》2000年6期)赞同钱氏说,而柏新才《刘向生卒年新考》(《文学遗产》2012年第3期)则新提出"生于元凤五年(前76年),卒于建平二年(前5年)"说。皆可参。

① 班固:《汉书·楚元王传》,中华书局,1962年版,第1921—1929页。

② 刘向一生著述甚多,其所著《五经通义》、《别录》、《世说》等已佚;而《洪范五行传论》及所编撰的《新序》、《说苑》、《列女传》等则存。《汉书·艺文志》著录其辞赋三十三篇,今仅存《九叹》等几篇。原有集,也已亡佚,明张溥辑佚有《刘中垒集》。清严可均《全上古三代秦汉三国六朝文·全汉文》辑有辞赋、奏议等30篇及《新序》、《说苑》、《别录》佚文。

③ 刘向生平经历可参徐兴无:《刘向评传》,南京大学出版社,2011年版,第1—18页。

在位放纵","中书宦官弘恭、石显弄权"于朝,恣意干政,刘向与太傅萧望之、少傅周堪等一起,与之进行了不懈的斗争,曾两度下狱,被免为庶人(《汉书·楚元王传》)。成帝时,刘向复被任用,但其时"赵氏内乱、外家擅朝"(《汉书·成帝纪》),外戚王氏"依东宫之尊,假甥舅之亲,以为威重"(《汉书·楚元王传》),帝舅王凤辅政,"为大司马大将军领尚书事",河平二年(公元前27年),其弟王谭、王商、王立、王根、王逢时一日皆封为侯,世称"五侯"。一时间政出王氏,以至于"公卿见凤,侧目而视,郡国守相、刺史皆出其门",终于导致"群弟世权,更持国柄,五将十侯,卒成新都"(《汉书·元后传》),王氏代汉的局面已隐隐形成。作为宗室之后的刘向,对汉室的衰微深感忧虑,力图挽救刘氏的颓势,因而尤为激烈地反对王氏专权,曾数次上《封事》书极谏,还专门写《洪范五行传论》11篇上奏。成帝虽甚感其言,"叹息悲伤其意","然终不能用也。"《新序》正是在这种背景下成书的。

《新序》一书,是刘向"采传记行事"而成的一部"谏书"。《汉书·楚元王传》载:

> 向睹俗弥奢淫,而赵、卫之属起微贱,逾礼制。向以为王教由内及外,自近者始。故采取《诗》《书》所载贤妃贞妇,兴国显家可法则,及孽嬖乱亡者,序次为《列女传》,凡八篇,以戒天子。及采传记行事,著《新序》《说苑》凡五十篇奏之。数上疏言得失,陈法戒。书数十上,以助观览,补遗阙。上虽不能尽用,然内嘉其言,常嗟叹之。

可见,《新序》的编撰宗旨与《说苑》《列女传》一样,就是"言得失,陈法戒"、"助观览,补遗阙",从而"以戒天子"的。关于这一点,清人谭献说:"《新序》以著述当谏书,皆与封事相发,董生所谓陈古以刺今。"可谓中肯之论①。朱一新《无邪堂答问》也说:"刘子政作《新序》《说苑》,冀以

---

① 谭献:《复堂日记》卷6,河北教育出版社,2001年版,第149页。

感悟时君，取足达意而止。"①可见，刘向编撰《新序》的目的就是以之为"谏书"，以古鉴今。

这里需要特别说明的是《新序》撰者的问题。《楚元王传》著录该书，说是刘向所"著《新序》、《说苑》凡五十篇"；《汉书·艺文志》则说是刘向"所序六十七篇"，班固注曰"《新序》、《说苑》、《世说》、《列女传颂图》也"；《隋书·经籍志》则称"刘向撰"；《晋书》与本传同，谓"刘向所著"；《汉书·赵尹韩张两王传》颜师古注引张晏曰"刘向作"；刘向自己又将其称为"校"（《说苑叙录》）。"著"、"序"、"撰"、"作"、"校"的差异使得前人对《新序》的著作权多所争议，一些学者由此否定刘向所作。如东汉王充《论衡·超奇》就批评刘向之作是"因成纪前，无胸中之造"，清人沈钦韩则明确说《新序》、《说苑》二书是"旧本有之，向重为订正，非创自其手也"②，认为《新序》是旧有之书，刘向只不过对其进行了整理编次而已。今人罗根泽则进一步说："刘向于《说苑》、《列女传》皆曰'校'。校字之义，据《文选·魏都赋注》引刘向《别录》云：'一人读书，校其上下，得谬误为校。'然则二书，刘向时已有成书，已有定名，故刘向得读而校之，其非作始于刘向，毫无疑义。惟《新序》一书，《叙录》久佚，无从考证。然《说苑叙录》言'除去与《新序》重复者'云云，则《新序》亦当时已成之书，非自刘向撰著。"③基本上否定了刘向的著作权。其实，这种看法是不准确的。《汉书·艺文志》此处所谓的"序"，既是说序次篇第、条别篇目，更是指纂辑撰述、编为一书。这一点，陈新在《新序校释》的《整理说明》中有明确的意见，他在肯定石光瑛所论"书虽非向造，而弃取删定，皆出向一人之手，其反复启沃，积诚悟主之心，千载下犹可窥见。其编订之大义，亦具有终始，非徒以掇拾为博也"的基础上，进一步说"有两点值得注意"：

---

① 朱一新：《无邪堂答问》卷4，中华书局，2000年版，第161页。

② 沈钦韩：《汉书疏证》卷27，上海古籍出版社，2006年版，第210页。

③ 罗根泽：《〈新序〉〈说苑〉〈列女传〉不作始于刘向考》，《古史辨》四，上海古籍出版社，1982年版，第228页。

一是《新序》文字与所据诸书的出入，绝非出于版本的差异，而且同一则故事中，常有一部分采用这本书，一部分采用另一本书的现象，可见确经刘向'弃取删定'。其次，不少故事的结尾部分，有刘向所加的按语文字，系原本诸书所无……据此可知，刘向纂辑并奏上《新序》，以古人的成败得失作为昭鉴，是上书言事的另一种诤谏方式，有明确的政治动机和目的。……应该说，《新序》一书由刘向纂辑而成，这是从书中的内容可以得出的结论。①

"《新序》一书由刘向纂辑而成"可为确论。前人还曾据《晋书·陆喜传》"刘向省《新语》而作《新序》"一句，认为《新序》旧有底本《新语》，刘向将其简省删略成书。其实，此句之下，还有"桓谭咏《新序》而作《新论》。余不自量，感子云之《法言》而作《言道》，睹贾子之美才而作《访论》，观子政《洪范》而作《古今历》"数句，结合文意看，这里的"省"并非是"简省"、"缩略"之义，而应是"内省"、"感悟"的意思；《新语》也并非是姚振宗所说的"旧有《新语》之书"，而是指陆贾的《新语》。因此，"刘向省《新语》而作《新序》"也就是张国铨《新序校注·自序》所说的"向之此编，本感陆生著书而成，此亦用意一证也"②。至于刘向自己所说的"校"，由《说苑叙录》看，主要是说《说苑》的成书过程，并非是刘向对该书所做的全部工作。《说苑叙录》云：

> 所校中书《说苑杂事》，及臣向书、民间书，诬校雠。其事类众多，章句相溷，或上下谬乱，难分别次序。除去与《新序》复重者，其余者浅薄不中义理，别集以为《百家》。复令以类相从，一一条别篇目，更以造新事十万言以上，凡二十篇七百八十四章，号曰《新苑》，皆可观。

---

① 石光瑛：《新序校释》，陈新撰《整理说明》，中华书局，2001年版，第3页。
② 王苏凤：《刘向〈新序〉著作性质考辨》，《河北师范大学学报》2000年第3期，第98页。

可见,在校书之外,更多的还是"更造新事"与"以类相从,条别篇目"。因此,说"校"也是不全面的。当然,本传所谓的"著"也不妥帖:毕竟,《新序》与《说苑》一样,都只是历史故事的汇集而已。要之,在"著"、"序"、"撰"、"作"、"校"诸说中,以今天的眼光看,称其为"撰"是更为恰当的。

《新序》的成书年代,前人也多争议。主要说法有三:其一是成帝永始元年(前 16 年)。《资治通鉴》主此说,钱穆的《刘向歆父子年谱》亦从之。其说大致是据《成帝纪》"永始元年六月丙寅,立皇后赵氏"及本传"向睹俗弥奢淫,而赵卫之属,起微贱,逾礼制"等推论。所以上书《新序》以劝诫。但本传只是说"赵卫之属,起微贱,逾礼制",并未明确具体上奏的时间,故此说只是推测而已。况且赵飞燕为后,后宫弥奢。其二是成帝河平四年(前 25 年)。唐人马总《意林》说:"《新序》三十卷,河平四年都水使者谏议大夫刘向上言。"但"向为谏大夫,为宣帝甘露三年(前 51 年);而光禄勋中之谏大夫、议郎为二职,谏议大夫之名,始于后汉。所以马总《意林》所引之《七略》、《别录》实不可信"①。其三是成帝阳朔元年(前 24 年)。宋本每卷卷首都标有"阳朔元年二月癸卯护左都水使者光禄大夫刘向上"字样,当是曾巩整理时所见到的《新序》旧迹。王应麟《玉海》、晁公武《郡斋读书志》、马端临《文献通考》等都有论述,其年代与《汉书·艺文志》所载亦相符,故多为今人所从。

二

今本《新序》共十卷,分别为《杂事》一至五卷、《刺奢》第六、《节士》第七、《义勇》第八、《善谋上》第九与《善谋下》第十。总体来说,

---

① 钱穆:《刘向歆父子年谱》,《古史辨》五,上海古籍出版社,1982 年版,第 118 页。

《新序》是一部有关君臣之道的历史故事汇集,其基本出发点就是期望君主能推行仁恩、宽惠养民,敬德修身、尚贤授能,反对荒淫奢靡、暴虐骄横;同样,臣下亦须坚守德义、笃行仁道,要忠于国事、恪尽职守、公正耿直、善于谋划。这些思想大多是通过对历史故事的编选而体现出来的,这既是刘向为君主所陈的"法戒",更是他政治理想的集中体现。诚如南宋高似孙《子略》所说:"先秦古书甫脱烬劫,一入向笔,采撷不遗。至其正纲纪、迪教化、辨邪正、黜异端,以为汉规监者,尽在此书。兹《说苑》、《新序》之旨也。呜呼! 向诚忠矣,向之书诚切矣!"有关《新序》的内容特征,书中即可以明显看出,此不一一列举。

从思想倾向来说,《新序》主要是以儒家为主,间有一些阴阳五行、符瑞灾异的观念,与刘向的政治理想是一致的。譬如《杂事》第四"宋景公时,荧惑在心"章,结尾引用《老子》"能受国之不祥,是谓天下之王也"的话;而同卷的"宋康王时,有爵生鹇于城之陬"章,更是有大家所熟知的"臣向愚以《鸿范传》推之"之语,而"宋史之占非也。此黑祥,传所谓黑眚者也,犹鲁之有鸲鹆为黑祥也,属于不谋,其咎急也。鹇者,黑色,食爵,大于爵,害爵也。攫击之物,贪叨之类。爵而生鹇者,是宋君且行急暴击伐贪叨之行,距谏以生大祸,以自害也。故爵生鹇于城陬者,以亡国也,明祸且害国也。康王不悟,遂以灭亡,此其效也"一段推演,便是典型的符瑞灾异的思想,这也就是刘向"和气致祥,乖气致异。祥多者其国安,异众者其国危。天地之常经、古今之通义也"(《汉书·楚元王传》)的基本主张。

作为一部历史故事的汇集,《新序》具有重要的史料、文献价值。赵逵夫先生在《庄辛〈谏楚襄王〉考校兼论〈新序〉的史料价值》一文中,通过比较《杂事》第二与《战国策·楚策四》有关"庄辛谏楚襄王"的文字异同,指出:"《新序》所收庄辛此文比《战国策》所收更原始,不但《战国策》所收文字上的很多错误在《新序》所收本子中不存在,而且,《新序》所收之文包含着更多的历史文化的信息,保持着先秦时代楚国语言及文学的风格。"他进而说:"《新序》有着同《战国策》一样的史料价值……通过对《新序》一书的性质及学术价值的具体论证,我们又可以由此知道:

《新序》除极少数汉初材料外,基本上是先秦资料的分类编次。"甚至像《节士》中的"屈原传",便是"先秦时代有关文献的留存"①。这意见是很对的。另如《杂事》第三中的"燕惠王遗乐毅书"一篇,《战国策·燕策》与《史记·乐毅列传》作"燕王喜与乐间书",与《新序》不同,马骕《绎史》、梁玉绳《史记志疑》均以《新序》为是,亦可见其史料价值。尤其值得注意的是,《新序》中的很多材料,亦见于前些年出土的一些文献资料。譬如,河北定县八角廊出土的汉简《儒家者言》,有 16 章见于《说苑》,有 5 章见于《新序》;而阜阳汉简中,一号木牍 46 个章题中,见于《说苑》的有 33 章,见于《新序》的有 2 章;二号木牍有章题约 40 章,其中见于《说苑》有 18 章,见于《新序》的有 5 章。因此,整理者胡平生认为二号木牍与《说类杂事》,就是《说苑》、《新序》的节录或原始的本子②。这远远超出了前人对其史料价值的认识。此外,即使是汉初的材料,也有一些是他书所无或记载不足的,因而同样值得重视。譬如,《节士》"苏武者故右将军平陵侯苏建子也"一章,是现存苏武材料中最早的一篇,且较之于《汉书·苏武传》为详;而《善谋下》"孝武皇帝时大行王恢数言击匈奴之便"一章,文字较之于《史记·韩长孺列传》也更为详备,此皆可见其特别的史料价值。要之,作为一部汉代的典籍,《新序》尽管成书较晚,但其中却保存有大量的先秦资料,因而在文献史料方面有着颇为重要的意义——这一点也越来越多地为学者们所认同。

这里特别要说到《新序》文献来源的问题。前人多将该书看作是"采撅诸书"而成,其材料采自"《左传》、《公羊》、《穀梁》、《国语》、《国策》、《韩诗外传》、《史记》以及《荀子》、《韩非子》、《吕氏春秋》、《晏子春

---

① 赵逵夫:《庄辛〈谏楚襄王〉考校兼论〈新序〉的史料价值》,收入《屈原与他的时代》,人民文学出版社,2002 年版,第 478 页。

② 参见姚娟:《〈新序〉〈说苑〉文献研究》,华中师范大学博士论文,2009 年。并参何直刚:《儒家者言略说》,《文物》1981 年第 8 期,第 22 页;左松超:《说苑集证》,台湾"国立"编译馆,2001 年版,第 2 页;阜阳汉简整理组:《阜阳汉简简介》,《文物》1983 年第 2 期,第 23 页;胡平生:《阜阳双古堆汉简与孔子家语》,《国学研究》第七卷,北京大学出版社,2000 年版,第 60 页。

秋》、《淮南子》、《孔子家语》等"，"亦有少数篇章，出处无从考查，原书或已散佚"①。甚至有学者将每条材料都注明"采自"何书。这样说自然有其道理，不过，深究起来，其中的问题也是显然的。如果考虑到古书体例与先秦两汉古籍的成书过程，那么，单纯地强调某则材料"采自"某书的说法其实是不准确的。本传所谓的"采传记行事"，主要是说刘向对于史传旧事的采集，而不是指"采撮诸书"。我们知道，刘向"校理群书"时所见的文献数量是十分浩繁的，文献类型也是多种多样。因此，《新序》材料的来源并不仅限于今天我们所见的这些典籍，而更多是我们所未见的文献材料，所以很难确定《新序》的某条就是采自今所见的某书。前人或将《新序》文字与他书的出入归结为版本差异或看作刘向的改动，其实也是过于胶着于这一点了。另一方面，先秦时期的一些历史故事，作为一种"公共素材"②，本来也就有多种存在样式，各种文献对它的引述自然就有所差异，一件事情在不同的典籍中也就有了不同的叙述。作为"采传记行事"的《新序》，便是对与此类事件的另一种记载，其所保存的是这些"传记行事"的另一种形态，而不见得是对某一书的征引或采拾。从性质上说，这便是先秦两汉史书中的"语"类这或"事语类"文献，"同一人物、同一事件，故事的版本有好多种，这是当时作史的基本素材"③。赵仲邑以"集体性、口头性和变动性"来概括《新序》的故事，也是看到了这一点④。由此看来，传统史学家对于《新序》的批评，如刘知几在《史通》所批评的"广陈虚事，多构伪辞"，叶大庆在《考古质疑》对《新序》中时间、事件的质疑，等等，倒是显得有些拘泥了。

从文体性质来说，《新序》是一部"具有类书性质的历史故事集"⑤，

---

① 赵善诒：《新序疏证》，华东师范大学出版社，1989年版，第1页。

② 徐建委：《战国秦汉间的"公共素材"与周秦汉文学史叙事》，《中山大学学报》2012年第6期，第6页。

③ 李零：《简帛古书与学术源流》，三联书店，2007年版，第297页。

④ 赵仲邑：《新序详注》，中华书局，1997年版，第5页。

⑤ 曹道衡、刘跃进：《先秦两汉文学史料学》，中华书局，2005年版，第461页。

汇集了许多精彩的史传故事。这些故事本身便简练生动、富有趣味,再经过刘向的精心撰构,"弃取删定",条分类别,撰述方式也是别具一格,因而也有着很高的文学价值。而其话语方式与文体类别则尤其值得重视。

《新序》的文章风格很是特别。全书几乎都是客观事件的陈述,除了一些为数不多的评论之外,文本中很少有撰述者的声音。然而,读者又时时会感受到撰述者的存在。如何来理解这一点?这就需要回到《新序》特别的话语方式中了。徐复观在《两汉思想史》中说:"由先秦以及西汉,思想家表达自己的思想,概略言之,有两种方式。一种方式,或者可以说是属于《论语》、《老子》的系统。把自己的思想,主要用自己的语言表达出来,赋予以概念性的说明。这是最常见的诸子百家所用的方式。另一种方式,或者可以说是属于《春秋》的系统。把自己的思想,主要用古人的言行表达出来;通过古人的言行,作自己思想得以成立的根据。这是诸子百家用作表达的一种特殊方式。"①显然《新序》属于后一种的话语方式,这也是先秦时期的"语"类或者"事语类"文献言说的基本方式②。正是在此话语方式下,《新序》才呈现出不同于他书的文章特色:立意宏大、叙事简练、以事说理、寓理于事。而撰述者就隐藏在那些经过了选择、取舍的历史故事背后。曹道衡与刘跃进先生在《先秦两汉文学史料学》中说:"它(《新序》)所记的故事仍然保持着历史记载的形式,多为历史人物的政治活动、危言庄论。生活琐事、生活细节都写得很少……将意思说清楚为止,不作细致的描写。这是《新序》的最主要特点。"③不写"生活琐事、生活细节","不作细致的描写",文章风格与行文特色的成因,就在于"事语类"文献特定话语方式的要求。

文体方面,《新序》有两点值得关注:一是该书独特的撰述方式,二

① 徐复观:《两汉思想史》卷3,华东师范大学出版社,2001年版,第1页。
② 过常宝:《先秦散文研究——早期文体及话语方式的生成》,人民出版社,2009年版;俞志慧:《古语有之——先秦思想的一种背景与资源》,华东师范大学出版社,2010年版,第78—80页。
③ 曹道衡、刘跃进:《先秦两汉文学史料学》,中华书局,2005年版,第461页。

是其中所蕴含的各类文章体式。《新序》的撰述方式,无疑有着先秦"事语类"文献的影响。不过,相较于出土文献《春秋事语》一类的形制,其所受先秦子书的影响更为显著。一个直接的例证就是《韩非子》的《说林》上、下与内、外《储说》六篇。"说"与"语"类似,在先秦时期是一种特殊的文体,本身便具有故事性。《说林》与《储说》将其汇集起来,分门别类予以编排,使其成为寓言故事的汇编,其编排形式便直接启发着《新序》与《说苑》的体例结构①。进一步说,这种编撰形式与《新序》"以著述当谏书"的话语方式以及"言得失,陈法戒"、"助观览,补遗阙"的劝谏功用也是一致的。《新序》中所蕴含中的文体形式,主要为隐语、赋、小说,以及驳论、上书等应用体式。首先,隐语一类,集中在《杂事》第二中,淳于髡等与邹忌"三称"、"三知之"的往来对答、士庆与楚庄王关于"有大鸟,三年不蜚不鸣"与"蜚必冲天,鸣必惊人"的问对、客为靖郭君所设"海大鱼"之辞,以及无盐女与齐宣王的动作表演及解答等,皆是典型的隐语。而楚人献鱼与楚王之解也具有隐语的意味。其次,《新序》也存有先秦时期的古赋。先秦时期赋与隐语有文体的交叉,所谓"赋出于隐语"。因此,《新序》中的隐语即可以作为古赋来读,其显著者如"昔者邹忌以鼓琴见齐威王"章、"齐有妇人"章等。另有"晋平公闲居"章(《杂事》第一)、"庄辛谏楚襄王"章(《杂事》第二),也是典型的赋②。再次,小说一类,学者们多有论及,程毅中认为"《新序》并非纪实的史书,而近似一部说书人的'话本'",马振方并有《〈新序〉〈说苑〉之小说考辨》一文③,皆可参看。最后,《新序》也有一些上书、驳论之类的应用文体,如《乐毅报燕惠王书》、《邹阳上梁孝王书》(《杂事》第三)以及"孝武皇帝时大行王恢数言击匈奴之便"章(《善谋下》),大行王恢与御史韩安国的

---

① 马世年:《〈韩非子〉的成书及其文学研究》,上海古籍出版社,2011年版,第140页。

② 赵逵夫、马世年:《历代赋评注·先秦卷》,巴蜀书社,2010年版,第298—299页。

③ 程毅中:《从〈龙蛇歌〉谈〈新序〉〈说苑〉的特点》,《文史知识》2001年第6期,第94页;马振方:《〈新序〉〈说苑〉之小说考辨》,《文艺研究》2008年第4期,第47页。

驳论等。这也从另一面提醒我们：《新序》毕竟是一部"采传记行事"的"谏书"，不是普通的故事集。

■ 作者简介

马世年(1975—)，男，甘肃静宁人，文学博士，西北师范大学文学院教授、博导。主要从事中国古代文学研究。

商人地祇的层级及其空间分布情况浅析[*]

高建文

（山西师范大学文学院　　山西临汾　　041004）

内容提要　在商代这个巫政合一的巫文化时代,人们对地祇的信仰可以分为对抽象大地的信仰和对具体土地山川的信仰两大方面。前者表现为"亞"形宇宙观与方、社神信仰,后者表现为山川神信仰。其中"亞"形宇宙观与方神信仰密切相关。从层级上看,方神权能与层级与社神相仿,山川神中以祖先神兼自然神的"高祖河"、"高祖岳"等地位最高,它们是"帝"的直接下属和地祇的最高级,其下才是普通的山川神;从空间分布看,社神位于王都,方神位处四极,河岳神位于商都附近,而经常祭祀的普通山川神也主要位于王畿范围内。比照周人的情况可见,商人在地祇信仰上族群性较强而公共性相对较弱,对天神、地祇、人鬼关系的区分较混沌。

关键词　商代　地祇　仪式空间　巫文化　史官文化

如前辈学者所论,商代是神权统治的巫政合一的时代,不仅商王是群巫之长,商代的史官、行政官等也多是从巫觋人员中分化出的^①,因此可以称商代的这种文化为巫文化。

巫文化是以鬼神信仰为思想基础的。先民对于鬼神的信仰,在心

---

　　*　基金项目：本文为国家社会科学基金重大项目"中国上古知识、观念与文献体系的生成与发展研究"(项目号 11&ZD103)阶段性研究成果。

　　①　陈梦家：《商代的神话与巫术》,《燕京学报》1936 年第 20 期,第 535 页。

理上源自他们对外部世界的神秘感和敬畏感；外在则表现为"万物有灵"，也即将他们所见的、认为能够影响其生活的、"有价值"的事物视作有灵，进而通过巫术借助它们的力量来影响自己的生活。① 因此在他们眼中，"地"不仅是生存的空间或生产实践的对象，同时也是信仰和崇拜的对象。商人对于"地"的崇拜和信仰很广泛——从整个大地，到具体的四方、土地、山川，甚至于人工建筑的居室、门柱、道路、城垣等等，凡对其生活有影响的、"有价值"的地景，也各有相应的神祇主宰。

若将王国、方国、城邑、宫室等所组成的空间视为世俗空间，那么这种由各种地祇所构成的空间，可以称之为神圣空间；由于对于神圣空间的认识是基于对鬼神的信仰，它们往往会通过相应的仪式表达出来，因此又可以称之为仪式空间。正如世俗空间的分布特点往往能够反映人与人社会关系的某些情况，同样地，古人对人与神，尤其是神与神之间关系的认识（如权能、地位等）同样会在仪式空间方面有所体现——这背后折射出的则是他们相应的价值观念和理想诉求，以及当时时代文化的特点。

本文即主要以方神、社神与山川神三个方面来考察商代仪式空间中神祇的层级与空间分布等情况，以此为视角来管窥商代巫文化的某些特点。

一、"亞"形宇宙观与方、社神信仰

先民对于大地的信仰主要表现在两个维度：一种是对大地空间的信仰与认识，属于宇宙观的范畴，在商代及以前体现为"天圆地方"的宇宙观，相关地祇则主要是方神；还有一种形态，就是对自然土地②、山川

---

① ［韩］具隆会：《甲骨文与殷商时代神灵崇拜研究》，中国社会科学出版社，2013 年版，第 15—23 页。

② 按：这里所说的"土地"涵义较前文所说"大地"为窄；"大地"是概指整个"地"，除"土地"外，还包括山川等。

等的崇拜,相关地祇主要是社神、山川神等。

"天圆地方"的观念非常古老,早在新石器时代就普遍存在着:如中原地区的河南濮阳西水坡墓葬南圆北方的格局①、河南鹿台岗Ⅰ号遗址中外方内圆的双层套室及室中东西—南北走向的十字形沟道②等,即体现了这种宇宙观;除中原地区外其他地方也不乏其例,如辽宁喀左东山嘴红山文化遗址中的方形祭坛即被认为是社坛③,或是"象征天圆地方"的方丘④,安徽凌家滩遗址出土的方形玉龟版不仅有"天圆地方"的喻意,还含有明确八方方位意识⑤,浙江良渚瑶山方形祭坛以及方形圆孔玉琮等,也反映了相似的宇宙观。这些例子中的方形宇宙图式均与宗教仪式密切相关,因此可以认为这表达的是先民对于方形大地的认识和崇拜,只是文献不足,尚不能确定时人是否已有四方神信仰。

到了商代尤其是晚商,"亞"形宇宙观出现并取代了以前的方形宇宙观。这种"亞"形图式主要保留在当时的墓葬、族徽等中。高去寻、艾兰、张光直等先生对此问题均有论述:高去寻先生从殷墟西北冈西区七座商王大墓"亚"形墓圹及同形椁室中首先发现这点,他认为此种形制耗工耗料,"它有一定的涵义……不容怀疑的它应该是当时丧礼的一种礼制建筑"⑥,并据此推论当时的明堂建筑应该也是这种形制;而张光直先生则更举陕西凤翔马家庄秦宗庙基址、子弹库楚帛书月令图等

---

① 冯时:《星汉流年——中国天文考古录》,四川教育出版社,1996年版,第145页。

② 匡瑜等:《鹿台岗遗址自然崇拜遗迹的初步研究》,《华夏考古》1994年第3期,第68—70页。

③ 王震中:《东山嘴原始祭坛与中国古代的社崇拜》,《世界宗教研究》1988年第4期,第82—92页。

④ 冯时:《星汉流年——中国天文考古录》,第221页。

⑤ 可参考李修松《试论凌家滩玉龙、玉鹰、玉龟、玉版的文化内涵》(《安徽大学学报(哲学社会科学版)》2001年第6期,第40—45页)等文。

⑥ 高去寻:《殷代大墓的木室及其涵义之推测》,《"国立"中央研究院历史语言研究所集刊》1969年第39期,第181页。

为例来对此说进一步申论①；艾兰先生从商代青铜器圈足上和族徽中的"亞"形图样、"中——四方"的空间模式、龟甲的形状等方面来证明这种图样反映的是商人独特的宇宙观②；王爱和先生则认为这种宇宙观的强调，是商族建构政治权力的重要手段③。

这些说法中有两点值得重视：一是"亞"形宇宙观是商人的独特认识，这点学者已论；第二即是王爱和先生的说法，这点还可以从晚商丧葬制度变化中获得证明——这种"亚"形墓圹和椁室乃出现在晚商，是此时丧葬制度变化的一个重要表现，应该与当时"巨大的王陵和独立王陵区的出现"一样，都是此时"商王朝建立了稳定而有显著等差的等级秩序，并努力通过各种物化形式进行强调和宣扬"的结果④。

但问题并没有到此为止，与本文相关者还有两点需要辨明：第一是"亞"形图式中"四隅"的地位如何，这涉及商人的地祇信仰问题；第二是这种宇宙观发生的机制为何？张光直先生首先关注到四隅的问题，他列举了凤翔马家庄春秋秦宗庙和长沙子弹库帛书月令图中类似的例子，并结合墨西哥奥尔美克文化卡尔卡金哥遗址中发现的两个石刻图像来论证，认为商人"亞"形图式中的四隅为沟通天地的四神木所在⑤。

诚然，子弹库帛书四隅的神木为通天的象征这点没有问题，但是这反映的却未必是商代人的观念。首先晚商"亞"形墓椁四隅并不见有礼器等特殊标记以强调其地位，秦宗庙四角之"坫"数见于《仪礼》的《士冠礼》、《既夕礼》、《尔雅·释宫》等，也未见有特殊仪式意义；而子弹库帛书月令图出现较晚，《山海经》之《海经》四隅虽有四方神但无通天神树，

---

① 张光直：《中国青铜时代二集》，生活·读书·新知三联书店，1990年版，第85—94页。

② ［英］艾兰著，汪涛译：《龟之谜——商代神话、祭祀、艺术和宇宙观研究》，四川人民出版社，1992年版，第81—123页。

③ 王爱和：《四方与中心：晚商王族的宇宙论》，《中国哲学史》2001年第4期，第113—125页。

④ 郜向平：《从都城变迁论商代社会的发展》，《郑州大学学报（哲学社会科学版）》2013年第1期。

⑤ 张光直：《中国青铜时代二集》，第82—94页。

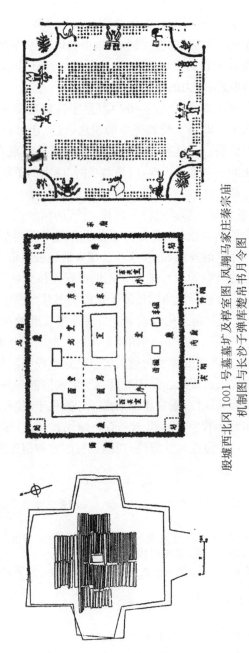

殷墟西北冈1001号墓墓扩及椁室图、凤翔马家庄秦宗庙
机制图与长沙子弹库楚帛书月令图
（摘自张光直《中国青铜时代二集》，第84、89、93页）

当是为图画之便安排在此,《荒经》四隅虽有神圣地景,但与《山经》比照则可知是有意的改造或创造①,总之这些文献中四隅的情况当是后世宇宙观发展之后、四隅价值被强调之后的结果。相反地,产生于西周初期的《王会图》所绘外台四隅的"爻间"②,也只是诸侯休息的地方,与秦宗庙四隅的"坫"一样,并无特殊仪式意义;而从商代彝器纹中的"亞"形文看,主要形状有两种,如:

(摘自周法高等《金文诂林·附录》,香港中文大学 1974 年版,第 15 页)

其中第一种图式占多数,尤有代表性。单从图形看,相比起四方,构成四隅的线条沿着四方的走势延续但并不闭合,应该是一种模糊化的处理,是对四隅价值的虚化处理,这样理解也与我们上文的分析相吻合。江林昌先生认为先民以日出入定四方方位③,这种认识方式应该是"亞"形或方形空间观发生的技术方面的原因。而李零先生曾提到一个很有意思的问题"人所看到的地平线其实也是圆的,并没有折角",但最

① 关于《山海经》之《海经》《荒经》的相关问题笔者将有专文论述,此处仅点到为止。

② 学者多认为《王会解》成书于春秋战国时期,安京则认为《王会解》是成周之会《王会图》的文字记录(参见安京《〈山海经〉与〈逸周书·王会篇〉比较研究》,《中国边疆史地研究》2004 年第 4 期,第 91—100 页);张国安认为"安说最合理,从内容看可分为本文与解,成为定本则晚,今本二者虽已合在一起,但并不影响其价值"(见张国安《〈大荒经〉内容商代说》,《文史哲》2013 年第 3 期,第 57 页),笔者以为其事可与《尚书·康诰》所记相应,安、张之说甚确可信从;可以结合上述二说,以《王会图》及其"经文"图注于周初,而文字本《王会解》写定则在春秋战国时代。

③ 江林昌:《甲骨文四方风与古代宇宙观》,《殷都学刊》1997 年第 3 期,第 21—25 页。

后却形成了天圆地方的宇宙观。他认为是这种宇宙观的产生是古人基于"视野的表现形式"和为了土地测算的便利。① 其实若以日影定方位的认识方式看,沿着观测者和分至日日所出入点之间的连线观察四方,地平线又何尝不是直线呢? 圆形的大地视野轮廓与四方地平线的直线方形形状之间的矛盾,或许就是商人"亚"形空间观四隅空白的一个直观的原因;同时,也正因为先民对大地性状的认识乃起自四方方位的观测方式,那么商人这种重四方而轻四隅的宇宙观的产生也可以理解了。

从四方定位到"亞"形宇宙观的产生,并不单纯是个技术问题,也不是一蹴而就的。其中间环节、也是更直接的原因应该是商代人对于四方神的信仰。早在 20 世纪 40 年代,胡厚宣、杨树达等学者就发现了卜辞中的四方风、神名并进行了解释,其后李学勤、冯时、江林昌等很多学者都对此问题作了相当深刻细致的研究。这些研究多集中在授时、物候等天学方面。这里我们主要从空间角度,在前贤研究基础上对四方神的处所、权能及其与社神之间的关系等方面加以梳理。

卜辞关于四方神、风名记载比较完整的主要是《合集》的 14294 和 14295 两片,此外还有散见于其他卜辞者,根据胡厚宣的归纳可整理如下:

> 东方曰析,风曰劦。
> 南方曰夹,风曰岂。
> 西方曰彝,风曰𡘧。
> 北方曰勹,风曰殴。②

对于四方神名,学者意见不一,如杨树达、胡厚宣、郑慧生等先生从物候角度,冯时先生从四时日影角度,贾雯鹤先生从太阳的周日视运动角度

---

① 李零:《中国方术续考》,东方出版社,2000 年版,第 258—260 页。
② 胡厚宣:《释殷代求年于四方和四方风的祭祀》,《复旦学报(人文科学版)》1956 年第 1 期,第 49 页。

等各有解释;关于四方风名,学者多从季风、物候角度来解释——但其要归于一点,就是都认为四方、风名乃得自天学天象、物候等的观测和感受。歧说以四方神名的解释为多,贾雯鹤先生认为四方神名反映的是一日之内日出入循环的不同阶段特征:"折丹"(析)义为东方日出时的光明状,"因乎"描写的是日至南方光明盛大状,"石夷"指日没后的大黑暗,"鹓"即低小等①,此说与《山海经·荒经》所载更吻合,可以遵从。关于四方风名,季风说更胜一筹:东风"劦"为"协风"、和风,南风"岂"为温风、暖风,西风"夷"即介风、大风,北风"殴"即"狄"风、寒风②。商代虽只行春秋两季,但已有四气的认识③,因此四方风以此为名是可能的。在我国季风气候环境中,太阳升落和四季变迁、物候更替等带来的感受具有一致的属性,如东方太阳升起、春季草木萌发、季风协和等等。而春分昼夜均长、太阳自正东方升起,则或是将日出入及由此生出的方位认识与四时更替结合起来的重要契机。

　　田大宪先生曾总结神秘数字发生的三个基本条件,曰"藉天地表象认识空间方位"、"以空间观念表达时间意识"、"以人身直观生成类比依据"④,这点用到商代四方神、风崇拜的发生机制上同样是合适的。太阳周日视运动、四时更替等现象很容易被当作宇宙的神秘规律来崇拜,当这种神秘规律与大地空间的四个方向通过"巧合"联系起来时,对于四方神、四方风的崇拜就产生了——如《逸周书·武顺解》所举"男生而成三,女生而成两。五以成室,室成以生民,民生以度。左右手各握五,左右足各履五,曰四枝,元首曰末",并以此解军制,就是类似的例子。

---

① 贾雯鹤:《〈山海经〉四方神与风名考》,《海南大学学报(人文社会科学版)》2007 年第 1 期。

② 参见胡厚宣《释殷代求年于四方和四方风的祭祀》和贾雯鹤《〈山海经〉四方神与风名考》。

③ 林甸甸:《上古天学知识及文献研究》,北京师范大学出版社,2016 年版,第 6—8 页。

④ 田大宪:《中国古代神秘数字的历史生成与研究路径》,《社会科学评论》2009 年第 4 期,第 56—57 页。

这四方神所处的方位在卜辞中看不出来,还需要参考《尚书·尧典》来还原,相关内容可简述如下:

职官	处所	职能	星象	时节	物候
羲仲	嵎夷、旸谷	宾出日、秩东作	日中、星鸟	仲春	厥民析,鸟兽孳尾
羲叔	南交	秩南讹、敬致	日永、星火	仲夏	厥民因,鸟兽希革
和仲	西、昧谷	饯纳日、秩西成	宵中、星虚	仲秋	厥民夷,鸟兽毛毨
和叔	朔方、幽都	平在朔易	日短、星昴	仲冬	厥民隩,鸟兽氄毛

"旸谷"即"汤谷",乃扶桑所在的、十日所出;"昧谷"乃日所入之谷①,应该位于有蒙水、虞渊的日所入的"崦嵫之山"(《山海经·西次三经》)附近②;而"幽都之山"在"鸡号之山"的西方(《北次三经》),应该位于北极附近;古籍中又常有类似"北抚幽都,南道交趾"(《淮南子·修务训》)之类记载,可见"南交"即"交趾",古人眼中此地何处虽不详,但据其他三方可推知位置应在正南方之极。由此推见,《尧典》诸职官所处应该是在四极。《尧典》所说的羲仲等职官虽然与商代的四方神或四方风不同,但"厥民析"、"因"、"夷"、"隩"等说与甲骨文四方神与四方风的一样,均是对四时物候的感性认识。而且《尧典》中所记四仲中星等星象反映的是商末周初的情况③,因此《尧典》所载羲仲等四方官所处位置与商人四方神位置的认识应该是一致的:均处四极而非四隅。江林昌所说的四方风反映的是商人以日出入之景定四方的认识方式,与此正可以互相印证。

然后来看方神的权能与地位。卜辞中所见方神位处宇宙四极、职

---

① 阮元校刻:《十三经注疏》上册,中华书局,1980年版,第119页。

② 袁珂:《山海经校注》,巴蜀书社,1992年版,第77—78页。

③ 自清代始,中外学者开始用天文学方法来推断其所载星象所处的年代,但因对书中星象观测之日期、时刻、地点观点不同,得出数据亦迥异。其中以竺可桢的观点影响最大。参见竺可桢《论以岁差定〈尚书·尧典〉四仲中星之年代》(1926年12月),见《竺可桢全集》卷1,上海科技教育出版社,2004年版,第560页。

掌四方,权能很广,常见的有"宁风"、"宁雨"、"求年"乃至"宁疾"等几种,如:

> 癸未卜:其宁风于方,又雨。(《合集》30260)
> □丑贞:其宁雨于方。(《合集》32992)
> 其求年于方,受年。(《合集》28244)
> 宁疾于四方。(《屯南》493)

单从权能范围来看方神的地位很高,这点还可以结合社神崇拜的情况来看。

早期对于大地的崇拜除抽象的宇宙观、四方神崇拜外还有一种形态,就是对自然土地、山川等的崇拜。其中对自然土地的崇拜体现为社神信仰,而各种材质和性状的社主就是社神的象征物。社祀同样在新石器时代已经出现,如北福地遗址、磁山遗址、半坡遗址、东山嘴遗址等均有遗迹。而商代的社祀除见于文献所载桑林之社、卜辞所见"土""四土"等外,安阳殷墟建筑基址中的丙组基址学者通常认为即用于社祀(魏建震先生认为乙一基址同属社祀遗迹,可备一说);从地位上看,社神为五土之总神,地位高于一般的山川神。关于这些问题,魏建震先生在《先秦社祀研究》中已有详细论证[①],不再具引。

从权能范围来看,方神与社神几乎难分轩轾,而社神权能要稍广一些,如日月食也在社祈禳:

> 壬寅贞:月又戠,其又土,燎大牢,兹用。(《屯南》726)

传世文献如《诗经》中也多见有方、社并称、并祭者。因此有学者认为"四土"神即"四方"神,这是不对的。世俗政治地理空间中的"四土",又

---

① 魏建震:《先秦社祀研究》,人民出版社,2008年版,第47—49页,第35—79页,第86—107页。

是商人对其外服地区的称谓;神圣维度的"四土"应该就是职掌该四方外服土地的社神——这显然与身处四方之极、职掌宇宙四方的方神不是一回事;从祭仪看也确实如此,三者常被并祭,兹略举数例:

> 燎于土宰,方帝。(《合集》11018)
> 帝于方,帝[于]土。(《合集》14306)
> □辰卜:燎土三宰,四方宰。(《合集》21103)

三者并祭说明其间既有紧密联系,但又断非一事;从它们的地位和权能来看,社神是商王与上帝沟通的纽带,最终决定权在上帝①;而方神也是上帝的使臣,"上帝指挥四方神,四方神再指挥风神、云神、雨神等神灵"②。因此两者之间应该是并列、而非统属关系。

社神之所以地位高,是因为它是商国同样也是商朝的保护神。从殷墟建筑基址来看,作为社坛的丙组基址按"左祖右社"的格局与宗庙区相并列;而在权能上看,社神与祖先神都是直接与上帝发生关系的高级神灵。而方神之所以具有同样高的地位,也可以试作分析:从字义上看,甲骨文中"方"字有"方"、"方"、"方"等诸形。其初义古今学者说法不一,后引申为"边际"、"旁边"义,林义光说"即丙之变形,方丙同音,本与丙同字,边际也",高鸿缙认为"按字意为旁边之旁,倚刀画其靠架形,由物形生意,故托刀倚架旁之形,以寄旁边之意"③。

可见,"方"的称呼里本来就包含了"边际"、"边缘"之意,而作为地祇的方神恰恰也位于宇宙四极。与这种空间距离的边远相应的,就是对于远方陌生空间的未知和恐惧。如江绍原先生所说,古人对于陌生的事物或地方都怀有恐惧,而且这种恐惧与对熟悉的事物或地方中危险的恐惧不同,"那里不但是必有危险,这些危险而且是更不知,更不可

---

① 魏建震:《先秦社祀研究》,第176—177页。
② 常玉芝:《商代宗教祭祀》,中国社会科学出版社,2010年版,第107页。
③ 周法高等:《金文诂林》,第5365、5369页。

知,更难预料,更难解除的"[①];而从视觉的直观感受看,四"方"、也即四方神所处之四极正是天地交接之处,故而在商人的信仰系统中,方神成为上帝的直接下属——这两种因素结合,或许正是商人眼中四方神地位和权能很高的原因。

二、山川神位格及空间分布

除位于王都的社神和位处四极的方神外,商人对于各种自然与人工的地景同样有广泛的地祇信仰,人工地景诸如居住区内以祖先神所主的宗庙、自然神所主的社坛以及作为通天之所的观象台,乃至各级室神、城墙神以及居邑外围的墓葬区等。

而在商邑之外,四方边缘之内的广大的"面"中,还存在着山川等自然地景,商人对此同样有相应的信仰与祭祀。关于卜辞中山川神祇及其功能和祭祀的情况,陈梦家、常玉芝、具隆会等学者已多有专门研究,此处仅作简要介绍。关于山祭,卜辞中可见祭祀对象有小山、二山、五山、九山、十山、岳等,还有其他一些具体的山名和比较含混的"丘"(如《合集》20980 正所载的"燎丘")等记载;川祭对象则有洹水、滴水、滴水、溝水、屮水、水、川、河等[②]。相关记载涉及祭祀目的的,通常与求雨和祈年有关,此外还涉及疾病等,如:

其求年二山,岀于小山,**兀**豚。二山及岀,叀小宰,又大雨。(《合集》30393)

丁亥卜:贞汝屮疾,其水。(《合集》22098)

单就权能范围来看,它们与社神、方神很相似,但这并非是说三者地位相等,而是反映了早期地祇祀典的混乱。类似的情况还表现在祭法上:

① 江绍原:《中国古代旅行之研究》,商务印书馆,1937 年版,第 5 页。

② 以上参见常玉芝《商代宗教祭祀》,第 159—166 页。

根据李立新先生的研究①,甲骨文中与地祇有关的祭名在旧派卜辞中有🅱、祝、寮、舞、戠、刚、陟、聿、寻、木、此、束、燕、正(禜)、埋、禘、求、沉、退、宁等40种左右;新派卜辞中只有㕚、彡2种,而且前者还仅用于"㕚田";新旧期共有的祭名则有俎、言、衼、血、饗、奏、㝬、菫、延、桼(求)、又、舟等十余种。其祭祀方式有焚柴、沉埋、杀牲、歌舞等,场所则城内、城外均有。其中,山神祀典多用燎祭和燕祭、河神祀典则多用沈祭和埋祭②;反过来,专门或主要用于地祇的,主要是早期的埋祭和燕祭③,此外还有主要用于山川神祭祀的沉、盄、退、宁、舟等——但多数祭名不仅错杂地用于社祀、方祀和山川祀,更是既用于地祇,又常用于天神、祖先等其他类鬼神的祭祀。可见,商代旧派④的地祇祀典虽有一定规律,如山、川神祭法的区别,但这种区分相比起周代"以血祭祭社稷、五祀、五岳,以貍沈祭山林、川泽"(《周礼·春官·大宗伯》)等的秩序井然来看,显得自发而混乱。这种祭法上的混乱,与各类神祇在权能上的交叉现象本质上都是"淫祀"的表现。

这种混乱性在山川神神格方面也有明显表现,就是某些特殊的山川神与祖先神合一的情况。如陈梦家先生所说:

> 十山之中有兕(按:兕)、目、半、羊,则先公中之兕(契)、昌、筀等可能皆为山神。卜辞中有往于河、土、夒、筀、戣等的记录,往是往于其地,则此等先公可能是山神,或地祇⑤。

---

① 李立新在董作宾提出的"分派说"基础上加以订正,从祭名出现规律出发将一期、二期祖庚时、三期后段、四期为旧派,以二期祖甲时、三期前段和五期为新派;具体到商王则是盘庚、小辛、小乙、武丁、祖庚和武乙、文丁七王期间为旧派,祖甲、廪辛、康丁、帝乙、帝辛五王时为新派。参见中国社会科学院李立新博士学位论文《甲骨文中所见祭名研究》,2003年6月,第56、214页。

② 陈梦家:《殷虚卜辞综述》,科学出版社,1956年版,第596—597页。

③ 李立新:《甲骨文中所见祭名研究》,第109、190页。

④ 新派对祭祀秩序的改革乃是晚商百余年间的事,旧派所体现的情况更能代表巫文化的特点。

⑤ 陈梦家:《殷虚卜辞综述》,第596页。

其中比较典型的例子是"高祖河"、"高祖岳"等。《清华简·保训》提到：

> 昔微假中于河，以复有易，有易服厥罪，微无害，迺归中于河。①

"河"即"冥勤其官而水死"（《国语·鲁语》）的商先王冥，也即《山海经·大荒东经》"王亥托于有易，河伯仆牛"中的"河伯"，乃王亥之父、上甲微的祖父。卜辞中多见三者合祭的例子，如"燎于河，王亥，上甲，十牛，卯十宰"（《合集》1182）等。

也恰恰如此，我们才能在权能、祭法混乱的山川神祇间分辨出等级高下。在兼为祖先神的山川神中，"高祖岳"的地位要高于"小山"、"丘"等一般的山神，郑杰祥先生认为即太行山②。而如上所说，"高祖河"应该就是指身兼黄河河伯的先王冥，其地位应该是高于洹、滽、滴、漳、屮等水神的。这点不仅在祭祀频次和称谓等方面有明显表现，在权能上也有迹可循——河、岳神除有一般山川神的权能外，还具有祖先神"治愈疾病、保佑战争、作祟于商王国"，神格有"超于山川神，更接近于祖先神"③，这或即是商人在宗庙建筑中专设"河宗"、"岳宗"的原因。

从空间分布上看，卜辞所见山岳中可推定位于商都附近者有"岳"；而卜辞又见有同祭"十山"与"岳"者（《合集》34205），周初的《诗经·周颂·般》"隳山乔岳，允犹翕河"即谓按图依次祭祀小山及高岳，那么"十山"或即"岳"统辖下的"小山"，位置当于"岳"相近；陈梦家先生推测"又于五山，或在陲或在齐（按：此字残缺，或释作"采"），似乎两地各有五山，合之为十山"④，如此推测正确，则五山地望可知。卜辞中还有在

---

① 清华大学出土文献研究与保护中心：《清华大学藏战国竹简（一）》，中西书局，2010 年版，第 143 页。

② 郑杰祥：《商代地理概论》，中州古籍出版社，1994 年版，第 45 页。

③ 张怀通：《先秦时期的山川崇拜》，《河北师院学报（社会科学版）》1997 年第 2 期，第 50—57 页。

④ 陈梦家：《殷虚卜辞综述》，第 596 页。

楚、南单、三户齐祭(《粹编》73)以及在兕、楚、盂舞祭求雨(《粹编》1547)的例子,其中"南单在朝歌、三户在殷北漳上"、盂距滴水不远,楚又称"楚京"即卫文公所徙楚丘①,位置皆相去不远;"十山"中又有兕、目、羊等山②,因此又可知这几座山即便不在"十山"之内,位置也应该相近。此外还有如"岷山",陈梦家先生认为即夏桀所伐之"岷山"(《竹书纪年》)、"蒙山"(《天问》),但卜辞中又有兕、河、岷等并卜的例子(《甲》3610),因此"岷"未必是"蒙山",而应当与南单、三户、楚等地位置接近。河流中可考者如洹水在商都附近,漹水(或作"渭水")在邢台县附近,滴水应即后世的清水、大致相当于今之卫河③,屮水可能是洧水④,也均位于商都附近。

上述为诸山川神祇地望可考者,其位置均处在商都周围、商王畿直辖区范围内,尽管上文所考并不全面,但这种情况显然也不是偶然的。

按卜辞所载,商人祭祀上述山川神祇常常不是亲临其地,如在"隓"地又祭"五山"(《合集》34168),饶宗颐先生认为"隓"即《左传》所载宋地之"睢"⑤,二者随都在商王畿范围内,但南北相距甚远。由此可推知商人已有固定的、比较系统的山川神祇作为祭祀对象,它们是商人一族的保护神,但却未必都是诸方国的公共神。这点可以结合章太炎先生所提到的"神守国"来看:神守国"不设兵卫",在夏有"防风汪芒氏之君,守封之山者也","于周亦有任、宿、须勾、颛臾,实祀有济"⑥,以及"东蒙"(《论语·季氏》)等山川。《国语·鲁语下》说"山川之灵,足以纪纲天下者,其守为神。社稷之守者为公侯。皆属于王者"。这种神守国在

---

① 参见李学勤:《殷代地理简论》,科学出版社,1959 年版,第 17 页;郑杰祥:《商代地理概论》,第 63 页。

② 陈梦家:《殷虚卜辞综述》,第 596 页。

③ 关于滴水地望,有漳水说、沁水说等几种,郑杰祥先生认为乃后世的清水,其意见可从。见氏著《商代地理概论》,中州古籍出版社,1994 年版,第 55—59 页。

④ 陈梦家:《殷虚卜辞综述》,第 597 页。

⑤ 参见于省吾:《甲骨文字诂林》,中华书局,1999 年版,第 1263 页。

⑥ 章太炎:《封建考》,见《章太炎文集》第四卷,上海人民出版社,1985 年版,第 112 页。

商代应该也大量存在着,他们是职祀该地重要山川的专门属国,与社稷守国一样受王任命、统属于王者。这样一来,商人的(同时也是商朝的)山川神与神守国职守的山川神就构成了相对独立的关系,这点倒与世俗维度王国与方国的情况相似。

综上所述,结合与周人相应情况的简单比较,可总结商人地祇信仰特点如下:

就方、社神信仰看,商人四方神的权能范围较其社神、祖先神(包括祖先神兼山川神的"高祖河"、"高祖岳"等)略小,地位则与之相近、高于一般山川神,都充当着至上神"帝"的直接下属(在新派祀典中,自然神地位淡化,而集中强调上甲以后的祖先神的权能①),它们分别位于中央与四方之极,遥相呼应。这种层级模式为后来的周人所继承,并有变革,变革主要表现在地祇、人鬼的区分、方祀转化为五祀等,兹不具论。

就山川神信仰而言,商人的山川神具有固定的、较系统的层级模式,他们本族的山川神系统与辖下异族的神祇系统之间具有相对的独立性。这个特点在周人的山川神信仰中也有体现,但二者之间的区别更加耐人寻味。主要表现在,商人的信仰体现出浓厚的族群性,而与周人自觉的公共性意识形成鲜明对比②:首先,商人的河、岳等山川神之最高级者同时又被称为"高祖",由其祖先神兼任。在这点上,周人虽然也将本族始祖弃当作稷神提升到王朝农神的高度,但二者性质不同,周人如此做法旨在将后稷播百谷蔬建构成与虞幕听协风、夏禹平水土、商契合五教(《国语·郑语》)相并列的王朝政德——"农德"③,因此其动

---

① 李立新:《甲骨文中所见祭名研究》,第131页。
② 颜世安先生指出,商人的"帝"是"不兼覆他姓族"的至上神,而周人的至上神"天"是公共性的(见氏著《周初"夏"观念与王族文化圈意识》,《北京师范大学学报(社会科学版)》2007年第4期,第55—63页),笔者认为颜先生说点出了商周文化的一大重要区别。
③ 李山:《西周农耕政道〈诗经〉农事诗歌》,《中国文化研究》1997年秋之卷总第17期,第55—61页。

机是公共性的;在最高级山川神的设定方面,周人将夏族的山镇嵩山(崇山)作为"天室",也即本王朝山镇,以岐山、三川为国族之镇(《国语·周语上》),较之商人在强调族群性的基础上更注重公共性,一如其在世俗空间方面以有夏所奠定的"禹迹"、"九州"为"中国"法统区一般。其次,商人的山川神信仰体系已经有"河、岳——小水、小山"的固定、系统的层级系统,但从其空间分布及与神守国职祀山川的关系看,商人直接祭祀的山川神多分布在商王畿直辖范围内,而之外的山川神(如神守国所祀)构成相对独立的关系,这同样是族群性强而公共性弱的特点的体现;但周人则不同,他们不仅在立国之初崇祀泰山、以之为东方群山之长(《诗经·周颂·般》),更于其后渐趋形成"五岳"祭祀模式,而五岳在"王土"范围内却并非都在周王畿内——这正是周人在仪式空间建构方面注重公共性的重要表现。商周人这种族群性和公共性意识的区别,同样在世俗空间维度的都制(商人为"立都为中",周人为"择中立都")以及"王土"规划等方面有所体现,对此笔者将有专文论述。

从方、社、山川神祇的祀典看,商人卜辞尤其是旧派卜辞所载祀典中,不仅方、社、山川神祇之间,而且地祇与天神、人鬼之祀间的权能、祭法等均较混乱,由此可知当时尚未有天神、地祇、人鬼的自觉区分,新派祀典虽有自觉秩序化的倾向,但主要趋向于强调上甲以降祖先神的地位和权能、而相应地淡化自然神祇的权力,由于祖先神是商王与"帝"交通的主要宾介,因此这种做法实际上应与上文所举宇宙观、葬制、"人口向都城聚集的趋势"等所体现出的"晚商王权的膨胀"有关[①];而《周礼·春官·大宗伯》所载天神、地祇、人鬼及其各自内部不同层级神祇祀典的明确规定,则说明周人对此已有自觉的区分意识,这背后体现的是周人对商人鬼神本位的信仰模式的祛魅,及对普遍意义上的"人"的意识的自觉,再进一步说是巫文化背景下的商

---

① 郜向平:《从都城变迁论商代社会的发展》,《郑州大学学报(哲学社会科学版)》2013 年第 1 期,第 141—144 页。

人与史官文化背景下的周人文化性格的一个重要差异——当然，商代新派祀典强调祖先神而黜退自然神的做法也成为两种文化转关的重要契机。

■ 作者简介

高建文(1984—)，中国古代文学专业博士，现为山西师范大学文学院讲师。

论"鸾刀"的形制及其文化内涵

井　超

（南京师范大学文学院　江苏南京　210097）

内容提要　鸾刀是中国古代宗庙祭祀割切所用的刀，是具有独特文化内涵的礼器。自汉代以降，学者对其形制多有争论，大约分为两派：一派认为刀环有铃，另一派认为不仅刀环有铃，刀锋上亦有铃。文章通过梳理考古所发现的先秦时期相关的刀，考察其出土的有关背景材料，确认先秦时期的鸾刀仅刀环有铃。另一派之说可能也有根据，但与先秦经典所言之鸾刀在形制上有一定的距离。另外，文章进一步阐释了使用鸾刀的文化内涵，指出鸾刀的使用是古人礼仪文化的表征。

关键词　鸾铃　鸾刀　宗庙祭祀　名物制度

鸾刀是我国古代宗庙祭祀割切所用的刀，是一种比较重要的礼器，常见于先秦两汉经典文献。这种刀为何被称作鸾刀？其形制如何？有什么文化内涵？这都是值得思考的问题。

既称鸾刀，我们首先看看"鸾"字的含义。

鸾，一意为凤凰之类的神鸟，《说文解字》曰："亦神灵之精也。赤色，五采，鸡形。鸣五音，颂声作则至。"一意为铜铃，钱玄先生《三礼辞典》释曰：

> 铜铃。有在车衡之上者，其形较大；有系于马口两旁之镳，其形较小。字亦作"銮"。《周礼·夏官·大驭》："凡驭路仪，以鸾和

为节。"郑玄《注》曰:"舒疾之法也。鸾在衡,和在轼。皆以金为铃。"《大戴礼记·保傅》:"在衡为鸾,在轼为和。马动而鸾鸣,鸾鸣而和应。声曰和,和则敬。此御之节也。"①

由此可知,对于车来讲,鸾是指安装在车衡上的铜铃。鸾有铜铃意,而根据下文我们所引经典文句及先儒的解释,"鸾刀"之"鸾"是铜铃意,鸾刀即有铜铃的刀。那么,鸾刀的铜铃在何处呢?

"鸾刀"一词,在先秦经典文献中多次出现,其文化内涵多被提出解释,然从未有述及其形制如何者。从汉代开始,说解经典的学者逐渐关注到了这个问题,对鸾刀的形制进行了说明。然不同的学者提出的说法不尽相同,归纳起来主要有以下两种:

一、鸾刀刀环有铃。《毛诗·信南山》"执其鸾刀,以启其毛,取其血膋",毛亨《传》曰:"鸾刀,刀有鸾者,言割中节也。"郑玄未笺释,而孔《疏》曰:"鸾即铃也,谓刀环有铃,其声中节。"②毛亨说鸾刀是有鸾铃的刀,郑玄不持异议,孔颖达进一步解说,谓在刀环处有鸾铃。此说影响很大,后代的学者如方悫、陈澔、姜兆锡、孙希旦等都认同。

二、鸾刀刀环有和,刀锋有鸾。《春秋公羊传》宣十二年郑伯"右执鸾刀",何休《注》云:"鸾刀,宗庙割切之刀,环有和,锋有鸾。"③鸾与和都是铃,参照先秦车制中的鸾与和,可知鸾大和小,也就是说,何休认为刀环和刀锋上都有铃。这是目前可见最早提出的关于鸾刀形制的说法。因何休是东汉人,约与郑玄同时,去古未远,所以其说也有信从者。

陈祥道《礼书》释"鸾刀"曰:

> 《诗》曰:"执其鸾刀,以启其毛。"《记》曰:"割刀之用,鸾刀之贵,贵其义也,声和而后断也。"又曰:"鸾刀以刲。"《公羊传》曰:

① 钱玄:《三礼辞典》,凤凰出版社,2014年版,第1296页。
② 阮元校刻:《十三经注疏》附《校勘记》上册,中华书局,1980年版,第471页中栏。
③ 阮元校刻:《十三经注疏》附《校勘记》下册,第2285页上栏。

"（郑伯）右执鸾刀，以逆楚王。"毛氏曰："鸾刀，刀有鸾者，割中节也。"孔颖达曰："鸾即铃也，谓刀环有铃，其声中节。"何休曰："鸾刀，宗庙割切之刀，环有和，锋有鸾。"考之《诗》《礼》，曰"和鸾雝雝"，曰登车"闻和鸾之声"，有鸾必有和，鸾在前，和在后。《诗》有言"鸾镳"，有言"八鸾"，则和可知；有言"和铃"，则鸾可知。然则何休言鸾刀之制，盖有所授耳。夫和非断则牵，断非和则判，故天以秋肃物而和之以兑，圣人以义制物而和之以仁。鸾刀以和济割，亦此意也。《易》曰："利物足以和义。"①

陈祥道本何休之说，结合《诗经》《礼记》中对车之鸾和的记载，对鸾刀进行了绘图（见《表一："鸾刀"图解》图一）。

以上两种说法，其相同之处是刀环处皆有铃，而区别在于刀锋有铃无铃。根据传世文献，我们无法确定鸾刀的形制。因此，我们有必要在梳理文献记载的基础上，将目光转向考古的资料，对已出土的先秦时期刀环上有鸾铃的刀进行考察。从出土的先秦时期的实物看，刀环有铃，刀锋亦有铃的刀，目前还没有见到。而仅在刀环有鸾铃的刀，出土的先秦时期的也是屈指可数。

我们于《表一："鸾刀"图解》中列出了三种先秦时期的刀环处有鸾铃的刀（见图二、图三、图四）。

表一："鸾刀"图解

序号	图形	说　　　　解
图一		此是陈祥道《礼书》中所绘鸾刀，前有鸾，后有和，与何休所言"鸾刀，宗庙割切之刀，环有和，锋有鸾"一致。

---

① 　陈祥道：《礼书》卷22，元至正七年福州路儒学刻明修本。

续　表

序号	图形	说　　解
图二		此为甘肃灵台白草坡西周墓 M2 中的铜刀。据《甘肃灵台白草坡西周墓》记载，M2 处于西周早期，约在康王时期。此刀"刃身饰夔纹，扁柄饰方格、圆点，柄尾连一镂孔球，长 21.5 厘米"，位于墓底中部椭圆形腰坑中，内中尚有玉人、玉戚、玉蝉、玉柄形器、玉笄、石鸟、石瑷等物。①
图三		此是河南洛阳北窑西周墓 M41 出土的铜刀。据《洛阳北窑西周墓》记载，M41 属于西周中期大型墓。此刀"背平直，两侧阴刻线纹。柄为透雕，末有铃钮，摇动有声。通长 22.2 厘米"。该刀与其余四柄刀放置在一起，长短不一，形式各异。这五把铜刀原有布包裹，盛放在木漆盒中。②
图四		此为河南信阳楚墓一号墓出土的陶刀。据《信阳楚墓》记载，信阳楚墓两座墓葬都属于战国早期墓葬。此刀出自一号墓的右侧室，被放置在西边的明器陶鼎中，"刀面起棱。刀的后端有四棱柄，柄末作扁球状，横钻三个透孔，排列成三角形。长 29.4、最宽处 5.2、刀身厚 1.2、刃长 14.7 厘米"。③

　　通过考察这三件刀出土的墓葬规模以及相关出土文物可知，三者皆为大型墓葬，时间上是从西周早期到战国早期，比《诗经》《礼记》部分篇目、《春秋》的成书时间略早或大约同时，因此这三种刀很有代表性。而河南信阳楚墓一号墓中，还出土了两份遣册，其中 2－27 号简有"一蠢刀"字样，朱德熙、裘锡圭《信阳楚简考释（五篇）》释曰：

---

① 甘肃省博物馆文物队：《甘肃灵台白草坡西周墓》，《考古学报》1977 年第 2 期。
② 洛阳市文物工作队：《洛阳北窑西周墓》，文物出版社，1999 年版，第 178—180、230 页。
③ 河南省文物研究所：《信阳楚墓》，文物出版社，1986 年版，第 19、44 页。

銮刀的銮字不很清晰，但细辨仍可看出是銮字。糸字写作三撇，信阳简屡见。銮当读为鸾或鸾。《说文》金部"銮，人君乘车四马镳（段注：镳上当有四字）八銮。铃象鸾鸟，声和则敬也。从金鸾省"。古籍銮铃字多作鸾，如《小雅·蓼萧》"和鸾雝雝"，《商颂·烈祖》"八鸾鸧鸧"，例不胜举。简文銮刀即鸾刀。……又《公羊·宣公十二年》"右执鸾刀"，注云："鸾刀，宗庙割切之刀，环有和，锋有鸾。"案刀锋施铃不可解，当以孔疏为是。出土的商周时代铜刀屡见柄端有铃者。《岩窟吉金图录》下·63著录一此类铜刀，说明为鸾刀是正确的。[①]

根据朱、裘两位先生的释文，信阳楚墓中的遣册明确记载有"鸾刀"，对应墓中实物，即图四所列之刀，这为我们考证鸾刀形制提供了最直接的证据。虽为陶质明器，但是很明确，其柄末作扁球状，与春秋前期和中期之刀大致相同。根据这些实物，我们基本可以确定，先秦时期的鸾刀仅在刀环处有铃，孔颖达的说法最为准确[②]。

---

① 朱德熙、裘锡圭：《信阳楚简考释（五篇）》，《考古学报》1973年第1期。

② 实际上，除了图二、图三、图四三件刀，陈振中在《我国古代的青铜削刀》（见《考古与文物》1985年第4期）一文中，还列举了4种柄端铃形或镂空球形的刀。陈先生认为："这类柄端铃首刀，可能就是古代贵族杀牲割肉，用于祭祀的鸾刀。""由于这类刀是上层人物的礼器，制作比较精致，也比较珍贵，可能社会上流传很少，故出土不多。"根据我们的考察，可见陈先生推论无误。然而需要指出的是，吕学明在《鸾刀考》（《边疆考古研究》第14辑，2013年）中，因为中原地区商周时代遗迹中很少有铃首刀出土，文献记载又语焉不详，所以采用考古学研究的方法，通过对大量出土的刀的考察，并结合出土情境，分析功能和属性，得出结论，认为一类宽体翘锋铜刀就是文献中记载的鸾刀。然而，文章最大的问题是出土实物与传世文献不能相互印证，此类铜刀既无铃可发声，又是宽体翘锋，锋利无比，既与文献记载的鸾刀的形制不合，又与鸾刀所代表的文化意义不符。实际上，通过作者详致地分析，我们可知宽体翘锋的铜刀的确具有礼器属性，只出土在高等级墓葬、窖藏和祭祀坑中，结合出土实物及金文来看，也有与俎相配使用的情况，可能此类刀也是行礼过程中所使用的一种刀，具体作何用待考，但绝非杀牲取血脊的鸾刀。

然而,东汉何休言之凿凿,说鸾刀"环有和,锋有鸾",有没有道理呢?何休之言可能有所依据,或许是根据汉代鸾刀的形制来说解先秦鸾刀的形制,故有此一说。具体如何,需待更多材料来证明。但无论如何,其所说的刀环及刀锋都有铃是不对的。

何休错则错矣,但因其说最早,其所注《春秋公羊传》又较为权威,所以这种说法对后世造成了很大的影响。不仅陈祥道《礼书》从之,宋仁宗时期所作鸾刀亦依何休之说而增成。据范祖禹《帝学》记载:

> (宋仁宗五年)九月戊寅,铸鼎十有二,圆丘用五,宗庙用七。又作鸾刀,郊庙各一。先是贾昌朝侍经筵,帝问:"《鼎》卦'圣人亨以享上帝',今郊何以无鼎?"昌朝不能对,曰:"容臣退而讲求。"于是诏礼官议,以为郊有亨牲进熟,遂命阮逸、胡瑗铸铜鼎、制鸾刀。帝亲书鼎名曰牛鼎、羊鼎、豕鼎,皆署而刻之,牛鼎其容一斛,羊鼎五斗,豕鼎三斗。鸾刀亦亲书刀名而署之,有司皆篆刻其下。[1]

由此可见,宋代宗庙祭祀已无鼎和鸾刀,因仁宗皇帝询问,经礼官议礼后,才命阮逸、胡瑗铸铜鼎、制鸾刀。其所制鸾刀的形制,当如阮逸、胡瑗撰《皇佑新乐图记》所载(见图五)。[2]

阮逸等人制作的这个鸾刀,显然是受到了何休之说的影响。同时,这个例子也反映出后世的礼器名物与制作之初的形制相比会发生很大的变化,经典说解中以今况古之例不可盲目信从,需要详加辨明。

理清了鸾刀的形制,我们再来阐释一下宗庙祭祀割切用鸾刀的文化内涵。

鸾刀之用,可贵之处有二。其一,割切用鸾刀,刀舞铃鸣,声中宫商

---

① 范祖禹:《帝学》卷 6,清文渊阁《四库全书》本。

② 《皇佑新乐图记·鸾刀图第十二》(清钞本)记曰:"臣逸、臣瑗谨详《礼记》《毛诗》《公羊传》之说,依禀睿旨,制成鸾刀。二鸾在锋,声中宫、商,三和在环,声中角、徵、羽,及用《周礼·桃氏》为刃之齐,三分其金而锡居其一。用于圆丘者,止以铜为之;用于宗庙者,以铜为之,以黄金饰之。"

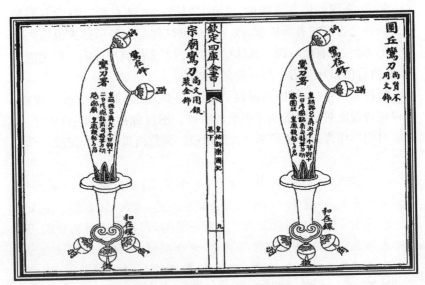

图五:《皇佑新乐图记》所绘鸾刀

乃断割牲肉,符合古人所认为的义。《礼记·郊特牲》曰:"割刀之用,而鸾刀之贵,贵其义也,声和而后断。"何谓"声和"呢? 孔颖达曰:"取其鸾铃之声宫商调和,而后断割其肉也。"①鸾铃之声宫商调和,也就是庄子所说的"中音"。《礼记·乐记》曰:"乐者,音之所由生也,其本在人心之感于物也。是故其哀心感者,其声噍以杀;其乐心感者,其声啴以缓;其喜心感者,其声发以散;其怒心感者,其声粗以厉;其敬心感者,其声直以廉;其爱心感者,其声和以柔。六者非性也,感于物而后动。"②礼书所贵鸾刀之义在于,割切牲体,铃声宫商调和。君子杀牲祭祀,一则以哀,一则以敬,其挥舞鸾刀之声,发之于心,定不会有喜悦、愤怒等情绪的宣泄。

其二,鸾刀之用,符合古人"反本修古"的理念。《礼记·礼器》曰:"礼也者,反本修古,不忘其初者也……醴酒之用,玄酒之尚;割刀之用,

---

① 阮元校刻:《十三经注疏》附《校勘记》下册,第 1455 页中栏。
② 阮元校刻:《十三经注疏》附《校勘记》下册,第 1527 页中栏。

鸾刀之贵;莞簟之安,而槁鞂之设。"①郑玄认为尚玄酒、贵鸾刀、设槁鞂,就是礼之修古。修古,即修习于古。反本修古的目的是为了不忘本初。孔颖达《疏》曰:"割刀,今之刀也。鸾刀,古刀也。今刀便利,可以割物之用。古刀迟缓,用之为难。而宗庙不用今刀而用古刀,亦是修古故也。"②孔颖达认为,鸾刀不同于割刀,是古刀,迟缓难用。宗庙祭祀之所以用迟缓难用的古刀,也是古人"反本修古"理念的体现。

结论:可以肯定地说,鸾刀在先秦时期仅仅在刀环有鸾铃,汉代何休之说与先秦文献所言之鸾刀在形制上有一定的距离。《诗》《礼》等经典中所言之鸾刀,都是指刀环有鸾铃的刀。这种刀环设鸾铃的刀,用于宗庙祭祀的割切,蕴含了丰富的文化内涵。其声音可以体现古人所谓的义,其形制又体现了"反本修古"的文化理念,因此,我们可以说鸾刀的使用是古人礼仪文化的表征。

■ 作者简介

井超(1990—　),南京师范大学文学院博士研究生,研究方向为礼学文献整理与研究。

---

①　阮元校刻:《十三经注疏》附《校勘记》下册,第 1439 页下栏。
②　阮元校刻:《十三经注疏》附《校勘记》下册,第 1440 页上栏。

丝路之植物香料

朱春慧

（台湾中山大学中文系　台湾高雄　80424）

内容提要　"丝路"又称"香料之路"。随着商业贸易的盛行,芳香四溢的异国香料,在骆驼驮负与海运下展开"香料旅行",历史诗文中记载,香料成为当时贸易的重点商品,频繁地被使用在各种社会活动场景,人们的饮食与生活也因香料而牵动着。本文探讨来自丝路的众多植物香料,如沉香、迷迭香、丁香、异香、美木等,在中国历史中被赋予的生命与价值,尤其以"迷迭香"、"丁香",因篇幅较多,所以专节论述。

关键词　丝路　植物香料　迷迭香　丁香

一、前　　言

自古人类对香料的爱好,举凡居家环境、衣着佩饰、烹饪饮食处处可见,尤其在诗词文学里更是扮演重要的角色,远至中世纪的欧洲,对香料的渴望更是催生了地理大发现,运送香料的贸易线路被称为香料之路。香料用途广泛,种类繁多,可分为植物性及动物性的天然香料与人造香料。植物香料更是受文人喜爱,除了随身携带香包外,也会赋予它不同的意义。《礼记》内则第十二:

男女未冠笄者,鸡初鸣,咸盥漱,栉縰,拂髦总角,衿缨,皆佩容臭。

少年人拜见长辈时要先漱口、洗手,整齐发髻,系好衣服的丝带,还会在衣穗上系挂香囊,以香气表示恭敬,也可避免身上的气味冒犯长辈。香包又称香囊、容臭、香缨、香球、佩帏、馨香,是一种装着香料的囊包,在中国古代是未成年者所系的饰物之一,在先秦时代称为容臭①。

诗人屈原《离骚》中有:

> 扈江离与辟芷兮,纫秋兰以为佩。

辟芷、秋兰是香料。屈原用鲜花和香草来比喻美好的事物,他用香草比喻自己的品格,用美人比喻身为人臣的身份,香草美人把充满意象的生命力渗透到了人格中,创造的中国古典文学的新的风格②。

植物香料大都是经由丝路传来的。关于丝路,唐代诗人王之涣有一首悲凉的《出塞·凉州词》:

> 黄河远上白云间,一片孤城万仞山;羌笛何须怨杨柳,春风不度玉门关。

这是一首千古传唱的边塞诗,诗中地点约在今甘肃永昌以东、天祝以西一带。作者从黄河下游往上游远看当时的边防重镇"玉门关"的感触。玉门关在古时候是西域美玉输入中原的关口,因此而得名,它处于河西走廊西部的甘肃省敦煌县境内,于敦煌市西北,是古代丝绸路上的重镇,也是汉代以来通往西域诸国最西边的边防关口。玉门关的四周群山环绕,地形起伏也很大,山脉和一些大小不同的盆地形成了复杂的地理环境,古丝绸之路在经敦煌后,出了玉门关就是西域,在古人心目中,西域代表的就是落后凄凉的环境,杨柳、吹笛表达的是离愁③。

《后汉书·贾琮传》记载:

---

① 沈文倬:《礼学与中国传统文化》,中华书局,2006年版,第158页。
② 褚斌杰:《楚辞要论》,北京大学出版社,2003年版,第114页。
③ 周世箴:《语言学与诗歌诠释》,晨星出版有限公司,2003年版,第174页。

旧交阯土多珍产，明玑、翠羽、犀、象、瑇瑁、异香、美木之属，莫
不自出。前后刺史率多无清行，上承权贵，下积私赂，财计盈给，辄
复求见迁代。

天竺诸香经西域传入，后西域因战乱造成陆上丝绸之路交通的阻碍，才
转由海路输入。海上丝绸之路的热络，让当时汉代内地至交阯任职的
官员，往往因贪赃纳贿而获得南海的珍奇香料，再上承贿赂权贵，以求
升迁。这些域外珍贵的物产如明玑、翠羽、犀、象、瑇瑁、异香等：来自
南洋气味浓烈的植物香料。美木：如南洋红檀沉、水沉香树或其它沉
香属植物，香味浓郁，色黑质重，价值不凡，以斤两论价，为雕刻佛像或
制造香水之极佳材料。[①]

海上丝绸之路为中国南方沿海地区与东南沿海地区。《汉书·地
理志下》云：

奇石异物，赍黄金杂缯而往。所至国皆禀食为耦，蛮夷贾船，
转送致之。

丝绸之路不仅仅运输丝绸，也运输瓷器、糖、五金等出口货物，和
香料、药材、宝石等进口货物。据《汉书》记载中国人所乘之船利用这
些停留在广西、广东港口的外国船只进行转送到南海和印度。唐宋
时的广州港很繁荣，港口大船云集，最多的时候，每年有四千多艘大
食船[②]。

从海上丝路传入植物香料外，也有燃香和燃熏的香料与熏炉，考古
发现和文献都有记载，中国原本没有燃香的习俗，到后来熏炉的普遍存
在，除铜制外亦有陶制，成为生活时尚的一部分。熏炉首先见于广州南

---

① 黎明钊：《汉越和集：汉唐岭南文化与生活》，三联书店有限公司，2013 年版，第 99 页。

② 《中国中古史研究》编辑委员会：《中国中古史研究》卷 4—5，兰台出版社，2005 年版，第 223 页。

越王墓,说明香料熏香由南越传入中国①。

汉代刘向《熏炉铭》描写这种器具:

> 嘉此正器,嶄岩若山;上贯太华;承以铜盘,中有兰绮,朱火青烟。

西汉时,受当代思想的影响,道家思想的盛行以及佛教的传入,推动了这一时期香文化的发展。香料燃香和燃熏普遍,熏炉制作大多外形炉腹较深,下方可放炭火,炉盖与炉的上方常雕有山峦或奇禽珍兽,形如仙山,下方铜盘可盛水。熏香时,香气与白烟自炉盖的孔中缓缓飘出,烟云与香炉相映衬的视觉之美,更添仙山飘逸的意境。②

古代丝路贸易热络,让来自不同产地的植物香料得以"百味争妍"。古代男人会佩戴有香料的香囊,犹如现代的香水,女性也因香气而风情万种,男性则因香囊而潇洒优雅,举手投足都散发着天然香气,增添迷人气息。本文研究植物"香"美学外,也以"迷迭香"、"丁香"专节论述。

二、植物"香"美学

《庄子·让王》就有"越人熏之以艾"的记载③;《韩非子·外储说·左上》也有"熏以椒桂"的记载④;《诗经》、《尚书》、《左传》、《山海经》等也有很多关于此类的记述,古人很早就有用天然香料的习惯,他们利用香料的作用和特点,研究出各式香料的调配来焚香,在中国文人心目中是一件风雅而有情趣的事。那时的人们不仅对这些香木香草取之用

---

① 《中国中古史研究》编辑委员会:《中国中古史研究》卷4—5,兰台出版社,2005年版,第223页。
② 浙江省博物馆:《东方博物》卷17,杭州大学出版社,2005年版,第19页。
③ 陈鼓应:《道家文化研究》卷15,上海古籍出版社,1999年版,第321页。
④ 钱新祖:《中国思想史讲义》,国立台湾大学出版中心,2011年版,第24页。

之,歌之咏之,托之且寓之。最早是为了祭奠祖先或葬礼中采用,也被当作药物治疗疾病。后来出现在国家机构和宗教组织,为了表示仪式的庄严隆重,也会在一些祭天祀神的典礼上,使用香料,用香风气从王宫贵族扩展到文人之间,士族子弟焚烧香料,不仅熏衣还熏被褥、挂帐,并出现了许多写香的诗文,在文人骚客的推动下,植物香料更是尽显风雅。

《孟子·尽心章句》曰:

> 口之于味也,目之于色也,耳之于声也,鼻之于臭也,四肢之于安佚,性也。有命焉,君子不谓性也。

鼻之于臭,性也,是说鼻子对香味感觉,是与生俱来的。眼耳鼻舌身对应色声香味触,阐述了香的道理,人们对香的喜爱是形而上的,是人本性的需求。文人雅士们更是从内心深处喜欢香,不仅用香,而且还会特制自己喜爱的香,东汉时期《汉建宁宫中香》的香方就显示了汉代的这一用香特点。[①]

西周时期,朝廷就设有掌管熏香的官职,专门负责用香草香木熏室、驱灭虫类、清新空气,熏香已成为西周王室贵族的时尚之风。《周礼》所记:

> 剪氏掌除蟊物,以攻攻之,以莽草熏之,凡庶虫之事。

周礼有剪氏,掌除虫鱼蠹书,西周时期,朝廷就开始设有掌管熏香的官职,专门负责用香草香木熏室、驱灭虫类、清新空气,熏香此时已成为西周王室贵族的时尚之风,香料在西周为熏室、驱灭虫之用。[②]

在春秋战国时期,对香料植物就有了更广泛的认识和使用,人们佩

---

① 林启屏:《从古典到正典:中国古代儒学意识之形成》,国立台湾大学出版中心,2007年版,第188页。

② 陈智勇:《先秦社会文化丛论》,中州古籍出版社,2005年版,第321页。

戴香草香木,熬兰为膏,以郁金入酒,还用兰、蕙烹调肉,用桂和椒浸制酒、浆,用兰草、白芷制成香汤沐浴。古代环境多蚊虫,用香料可驱之,人们佩戴香囊、烧熏香料以除潮湿,驱赶蚊虫。西汉时也有用香的记载,植物香料与熏香已然成为文人诗文中重要灵感发想元素,司马相如的《美人赋》写他赴梁国途中,朝发溱洧,暮宿上宫:

> 排其户而造其堂,芳香芬烈,黻帐高张;……时日西夕,玄阴晦冥。流风惨冽,素雪飘零。闲房寂谧,不闻人声。于是寝具既设,服玩珍奇;金鉔熏香,黼帐低垂;裯襦重陈,角枕横施。

形容当时天色已晚,冬气昏暗,寒风凛冽,白雪飘洒,空房寂静,听不到人声,床上用品已经铺陈,服饰珍贵稀奇,金香炉燃起香烟;床帐已放下,被褥也层层铺着,精美的枕头横放床上。透过美人赋文字叙述,可发现当时熏香文化已成为当时的生活习俗①。

人类对香的喜好,乃是与生俱来的天性,除了文人墨客才竞皆惜香如金外,历代的帝王将相也爱香成癖。晋王嘉《拾遗记》卷六记载:

> 宫人年二七已上、三六已下,皆靓妆,解其上衣,惟着内服。或共裸浴,西域所献茵墀香,煮以为汤,宫人以之浴浣毕。使以余汁入渠,名曰流香渠。

记载汉灵帝刘宏荒淫无忌,下令让年纪在十四岁以上十八岁以下宫女,都须浓妆艳抹,脱下衣服与他一同裸浴,浴汤是用西域所献茵墀香,煮以为汤,宫人沐浴完毕,使以余浴汤汁入人工开的沟渠,名曰"流香渠"。②

古代用香也是贵族奢侈生活的表现,刘义庆《世说新语·汰侈》里

---

① 俞继东:《汉唐赋浅说》,东方出版中心,1999年版,第104页。
② 武文主编:《中国民间文学古典文献辑论》,民族出版社,2006年版,第192页。

记载：

> 石崇厕，常有十余婢侍列，皆丽服藻饰，置甲煎粉、沉香汁之
> 属，无不毕备。

富豪石崇是西晋时期文学家也是朝中大臣，据书载，石崇的厕所修建得华美绝伦，准备了各种的香水、香膏给客人洗手、抹脸。经常得有十多个女仆恭立侍候，一律精心打扮且都穿着华丽的衣服，并摆出甲煎粉、沉香汁等物品，各样东西都准备齐全。也让上完厕所的宾客换上新衣服出来，可见当时贵族享受生活，奢侈与浪费①。

在古西域，人们把香料涂抹在身体的各个部位，只为了取悦自己。各式各样的香料在古西域人眼里，如同色彩艳丽的"艾德莱斯绸"，是大漠中最美的点缀。还有为人们熟悉的西域女子——香妃娘娘，她的人物原形就是史书中记载的清朝容妃，这位让乾隆皇帝万般宠幸的女子，身上散发的香味是一种中原所没有的沙枣树所开的花的香气，被称为"中亚香水之树"，每年五、六月沙枣花盛开，西域大地就如同一个巨大的香炉，日日夜夜焚烧着沙枣花，花香浓郁热烈，令人陶醉晕眩②。

三、丝路之植物香料"迷迭香"

香料在中国悠长的历史中，是人们生活中重要的珍品，但香料多来自异地，南朝时范晔《和香方》序云：

---

① 雷海宗著，黄振萍整理：《中国通史选读》，北京大学出版社，2006年版，第358页。

② 沙枣树生长在甘肃河西走廊地区，别名有银柳、香柳、桂香柳、七里香。生长在北方，只有北方的土壤适合它生存，能在戈壁滩上生存下来的树，开的小小白花，会散发出馥郁的清香。西北民族学院、西北民族研究所：《西北民族研究》第1—4期，《西北民族研究》编辑部，2009年版，第116页。

甘松、苏合、安息、郁金、柰多、和罗之属，并被珍于外国，无取于中土。

植物香料因来源稀少有限，除了朝贡以外，使用并不广泛，属于奢侈品，多用在祭祀和宗教的用途，真正的香料并不产于中国，而是远在西域诸国。如甘松：属败酱科植物，甘松香春、秋皆可采收，矮小草本多年生，有强烈松节油香气，多生于高山草原地带，分布西藏等地。苏合：主要产于大食报达、吉慈尼、弼笆罗、麻离拔和大秦等地，见《后汉书·西域传》，是中国人最早知道的蕃香之一，番人多用以涂身，治患大风者。安息茴香：原产于中亚，伊朗一带，口感风味极为独特，富有油性，气味芳香而浓烈，磨成粉末后，是烧、烤食品必用的上等佐料①。

透过丝路传入中国的香料有相关记载，如《后汉书·西域传》，天竺国：

有细布、好毾㲪、诸香、石蜜、胡椒、姜、黑盐。和帝时，数遣使贡献，后西域反畔，乃绝。

天竺国是当今印度和其它印度次大陆国家的统称，汉和帝时，天竺数遣使贡献，后西域反叛遂绝。《后汉书·李恂传》云"乃数遗恂奴婢、宛马、金银、香罽之属"，罽是罽宾，是南北朝史籍所见罽宾指克什米尔。天竺国透过丝路传入中国，除了香料外还有细布：是指平纹棉布，质地比市布还细密、好毾指花纹的细毛毯、石蜜又称崖蜜、岩蜜：是指甘蔗汁经过太阳暴晒后而成的固体原始蔗糖、胡椒又名黑川，是胡椒科的一种开花藤本植物，它的果实在晒干后通常可作为香料和调味料使用、姜同姜，属姜科植物，可作调味料增添食物美味、黑盐是带有轻微硫磺等微量元素的火山盐，咸度较高，带有一点点刺激舌头的辛辣感，能够凸显食物的香气。

除了天竺国外，大秦也是引进香的主要国度，大秦是古代中国人对

---

① 余太山：《两汉魏晋南北朝正史西域传要注》，中华书局，2005年版，第746页。

罗马帝国的称呼,其本身经济、文化的数据不多,历代大秦政权,受着汉族的强烈影响,汉化很深,以农业为主,能种田、织布,同时兼畜牧业,大秦既从海北陆通,又循海而南,与交趾七郡外夷比,又有水道通益州、永昌,故永昌出异物。

魏晋时人鱼豢《魏略·西戎传》:

> 一微木、二苏合、狄提、迷迭、兜纳、白附子、熏陆、郁金、芸胶、熏草木十二种香。

记载大秦物产有:一微木:无考。二苏合、狄提:香料名,具体所指不明。《礼记·王制》卷一二:"西方曰狄鞮。""狄提"或即"狄鞮",借指来自西域之香料。《玉台新咏》卷一载张衡《同声歌》云:"洒扫清枕席,鞮芬以狄香。"迷迭:见《太平御览》卷九八二作"迷迭",引《广志》曰:"迷迭出西海中",主要产于地中海,春夏开浅蓝色或白色小花。兜纳:《御览》引《广志》云"出西海剽国诸山",兜纳香,辛平无毒,温中除暴冷,恶疮肿,止痛生肌,并入膏用,烧之辟远近恶气,带之夜行壮胆安神,与茅香柳枝煎汤浴小儿易长。白附子,最早记载于《别录》。但据考证历代本草所载者为毛茛科植物黄花乌头的块根,称关白附。功效为祛风痰,定惊搐,解毒散结止痛。熏陆:即乳香,《御览》引《广志》云:西出天竺,南出波斯等国,乳香治折伤,虽能活血止痛,亦其性然也。郁金:据《梁书·海南诸国传》所引性状,为百合科郁金香,原产地中海沿岸,为多年生具鳞茎草本花卉,花朵花瓣有尖瓣、圆瓣等形态变化,微苦,养阴润肺、清心安神。《魏略》云:"大秦出芸胶。"芸胶:又名息胶,气味芳香,故名安息香,主治开窍清神,行气活血,止痛。见《魏略·西戎传》熏草木:出大秦,生长在海边的大树,枝叶正如古松,生于沙中,盛夏,树胶流出沙上,方采之,此香用以清净室内。十二种香"二"字疑衍,盖香凡十种[1]。

---

[1] 余太山:《两汉魏晋南北朝正史西域传研究》,第295页。

"熏香"此风远始于魏初,汉魏三曹皆爱香,曹操位居丞相,手中握有大权,虽然爱香,但他怀抱救国之志,既开源,又节流,厉行节俭,并从自己做起。《太平御览》九八一引魏武令:

> 昔天下初定,吾便禁家内不得香熏,后诸女配,国家为其香,因此得烧香。吾不好烧香,恨不遂所禁。今复禁不得烧香,其以香藏衣着身亦不得。

香藏衣,熏衣的目的在香,东汉末年,腐朽没落的东汉王朝分崩离析,军阀混战,社会生产力遭到极大破坏,人民流离失所。天下初定,指平定河北之后,从那时起,曹操就不准家中熏香,即使把香放在衣内或带在身上也不允许。如果房内不清洁,可以烧枫树脂和蕙草。可见他为了厉行节俭,考虑的是非常周到的。足见焚香、用香即使在宫廷中也是一种奢侈①。

根据南宋陈敬《香谱》的记载,来自西域的迷迭香,在中国文人世界里也有过一段辉煌的时期,自汉魏以后,普遍流行种植于上层阶级。魏文帝曹丕对迷迭香更是情有所钟,他将迷迭香从西域移植到中土,并写了一篇《迷迭香赋》来赞美它,也曾邀请曹植、王粲、陈琳、应场等人一起作《迷迭香赋》。

1. 曹丕之《迷迭香赋》

> 生中堂以游观兮,览芳草之树庭。重妙叶于纤枝兮,扬修干而结茎。承灵露以润根兮,嘉日月而敷荣。随回风以摇动兮,吐芬气之穆清。薄西夷之秽俗兮,越万里而来征。岂众卉之足方兮,信希世而特生。

迷迭,香草名,可以用来制香料。原产于西域,后传入中原。赋中描述曹丕散心走到中堂游园观赏,漫步踏足整座花园与树庭,看到来自西

---

① 王瑶:《中古文学史论》,北京大学出版社,1986年版,第143页。

域之国美丽的迷迭香,随着春天的到来而长出新枝嫩叶,叶子层迭长在纤细的枝干上,根茎纠结扬立着,每天藉由露水而滋润,吸取日月精华而繁茂,随着微风轻吹,就会散发出芳香气味。在众多的花卉植物中,就唯独被它深深吸引,感叹不枉穿越万里路,将它从偏远的西域移植到中原①。

2. 曹植之《迷迭香赋》

> 播西都之丽草兮,应青春而凝晖。流翠叶于纤柯兮,结微根于丹墀。信繁华之速实兮,弗见雕于严霜。方暮秋之幽兰兮,丽昆仑之芝英。既经时而收采兮,遂幽杀以增芳。去枝叶而特御兮,入绡縠之雾裳。附玉体以行止兮,顺微风而舒光。

钟嵘《诗品》形容曹植诗歌艺术的特色,是"骨气奇高,词采华茂"。他讲究艺术的锤炼,词藻华美,比喻丰富,对偶渐趋精密,起调很有气势,开启了雕琢词句的风气②。他对迷迭香的叙述,来自西蜀美丽的香草,它在春天发芽绽放其光彩,青翠的叶子缀满了枝条,根茎生长于围墙的红色殿阶,十分细微,枝叶攀沿缠绕。繁花生长茂盛且很快就结了果实,耐寒的品性使它不被严霜摧毁,它的花期短暂并消逝在寒冬严霜之中。它的果实如同晚秋幽香的兰花,它的花如昆仑之巅芝草之花。经过一段时间采收其果实,去除枝叶作将果实取用,晒干就能增加它的芳香,将其在密死循环境中收藏好,增加了果实芳香的浓度。若放在薄如轻雾的丝绸衣裳里。香气会进入薄如雾然的衣裳。果实香气紧贴着玉体摆动,顺着微风,广散出芳香气味,佩戴它,香气也会附在肌肤之上,所到之处,都会散发迷人香气③。

3. 王粲之《迷迭赋》

> 惟遐方之珍草兮,产昆仑之极幽。受中和之正气兮,承阴阳之

---

① 俞继东:《汉唐赋浅说》,第 46 页。
② 张伯伟:《钟嵘〈诗品〉研究》,南京大学出版社,1993 年版,第 314 页。
③ 万光治:《汉赋通论》,中国社会科学出版社,2004 年版,第 526 页。

灵休。扬丰馨于西裔兮,布和种于中州。去原野之侧陋兮,植高宇之外庭。布萋萋之茂叶兮,挺苒苒之柔茎。色光润而采发兮,以孔翠之扬精。

王粲,字仲宣,东汉山阳高平人。擅长辞赋,建安七子之一,被誉为"七子之冠冕"。远方来的珍贵异草,生长在昆仑之巅,迷迭香受正气熏陶,承接日月精华之灵气,它从太阳落下的边远的地方,移植到中原生长。原本生长在原野偏远处,现在种植于高大的房屋的外庭中,叶子长得非常茂盛,草木枝叶柔嫩,根茎看起来显得柔弱,叶子的颜色有光泽且亮丽,颜色翠绿精致。王粲笔下的迷迭香,表现出自然、可爱与高雅,显现作者的审美情趣,展现出迷迭香之神韵与风姿。

4. 陈琳之《迷迭赋》

立碧茎之婀娜,铺彩条之蜿蟺。下扶疏以布濩,上绮错而交纷。匪荀方之可乐,实来仪之丽闲。动容饰而微发,穆斐斐以承颜。

陈琳字孔璋,初时为避乱投靠袁绍,后归曹操,曹之军国书檄皆出其手。根茎生长得纤长柔美,树根像蚯蚓一样屈曲盘旋,下枝叶繁茂四布,疏密有致,上枝叶众多相错接合,来自似仙境美丽幻境迷般的迷迭香,看起来奇异、高贵、神奇和绝妙,美丽娴雅,身形摆动就会散发香气的微妙,就像一个具有文采华美有内含,却默默幽然促立迎风摆动的美人。陈琳形容迷迭香,文笔秀丽,辞采婉约,是有感而发的真性情文字表达[1]。

5. 应玚之《迷迭赋》

列中堂之严宇,跨阶序而骈罗。建茂茎以竦立,擢修干而承

---

① 余太山:《两汉魏晋南北朝正史西域传研究》,第295页。

阿。烛白日之炎阳,承翠碧之繁柯。朝敷条以诞节,夕结秀而垂华。振纤枝之翠粲,动彩叶之莓莓。舒芳香之酷烈,乘清风以徘徊。

应玚字德琏,汝南(今河南汝南县东南)人,建安七子之一。擅长作赋,有文赋数十篇,代表性诗作《侍五官中郎将建章台集诗》,音调悲切。迷迭香并列栽种在严峻中堂里,骈比罗列在跨阶两旁,枝叶茂密根茎悚然而立,枝叶修整挺立着,透过耀眼的阳光得以成长,繁密的树枝看起来青翠碧绿,早上展枝迎接每一天,夕阳下山后枝叶聚合,华光犹冉冉,彩叶茂盛肥美,树枝摆动纤细清脆,在酷烈天气下依然吐露芳香,迷迭之浓郁香气,随风徘徊而缓缓弥散。应玚对迷迭香的描述,中规中矩,严谨整饰,描写准确,文意周密,后两句"舒芳香之酷烈,乘清风以徘徊",让人回味无穷①。

6. 药用迷迭香

迷迭香又称海洋之露、圣母马丽亚的玫瑰、神圣之草、万年老。现在被广泛用于餐桌上的佳肴,在三国汉魏时期,即已远离地中海的故乡,来到千里之遥的中国。迷迭香以其特殊的风姿及香气,深受当时文人所喜爱,并以华丽词藻加以描绘、推崇,迷迭香不仅优雅迷人,透过当时的文学创作诠释,更能呈现不同面貌与风格,迷迭香不仅诗人喜爱它,它的"香"也具有养生与医疗功效。"香"其作用也是"药";《本草纲目》记载:

脾胃喜芳香,芳香可以养鼻是也。

脾胃属土,因此香气可以入脾、开胃、透心、透骨、通络、利窍、散邪、逐秽,既可养神养生,也可开窍开胃,香与医学关系密切,天然香在焚烧时会被熏蒸而出,透过呼吸,药性随香气从口鼻、皮肤进入,直

---

① 郭建勋:《先唐辞赋研究》,人民出版社,2004年版,第228页。

接通于肺腑气血，对身心有很大帮助；古人藉焚香养气、调理气血、解除风邪、开郁散结、提神醒脑、散寒止痛，达到防病养生、进而养性、养命的目的①。

宋唐慎微撰《经史证类大观本草》卷九云：

> 迷迭番味平，不治疾。烧之祛鬼气，合羌活为丸散，叶烧之辟蚊蚋，此外别无用矣！

迷迭香药性平和，无法直接用于治疗疾病。但焚烧之后的特殊香气可以避邪祛鬼气，合并羌活为丸散，羌活是中药材，辛苦而温、发汗解表、祛风除湿、活血通络止痛，焚烧叶可辟蚊蚋，迷迭香：味辛，温，无毒。主恶气，令人衣香，烧之去鬼②。

宋范成大《桂海香志》云：

> 迷迭香出西域，焚之去邪。

来自西域迷迭香，焚烧之后的特殊香气可以祛鬼邪气外，迷迭香具有芳香健胃、安神、治头痛之效③。

四、植物香料"丁香"

丁香常出现在古人的诗词里，同时也具有养生及医疗的效果。晚唐诗人李商隐《代赠》：

---

① 钱超尘等编：《李时珍研究集成》，中医古籍出版社，2003年版，第782页。

② 《文献》杂志编辑部：《文献》第17期，书目文献出版社，1983年版，第165页。

③ 邢益森、林师授：《海南乡情揽胜：宝岛风姿录续集一》卷2，南海出版公司，1993年版，第471页。

> 芭蕉不展丁香结，同向春风各自愁。

芭蕉的蕉心尚未展开，丁香的花蕾丛生如结；同是春风吹拂，而二人异地同心，都在为不得与对方相会而愁苦①。

浪漫的南唐末代君主李煜代表作《一斛珠》：

> 晚妆初过，沈檀轻注些儿个，向人微露丁香颗，一曲清歌、暂引樱桃破。

唐宋时女子经常口含丁香以香口，而口中微露丁香，显示美人的香而媚；如欧阳修词"丁香嚼碎偎人睡"，便突出写美人很注意口香②。

丁香原产于海南诸国，三国孙吴康泰《吴时外国传》云：

> 五马洲出鸡舌香。

康泰曾被派遣至海南诸国，归国后，着有传记，海南诸国，大抵在交州南及西南大海洲上，有百数十国，因立记传。马鲁古群岛以产丁香（即鸡舌香）而著称，该地恰好在爪哇之东北。"藤田丰八氏"提供了五马洲（即马五洲）为马鲁古群岛的证据③：Moluccas 诸岛其土人呼鸡舌香为 Gaumedi，音近"五马州"，则五马州之义即鸡舌香岛，以其出产名之④。

古时记载"丁香"主要产于大食（阿拉伯）、波斯（伊朗）、三佛齐（印度尼西亚）和锡兰（斯里兰卡）。大食国：哈里法，本意为哈里发的领地，即阿拉伯帝国。丁香出大食、阇婆诸国（爪哇），其状似丁字，因以名之。《诸蕃志》也记录了一条从泉州到埃及的航线：

---

① 武略：《李商隐》，五洲传播出版社，2005 年版，第 39 页。
② 柳无忌：《中国文学新论》，中国人民大学出版社，1993 年版，第 92 页。
③ 许云樵辑注：《吴时外国传》，东南亚研究所，1971 年版，第 20 页。
④ 李昉：《太平御览》，中华书局，1960 年版，第 4345 页。

大食，在泉之西北；去泉州最远，番舶艰于直达。自泉发船四十余日，至蓝里博易，住冬；次年再发，顺风六十余日，方至其国。本国所产，多运载与三佛齐贸易，商贾转贩以至中国。

土地所出，真珠、象牙、犀角、乳香、龙涎、木香、丁香、肉豆蔻、安息香、芦荟、没药、血碣、阿魏、腽肭脐、鹏砂、琉璃、玻璃、砗磲、珊瑚树、猫儿睛、栀子花、蔷薇水、没石子、黄蜡、织金、软锦、驼毛、布兜、罗绵、异缎等。番商兴贩，系就三佛齐、佛啰安等国转易。

大食国（波斯语 Tazi 或 Taziks 的音译），唐代以来的中国史书，如《经行记》、《旧唐书》、《新唐书》、《宋史》、《辽史》等，多用以称阿拉伯帝国，位于泉州西北方，来华贸易的外国商船艰于直达，自泉州发船需四十余日，至蓝里（亚齐岛）博易住冬，次年再发，顺风六十余日方至其国。本国所产，多运载与三佛齐国，古名干陀利。刘宋孝武帝时，常遣使奉贡。梁武帝时数至。宋名三佛齐，修贡不绝。大食国所出产有，真珠、象牙、犀角、乳香、龙涎、木香、丁香、肉豆蔻、安息香、芦荟、没药、血碣、阿魏、腽肭脐、鹏砂、琉璃、玻璃、砗磲、珊瑚树、猫儿睛、栀子花、蔷薇水、没石子、黄蜡、织金、软锦、驼毛、布兜、罗绵、异缎等，透过三佛齐国，在南海之中，诸蕃水道之要冲也。东自婆诸国，西自大食、故临诸国，无不由其境而入中国者，贾转贩以至中国[1]。

(一)"丁香"于养生的运用

丁香在唐朝后已成为常见的香料佩戴品，在众多的香料中，"丁香"被大量使用，尤其在养生这方面，如文人学士在作画的墨汁中加入麝香，饮酒者，嚼鸡舌香则量广。《酒中玄》曰：

饮酒者嚼鸡舌香则量广。浸半天回则不醉。

---

[1]　林之奇：《福建通史》卷 3，福建人民出版社，2006 年版，第 345 页。

此书记载,喝酒若嚼鸡舌香酒量就会增加,即使喝了半天回也会不醉,颇为有趣①。

据《本草纲目》记载"丁香",即丁香属,又称紫丁香属植物,又指丁香属植物树上的花蕾,又名丁子香,原产于南亚、东南亚及马达加斯加。按《齐民要术》记载:鸡舌香就是母丁香,也就是李时珍所说雄为丁香,雌为鸡舌香。鸡舌香在汉代时已传入中国。据汉书记载,当丁香被传入中原,汉代的尚书郎向皇帝奏事时,都要口含鸡舌香,使口气芬芳,风雅如此,鸡舌香已成为朝臣必备用品,甚至形成一种礼仪②。

应劭《汉官仪》记载:

> 桓帝侍中刁存,年老口臭,上出鸡舌香与含之。

汉桓帝时,侍中刁存年老又有口臭的疾病,侍中是一个与皇帝非常接近的朝官,每每议事把桓帝熏得无法忍受,于是恒帝有一次就给这个老侍中一块鸡舌香,命他含在口中。汉桓帝嗜香成癖,不仅整个皇宫香烟紫绕,昼夜不歇,他还要求上朝官员必须随身佩香,尚书奏事还须口含鸡舍香。

《三曹集》中《魏武帝文集》曾有尺牍一封:与诸葛亮书。其文曰:

> 今奉鸡舌香五斤,以表微意。

丁香也曾被曹操当作礼物送给蜀相诸葛亮,可见口含鸡舌香,是在朝为官,面君议政的一种象征③。

唐李商隐《行次昭应县道上送户部李郎中充昭攻讨》诗:

> 暂逐虎牙临故绛,远含鸡舌过新丰。

---

① 赵荣光:《中国饮食文化辞典》,安徽人民出版社,1994年版,第574页。
② 赵学敏:《白话本草纲目拾遗》,学苑出版社,1994年版,第143页。
③ 诸葛亮:《诸葛亮集》,中华书局,1960年版,第231页。

此诗描述皇上下诏,户部李郎中李丕为临时担任将军,去扫除那狂妄无知的刘稹,军队来到过去山西的绛地,途中留宿于今天陕西临潼县,经过了新丰,口含鸡舌香等待圣旨到达。汉代尚书郎朝奏时须口含鸡舌香。李丕以尚书省户部郎中之身份远赴行营,故说"远含鸡舌"①。

唐代白居易《渭村退居寄礼部崔侍郎翰林钱舍人诗》云:

> 对秉鹅毛笔,俱含鸡舌香。

大意是说,(我们)曾在翰林、朝堂之上共同工作,可能有口臭的高官愈来愈多,朝廷规定官员上朝时必须口含丁香,而丁香亦成为为官者的一项特征②。

其它含"丁香"诗句如下表:

作 者	诗 题	诗 句
刘 商	送人之江东	含香仍佩玉,宜入镜中行③。
周 彻	尚书郎上直闻春漏	建礼通华省,含香直紫宸④。
姚 合	寄右史李定言	才归龙尾含鸡舌,更立螭头运兔毫⑤。
张少博	尚书郎上直闻春漏	建礼含香处,重城待漏臣⑥。
李 贺	酒罢张大彻索赠诗	金门石阁知卿有,豸角鸡香早晚含⑦。
杜 甫	奉赠萧二十使君	旷绝含香舍,稽留伏枕辰⑧。
杜 甫	西阁二首	不道含香贱,其如镊白休⑨。

① 董乃斌:《李商隐传》,陕西人民出版社,1985年版,第174页。
② 谢思炜:《白居易诗集校注》卷3,中华书局,2006年版,第231页。
③ 黄钧:《全唐诗》卷2,岳麓书社,1998年版,第522页。
④ 黄钧:《全唐诗》卷2,第875页。
⑤ 黄钧:《全唐诗》卷5,第726页。
⑥ 孟二冬:《孟二冬文存》,高等教育出版社,2007年版,第715页。
⑦ 黄钧:《全唐诗》卷4,第715页。
⑧ 黄钧:《全唐诗》卷3,第244页。
⑨ 马东田:《唐诗分类大辞典》卷3,四川辞书出版社,1992年版,第30页。

作　者	诗　　题	诗　　句
杨巨源	同太常尉迟博士阙下待漏	此地含香从白首,冯唐何事怨明时①。
唐权德舆	太原郑尚书远寄新诗走笔酬赠	芬芳鸡舌向南宫,伏奏丹墀迹又同②。
沈传师	次潭州酬唐侍御姚员外游道林岳麓寺题示	含香珥笔皆眷旧,谦抑自忘台省尊③。
王　涣	上裴侍郎	青衿七十牓三年,建礼含香次第迁④。
罗　隐	寄礼部郑员外	班资冠鸡舌,人品压龙头⑤。
罗隐始	淮南送工部卢员外赴阙	从豸角曳长裾,又吐鸡香奏玉除⑥。
郎士元	送陆员外赴潮州	含香台上客,剖竹海边州⑦。
郑　谷	府中寓止寄赵大谏	老作含香客,贫无傩舍钱⑧。
钱　起	夜送员外侍御入朝含香五	客,持赋十年兄⑨。
钱　起	送陆郎中	粉署含香别,辕门载笔过⑩。
鲍　溶	秋暮送裴垍员外刺婺州	含香太守心清净,去与神仙日日游⑪。

(二)"丁香"于医疗的运用

植物香料"丁香"于医疗的运用,也有多篇文献记载,《山海经》云:

①　闻一多:《闻一多全集》卷7,湖北人民出版社,1994年版,第696页。

②　王伟庭:《汉语典故辞典》,江苏古籍出版社,1985年版,第194页。

③　黄钧:《全唐诗》卷3,第718页。

④　黄钧:《全唐诗》卷1,第634页。

⑤　黄钧:《全唐诗》卷2,第22页。

⑥　罗隐:《罗隐集校注》,浙江古籍出版社,1995年版,第22页。

⑦　黄钧:《全唐诗》卷3,第393页。

⑧　黄钧:《全唐诗》卷7,第191页。

⑨　黄钧:《全唐诗》卷3,第290页。

⑩　唐汝询:《唐诗解》卷2,河北大学出版社,2001年版,第994页。

⑪　李建昆:《敏求论诗丛稿》,秀威出版社,2007年版,第86页。

生东海及昆仑国。二三月花开,紫白色。至七月方始成实,大者如巴豆,为之母丁香;小者实为之丁香。主风疳䘌,骨槽劳臭,治气,乌髭发,杀虫,疗五痔,辟恶去邪,治奶头花,止五色毒痢,正气,止心腹痛。树皮亦能治齿痛。

丁香生产自东海国,东海国为金源部落之遗,在今吉林珲春以东沿海地,明末为后金所灭。古之昆仑,《尔雅·释水》有"河出昆仑虚,色白"。《山海经》有"海内昆仑之墟,在西北,河水出其东北隅"[①]。丁香花期在二、三月,开紫、白色花,至七月方始成果实,母丁香果实大如巴豆,果实小者为之丁香,主治风疳(病名)[②]。《太平圣惠方》第三十四卷认为:本病多由脏腑壅滞,久积风热;脾肺不利,心胸痰饮,邪毒之气,冲注上焦,熏蒸牙齿而致。症见齿龈浮肿,动摇脱落,损烂,脓血俱出,虫蚀齿根,口内常臭,面色青黄,唇颊肿痛。治宜疏风散热消肿止痛。

"骨槽劳臭":骨槽风是指邪毒及牙疾侵犯脸骨,致使耳前腮颊间红肿疼痛,溃口流脓,脓中带有腐骨,日久难愈为特征的疾病。"治气":《本耳图经》:"疗口臭最良,治气亦效。"《奇效良方》卷六十二:"长春牢牙散,乌髭发,去牙风。"[③]"杀虫":丁香油中发现甲基丁香酚,是天然除虫物质。疗五痔:止五色毒痢。能发诸香,辟恶去邪。治奶头花,根据唐代史籍对丁香的药用理解,当时人们已经知道它具有杀菌作用[④]。树皮亦能治齿痛[⑤]。

李珣《海药本草》:

丁香,味甘香,性温,无毒,入肺、脾、胃、肾四经。主口气腹痛、

---

① 窦秀艳:《中国雅学史》,齐鲁书社,2004年版,第108页。
② 广州中医学院:《中医大辞典》,人民卫生出版社,1987年版,第38页。
③ 李今庸:《古医书研究》,中国中医药出版社,2003年版,第382页。
④ 《中医证病名大辞典》,中医古籍出版社,2000年版,第408页。
⑤ 漆浩:《白话本草纲目》卷2,《白话本草纲目》编委会,1994年版,第1906页。

霍乱反胃、鬼疰蛊毒及肾气奔豚气,壮阳暖腰膝,疗冷气,杀酒毒,
消疰癖,除冷劳。

丁香禀纯阳之气以生,故其味辛气温性无毒,味甘香,性温,无毒,
入肺、脾、胃、肾四经。辟口气,除胃寒泻痢,治上焦呃逆翻胃、霍乱呕
吐,主治鬼蛊,诸毒,五尸,心腹疾。治毒气在皮肤中淫跃如针刺,心腹
痛走无常处。奔豚气系指有气从少腹上冲胸脘、咽喉的一种病证。首
见于《灵枢·邪气藏府病形》篇,自觉有气从少腹上冲胸咽的一种病证。
除有补中益气作用外,还能温肾助阳,故肾阳不敷、腰膝软弱或冷痛,食
之最宜。可治疗过敏体质、血液循环不良,亦解河豚毒。消久积症瘕、
疰癖、气块及折伤,预防虚劳病①。

《蜀本草》记载,丁香:

> 疗呕逆甚验。

丁香可促进胃酸分泌,促进胃粘膜再生,可抑制胃溃疡,并有止泻、
促进胆汁分泌的作用。现代药理学研究发现,丁香的挥发油含丁香油
酚、乙酰丁香油酚、具有抑制细菌的效果。其中的 B-丁香烯及水杨酸
甲酯等成分,可抑制致病性徽菌、葡萄球菌、痴疾与大肠杆菌;对于由寒
邪引起的胃痛、呕吐、打喝、泄泻,均有良好疗效②。

长期研究香药草植物的台湾农委会农试所表示:这些生活中常见
香药草植物广义的称为"Herbs"。主要是利用植物体具有特殊香味的
根、茎、叶、花、果、树皮等,丁香用于烹调、香烟添加剂、焚香的添加剂、
制茶等。也可以作为药用,丁香花蕾入药,性温,味辛。干燥花蕾经蒸
馏的丁香油可用来预防疾病和发炎,也可以治疗烧伤,作为牙科的止痛
剂。丁香还可用来解酒醉。在西方,丁香花象征着:"年轻人纯真无邪,

---

① 张赞臣:《科学注解本草概要》,人民卫生出版社,1956 年版,第 47 页。
② 陈雅松主编:《中草药传世妙方》,人类智库数位科技,2015 年版,第
36 页。

初恋和谦逊。"西方人用丁香做驱虫药(防虫剂),并施用于止痛,麻醉,健胃,止泻等(见于英国出版的 Everyman's 百科全书)①。

五、结　　论

在历史的岁月中,香料植物被用来敬神、祭天、安定情绪、减缓疾病痛苦等,香料曾被视为与黄金同等价值,为了找寻香料以及提供当时的需求,国与国之间,为了掌控香料的生产而彼此战争,在中国、埃及、波斯、罗马、印度的文献均有记载,看似无关紧要的花花草草,却影响了人类的历史,除了被广泛应用于医疗养生,时至今日各国之餐厅或家庭,香料植物更是调理菜肴必备的产品外,植物在医药方面的应用发展,从《黄帝内经》到《神农本草经》共记录两千多种药用植物,奠定中国古代医学基础,也透过丝路流传至西方。

■ 作者简介

朱春慧,台湾中山大学中文系博士生。

---

① 汉学家戴尔·豪依柏格主编:《Everyman's 百科全书》,克拉伦敦出版社,2010 年版,第 78 页。

《先秦文学与文化》征稿启事

　　《先秦文学与文化》是甘肃省先秦文学与文化研究中心、国家重点（培育）学科"西北师范大学中国古代文学"主办、赵逵夫教授主编的学术辑刊，目前每年出版一辑。本刊以"探究先秦学术、弘扬民族精神"为宗旨，刊载先秦文、史、哲、考古及语言等各领域的学术论文，文求原创，不限字数，不尚空谈。

　　文章包括题目、作者姓名、单位、内容摘要、关键词、正文、注释几部分，注释采用脚注形式（格式参考《文学遗产》）。文末附作者简介及详细通讯地址、电话和电子邮箱。

　　文稿请用 A4 纸横排打印，并发送电子文稿至编辑部邮箱。来稿一经发表，即赠样刊 2 册。欢迎广大学者惠赐大作！

　　来稿请寄：

　　甘肃省兰州市西北师范大学文学院先秦文学与文化研究中心

　　邮编：730070

　　电子邮箱：gansuxianqin@163.com